Miss Eliza's English Kitchen

애너벨 앱스
장편소설

공경희 옮김

현대 요리책의
시초가 된
일라이저 액턴의
맛있는 인생

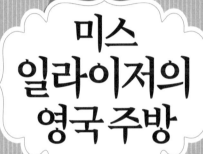

미스
일라이저의
영국 주방

Miss
Eliza's
English
Kitchen

소의책

딸이자 동료 작가이며 주방 친구인 브라이오니에게 바칩니다.

인생은 어두운 비밀들을 갖는다.
세상에서 얻은 슬픔이 마음에 쌓이지 않은 사람은 없다…….

_L. E. 랜던, 「비밀들 Secrets」, 1839년

아! 애가 끊어지는 슬픔은
눈물 마른 비애 속에 고이 간직되지.

_일라이저 액턴, 「그래요, 나를 떠나요 Yes Leave Me」, 1826년

서명 없이 시를 쓴 수많은 익명Anon이 여성이었다고
감히 추측하고 싶다.

_버지니아 울프, 『자기만의 방 A Room of One's Own』, 1929년

이 책은 시인이자 선구적인 요리책 저자였던 일라이저 액턴의 생애와 그녀의 조수 앤 커비에 대한 서너 가지 사실에 기초한 허구의 소설이다. 1835년에서 1845년 사이 일라이저와 앤은 켄트 주 톤브리지에 살면서 '역대 최고의 영국 요리책'(비 윌슨, 〈텔레그래프〉), '영어로 쓰인 최고의 요리책'(조앤 서스크 박사, CBE), '내가 사랑하는 동반자…… 명확하고 단호하다'(엘리자베스 데이비드)로 알려진 요리책을 펴냈다. 당대 영국뿐 아니라 세계적인 베스트셀러로, 그 책은 30년간 12만 5,000부 이상 판매되었다. 일라이저 액턴은 후대 요리책 저자들에게 지대한 영향을 미쳤으며, 델리아 스미스는 그녀를 '영어로 쓴 최고의 요리 저술가…… 크나큰 영감을 불러오고…… 내게 큰 영향을 미쳤다'라고 말했다.

앤

출근하기 전, 미스터 휘트마시는 평소 성격과 다른 일을 한다. 그가 내게 선물을 준다. 갈색 종이 포장. 리본이 아니라 끈으로 동여맨 꾸러미다. 그래도 선물은 선물이다.

"당신한테 주는 거요, 나의 앤."

그가 말한다. 축축한 눈은 회중시계만 쳐다보지만. 내 나이와 하녀 경력으로 볼 때 '미시즈 커비'가 더 어울리겠지만 그는 '나의 앤'이라고 부른다. 물론 내가 하녀 노릇만 하는 건 아니다. 밤에 그의 침대를 데우고, 엄마 없는 그의 딸들의 매끈한 머리를 땋아준다.

그의 가죽 구두 굽이 대리석 바닥을 밟는 소리가 멀어졌나 싶기 무섭게, 난 궁금해서 꾸러미를 살핀다. 책인 걸 안다. 꾸러미의 모양과 무게로 짐작이 되고도 남는다. 끈을 풀고 종이를 벗기려니 벅차고 설렌다. 꼭 누가 머릿속에 거품기를 들고 들어와 뇌를 휘저어 곱게 거품을 내는 것 같다.

시집일까? 아니면 소설? 지도책? 어쨌거나 왜 그가 나한테 선물을 사줬을까? 포장지 조각이 바닥에 나풀나풀 떨어진다. 이건 나답지 않다…… 뜸을 들이면서 어울리는 어휘를 궁리한다. '열렬하다'. '열렬한'이란 단어를 누구한테 배웠는지 확실히 알기에 웃음이 난다.

미스터 휘트마시는 내가 책 읽기를 좋아하는 걸 안다. 책을 보다가 들킨 적이 있다. 처음에는 서재에서 지도 모음집을 뒤지다가 들켰다. 그다음에는 난로 앞에서 시집에 푹 빠져 있다가 들켰고. 그 후 마룻바닥에 왁스를 칠해야 될 시간에 소설책에 코를 박고 있다가 발각되었다. 하지만 미스터 휘트마시가 그리 선뜻 날 침대로 데려간 이유도 그게 아니었을까? 또 나를 다정하게 '나의 앤'이라고 부르는 것도?

내 입가가 가볍게 씰룩인다. 하지만 이내 경련이 멎는다. 머릿속의 휘젓는 느낌도 그친다. 포장지를 다 벗기자, 발 주변에 종잇조각이 흩어져 있다. 시집도 아니고 소설도 아닌 큼직한 책이다. 지도책도 아니고. 책을 뒤집어보고 송아지 가죽 장정을 냄새 맡고, 살결처럼 매끈한 책등을 쓰다듬는다. 그런 다음 양각으로 금박 입힌 제목을 손끝으로 쓸어내린다. '미시즈 비턴의 가정 관리서Mrs. Beeton's Book of Household Management'.

내가 왜 이런 책을 보고 싶겠어? 실망감에 휩싸인 손가락을 움직여 책장을 넘기니, 종이가 서걱대고 구겨진다. 눈앞에서 단어들이 번쩍번쩍, 빙그르르…… 송아지 무릎 고기와 쌀…… 타르타르 머스터드…… 화이트소스를 뿌린 순무…… 구스베리 푸딩……. 썩 우아하지 못한 코웃음과 가쁜 숨이 터진다. 미스터 휘트마시가 내게 요리책을 사주었다! 예상보다 익살맞은 사내다.

서두르지 않고 손을 움직이면서 천천히 눈으로 훑어 내려간다. 마침내 꼼짝하지 않고, 케이퍼소스를 곁들인 구운 연어의 조리법을 한 단어씩 꼼꼼히 읽는다. 아주 독특한 감정이 밀려든다. 몇 분 전만해도 거품이 일듯 휘저어지던 마음이 이제 아주 작고 단단하고 잠잠하다. 개암 열매처럼.

모든 단어, 모든 재료가 묘하게 익숙하다. 책장을 넘긴다. 읽는다. 또 넘긴다. 그다음 장. 서서히 파악이 된다. 여기 실린 레시피들은 내 것이다. 물론 그녀 것이기도 하다. 내가 알아보는 것은 직접 조리해 봐서다. 내가 석판에 레시피의 관찰 기록을 적었기 때문이다. 분필 토막으로. 매일매일. 몇 년이나.

우리 레시피들이 도난당해 새롭게 종이에 나열되어 있다. 그녀의 우아하게 기울어진 필체와 표현, 은근한 유머는 없다. 뼈대만 남아 – 냉랭하고 품위라곤 없는 지침과 재료 목록 – 이제 누군지 몰라도 미시즈 비턴이 차지했다. 하지만 이 레시피들의 임자는 나와 아직 시신이 식지도 않은 채 무덤에 있는 미스 일라이저다.

하나하나의 요리를 혀로 맛보면서 계속 읽어나간다. 달짝지근하고 미끌미끌한 리크(대파 비슷한 백합과 채소 – 옮긴이), 버터 속에 담긴 어린 강낭콩, 눈처럼 산뜻하고 가벼운 머랭(달걀흰자와 설탕을 휘저어 살짝 구우 과자 – 옮긴이) 레시피를 하나하나 넘기다가 '보다이크 하우스'의 주방으로 돌아간다. 비둘기구이, 양파튀김, 물컹한 자두조림을 하느라 연기가 자욱하다. 곁방에서 삐걱대는 펌프 소리, 스토브에서 탁탁대며 장작이 타는 소리, 백랍 식기들이 쩔렁대는 소리, 포크와 나이프가 덜컥대는 소리, 밀대로 치는 소리, 냄비에서 계속 거품이 나면서 부글부글 끓는 소리. 그 모두의 노랫소리.

미스터 휘트마시가 준 도둑질한 레시피 책을 치우고, 천천히 몸을 굽혀 무릎을 꿇고 바닥에 흩어진 종잇조각을 줍는다. 그때 그녀의 기척이 들린다. 난 그녀의 발소리를 알아듣는다. 돌바닥에 닿는 아주 간결하고 단호한 소리. 그녀는 발목을 스치는 치맛자락을 날리면서 내게 다가온다. 확고하면서도 상냥한 목소리로 그녀가 외친다. '앤? 앤?'

그녀의 다음 말이 또렷이 기억난다. '오늘 우린 무척 바쁠 거야, 앤.' 나는 기다린다. 하지만 적막만 흐른다. 밖에서 비둘기 우는 소리가 얼핏 바람결에 살포시 실려 온다. 그러더니 옆집 수탉이 힘차게 울기 시작한다.

이제 뭘 해야 될지 잘 안다.

1
일라이저

생선 뼈

한낮의 런던 시내, 수레와 마차가 자갈길에서 삐거덕대고 행상들이 호객하느라 고함친다. 외발 손수레와 두 발 짐수레가 밀치락달치락하고, 셔츠도 없이 갈비뼈가 앙상한 소년들이 굶주린 새마냥 고개를 숙이고 김 나는 말똥 덩이를 삽질하여 치운다. 연중 가장 더운 날이다, 아니 내게는 그리 느껴진다. 가장 좋은 비단 드레스를 입었는데 옷 속이 펄펄 끓고 답답하다. 페이터노스터 로우row(양쪽으로 건물이 늘어선 길 - 옮긴이)의 모든 벽돌, 모든 놋쇠 종을 치는 줄, 철제 난간이 열기를 내뿜는다. 짓다 만 창 없는 건물의 공사장에 세워진 나무 발판조차 열기를 빨아들여 갈증으로 삐걱댄다.

내 생애 최고로 중요한 날이어서, 따끔대는 시경을 가라앉히려고 경치를 살피며 언어로 구성해본다. 높은 건물들이 그림자를 드리운

도로의 한편으로 쭉쭉 빠지는 인파. 땀을 번들대며 용을 쓰는 말들. 마차 창 안에서 펄럭대는 공작 깃 부채. 마부의 느즈러진 채찍질. 그리고 티 하나 없이 푸른 돔 속의 커다란 황금 공 같은 태양.

운율이 맞아떨어지지 않아서 잠시 멈춘다. '티 하나 없이 푸른 돔'보다 '아스라이 푸른 정자'가 귀에 착 감기는 것도 같다. 입술을 달싹이며 단어들을 혀 위에서 미끄러지게 하니 귀에서 울려 퍼진다······. '아스라이 푸른 정자'······.

"앞을 보고 다니라고, 여편네야!"

휘청대다가 썩은 양배추를 실은 수레와 부딪힐 뻔한다. 불쑥 집이 그립다, 그 익숙함과 푸근함. 런던이라는 악취 나는 거대한 전쟁터에 내 자리가 없다는 생각이 든다.

성마른 인파의 도가니인 그늘진 쪽의 길을 벗어난다. 뙤약볕 아래서 행인의 숫자는 줄어들지만 악취는 더 심하다. 씻지 않은 몸, 썩어가는 치아, 똥오줌 냄새. 자갈돌 사이에 끼어서 썩는 온갖 쓰레기가 발에 밟힌다. 허옇게 변한 청어 뼈, 새조개 껍데기, 녹슨 못, 씹다가 뱉은 담배 가루, 구더기가 낀 쥐 사체, 말라비틀어진 오렌지 껍질과 초파리가 들끓는 사과 심. 죄다 바싹 마르거나 악취를 풍기며 물컹하게 썩었다. 나는 손가락으로 코를 잡는다. 이 고약한 악취가 시가 되는 것은 원치 않으니까.

"아스라이 푸른 정자."

입속말로 중얼댄다. 평론가는 내 첫 시집을 '단정하고 우아하다'고 평했는데, '아스라이 푸른 정자'가 그 비슷한 단정하고 우아한 표현이라고 생각할 수밖에 없다. 하지만 유명 시인들의 시집을 출판하는 토머스 롱맨은 어떻게 생각할까? 미스터 롱맨이 떠오르자 난-아찔하게-현실로, 용무로 되돌아간다. 내려다보니 진녹색 줄무늬 비단 드레스가 축축하고, 겨드랑이가 검은 웅덩이처럼 얼룩졌다. 왜 마차를 타지 않았을까? 생애 가장 중요한 약속에 열병 앓는 아이처럼 흠뻑 젖은 꼴로 도착하게 생겼네.

놋쇠 명판에 '롱맨 도서출판과 판매소'라고 새겨져 있다. 나는 멈춰 서서 심호흡을 한다. 그 순간 내 인생이, 과거가, 머리 위의 광활한 하늘이, 뒤죽박죽인 런던이 하나의 떨리는 점으로 응축된다. 이것이다. 내가 장장 10년간 기다린 순간. '내 별이 빛나는 새벽.'

목에 흘러내려 붙은 머리칼을 떼어 보닛 모자 속으로 넣는다. 젖은 드레스의 주름을 얼른 초조하게 문지르자 떨리지만 준비가 갖춰진다. 위압적인 긴 종끈을 당기자 어떤 사람이 문을 열고, 책이 쌓인 방들 너머의 좁은 계단을 가리킨다. 꼭대기에 있는 방은 책 더미가 잔뜩 있어서 내 치마폭이 겨우 지나간다. 미스터 롱맨-그 사람으로 짐작된다-은 책상 뒤에 앉아, 펼쳐진 지도를 내려다보는 통에 덥수룩한 정수리만 내 눈에 보인다.

그는 나를 모른 체하고, 난 시인의 시선으로 관찰할 기회를 얻는다. 그는 몸에 금을 휘감았다. 양손에 금 인장 반지를 끼고, 회중시계의 금줄이 프록코트의 검은 주름 사이에 걸쳐졌다. 머리 전체가 강철빛의 회색이다. 그가 고개를 드니, 혈색 좋은 얼굴이 눈에 들어온다. 라벤더색의 능직 비단 넥타이 때문에 얼굴이 더 발그레해 보인다. 턱이 넥타이 주름을 누른다. 뒤엉킨 눈썹 밑으로 눈이 움팍하다.

"아, 미시즈 액턴……."

그가 절반쯤 감은 눈으로 날 올려다본다.

내 뺨이 달아오른다.

"미스 액턴입니다."

내가 대꾸한다. '미스'에서 반항적으로 어조가 올라간다.

그가 고개를 끄덕이더니 지도, 책, 잉크병을 옆으로 치워 길을 내고 거기로 손을 내민다. 나는 당황하며 허옇고 두툼한 손바닥을 쳐다본다. 신사들처럼 그 손을 잡고 악수해야 되나? 그는 내 손을 잡고 입술을 대거나, 일어나서 허리를 굽힐 기미를 보이지 않는다. 그래서 악수만 하는데 묘하게 흥분된다. 설명할 수 없는 희미한 전율이랄까.

"저한테 보여줄 게 있겠지요."

미스터 롱맨은 책상 위에 흩어진 종이 더미를 휘적휘적 뒤진다.

"제가 보내드린 편지에서 설명했습니다. 10년간 부지런히 작업해온 시집입니다. 마지막 시집은 입스위치의 리처드 덱이 출판했고, 사실 사장님이 바로 이 서점에서 판매하셨지요."

말이 혀에서 미끄러지면서 — 예상보다 담담하게 — 한 장면이 머릿속으로 헤엄쳐 들어온다. 미스 L. E. 랜던이 내 시집을 낭송하는 모습. 내 이름이 금박된, 매끈한 물개 가죽으로 근사하게 장정된 책이다. 장면이 워낙 또렷하고 환해서, 그녀의 눈에 어린 눈물과 감탄해서 올라간 입꼬리가 보인다. 그녀는 섬세하고 귀중한 거위 털을 다루듯 책장을 손가락으로 매만진다.

그런데 그때 미스터 롱맨이 너무도 당황스러운, 너무도 낙심되는 행위를 한다. 그리고 미스 L. E. 랜던은 출간된 내 시집과 함께 마음에서 싹 사라진다. 그는 내가 여러 사실을 뒤섞어서 못 참겠다는 듯이 고개를 젓는다.

"분명히 말씀드리는데, 저의 시집은 롱맨을 비롯해 여러 유명 서점에서 판매되었습니다. 한 달 안에 재판을 찍었고……."

롱맨이 조바심 어린 한숨을 크게 쉬어 내 말을 끊는다. 그는 책상에서 손을 당겨 손수건으로 이마를 훔친다.

"제가 직접 기부금을 모았고 브뤼셀, 파리, 세인트헬레나 섬 같은 먼 곳에서도 주문을 받았습니다. 독자들이 귀사처럼 널리 영향력을 미치는 출판사가 저의 책을 낼 필요가 있다고 믿게 해주네요."

필사적인 말투가 나와서 나 스스로 놀란다. 자만심도 느껴진다. 어머니의 말이 머릿속으로 파고든다. '인정받는 데에 너무 급급해…… 너무 야심차고…… 적절함에 대한 감각이 없어…….'

하지만 미스터 롱맨은 아까보다도 세게 고개를 젓는다. 그가 힘껏 머리를 흔들자 아래턱 주름이 출렁대고, 이마에 송골송골 맺힌 땀이 작은 방울로 지도에 뚝뚝 떨어진다.

"시는 숙녀의 영역이 아닙니다."

그가 내뱉는다.

난 심한 충격을 받아 온몸이 구석구석 뻣뻣해진다. 이 사람은 미시즈 허먼스에 대해 아무것도 모르나? 혹은 미스 L. E. 랜던은? 아니면 앤 캔들러는? 항의라도 할 것처럼 나도 모르게 입이 벌어진다. 하지만 미스터 롱맨은 내가 무슨 말을 할지 알며 듣기 싫다는 듯이 손을 허공에 젓는다

"저, 소설 집필은…… 그건 아주 다른 문제지요. 미스 액턴, 중편

소설은 젊은 숙녀들에게 무척 인기가 있습니다."

그는 '젊은' 부분을 올렸다 내리면서 길게 발음한다. 내 얼굴이 재차 화끈거린다. 그리고 흥분감과 반항심이 다 사라진다.

"중편 로맨스 말입니다. 혹시 보여줄 작품이 없습니까?"

나는 눈을 깜빡이면서 생각을 정리해본다. 미스터 롱맨이 내 편지를 읽긴 했을까? 혹은 6주 전 성심껏 가는 초서체로 필사한 시 50편을 읽어봤을까? 아니라면 대체 왜 만나러 오라는 편지를 보냈을까? 속상하게도 목구멍이 조이고 아랫입술이 파르르 떨린다.

미스터 롱맨이 혼잣말하듯 중얼댄다.

"그렇지, 고딕 로맨스(현실과 초자연적인 요소가 섞여 기괴하고 아름다운 소설 장르 - 옮긴이)면 고려할 만하지."

나는 떨리는 입술을 깨물면서 마음을 다잡는다. 내면에서 불꽃 같은 게 – 분노? 짜증? – 솟구친다.

"더 최근에 시 몇 편이 〈서드버리 포켓북〉과 〈입스위치 저널〉에 게재되었습니다. 괜찮은 작품이라는 평도 들었고요."

대담성에 스스로 놀란다. 하지만 롱맨은 어깨를 으쓱하더니 천장으로 시선을 돌린다. 천장이 낮고 처졌다.

"나한테 시를 가져와봤자 소용없습니다! 요즘은 아무도 시를 원하지 않으니까. 가벼운 고딕 로맨스를 써줄 수 없다면……."

그는 도리 없다는 몸짓으로 손바닥을 펴서 책상에 올린다.

그의 빈 손바닥을 노려보자니, 오장육부 – 내 영혼, 대담성 – 가 푹 퍼내져서 버려지는 기분이 든다. 10년간의 산고가 허사로 돌아간다. 시를 쓰느라 희생한 감정, 노력, 모든 게 물거품이 된다. 흉곽

옆쪽으로 땀이 시내처럼 흐르고, 목구멍이 조이듯 숨이 가쁘다. '무너지는 억장의 고통스런 박동이 잦아들어 잠잠해지네……'

미스터 롱맨은 머리통을 벅벅 긁으면서 계속 천장을 올려다본다. 구두 굽으로 책상 아래 바닥을 툭툭 건드리면서. 내가 앞에 있는 걸 잊었나. 아니면 내가 고딕 로맨스를 쓸 거라고 믿어도 될까 고심하는 중일까. 나는 괴로움을 꿀꺽 삼키듯 조심스레 기침을 한다.

"사장님, 제 시 원고를 돌려주시겠어요?"

그가 손뼉을 치면서 갑자기 벌떡 일어나자, 회중시계 줄이 쩔렁대고 구두의 은색 버클이 달그락댄다.

"다시 생각해보니, 현재 소설가는 차고 넘칩니다. 그러니까 중편소설을 가져오지 말아요."

"제 원고 말인데요? 원고를 받지 않으셨나요?"

힘없이 말이 나와서 잘 들리지 않는다. 이 사람이 내 시를 분실했을 수도 있을까? 지도와 종이 더미 틈에 아무렇게나 놔두었나? 이제 그는 나를 보내려고 한다…… 빈손으로. 중편소설을 의뢰하지도 않고. 의심 많은 내 목소리가 중얼댄다. '내가 뭐랬어. 사기꾼이야…… 사기꾼……. 시에 바친 작은 수고가 난로에 던져졌을 거야……' 방을 훑어본다. 본능적으로 벽난로를 찾는다. 잿더미에 내 시구가 한 움큼 섞여 있을까 해서.

갑자기 미스터 롱맨이 또 손뼉을 친다. 가라는 신호인가 해서 그를 쳐다본다. 하지만 그는 나를 응시한다. 빛나는 눈으로, 여전히 양손을 맞잡고서,

"요리책!"

나는 어리둥절해서 찡그린다. 무례하고 속을 알 수 없는 인물이라고 생각한다. 대체 나를 뭘로 보는 거야? 서른여섯 살 미혼녀에, 땀이 얼룩진 옷을 입었을지언정 앞치마를 두른 가정부가 아닌 것을.

"집에 가서 요리책을 써와요. 그러면 계약할 수도 있으니. 잘 가요, 미스 액턴."

그가 너저분한 책상 위로 손을 젓자, 순간적으로 내 원고를 찾는다는 생각이 든다. 하지만 그는 문을 손짓한다.

"저는 요리를 하지 않습니다…… 할 줄도 모르고."

몽유병자처럼 문 쪽으로 가면서 힘없이 중얼댄다. 실망해서 머릿속이 뿌옇다. 활력이 싹 빠져나간다.

"시를 쓸 수 있다면 레시피도 쓸 수 있을 겁니다."

그가 회중시계의 유리판을 두드리고, 툴툴대면서 귀에 시계를 댄다.

"이놈의 불더위 때문에 내 소중한 시간이 날아간다니까. 잘 가요!"

사라지고 싶은 마음이 불쑥 샘솟는다. 괴물 같은 런던의 악취에서 벗어나고 싶다, 요리책 같은 경박한 실용 서적 때문에 시를 퇴짜 맞은 수모에서 벗어나고 싶다. 서둘러 계단을 내려가는데 눈물이 차오른다.

불쑥 미스터 롱맨의 목소리가 울려 퍼진다.

"깔끔하고 기품 넘치게 써요, 미스 액턴. 당신의 시처럼 깔끔하고 기품 넘치는 요리책을 가져와요."

2
앤

순무 수프

오늘은 내 평생 가장 창피한 날이다. 엉겁결에 잠이 들었는데, 15분도 안 되어 정신을 차리니 목사가 떡 서 있지 뭔가. 검은 그림자마냥.

"어머나, 소프 목사님."

난 말을 더듬대면서 비척비척 일어난다. 목사가 무슨 일로 왔는지 즉시 파악된다. 솔직히 이런 날이 오리라 각오하던 차다.

그의 눈이 풍차처럼 주변을 휘휘 둘러본다. 쌩쌩 도는 풍차처럼. 목사는 우리 오두막을 점검한다. 굴뚝에 늘어진 거미집, 바빠서 미처 못 빤 기름진 행주 더미, 구석구석 쌓인 검은 개털 뭉치. 그래도 난로 바닥은 말끔히 닦고 재를 퍼낸 상태다.

그의 뒤에서 엄마가 몸에 묶은 이불보를 쥐어뜯는다, 나는 매듭을 알아본다. 목사 사모님이 지은 매듭이다. 그러니까 엄마가 알몸으로 발견되었다는 뜻이다. 아마 메드웨이 강변에서 목욕하려다 다시 옷 입는 걸 잊었겠지. 이 생각을 하자 움찔한다. 지나가는 거룻배들, 화약 공장에서 구경하는 사내들……

"더 이상은 안 되겠다."

소프 목사가 한 손으로 배에 원을 그리면서 말한다. 과자, 파이, 끓인 푸딩을 먹어 배가 물컹하고 불룩하다.

"엄마가 돌아다니셨어요? 저랑 끈으로 묶었는데 제가 깜빡 졸았어요."

엄마 때문에 밤새 잠을 설쳤다는 말은 하지 않는다. 엄마는 이래라, 저래라, 끈을 당기고 날 꼬집고 발로 차고, 손톱으로 자기 잠옷을 찢었다.

"언제부터 어머니가……?"

목사는 바닥을 향해 머리를 홱 숙인다. 이게 악마의 수작이라고 말하려는 듯 지옥 쪽으로.

하지만 나는 신이 모든 피조물을 사랑하는 걸 알기에, 머리를 하늘로 젖히면서 최대한 단호하게 응수한다.

"엄마가…… 정신이 흐릿해지신 지 5년 됐어요."

지난 보름달이 뜬 날 이후로 더 악화되어 딸도 못 알아본다는 말은 하지 않는다.

목사가 말한다.

"정신요양원에 가셔야 한다, 앤. 새 병원이 있어, 바밍 히스에."

"엄마를 제 몸에 더 단단히 묶을게요."

나는 목사의 눈을 피하면서 말한다. 부끄러워 얼굴이 빨개진다.

그가 엄마를 발견했을까, 아니면 다른 사람이? 누군가가 엄마를 집에 데려오지 않고 목사관으로 데려갔다. 아니면 엄마가 교회를 찾아갔을까? 그 생각을 하니 배 속이 작은 공처럼 움츠러든다. 알몸이나 너절한 속옷 바람으로, 미치광이처럼 교회에 앉아 있는 장면이 떠올라서.

"오늘 뭘 먹었니, 앤?"

목사가 셉티머스를 빤히 본다. 난롯가에 엎드린 개는 한 눈에서 눈물이 흐르고 한 눈이 감겼다. 말라빠진 개가 곧 죽을 거라고 짐작하는지 목사는 잔뜩 경계하는 눈치다.

"엄마가 구빈원이나 요양원에서 드실 식사보다는 잘 먹었어요."

나는 이불보의 매듭을 풀고 어머니를 바닥에 앉힌다. 조용히 계시기를 바라면서. 난 소프 목사가 가주길 바라지만, 그는 똑같은 질문을 세 번이나 되풀이하면서 대답을 채근한다.

"둘이서 빵이랑 양파, 돼지기름 조금요."

마침내 내가 대답한다. 빵집 빗자루처럼 딱딱한 빵이라고는 말하지 않는다. 내 팔뚝만 한 줄기가 자란 양파라고도 말하지 않는다. 좀 생각한 후에 거짓말로 둘러댄다.

"순무 수프도요."

"어머니가 요양원에 가실 수도 있어, 비용도 안 들고 잘 간호 받으실 게다. 내가 아버지에게 묘지 관리직을 마련해주마."

목사의 말을 듣고 난 어리둥절해서 그냥 서 있다. 그가 엄마를 보내려는 것은 알겠지만 아버지에게 일자리를 주는 것은…… 성자가 따로 없다. 왜냐면 그가 오빠 잭에게 런던에 일자리를 구해준 지 3년도 안 지났으니까. 잭은 신사 클럽의 주방에서 구이용 화로를 회전하는 일을 한다. 나는 아버지가 외다리라는 점을 상기시킨다. 왕과 조국을 위해 싸우다가 한쪽 다리를 잃었다.

목사는 내가 옴이 있는 똥개라도 되는 것처럼 허연 손을 흔들며 대답한다.

"그래, 그렇지. 하느님은 네 어머니가 알몸으로 들판을 누비는 걸 원치 않으신다. 그건⋯⋯."

그가 말을 끊고 눈을 가늘게 뜨더니 이어서 말한다.

"이 교구의 도덕에도 좋지 않아."

하느님이 그에게 말하셨나? 하느님이 엄마의 정신병을 불평하셨나? 어쩌면 하느님은 저번 밤의 일도 알려주셨겠지. 그날 난 아버지가 앙상한 손으로 엄마의 목을 쥐고 크리스마스에 거위를 잡듯 비트는 걸 발견했다. 아버지는 드물게 화가 나 있었다. 과음해서 숨을 쉴 때마다 술 냄새가 풍겼다. 다행히 취기로 ─ 다리 하나가 없기도 하고 ─ 기운이 없어서 바닥에 쓰러져 울부짖었다.

"네 엄마가 아무것도 기억하지 못한다, 앤. 심지어 나도⋯⋯ 전혀 자신을 어쩌지 못하는구나. 이제 사람이라고 할 수가 없지."

그사이 엄마는 침대에 누워서, 바로 자신의 남편한테 목 졸린 줄도 모르고 잇몸을 드러내어 웃기만 했다.

소프 목사는 오두막에서 나가면서, 엄마를 외면하느라 하늘을 쳐다본다. 그녀가 바닥을 기어 다닌다. 이제 두피가 누런 양피지 같고, 숱이 적은 머리칼이 엉겼다. 나는 엄마를 매트리스에 눕히고, 앙상한 팔다리를 고양이처럼 웅크리게 한다. 몸을 휘감은 이불보가 어깨, 무릎, 엉덩이 근처에서 크게 매듭지어 있다. 그래서 엄마는 사람보다는 배배 꼬인 빨랫감이랑 비슷하다. 문득 보살필 수 있는 사람도, 진정시킬 수 있는 사람도 나밖에 없다는 걸 깨닫는다. 내가 간청한다.

"꼭 엄마가 옷을 입고 다니게 할게요. 또 더 단단한 매듭을, 맞매듭 짓는 법을 배울게요."

이 말에 목사는 가만히 서서 오두막 안을 세심하게 둘러본다. 그의 시선을 따라가니 선반이 보인다. 전에는 기도서, 『간단하고 쉽게 하는 요리Cookery Made Plain and Easy』, 붉은 리넨으로 장정된 『독일 동화집German Fairy』 같은 엄마의 책들이 꽂혀 있었다. 지금은 선반이 텅 비었다. 덩그마니 휑하다. 나는 목사가 집에 기도서도, 성경책도 없는 이유를 묻기를 기다린다. 하지만 그가 너무 놀라운 말을 해서 말문이 막힌다.

소프 목사가 말한다.

"앤, 넌 똑똑한 아가씨야. 재주가 많지. 가정부가 될 수 있다. 아니면 보모가 될 수도 있고. 그러고 싶지 않니?"

나는 바보처럼 눈을 깜빡인다.

"어머니가 너에게 읽기와 쓰기를 가르치지 않았니?"

그게 사실이라서 내가 고개를 끄덕이자, 목사가 다시 말한다.

"양심적으로 정직하고 아주 열심히 일하면 귀부인의 하녀가 될 수도 있어. 네가 고된 노동을 꺼리지 않으리란 걸 난 알아."

나도 모르게 가장 은밀한 욕망을 발설한다. 매일 밤 머리에서 펄럭이는 리본처럼 나부끼는 말을.

"제 꿈은 요리사가 되는 거예요."

내가 말한다. 그래놓고 후회한다, 당연히 그렇다. 하지만 주워 담기에 이미 늦었다. 그래서 엄마의 머리에 붙은 잔가지를 떼느라 분주하게 군다.

소프 목사가 기침을 한다. 아버지처럼 액체가 끓는 거친 기침이 아니라 빵가루가 걸린 것 같은 기침이다. 한참 후 그가 말한다.

"야심만만한 일이겠구나. 하지만 단출한 가정에나 들어갈 수 있겠지. 식기 닦는 하녀로 시작한다면 가능하겠지. 몇 살이냐, 앤?"

"다가오는 성 미카엘 축일(9월 29일 - 옮긴이)에 열일곱 살이 돼요."

나는 명확하게 또박또박 말하려 애쓰지만, 마음이 딴 데로 가고 있다. 바삭한 파이, 버터가 듬뿍 든 끈적한 푸딩, 꼬챙이에 꿰여 돌아가는 새고기, 잘 익은 과일들이 놓인 선반, 달콤한 건포도가 가득 담긴 통, 내 손만 한 계피 조각, 그리고 잭에게 들은 음식들이 눈앞에 떠다닌다.

목사가 말한다.

"일을 시작하기에 나이가 많지만 내가 일자리를 찾아보마. 하느님의 세상에서는 누구나 제 몫을 해야지."

제 몫을 못한다는 말을 들었으니 시무룩해질 만하다. 그런데 마음의 반만 여기 있다. 나머지 절반은 저 멀리 주방으로 날아간다. 거기서 나는 다지고, 썰고, 볶고, 돼지고기를 꼬챙이에 꿰고, 염통에서 기름을 뗀다. 잭이 런던에서 그러듯이. 그는 내가 상상 못할 만큼 음식이 많다고 말한다. 큰 우유통보다 큰 수프 냄비, 우리 오두막보다 큰 더치 오븐, 집만 한 식품저장실, 내 머리통보다 큰 막자사발. 그때

배 속이 꾸르륵대서 얼른 옆구리를 부여잡는다. 목사가 날 경박해서 남의 주방에서 일하지 못하겠다고 생각할까 걱정된다.

그가 구부정하게 문틀 아래를 지난다. 문틀이 나귀 키만 하게 낮다.

"어머니는 잘 먹고 보살핌을 받으실 테고, 너와 아버지는 돈을 벌 거야. 그렇게 합의된 걸로 하자."

눈 안쪽이 뻐근하다. 엄마를 정신병원에 가두어야만 내가 요리사가 될 수 있을까? 방금 내가 그러기로 합의한 건가?

3
일라이저

옥스퍼드 펀치

마차가 흔들리며 달리자, 난 주홍색 양귀비와 여기저기서 헝클어져 반짝이는 건초 더미를 보면서 마음을 가누려 한다. 어둑한 들녘에서 검은 천 조각 같은 까마귀 떼가 날아오른다. 하지만 아름다운 정경이 괴로움을 보태기만 한다. 평소라면 이런 풍경을 묘사할 가장 적확한, 가장 밀착된 어휘를 찾으며 기쁨을 누리련만. 이제 모든 것이 날 비웃는 것만 같다. 게다가 유명인인 롱맨과 만난 얘기를 들으려고 집에서 기다리는 가족을 생각하지 않을 수가 없다. 덜컹대는 긴 여정에 오른 후에도 그의 퇴짜가 뇌리를 떠나지 않는다. '시는 숙녀의 영역이 아닙니다. ……요즘은 아무도 시를 원하지 않아요…….' 그리고 마지막에 던진, 모욕적인 요구. '집에 가서 요리책을 써요. 그러면 계약할 수도 있으니.' 말본새하고는! 그 대목을 전할 의사가 없다. 아무한테도.

마차가 입스위치에 가까워지자, 내 안에 수치심과 열패감이 벽돌장처럼 자리 잡는다. 하늘이 어두워지고 무수한 작은 은별이 촘촘히 박힌다. 어둠 속에서 우리 집이 나타나자 – 창문마다 촛불이 깜빡이고, 어린 나방들이 유리에 붙어 날갯짓을 한다 – 사라지고 싶은 마음만 든다.

현관문이 벌컥 열리더니, 숨 가쁘게 불빛과 목소리가 쏟아져 나온다. 굴러가는 것 같은 피아노 소리도 들린다.

"일라이저가 왔다! 돌아왔어요!"

피아노 소리가 멈춘다. 촛불들이 나타나 밤공기 속에서 너울댄다. 그 뒤로 캐서린, 에드거, 안나의 흥분한 얼굴이 보인다. 가정부 해티까지 귀가한 나를 맞으러 나온다.

뒤이어 어머니가 나와서, 눈을 가늘게 뜨고 어둠 속을 본다.

"일라이저, 왔니? 다들 오래 기다렸다. 서둘러라! 얼른! 자칫하면 서포크의 나방 전부가 새 커튼에 둥지를 틀겠다."

내가 마차에서 내리기도 전에 질문이 쏟아진다.

캐서린이 애타게 묻는다.

"미스터 롱맨이 뭐라고 했어, 일라이저? 제발 말해줘! 맨 처음부터 빠짐없이 다 말해줘."

"안 돼, 처음부터는 말고. 그러다간 밤을 새야 될걸. 요점만 말해, 미스터 롱맨은 어땠어?"

에드거가 소리친다.

갈비뼈 밑에 예리한 통증이 생긴다. 나보다 가족의 실망이 더 마음 쓰인다. 어머니야 '내가 뭐라던'이라며 내 실패를 은근히 고소해할 테지만, 에드거는 아니다. 여동생들도 아니고. 아버지도 그렇고. 그들이 실망하는 모습이 훤히 그려진다.

"아이 참, 에드거. 꼭 그리 안달해야겠니? 안나, 요리사한테 옥스퍼드 펀치를 최고로 맛있게 만들어 가져오라고 해라. 서두르라고 이르고. 아버지가 아직 안 돌아오셔서 좀 찜찜하구나. 존은 네가 돌아오기 전에 집에 와 있겠다고 했는데."

어머니가 초조하게 양손을 비틀면서 말한다.

나는 안도한다. 아버지에게 실패 소식을 알리기가 가장 무섭다. 늘 나를 믿어주고 내 노력을 지지해준 분이다. 내가 여학교를 세우려고 하자 자금을 지원한 사람도 아버지였다. 또 종이와 제본이 최고급이어야 된다면서 첫 시집의 출판 비용을 대주었다.

"일이 많으시거나 열쇠를 못 찾아서 늦으시는 거겠지요."

나는 안도감을 감추려고 활달한 말투로 대답한다.

"미스터 롱맨이 뭐라고 했어?"

에드거가 묻는다. 그는 웃옷의 뒷자락을 펼치고 의자에 앉으면서 계속 말한다.

"장담컨대 그는 일라이저의 시가 악당 바이런 경의 시보다 훨씬 뛰어나다고 평가했을 거야. 펀치 볼이 오는 대로 건배하자고."

그는 들떠서 양손을 허벅지에 대고 문지른다.

내가 속삭여 말한다.

"부탁이야, 펀치는 그만둬. 축하할 일이 없어."

나는 발을, 부츠에 묻은 런던의 먼지 자국을, 석탄가루가 까맣게 낀 진주 단추를 내려다본다. 적당한 말이 떠오르지 않는다. 가족의 실망을 다독일 만한 말이 없다.

결국 내가 말한다.

"이제 출판업자들이 시집을 내려고 하질 않아."

"말도 안 돼! 누나가 본명을 쓰려는 결심을 고집해서 그런 거지?"

에드거가 의자에 몸을 더 기대며 말한다.

"미스터 롱맨에게 지난번 시집에 대해, 한 달도 되기 전에 재판을 찍어야 했다고 말했어?"

캐서린이 상냥하게 묻는다.

"그는 필명으로 시집을 출간하자는 제안도 하지 않았어. 그냥 시집 자체를 원하지 않아. 미안해."

나는 알이 작은 진주 목걸이의 안쪽에 손가락을 넣는다. 목구멍이 뜨겁고 뻑뻑하다.

어머니가 '저기'라고 운을 떼다가, 볼을 부풀리더니 말한다.

"내 견해를 묻는다면, 늘 네 시가 너무 솔직하고 살짝 무례할 수도 있다고 느꼈지. 그게 롱맨이 시를 달가워하지 않은 이유일 게다."

나는 입을 꾹 다문다. 물끄러미 내려다보니 겨드랑이에 허연 땀 얼룩이 보인다. 옷과 피부에 런던의 악취가 뱄다.

"그 사람은 이제 아무도 시를 원하지 않는다고 말했어요. 독자들이 원하는 것은⋯⋯."

나는 말을 끊고 침을 삼키고 나서 말을 잇는다.

"⋯⋯소설, 로맨스라네요. 고딕풍이면 더 좋고."

"그런 글을 못 쓰지, 일라이저 언니?"

캐서린이 묻는다.

"말도 안 되는 소리. 누나가 돈이 필요한 것도 아니고. 시는 그 저…… 그저……."

에드거는 내가 시를 쓰는 목적을 확실히 모르는 듯 말꼬리를 흐린다.

어머니가 끼어든다.

"지난번 시집에 너 자신을 과도하게 드러냈지. 경솔해서 결국 몇 몇 이웃이 몹시 궁금한 눈으로 날 보게 만들었어. 네 – 우리 – 이름으로 출판하지 말걸 그랬지 뭐냐. 도가 지나쳤어, 너무 드러냈지."

"키츠나 워즈워스는 열정을 드러내도 얼마든지 괜찮지만, 저는 안 되는군요. 그런 말씀인가요?"

"어머니 말씀은, 개인적으로 훌훌 써대는 정도로 만족할 순 없냐는 뜻일 거야. 진정한 시는 청중이 필요 없지 않아?"

애드거가 말한다.

나는 왜 청중을 원하는지, 왜 '훌훌 써대는' 작품에 본명을 쓰고 싶은지 설명할 말을 궁리한다. 그게 나를 더 넓고 깊은 세상의 일원으로 느끼게 해주니까. 그 세상에서 타인들과 연결되고, 내가 중요하다. 그런데 혼자 보려고 '훌훌 써대면' 어떻게 그걸 이룰 수 있을까? 내가 백지면, 이름이 없으면?

어머니는 고개를 갸우뚱하면서 끄덕인다.

"출판까지 하는 게 좀 허세긴 해. 숙녀에게 그건…… 신을 따르지 않는 일이기도 하고."

몸이 굳는다. 눈 뒤쪽이 화끈거린다. 미스터 롱맨의 말이 눈앞에서 둥둥 떠다닌다. '시는 숙녀의 영역이 아닙니다.' 하지만 어머니가 신이 관여한다면서 신까지 들먹이는 것은 너무 지나치다. 난 부아가 나서 노려보지만, 그녀는 경건하게 하늘을 올려다본다.

안나―상냥하고 다정한 안나―가 내게 손을 뻗어 꼭 쥔다.

"다른 출판업자도 많아, 언니. 실망할 필요 없어."

나는 고마워서 고개를 끄덕이지만 말을 할 수가 없다. 어머니와 에드거의 말이 가슴에 박혀서 미스터 롱맨의 말과 불쾌하게 뒤섞인다. 그리고 분노 밑에, 청중이 필요하다는 합리화 밑에 지워지지 않는 의구심이 맴돈다. '사기꾼. 사기꾼.' 하지만 그 이상의 뭔가가, 흐릿하고 뿌연 것도 있다. 상실감. 분노, 실망, 의심 사이로 상실감이 넘실댄다. 이제 나는 어떤 존재인가? 내 이름으로 달랑 시집 한 권을 출간한 서퍽 출신의 노처녀……

은도금된 펀치 볼을 쳐다보니 거기 비친 내 얼굴과 마주한다. 새치가 섞인 거무스름한 머리칼. 눈가의 자글자글한 주름. 올라간 입꼬리. 난 서른여섯 살이다. 그리고 난 아무것도 아니다.

마차 여행을 하느라 고단하다고 양해를 구하고, 계단을 성큼성큼 올라 침실로 간다. 얼른 혼자 있고 싶다. 양손에 머리를 묻고 다 잊고 싶다. 촛불을 켜고 침대에 누워, 기운을 북돋우는 옥스퍼드 펀치를 마시지 않은 걸 후회한다. 질펀한 향신료와 포트와인(포르투갈산 포도주 ― 옮긴이) 냄새가 문틈으로 들어와, 포근한 양털 숄처럼 몸을 감싼다. 펀치 한 잔이 자는 데 도움이 된다고 생각한다. 가족들에게 들은 말을 지우는 데 도움이 되련만. 하지만 롱맨의 말은 펀치로도 지워지지 않을 것이다. 더 집요하고 더 수치스런 말이니까. 내가 남자였다면 그는 요리책을 써오라는 경박한 요구를 하고 돌려보내지 않았으리라. 그는 나를 하녀 취급 하면서 말했다. 소설을 쓸 자격조차 없다고. 식물이나 나비 관련서조차 못 쓴다는 듯이.

위로를 얻으려는 듯 향신료 냄새를 쿵쿵대는데, 갑자기 생각이 산산이 흩어진다. 아래층에서 긴 통곡이 터져 나온다. 헛간 올빼미처럼 귀를 찢는 소리다. 놀라서 일어나 앉는다. 언성이 높아지고 문이 쾅 닫히고, 바람이 복도를 지나 계단으로 올라오면서 집이 소란해진다. 호떡집에 불난 것처럼.

미스터 롱맨이나 시나 나에 대한 생각이 사라진다. 양초를 움켜쥐고 계단참으로 달려가 난간 너머를 내려다본다. 다들 복도에 모여, 넓게 퍼진 등불 안에 서 있다. 아수라장이 따로 없다! 아버지는 돌아와, 허둥대는 식구들에게 몸을 돌린다. 안나와 캐서린은 흐느끼고 애드거는 고함친다. 어머니는 양손으로 머리를 감싸고, 해티는 입을 헤벌리고 지켜본다.

부츠 발이 나를 향하여 계단을 올라온다. 아버지다. 흰 머리칼이 삐죽 섰고, 목가의 넥타이가 느슨하다. 철테 안경 뒤로 눈이 번뜩인다.

"무슨 일이에요?"

내가 묻는다. 혼란스럽고 그만큼 두렵다.

"우린 끝났어, 일라이저! 끝장이야."

그가 몸을 돌려 계단을 내려가 거실로 향하고, 난 어리둥절해서 뒤따른다. 아버지는 펀치 볼을 보더니 거기로 간다. 이제 볼에 펀치가 조금 남아 색이 흐릿하다. 그가 은 국자로 퍼서 곧장 입으로 가져가자, 펀치가 셔츠 칼라 속으로 흐른다.

"우린 가진 걸 다 잃었다."

그가 손을 떨면서 한 국자 더 퍼서 마신다. 진홍색 액체가 목덜미를 타고 흘러 셔츠, 넥타이, 재킷의 옷깃이 얼룩진다.

"어떻게요?"

나는 아버지가 착각이거나 취했거나 뇌염에 걸렸다고 짐작하고 빤히 본다. 매주 〈입스위치 저널〉에 열두어 명 이상의 파산자 명단이 실리지만, 아버지 같은 부류는 없다. 그는 케임브리지 대학교 세인트존스 칼리지에서 법학사를 취득한 신사다.

"내 잘못이 아니란다, 일라이저. '골든 라이언'과 '킹스 헤드'의 임대료를 비싸게 물었어. 과하게 바가지 썼지. 그리고 석탄 8부셸(무게 단위로, 영국의 경우 1부셸은 약 28킬로그램이다 - 옮긴이)을 도난당해서 자금 부족을 겪게 되었지. 빌리는 것 외에 선택의 여지가 없었다."

그는 국자를 펀치 볼에 담갔다 꺼내서, 액체를 흘리며 입으로 가져간다.

"누구한테 빌렸는데요? 변제하면 되잖아요?"

나는 아버지를 뚫어져라 쳐다본다. 낯선 사람을, 전혀 모르는 사람을 보는 기분이다.

"채무액이 너무 커서…… 파산선고를 받고 일반 범죄자들과 함께 감방에 갇힐 거야. 우린 끝났다, 일라이저!"

내가 아버지에게 국자를 받는 순간, 캐서린이 거실로 뛰어 들어간다.

"일라이저, 얼른 와! 어머니가 기절하셨어. 아, 어쩌면 좋지?"

4
앤

양념한 귀리죽

손바닥만 한 밭뙈기에서 일하면서 목사의 말을 생각한다. 엄마는 3미터쯤 되는 밧줄로 나랑 묶여 있다. 같이 괭이질을 하고 땅을 파서, 리크 몇 줄기를 심으려 한다. '같이'라지만 주로 내가 엄마를 어르고 달랜다. '엄마, 이제 무릎을 꿇어보지 않을래요? 엄마, 그렇게 줄을 당기지 마세요. 엄마, 그만 줄에 매달려요!' 온종일 '엄마 이렇게', '엄마 저렇게'를 외친다.

곧 그녀는 치아 네 개로 밧줄을 갉기 시작한다. 치아가 건들대는 터라 빠질까봐 겁난다. 엄마의 입에서 밧줄을 빼려다가 혀에 낀 이끼를 본다. 입내를 맡아본다. 입과 잇몸에서 병들어 나는 악취가 풍기지만, 의사를 찾아갈 돈이 없다. 잭이 보낸 돈은 다 아버지의 목발을 새로 사는 데 들어갔다. 아주 단단한 나무 목발이어야 되니까. 목사는 묘지 일을 하려면 목발이 최고 품질이어야 된다고 말한다.

"엄마, 좀 가만히 계실래요?"

그녀가 당길 때마다 밧줄이 내 팔뚝을 파고든다. 엄마는 날 때릴 듯이 앙상한 손을 올린다. 내가 움찔하면서 아버지에게 – 매트에서 자고 있다 – 도와달라고 외치려는 순간, 골목에서 귀에 익은 노랫소리가 들린다. 가슴이 뛴다. 어디서든 알아듣는 목소리. 늘 씩씩하고 명랑한 목소리. 1분 후 그가 크림이라도 얻은 고양이마냥 대문으로 들어선다.

"누구냐, 앤?"

엄마는 잔뜩 겁먹은 눈으로 이쪽저쪽 쳐다본다. 하지만 나는 잭을 보자 기쁜 나머지, 밧줄을 맨 것도 잊고 불쑥 달려 나간다. 엄마가 밧줄에 끌려오다가 내 등을 할퀸다.

"아이쿠."

잭이 말한다. 뛰어들다가 비틀대는 엄마와 나를 보자, 그는 노래와 활보를 멈춘다.

"밧줄은 뭐야?"

나는 밧줄을 풀어, 엄마가 흥분해서 할퀴지 못하게 손목을 묶는다. 그러고 나서 엄마의 상태가 악화되어 달아나고, 속옷만 남기고 다 벗고, 친지를 못 알아본다고 잭에게 말한다. 말을 마칠 즈음 눈물이 줄줄 흘러서, 겨우 숨을 몰아쉬고 목이 멘다.

잭이 진흙탕에 쭈그린 엄마를 본다.

"엄마? 엄마? 제가 엄마랑 아버지 드리려고 런던에서 동전 몇 닢을 갖고 왔어요. 이틀간 목동이 모는 염소 떼랑 걸어서…… 엄마?"

하지만 그녀는 잔뜩 겁먹은 눈으로 아들을 빤히 본다.

"모르는 사람이네."

엄마는 중얼대면서 팔목에서 밧줄을 벗기려고 버둥대기 시작한다. 뜻대로 안 되자 펄쩍펄쩍 뛰어 골목으로 나가려고 한다. 나는 그녀를 끌어안고 흐느끼면서 머리를 쓰다듬어준다. 결국 엄마가 가만히 내게 기댄다. 뼈대가 새처럼 가늘고, 엄마라면 풍겨서는 안 될 냄새가 난다. 나는 우리의 역할이 완전히 바뀐 걸 깨닫는다.

잭이 머리를 저으면서 말한다.

"세상에, 앤. 왜 엄마를 당나귀처럼 묶어야 되니?"

나는 흙 묻은 주먹으로 눈물을 닦는다. 마침내 내가 속삭인다.

"목사님이 엄마를 요양원에 보내려고 해. 엄마가 옷을 벗고 돌아다니는 게 못마땅해서. 그게 교구의 도덕에 좋지 않대. 그러니 엄마를 묶을 수밖에 없어."

"도덕 좋아하네! 언제부터 목사가 도덕이 있었다고?"

잭이 조소한다.

내가 말한다.

"쉿. 아버지는 목사님이 신의 뜻을 따르는 분이고 선의를 가졌다고 말해."

"신이 있는 곳은 딱 한 군데뿐이고, 교회나 목사가 아니야."

"그러면 그게 어딘데?"

내가 몸을 당기자 엄마가 허리를 편다. 잭이 우리 둘이 안으로 들어가게 부축한다.

그는 웃음기 없이 말한다.

"딱딱한 빵. 맛있는 식사면 더 좋고. 난 언제나 푸짐한 한 끼에서 하느님을 가장 잘 발견하거든."

오빠의 대답에 – 경멸조의 목소리도 – 마음이 불안해진다. 엄마는 주님을 믿도록 우리를 키우지 않았던가? 틀린 말이라고, 천사상과 초 타는 냄새가 나는 교회에 혼자 앉아 있으면 마음이 풀린다고 대꾸하려다가, 그런 생각을 접기로 한다. 이제 엄마는 쥐처럼 잠잠하고 아무 두려움도 없다.

"런던이랑 일 얘기 좀 해봐."

내가 조른다. 아버지가 깨거나, 엄마가 괴롭히기 시작하거나 셉티머스가 깨기 전에 오빠의 얘기를 듣고 싶다. 신이니 교회니 그런 얘기로 시간을 허비하기 싫다.

잭이 말한다.

"지금은 구이 주방에서 가금류의 껍질을 벗기고 몸통을 묶는 일을 해. 이 매트리스만 한 대형 화덕 두 개가 있고, 양 한 마리를 통째로 꿰어서 구울 수도 있지."

"양 한 마리를 통째로……."

나무로 훈연하고 숲에서 딴 허브로 맛을 내서 연하게 구운 양고기를 떠올린다. 입안에 침이 고인다. 귀리와 물을 넣은 주물 냄비를 난롯불 위 삼각대에 올린다. 불꽃이 낮아 화력이 약하다.

"거기서 만드는 고급 요리에 대해 말해줘."

"음, 지난주에 어떤 신사가 수플레를 주방으로 돌려보내자, 스와예 주리장이 우리에게 맛보게 해줬어."

"수플레가 뭔데?"

나는 한숨을 쉰다. '수플레'의 발음이 한숨 소리와 비슷하다. 한여름 산들바람처럼 부드럽고 달콤하다. 머릿속으로 되뇐다. '수플레. 수플레.'

"달걀을 공기처럼 가볍게 휘저어 크림과 버터로 신선한 반죽을 만드는데, 버터는 최대한 윤나게 하고 아주 잘게 부숴. 그런 다음 풍미를 내지. 스와예 조리장은 이탈리아 치즈를 즐겨 쓰고, 가끔 쌉쌀한 최고급 초콜릿을 넣어. 오븐에 넣으면 못 믿을 정도로 잔뜩 부풀어. 그걸 베어 물면 혀에서 구름이 흘러가는 것 같지."

잭이 입술을 부딪쳐 쩝쩝 소리를 낸다.

나는 무심히 죽을 저으면서, 단맛을 낼 건포도가 몇 알 있으면 좋겠다고 생각한다. 건포도를 떠올리니 각종 말린 과일들이 눈앞에서 헤엄친다. 톤브리지에 있는 장터에서 봤다. 쭈글쭈글하고 반질거리는 자두와 건포도, 백설탕 시럽을 바른 하얀 오렌지 껍질, 아주 폭신하고 여린 가죽 같은 동그란 사과말랭이가 잔뜩 쌓여 있었다.

"새고기 전용 냄비가 있어. 도요새, 멧도요, 꿩, 뇌조, 뿔닭…… 소고기와 송아지 궁둥이 고기만 간수하는 육류 창고가 있고. 새끼 돼지랑 양이 통째로 있지. 스튜 냄비 아홉 개를 동시에 끓일 수 있는 스토브도 있고."

잭이 말을 멈추고 눈을 천장으로 굴린다. 천장은 금이 가고 얼룩덜룩한데다 구석구석 덩굴이 피어 있다. 오빠가 말을 잇는다.

"네가 스와예 조리장을 봐야 되는데. 빨간 베레모를 쓰고 도토리만 한 다이아몬드 반지를 끼지. 국물이 아무리 뜨거워도 손가락을, 다이아몬드까지 쑥 담가서 혀로 가져가. 그런 후 이리저리 고개를 흔들면서, 소금을 더 넣고 후추를 더 뿌리고 고추를 추가하지. 간이 딱 맞을 때까지 그런다니까."

"정말 대단하다."

나는 꿈같은 풍경을 떠올리면서 중얼댄다. 주방이 인형극이나 동화 같다니. 먹을 게 부족해서 우리 셋이 겪는 극심한 굶주림이 없다면 얼마나 기분 좋을까. 늘 따뜻한 방에 있으면 얼마나 아늑할까.

"주방에는 아가씨도 많아. 그런데 예쁘장한 아가씨들만 있어. 조리장은 자기 주방에 '못난이' 조리사는 두기 싫대."

잭은 죽어가는 잉걸불을 쇠스랑으로 들추고 하품을 한다.

나는 죽에 몰두해서 수저로 냄비 바닥을 박박 긁는다. 한순간 큰 문이 면전에서 쾅 닫히는 느낌이다. 난 못난이니까. 얼마나 오래 잭 옆에서 일하는 작은 꿈을 키웠는데……. 몇 달이나 그랬는데. 매일 밤 흰 조리복을 입은 스와예 조리장이 내 옆에서 휘젓고 자르고, 거품 내고 간 보는 장면을 그리면서 잠자리에 든다. 거기서 배울 거라고 상상하면서. 꿈은 꿈으로 그쳐야겠지. 멀건 거뭇한 귀리죽을 더 힘주어 젓는다. 이제 엄마는 매트리스에서 아버지 옆에 웅크리고 잔다. 고양이 한 쌍처럼 평화롭다.

"더 이야기해줘."

내 목소리가 쥐가 끽끽대는 소리 같다. 잭은 눈을 가늘게 뜨고 날 찬찬히 보지만, 그러다가 고개를 끄덕인다. 잭은 주방에서 손님 식탁에 나갈 때 그의 코밑을 지나는 멋진 요리들을 자세히 설명하기 시작한다. 포도 잎에 싼 비둘기 고기, 바삭한 패스트리에 담긴 굴, 아스픽(육류나 생선 국물로 만든 투명한 젤리 - 옮긴이)에 통째로 넣은 글로스터 연어. 반질반질한 피핀 사과(피핀은 사과의 한 종류 - 옮긴이) 타르트. 버터를 넣은 종이처럼 얇은 겹겹의 패스트리에 그린게이지(품종이 개량된 서양자두 - 옮긴이), 살구, 복숭아, 체리를 담고 황금색 크림 덩이를 곁들인 음식.

내가 말한다.

"저기, 오늘 저녁은 소금과 후추를 뿌린 귀리죽이야."

그러자 잭이 주머니에 손을 넣어, 기름종이 뭉치를 꺼내서 펼친다. 곧 톡 쏘는 히스 꿀 냄새가 풍긴다.

"네게 주려고, 앤."

그의 때 묻은 손안에 물떼새 알만 한 크기의 끈적한 덩어리가 있다.

나는 기뻐서 손뼉을 친다. 어서 먹고 싶어 혀가 꼬인다. 귀리죽을 먹으면서, 밀랍 덩이를 입안에서 굴리고 또 굴리고 어금니에 대고 누르면서 목구멍으로 넘어갈 때까지 최대한 오래 빨아 먹는다. 그릇을 깨끗이 비우고 벌집을 삼킨 후 목사님이 '일자리'를 구해주려 하고, 날 '재주 있고 똑똑하게' 본다고 잭에게 말한다.

"엄마가 요양원에 가지 않겠다면 어쩌고?"

잭이 묻는다. 하지만 난 대답하지 않는다. 부모님만 남겨두었을 때 한 시간도 안 지나 아버지가 엄마의 목을 조르려 했다는 얘기도 전하지 않는다. 잭은 셉티머스가 핥도록 그릇을 바닥에 내려놓는다. 그가 말한다.

"너는 뭘 하고 싶은데, 앤?"

"내가 되고 싶은 것은……."

나는 말을 멈춘다. 그러다가 말이 입 밖으로 튀어나온다.

"……요리사야."

"요리사?"

그는 허리를 굽히고 눈물까지 흘리면서 웃는다.

내가 상처받아 대꾸한다.

"맞아. '못난이' 요리사."

그는 빈 죽 그릇을 손짓하며 다시 웃음을 터뜨린다. 그러더니 눈을 닦고 미안하다고 사과한다. 자신도 - 주방에서 3년이나 일한 끝에 - 겨우 꼬챙이 돌리는 일에서 한 단계 올라갔다고 말한다. 나는 읽고 쓸 줄 알지만 오빠는 글을 모른다고 지적하고 싶다. 난 꿈꿀 수 있다고. 희망도 품을 수 있다고 말하고 싶다. 하지만 입을 다문다. 말해봤자 무슨 소용이 있나?

눈이 저절로 엄마의 책들이 있던 선반으로 향한다. 그제야 내가 완전히 혼자인 걸 안다. 묘하게 버림받은 느낌이 밀려든다. 세상의 끝에 서 있는 것 같다. 혈혈단신으로.

5
일라이저

갈색 빵 푸딩

서가에서 내 책을 하나하나 빼다가, 유독 멋진 책등이나 올록볼록한 이탈리아산 가죽 표지를 쓰다듬는다. 워즈워스, 키츠, 셸리, 콜리지의 시집을 하나하나 낡은 신문에 싸서 차 상자에 고이 담는다. 맨 위 선반에서 머뭇댄다. 앤 캔들러 시집들, 미시즈 허먼스의 시집 일곱 권, L. E. 랜던의 시집 세 권이 거기 있다. 이따금 책장을 넘기며 익숙한 구절을 읽자니 어깻죽지에 날개가 돋는 느낌이 든다.

얼마 안 되는 장서를 포장해놓고, 매트리스 밑에 손을 넣어 마지막 책을 꺼낸다……. 사파이어 블루 빛깔 비단으로 단정하고 우아하게 제본되었다. 침대 모서리에 걸터앉아 책을 물끄러미 본다. 『일라이저 액턴 시집The Poems of Eliza Acton』. 얼마나 얄팍해 보이는지. 책등을 쓰다듬다가 코앞에 들고 먼지와 종이 냄새를 맡는다. 책을 펼치니, 처음 손에 들었을 때의 만족감이 고스란히 다가든다. 그때, 내가 잉크로 쓴 감상적인 구절이 말끔하게 정리되어 활자로 변한 걸 보고 깜짝 놀랐다. 더 명료한 글로 단장되었다. 무게감과 의미를 부여했고. 또 마지막 탯줄이 잘려서 내 몸과 분리되었다. 당시 그 느낌이 기뻤고 지금도 기쁘다. 하지만 더 면밀히 살피니 배 속이 오글대고 움츠러든다……. '내 처음이자 마지막 사랑은 그대들이었나니, 오로지 그대들뿐이었나니 안녕히!'

이제 그 어구가 얼마나 유치해 보이는지. 어쩌면 어머니가 옳았다. 과한 감정이 판치는 과장된 시들이다. 혹은 열 편 정도는 그래 보인다. 이후 시들은 한결 낫고 능란하고 성숙하다. 하지만 미스터 롱맨은…… 그가 떠오른다. 주머니를 두드리는 반지 낀 퉁퉁한 손가락, 찜통 같은 사무실에 울리는 금 회중시계 소리, 둘 사이에 만리장성처럼 놓인 반들대는 큰 책상. 아직 시 원고를 돌려받지 못했다. 분실된 게 분명하다. 희망을 안고 손에 땀나도록 쓴, 매일 쏟아지는 그런 원고 - 전기, 과학 서적, 시, 고딕 소설 - 의 홍수 속에 떠내려갔겠지.

시집을 차 상자에 넣고 침실을 둘러본다. 썰렁한 벽난로, 고리에서 뜯어내 얌전히 갠 능직 커튼, 낡은 터키산 카펫은 둘둘 말아 마호가니 세면대에 기대놓았다. 우리는 필수품만 가져갈 것이다. 침대, 침구, 다리 긴 옷장 두 개, 느릅나무 주방 탁자, 마호가니 식탁과 의자 세트. 나머지 세간은 경매에서 팔릴 것이다. 복제화와 그림, 크리스털, 은 식기, 깃털 매트리스, 벽시계, 카펫, 책 전부. 내 책들만 제외된다. 내 책을 지키려고 가진 패물을 다 내놓았다. 그러자 여동생들이 경악했다. 내가 세 줄짜리 진주 목걸이, 금 세공한 다이아몬드 귀걸이, 자수정과 장미석영 브로치보다 책을 선호하자 그들은 '기절할 뻔했다'고 말했다.

"일라이저! 일라이저!"

아래층에서 어머니가 부른다.

차 상자 뚜껑을 덮어 못질하도록 준비해놓고, 아래층으로 내려간다. 가구들을 들어내니 집 전체가 일그러져 보인다. 둘둘 말린 카펫들, 그림 걸이에서 뗀 초상화들과 지도들, 걷은 커튼 더미. 식기, 책, 거울, 내 과거의 모든 장식품이 포장되어 담긴 상자들. 이제 전부 남의 집을 장식하리라. 우린 아무도 보지 못하는 야밤에 집을 떠나 셋집으로 갈 예정이다.

어머니가 목에 건 흑옥 십자상을 만지작대면서 나타난다.

"요리사가 상태가 안 좋구나. 얼른 부엌에 내려가봐라, 일라이저."

그러고는 몸을 돌려, 복도에 한가롭게 서 있는 소년에게 소리치며 지시 사항을 쏟아낸다.

"부엌이요?"

몇 달간 내려간 적이 없다. 부엌, 식품저장실, 식기실은 요리사인 미시즈 더람의 구역이고 그녀는 방문객을 반기지 않는다. 이전 요리사는 더 너그러웠다. 어릴 때 난 파이 윗부분을 장식하려고 반죽으로 참나무 잎을 만들거나, 반죽을 주먹으로 두드려 틀에 넣곤 했다. 하지만 미시즈 더람은 단호하게 그런 일을 허용하지 않는다. 이제 뒤편 계단을 내려갈 수 있는 사람은 어머니와 해티뿐이다. 혹은 아버지가 술 저장고를 점검하고 싶을 때만. 하지만 포도주는 일찌감치 경매장으로 보내졌다. 아버지는 프랑스로 몸을 피했고.

요리사는 탁자에 앉아 있고 주변에 유리 단지, 소금 깡통, 설탕 덩어리, 달걀과 양파 바구니가 널려 있다. 발밑에는 밀가루, 밤, 홉 부대가 둥그렇게 놓였다.

"이건 아무도 안 가져가나요, 미스 일라이저?"

요리사의 눈이 불그스름하고 얼굴은 온통 눈물 자국이다.

"너무 느닷없이 이렇게 됐네요, 아가씨. 마님에게 듣기도 전에 〈입스위치 저널〉에 난 광고를 보다니요."

요리사는 주머니에서 나달나달한 손수건을 꺼내 코를 팽 푼다.

"하지만 당신은 우리랑 톤브리지에 가는걸. 우리…… 하숙집에 솜씨 좋은 요리사가 필요할 테니."

새로운 단어를 말하려니 찡그리게 된다. '하숙집.' '하숙집.' 목구멍을 지나는 느낌이나 공중에 퍼지는 소리가 내키지 않는다. 나는 고개를 젓는다. 하지만 바람에 흔들리는 가지에 달린 풋과일처럼 그 말이 거기 매달려 있다.

어머니가 설명했는지 모르겠어서 내가 덧붙인다.

"당신이랑 해티만 남을 거야. 나머지 하인들은 톤브리지에서 구해야겠지."

하인을 쓸 형편이 된다면……. 그럴 것 같진 않지만.

그녀는 고개를 끄덕이고 다시 코를 푼다.

"뭘 싸야 될까요? 아무 지시도 받지 못해서……. 젤리 틀은요? 유리 핑거볼(식사 도중 손가락을 씻는 물그릇 - 옮긴이)은? 이 향신료를 다 어쩌지요? 돈푼깨나 나가는데."

그녀가 탁자에 놓인 양철통, 유리 단지, 토기 냄비들 위로 떨리는 팔을 흔든다. 순간 북쪽으로부터 한 줄기 빛이 그들 위에 꽂히고, 그 릇들은 갑자기 깨어난 듯 생기로 반짝인다. 초록빛 도는 말린 후추 열매, 소금에 절인 케이퍼, 반들반들한 바닐라 깍지, 붉은 계피 조각 이 담긴 기포 있는 유리 단지들이 한꺼번에 빛을 발한다. 갑작스레 놀라운 아름다움, 팔레트 같은 색 – 황토, 점토, 갖가지 흙과 모래와 풀 – 과 파르르 떨리는 여린 빛. '하숙집' 운영에 대한 생각이 저만치 달아난다.

단지에 팔을 뻗어 코크 뚜껑을 벗긴다. 나무껍질, 흙, 뿌리, 하늘 냄새. 순간적으로 난 다른 세상에 있다.

"비밀 왕국의 신비로운 내음."

내가 중얼댄다. 단지에 낯익은 둥근 갈색 알갱이들이 담겼다. 이 리도 소박한 것이 그토록 매혹적인 향내를 간직할 수 있다니 정말 경이롭다고 생각한다.

"어휴, 미스 일라이저. 시인 아니랄까봐! 고작 올스파이스(서인도제 도산 향신료. 모든 향신료를 합한 풍미가 있다 – 옮긴이)인걸요."

요리사는 힘없이 웃으면서 천장을 가리킨다. 천장 시렁에 긴 허 브 다발이 줄줄이 걸려 있다. 로즈메리, 쑥국화, 세이지, 쐐기풀, 선 갈퀴. 그녀가 묻는다.

"이것들을 어쩌지요? 내가 여름 내내 땄는데 아직 바싹 마르지 않 았어요."

"시렁 좀 내려도 될까?"

대답을 기다리지 않고, 시렁 손잡이를 돌려 말린 허브 다발을 코 앞까지 내린다. 농가 마당의 감미로운 냄새, 나무 수액 향기, 멍든 사과와 질펀한 흙과 뭉개진 고사리 냄새. 잠깐 예기치 않게 과거로 돌아가…… 솔잎이 살갗을 긁고 머리 위의 가지들 사이로 햇빛이 쏟아지면서 나직한 말들이 귓가를 맴돈다. 난 얼른 시렁을 감아올린다.

"이 허브들을 쓸 만한 가족이 있어, 미시즈 더램?"

그녀가 반색한다.

"좋은 생각이 났어요, 미스 일라이저. 마님은 책들을 다 팔아야 된다고 말하시지만, 제 요리책들은 괜찮겠죠?"

"우리 집에 요리책이 있어?"

"몇 권이요."

그녀가 터벅터벅 창고로 가서 책을 한아름 안고 온다.

"여기 이 책은 프랑스어인데, 아가씨가 여행 가셨다가 가져왔을 걸요."

책을 집는다. 모서리가 닳고 가죽 표지에 기름얼룩이 있다. 황토색 책등에 'Le Cuisinier Royal(왕실 요리책)'이라고 새겨져 있다. 다시 달갑지 않은 생각이 내 안에서 꿈틀댄다. 책을 내려놓고 다른 책을 뒤적이기 시작한다. 『숙녀의 새로운 가정 요리법A New System of Domestic Cookery by a Lady』. 굴 피클 레시피에서 잠시 멈추어 살펴보다 찡그린다. 이 '숙녀'가 어찌나 횡설수설하는지. 이해되지 않는 대목도 일부 있다. 신선한 굴의 절묘한 맛이 전혀 짐작되지 않는다. 새벽에 바위 사이의 웅덩이에서 딴 굴이 혀에 닿는 짭조름하고 톡 쏘는 맛이.

"미시즈 더램, 말해봐요. 이 레시피들이 이해가 돼?"

"솔직히 말하면 종잡을 수가 없네요, 아가씨, 지금처럼 심란하지 않을 때도 글을 잘 알아먹는 실력이 아니라서."

나는 다른 레시피를 읽는다. 문법이 엉망이고 레시피는 매력 없고, 엉성한 의견들이 섞여서 전반적으로 내용이 늘어진다.

"내가 이 레시피를 읽어줄 테니까, 이 '숙녀'가 무슨 말을 하려고 하는지 말해볼 테야?"

"그런데 왜 물어보세요?"

그녀는 눈을 가늘게 뜨고 날 쳐다본다.

"난 이해가 안 되거든. 어쩌면 내가 요리 전문가가 아니라서 그런 게지. 물론 새집에 같이 가지 않는다고는 상상 못할 만큼 음식 솜씨가 좋은 미시즈 더람이랑 다르지."

요리사는 마음이 풀려서 고개를 끄덕인다.

"평소 저는 직접 만든 레시피로 음식을 만들어요. 요리사 노릇을 하면서 오랫동안 레시피를 모았지요."

나는 책을 읽기 시작한다.

"갈색 빵 푸딩. 강판에 간 딱딱해진 갈색 빵 반 파운드(1파운드는 약 450그램 - 옮긴이), 마찬가지인 건포도, 마찬가지인 소기름 조각, 설탕, 육두구. 달걀 네 개, 브랜디 한 수저, 크림 두 수저를 섞는다. 딱 맞는 면포에 싸거나 그릇에 담아 세 시간이나 네 시간 동안 끓인다."

이루 말 못할 짜증이 솟구친다. 누군가가 이 레시피처럼 부정확하고 두루뭉술하게 시를 쓰면 비웃음과 조롱이 쏟아질 것이다. 내가 말한다.

"설마 육두구를 반 파운드 넣으란 뜻은 아니겠지? 그리고 수저는 어떤 크기를 뜻할까? 저자가 국자를 말하는지, 소금용 수저를 말하는지 우리가 어떻게 알아?"

미시즈 더람이 볼 안쪽을 빨면서 눈을 굴린다. 그녀가 대답한다.

"제가 만든 레시피가 훨씬 나아요. 육두구 반 파운드를 어느 세월에 갈아요. 그 값은 왕이나 되어야 감당하겠네요. 그리고 건포도의 티끌을 씻으라는 말도 없고, 줄기를 따라는 말도 없네요."

그녀가 못마땅해서 혀를 찬다.

"또 왜 세 시간이나 네 시간 동안 끓이라고 하지?"

"낭비가 얼마나 심할지 생각해보세요, 아가씨. 세 시간만 끓이면 되는데 네 시간이나 끓이면 땔감이 얼마나 더 들겠어요."

미시즈 더람은 다시 혀를 차고 고개를 젓는다. 그리고 말을 잇는다.

"나쁜 레시피인 게 확실한데, 제가 일한 주방마다 꼭 한 권씩 있었어요."

나는 세 번째로 레시피를 훑어본다. 뭔가 거슬린다. 재료의 낭비와 짜증이 나는 부정확성 외에 뭔가가 마음에 걸린다. 머릿속으로 재료들을 확인한다. '빵, 건포도, 소기름, 설탕, 육두구, 달걀, 브랜디, 크림.'

"이 갈색 빵 푸딩은 어떤 맛이 날 것 같아, 미시즈 더람?"

나는 책을 닫아 무심코 겨드랑이에 낀다.

"저라면 다른 재료들을 더하겠어요. 맛을 끌어내기 위해 소금을 뿌리고…… 딱 한 꼬집만. 설탕에 졸인 과일 껍질을 넣어도 좋고. 소기름에 싱싱한 레몬을 꽉 짜서 젓고."

"아주 좋아요, 미시즈 더람. 진짜 훌륭하네."

내가 상냥하게 말한다. 물론 요리사가 옳다. 이 미지의 '숙녀'가 쓴 레시피는 문장력이 형편없고, 엉성하고 너저분하게 표현된데다 맛이 없다.

요리사는 내 칭찬에 고무되어, 부지런히 주방을 돌면서 시렁에서 허브 뭉치를 빼서 끈으로 묶는다.

"가져가고 싶은 건 다 챙겨요."

내가 말한다. 얼른 요리책을 챙겨서 빠져나가고 싶다. 롱맨의 말이 귓전을 때린다. '집에 가서 요리책을 써와요. 그러면 계약할 수도 있으니.' 내가 너무 성급하게 제안을 무시했을까?

"이것들은요? 다 필요 없는데."

요리사가 요리책 더미를 안는다.

"내가 가져갈게."

대답하고 서둘러 침실로 간다. 차 상자의 뚜껑을 아직 못질하지 않아 다행이다. 책들을 상자에 넣고 맨 위에 숄을 접어 덮은 후, 북새통인 아래층으로 내려간다.

6
앤

칡가루로 걸쭉하게 만든 국물

한 달 후 교회에서 목사가 날 힐끗 보면서 성구실 쪽으로 고개를 끄덕인다.

"앤……."

신도들이 다 빠져나갔지만 그는 속삭인다.

"네, 목사님?"

기쁜 표정을 감추고 신실해 보이려고 애쓴다. 교회에 있는 시간이 1주일 중 가장 행복한 순간이 되었다. 이제 혼자 와서 찬송가를 듣고 제단 위에 놓인 백합의 향기를 맡을 수 있다. 원형 창의 스테인드글라스로 비춰드는 화려한 빛을 지켜볼 수도 있다. 이 시간은 아버지가 아직 술을 마시기 전이라서, 엄마와 단단히 줄을 매고 있다. 집으로 걸어가면서 옥수수와 양귀비 밭을 지난다. 서둘러야 되지만,

늘 여유를 부리며 산사나무와 민들레 잎을 씹거나 열매 몇 개를 딴
다. 내가 어릴 때 엄마는 — 가장 좋은 교회 나들이 옷차림으로 — 어떤
잎사귀는 먹어도 되고, 어떤 열매는 독 때문에 피해야 되는지 알려
주곤 했다.

"네가 갈 만한 자리가 있을 것 같구나, 보조 가정부 자리야."

그가 날씬한 하얀 손을 비비자 살갗 아래서 뼈가 움직인다. 소프
목사가 말을 잇는다.

"이곳에 새로 온 가정이 정착 중인데…… 물론 네 처지를 아는 집
에는 널 추천할 수가 없으니까."

그가 말을 멈춘다. 난 목사가 하늘의 인도를 구하느라 내 머리 위
를 본다고 생각한다. 미치광이 핏줄을 하녀로 쓰려는 집이 없는 걸
잘 안다. 또 아버지는 주정뱅이이고, 어머니는 알몸으로 들판을 누
비는 집의 아가씨를 누가 원할까. 하지만 새로 온 가족은 깨끗한 캔
버스나 다름없다. 내 굴욕을 모를 테니.

"어디서 온 분들인데요, 목사님?"

마음이 설레서 손톱을 뜯고 싶은 걸 애써 참는다. 손톱을 물어뜯
는 하녀를 누가 좋아할까.

"입스위치에서 이사 왔지. 관심이 있니, 앤?"

"네, 목사님. 부모님만 두고 가는 게 아니면요."

소프 목사는 여전히 하늘을 보면서 대답한다.

"그건 내게 맡기렴. 이번 주에 톤브리지에 갈 수 있겠니? 안사람
이 작아서 못 입는 옷을 빌려줄 테니, 그걸 입고 면접을 보러 가라더
구나."

내 눈이 휘둥그레진다. 소프 부인은 내게 말을 붙이기는커녕 미소 한번 지은 적이 없다. 그제야 그녀의 옷이 어떤 모양일지 궁금해지면서 눈이 더 커진다. 소프 부인은 가슴이 풍만해서 가슴팍에서 쥐가 달음질칠 수 있을 정도다. 내 납작한 가슴을 내려다보는데, 목사의 시선도 같은 방향을 향한다. 내 마음을 읽기라도 한 것처럼.

"바느질할 줄 알지, 앤?"

난 고개를 끄덕인다.

"됐네, 됐어."

그가 추운 것처럼 다시 손바닥을 비비면서 덧붙여 말한다.

"너처럼 참하고 유순한 아가씨는 그 댁에 잘 맞을 거야."

"어느 댁인지 여쭤봐도 될까요, 목사님?"

"성씨는 액턴이란다."

목사는 성구실 문을 가리키며, 신사들이 그러듯 가보라는 언질을 준다. 내가 무릎 굽혀 절하고 일어나니 그가 다시 말한다.

"나나 선하신 주님을 실망시키지 말아라, 앤."

"그럴게요, 목사님."

대답은 그리해도 선하신 주님은 안중에 없다. 머리에 다른 생각이 꽉 차 있다. 내가 톤브리지에 간 동안 엄마는 누가 보살피나? 혼자 걸으면 가는 데 30분, 돌아오는 데 30분이 걸리는데. 엄마가 옷을 벗어 던지고 턴브리지 웰스까지 알몸으로 뛰어갈 수도 있는 시간일 텐데. 혹은 아버지가 엄마를 목 졸라 죽이거나 목발로 정신없이 후려칠 수도 있고. 누가 엄마를 정신요양원에 모셔갈지 목사에게 묻고 싶지만, 한발 늦었다. 성구실 문이 쾅 닫히고 큰 자물통 속에서 열쇠가 덜컥댄다.

들판에 바람이 불기 시작해, 나뭇잎을 흔들고 산울타리를 눕힌다. 머리 위 하늘이 검게 변한다. 따가운 빗줄기가 얼굴을 친다. 나는 치맛단을 모아 쥐고 뛰어간다.

집에 가니 아버지의 기척이 없다. 오두막이 비었고, 셉티머스까지 보이지 않는다. 격한 공포에 휩싸인다. 엄마는 어디 있지? 심장이 야생 나귀처럼 마구 뛰고, 사각대는 흰 앞치마를 두르고 긴 국자로 우유 단지를 저을 생각일랑 달아난다. 무슨 생각을 한 거야? 취직은 당연히 못한다.

동작을 멈추고 귀를 기울인다. 바람 소리 속에서 내 이름을 부르는 소리가 들린다. 누군가가 아주 나직하고 애처롭게 신음하듯 부른다. 오두막 뒤편으로 뛰어가니 거기 엄마가 나무에 묶여 있다.

"앤, 앤."

그녀가 귀를 당기면서 흐느낀다. 얼른 곁으로 다가가 매듭을 마구 헤친다. 아버지가 엄마를 단단히 묶어놓았다.

그런데 엄마가 내게 고개를 돌린다. 사나운 눈이 개구리처럼 튀어나온다.

"넌 우리 앤이 아니야. 저리 가, 못된 것!"

엄마가 고함친다. 갈라진 혀에서 취한 선원이나 뱀을 상스런 말이 쏟아진다. 그녀가 내 머리 위에 욕설을 퍼붓자, 나는 몇 번이고 '액턴 가족은 점잖은 집안이야'라고 중얼대며 위안을 얻는다.

매듭을 다 풀 즈음 큰 빗방울이 후드득 떨어진다.

"엄마, 안으로 들어가야 해요."

내가 상냥하게 애원조로 말한다. 이제 엄마는 화가 치민 상태다.

"싫어! 우리 앤을 기다려야 돼."

그녀가 빽 소리친다. 그러면서 손톱으로 내 얼굴을 할퀸다. 자르지 않아 손톱이 칼날처럼 날카롭고 깔쭉깔쭉하다.

"제가 엄마 딸 앤이에요."

내가 애원한다.

"거짓말쟁이!"

엄마가 내 얼굴에 침을 뱉는다. 나는 물러서다가 그녀가 내뱉는 말을 듣고 얼어붙는다.

"앤은 죽었어. 죽었어, 죽었다고, 죽었어!"

그 순간 소프 목사가 옳고, 나까지 미치기 전에 여기서 벗어나야 된다는 걸 안다. 엄마를 양팔로 끌어안고 오두막으로 데려간다. 끌고 갈 때 엄마의 젖은 치맛단이 내 몸을 스친다. 엄마도 나처럼 체구가 작아서 천만다행이다.

나중에 아버지가 술집에서 돌아온다. 눈은 뿌연 누런색이지만 술 냄새가 입에서만 살짝 난다. '앤'이라고 부르는 목소리가 살짝 이지러진다.

"계속 이렇게 살 순 없다. 소프 목사가…… 신이 그를 축복하시기를……. 내가 술을 끊으면, 묘지에서 덤불과 쐐기풀 치우는 일을 하고 얼마간 급료를 주겠다는구나."

"그러면 아버지가 일하시는 동안 엄마는 누가 돌봐요?"

내가 가볍고 담담한 목소리로 묻는다.

"아, 그게 문제지."

아버지는 눈물이 차오르자 손등으로 훔치려고 한다. 그가 말을 잇는다.

"네 엄마의 광증이 전보다 심하구나."

그가 눈을 아주 빨리 깜빡인다. 그러더니 다시 말한다.

"이제 우리를 못 알아보는구나. 동물보다 나을 게 없게 되어버렸다."

나는 말을 하려고, 틀린 말이라고 쏘아붙이려 한다. 하지만 목구멍에 모과만 한 덩어리가 밀려온다.

"목사는 광증에 약이 없다고 말하지. 그리고 네 머리가 좋다더라, 앤. 올바른 머리를 가졌다고. 네게 알맞은 일자리를 찾았더구나. 술집이나 농장이 아니라 고상한 숙녀들이 사는 가정집이라고. 귀부인들이라고."

나는 눈을 돌려 문을 뚫어져라 본다. 빗장 주변에 흙 묻은 손자국이 있다. 딱딱하게 굳기 전에 긁어내야 되는데. 목사에게 들은 말을 아버지에게 뭐라고 전할지 몰라서 말하지 못했다. '취직'과 '일자리'를 발설하면, 복이 달아나 연기 속에서 사라져버렸을 것이다. 내가 속삭여 대답한다.

"네, 아버지한테 말하려고 했는데……."

엄마를 힐끗 본다. 바닥에 앉아 우리를 멍하니 보는 모습이 다른 사람이 된 것 같다. 속이 빈 허깨비 같다. 엄마가 아니라. 양팔로 아버지를 안으니 뻣뻣한 수염이 뺨에 닿는다. 술집 냄새 – 술, 담배, 나무 연기 – 와 잘 빨아 말려야 될 옷 냄새가 난다.

"일이 힘들 게다. 석탄과 물을 나르고, 바닥을 문질러 닦고, 카펫을 털고. 하지만 여기보다 힘들진 않겠지. 또 잘 먹을 테고."

그가 난로 위의 냄비를 가리킨다. 껍질을 끓여 칡가루로 걸쭉하게 만든 국물이 담긴 걸 아버지도 나도 안다. 그의 입에서 긴 한숨이 새어 나오고, 절망감이 짙어서 내 마음이 그에게 향한다.

"봉급을 받을 거예요, 아버지. 집에 돈을 보낼게요."

나는 그의 수염에 얼굴을 묻고, 마침내 밤에 푹 자겠다고 생각한다. 엄마가 당긴 밧줄에 살이 파이거나, 매 시간 엄마의 무릎과 팔꿈치와 씨름하지 않아도 되겠지.

"소프 목사님은 좋은 분이야, 신의 뜻에 순종하는 분이지."

아버지가 말한다. 그의 시선을 따라 방 저쪽을 쳐다본다. 엄마가 온순하게 앉아 있다. 한순간 우리 둘 다 아찔한 실수를 하는 건지 염려된다. 여기서 미친 어머니와 불구인 아버지를 보살펴야 되지 않을까? 이 액턴 일가가 더 낫지 않으면 어쩌지? 주인에게 맞거나 감금당한 딱한 아가씨들의 사연이 늘 마을에 떠돈다. 더 나쁜 일도 있다. 아가씨들이 배가 남산만큼 불러서 집에 돌아오는 일 같은.

"아버지, 목사님이 저를 보내려는 집안에 대해 아는 거라도 있어요?"

"미망인과 노처녀, 두 명이 여주인일 거야. 집에 남자는 없다더라."

아버지가 그 말을 하는 걸 보니, 나랑 같은 생각을 하고 있다.

7
일라이저

돌능금 젤리

런던으로 가는 생선 짐차들이 덜컥대고 매일 홉 추수꾼들이 수레를 타고 도착하지만, 톤브리지는 입스위치처럼 부산하고 소란하지 않다. 그게 톤브리지의 '고상한' 주민들과 '고상한' 방문객들을 연신 칭찬하는 어머니의 마음에 든다. 그들은 그녀가 예의 주시하는 대상이기도 하다. 인근의 온천 마을 '턴브리지 웰스'에 요양하러 와서 '고상한' 하숙집을 구하는, 잘 차려입은 신사 숙녀들.

우리가 세낸 집은 신축 건물로 상인방에 '보다이크 하우스'라는 택호가 새겨졌다. '고상한' 하숙집답게 널찍하고 가구가 잘 갖춰진 데다 시내의 노천 하수구에서 멀리 있다. 그런데 뭔가 석연치 않다. 어설프게 재단한 코트처럼. 아마 에드거가 돈을 벌러 모리셔스행 배에 오르고, 캐서린과 안나는 가정교사로 취직해―우린 모두 소문과 망신을 피해 도피했다 – 여기 어머니랑 나만 살기 때문이겠지. 혹은 아무리 '고상'해도 하숙집 여주인들로 살아갈 처지를 숨길 수 없어서거나.

어머니와 거실 – 노란 벽, 노란 파인애플이 큼직하게 박힌 반들대는 천을 씌운 안락의자들 – 에 있을 때, 마침내 용기를 내어 계획을 털어놓는다. 3주에 걸쳐 세운 계획이다. 밤이면 밤마다. 촛불 빛으로 요리책들을 뒤졌다. 읽고. 또 읽고. 낮에 어머니가 가구를 배치하고 하숙인 모집 광고를 내느라 분주할 때, 나는 서적상을 배회하면서 빠듯한 형편에 맞지 않는 책들을 주문한다.

"어머니, 변호사들이 남은 가산을 차지할 권리가 있나요?"

"그건 아닐 게다. 아니길 바라고. 하지만 생활비를 벌어서 자립해야지."

어머니가 장부에서 눈을 들고 덧붙여 말한다.

"현재 비참할 정도로 쪼들리는구나. 하숙인 모집 광고를 세 군데 내고, 목사님과 톤브리지 학교장에게도 말해두었다. 우리가 빚진 액수는……."

그녀는 뜸을 들이면서 장부를 살피다가 말을 잇는다.

"20기니구나, 어쩌면 그 이상이지. 재정 상태가 뒤죽박죽이라서. 아니면 내가 뒤죽박죽이거나. 어느 쪽인지 가늠이 안 되는구나."

"미시즈 더람을 데리고 있을 형편이 되나요?"

"아무튼 하숙인들에게 요리해줄 사람이 필요하니까."

"하지만 하숙인이 없는걸요. 또 집이 크고 비용도 많이 들고요."

"흠, 그렇다고 내가 요리를 할 수도 없고 너도 마찬가지잖니."

나는 심호흡을 크게 한다.

"미스터 롱맨이 저한테 요리책을 쓰라고 요청했어요."

어머니가 놀라서 고개를 든다.

"그 말은 금시초문이구나. 무례한 자 같으니!"

"의뢰가 아직 유효하다면 받아들이기로 결정했어요."

"하지만 네가 어떻게 요리를 한다고 그러니, 일라이저. 해본 적이 없는데. 게다가 '숙녀'는 요리하지 않는다."

"생활비를 보태기로 작정했어요."

"요리사를 내보내고 그 자리에 너를 앉히라고? 주방에? 하찮은 하인처럼?"

어머니가 뿌루퉁하게 입을 내민다.

나는 간략하게 대답한다.

"네, 요리를 독학한 다음 미스터 롱맨이 의뢰한 책을 쓸 거예요."

"하숙비를 지불하는 손님들을 상대로 요리 연습을 하겠다고?"

나는 목소리를 낮추고 손을 내려다본다.

"잊으셨나 본데 저는 이탈리아에서 시간을 보냈어요……. 프랑스에서도."

"하지만 요리를 하진 않았지!"

'요리'란 말이 입에서 총알처럼 튀어나온다. 그녀가 계속 쏘아붙인다.

"네가 다른 어떤 일을 했던 간에 설마 창도 없는 지하 주방에서 일하지는 않았겠지."

어머니는 말을 그치더니 눈을 들어 날 노려보며 덧붙인다.

"설마 그랬니?"

"프랑스 음식은 깊은 인상을 주었어요."

순간적으로 크림에 넣은 바닐라의 풍미가 목구멍에 감미롭게 감돈다. 마치 머리가 기억하지 않는 것을 몸은 기억하는 듯이. 그 순간 어머니의 입매가 굳어지고 풍미는 슬그머니 사라진다.

"요리책 저자들을 연구하는 중인데 제가 더 잘할 수 있어요. 일부는 제대로 된 글도 아니에요. 계량은 부정확하고 표현은 경박하고요. 명확성이 떨어지고, 심지어 레시피 자체도 입맛을 돋우지 않아요."

나는 어머니를 힐끗 쳐다본다. 그녀는 양손을 쥐어짜면서, 소리없이 입술과 턱을 달싹인다.

"요리사가 되려는 게 아니에요. 요리 '작가'가 될 거예요. 얼마든지 가능하다 싶어요."

나는 드레스 속에서 『숙녀의 새로운 가정 요리법』을 꺼내 어머니에게 내민다.

그녀는 콧구멍을 벌렁거리면서 책장을 쭉 넘긴다.

"네 시집도 형편없었지. 그런데 이것은……."

어머니는 손톱으로 표지를 두드리면서 계속 말한다.

"……합당하지 않아. 생활비를 보태고 싶다면, 가정교사 자리를 구하면 되겠지. 네 경력이면 얼마든지 명망가에 취직할 수 있을 게다."

내 안에서 뭔가가 냉랭하게 굳는다. 예전처럼 학교를 운영하면서, 영리한 소녀들이 우수해지도록 지도하고 부잣집 딸들을 인솔해 멋진 여행을 다니던 사람이 아니다. 아니, 이제 난 완전히 다른 사람이고 되돌아갈 수도 없다. 과거 경험이 나를 은근히 유약하게 만들었는지 가끔 궁금해진다. 심지어 허약하게 만든 건 아닌지. 다시 교실에 있는 상상만 해도 기운이 쭉 빠진다. 주방이 훨씬 즐거워 보인다.

"미스터 롱맨에게 편지를 보내 조건에 합의라도 보게 허락해주세요."

"당연히 익명으로 출판하겠지, 이 책의 '숙녀'처럼."

내 입에서 가벼운 한숨이 새어 나간다. 어머니는 내가 – 우리가 – 주방 일과 관계되는 게 창피할 테지. 그건 알지만, '일라이저 액턴 시집'이라는 문구가 잊히지 않는다. 내 이름을 손끝으로 스치던 기억도 잊히지 않는다. 자만 때문도, 우쭐대서도 아니고 그게 내가 누군지 보여주었기 때문이다. 묘한 방식으로 세상에서 나를 자리매김해주어서다.

한동안 뜸들이다가 대답한다.

"미스터 롱맨이 그렇게 주장하는 경우에만요."

어머니는 요리책을 내 무릎에 떨구고 다시 장부로 눈을 돌린다.

"만날 그렇게 뻗대는구나, 일라이저. 남편을 얻지 못할 만하지."

그녀는 펜을 들고 세로로 적힌 숫자들을 쿡쿡 찌르면서 덧붙인다.

"더람을 내보내면 연간 10기니가 절약되겠네. 그러니 한번 해볼 만하겠는걸……."

"감사해요! 감사해요!"

내가 의자에서 벌떡 일어나자 『숙녀의 가정 요리』가 공중으로 날아간다.

"뭐, 그 나이에 시를 꿈꾸면서 허송세월하게 할 순 없지. 하지만 주방에 일손이 필요할 거야. 접시닦이 하녀 한 명쯤. 해티랑 골방에서 재우면 되니."

"조용한 사람이면 좋겠어요. 영리하고."

손톱 밑이 까맣고 상식이라곤 없는 무식한 수다쟁이가 온종일 떠들 생각을 하니 불쑥 답답해진다. 얼마간 따로 혼자 지내야 된다고 속으로 중얼댄다.

"네가 직접 고르면 되지."

어머니는 휘어진 눈썹을 내 쪽으로 꿈틀대면서 덧붙인다.

"네 요리 솜씨가 형편없으면 어쩌니?"

난 대답하지 않는다. 딴생각 중이다……. 매일 동인도제도와 미주에서 도착하는 이국적인 향신료, 시실리에서 온 달달한 오렌지와 씁쓸한 레몬 상자, 메소포타미아에서 온 살구, 나폴리에서 온 올리브유, 요르단 계곡에서 온 아몬드…… 시장에서 이런 식자재를 구경하고 냄새 맡아봤다. 하지만 이런 재료로 요리를 할 줄 아는 영국인이 있을까?

프랑스와 이탈리아에서 지낸 시간과 내 혀, 지나간 산해진미를 되돌아본다. 그런 다음 톤브리지에서 본 텃밭들을 떠올린다. 괭이밥, 상추, 오이, 페포호박, 늙은 호박이 자라는 텃밭들. 이미 둔덕에 블랙베리와 로즈힙(들장미 열매 - 옮긴이)이 반짝이고, 서양자두와 새콤한 슬로(자두류 - 옮긴이)에 꽃이 피어 있다. 나무들에 매달린 풋사과, 노란 얼룩덜룩한 배, 돌능금이 분홍색과 금색으로 빛난다. 곧 껍질 안에 싱싱한 개암 열매가 차오르고, 익은 호두와 들사리버섯과 댕구안버섯이 나오리라.

문득 돌능금 젤리 생각이 간절하다. 너무나 먹고 싶어서 혀가 아릴 정도다. 거실 안으로 눈을 돌린다. 어머니는 다시 장부에 머리를 박고 있다.

"처음 시도할 요리는 돌능금 젤리예요."

내가 발표하듯 말한다.

"젤리를 단단히 굳히는 방법을 얼핏이라도 아니?"

나는 잠시 생각하다가 중얼댄다.

"세이지를 넣어야지."

'맞아, 세이지야'라고 생각한다. 세이지처럼 탄탄한 흙 같은 허브가 단단한 돌능금처럼 지독한 산미에 안성맞춤이지.

"일라이저? 내 말 들었니?"

8
앤

맛있는 레모네이드(라벤더를 더해)

오늘은 면접을 보는 날이다. 소프 부인의 헌 옷을 입는다. 몸이 꼬챙이 같아서 옷이 너무 크고 헐렁해, 난 옷 속에서 허우적댄다. 소프 부인은 내게 처음으로 말을 붙이더니, 액턴 댁에서 일하면 체구가 두 배로 늘 거라고 말했다. 또 미스 액턴을 '아씨'라고 부르고 '나쁜 혈통'을 들키면 안 된다고 일렀다.

나는 아버지가 엄마랑 밧줄을 매게 돕는다. 오늘 엄마는 내게 일이 있는 줄 아는 것처럼 얌전하다. 반시간 걸어서 톤브리지로 향하는데, 몸이 사시나무처럼 떨리고 입안이 톱밥처럼 뻣뻣하다. 소프 부인의 옷 때문에 신경이 더 쓰인다. 옷을 버릴까봐 끌리는 치맛단을 쳐들고 걷는다. 그녀는 남편이 신실한 사람이라서 옷을 빌려주는 거고, 너덜너덜해져서 넝마주이한테나 어울리게 될 때까지 입어야 된다고 명확히 말했다.

미스 액턴의 집을 찾으니 더 덜덜 떨린다. 집이 무척 크고 웅장하기 때문이다. 마차 출입구로 들어가 양조장, 세탁장, 마차 차고를 지난다. 말이나 마차는 없고 문들이 굳게 닫혔는데도 돌길에 새 지푸라기가 뿌려졌다.

마당에 서서 머리와 치마를 매만지는데 문이 벌컥 열린다. 숙녀가 나온다. 키가 홀쩍 크고, 검은 머리를 틀어 올려 핀으로 고정했다.

"무슨 일인가요?"

그녀가 묻는다.

"저는 앤 커비인데, 미스 액턴을 뵈러 왔어요."

나는 오르락내리락 삐걱대는 목소리로 대답한다.

"내가 액턴인데요."

그녀의 대답에 놀란다. 목사 부인에게 귀부인들이 해를 피해 거실에서 지낸다고 들었기 때문이다. 미스 액턴이 따라 들어오라고 말하고, 나는 뒤따라가면서 그녀의 드레스를 찬찬히 살핀다. 옷감은 아주 보드라운 연파란색이고 진짜 레이스 칼라다. 귀나 목에 보석 장신구는 달지 않았다. 내가 유혹을 못 느끼게 하려고 그랬을까. 소프 부인은 도둑으로 오해받을 수 있으니 숙녀의 보석을 빤히 보면 안 된다고 일렀다.

"주방에서 이야기하지."

그녀가 말한다. 나는 고개를 끄덕이지만, 겁이 나서 입이 뻣뻣해 말을 할 수가 없다.

주방은 아주 널찍하고 천고가 높아서, 우리 오두막의 네 배는 된다. 구리 냄비들이 천장에 매달렸고, 홈이 파인 구리 몰드(파이나 케이크 등 모양을 내는 틀 - 옮긴이)가 벽에 주르르 걸려 있다. 가운데 큰 탁자에는 온갖 멋진 도구들이 있다. 잭이 상세히 설명해준 설탕 집게, 패스트리 바늘(반죽이 구워지면서 부풀지 않게 공기를 뺄 때 쓴다 - 옮긴이), 비스킷 커터, 버터 몰드인 듯싶다. 울룩불룩하고 형태가 잡힌 번쩍이는 도구들이 너무 예뻐서, 언제까지라도 쳐다보고 싶다.

미스 액턴이 말한다.

"여기가 우리가 하루를 보낼 곳이야."

그 말에 어리둥절해서 말없이 그녀를 빤히 본다. '우리'라니 누구를 말하는 걸까? 두리번대며 요리사를 찾지만, 정원이나 시장에 갔나 보다.

"어디어디서 일해봤는지 말해봐, 앤."

너무도 나긋나긋하고, 상냥하고 친절한 말투여서 난 용기가 나지 않는다. 그런데 다음 말에 더욱 입이 떨어지지 않는다. 미스 액턴이 다시 말한다.

"미안해요, 내가 음료도 대접하지 않았네. 이렇게 무례하다니! 신선한 레모네이드 한잔 마실래?"

나는 고개를 젓는다. 그녀는 '나'한테 음료를 따라줄 위치가 아니다. 난 요리사가 돌아오기를 기다리겠다고 생각한다.

하지만 미스 액턴이 권한다.

"오늘 아침에 내가 직접 만들었지. 시험하는 중인데 이번에는 라벤더를 조금 으깨서 넣었어."

그녀가 무례하다고 오해할까봐 난 고개를 끄덕이면서 속삭인다.

"네, 부탁합니다, 아씨."

소프 부인이 알려준 대로 답한다.

그녀가 높은 잔에 따른다. 그러고 나서 내가 마시기를 기다리는 눈치다. 목사 부인에게 음료에 대해 듣지 못해서 어쩌면 좋을지 난감하다.

"마셔봐!"

미스 액턴이 지시한다.

한 모금 홀짝이니, 생전 처음 먹어보는 맛이 난다. 새콤달콤, 얼얼, 꽃내음이 한꺼번에 퍼진다.

"어떤 것 같아?"

그녀가 묻는다. 나는 빤히 보지 말라는 목사 부인의 주의를 잊고 물끄러미 쳐다본다.

"자, 말해봐."

미스 액턴이 말하지만, 입가의 미소로 봐서 화가 난 건 아니다.

난 질문을 받으니 떨린다는 말은 하지 않는다. 소프 부인에게 의견을 밝히면 안 된다고 경고 받았다는 말도 하지 않는다. 레모네이드가 차마 말로 표현할 수 없는 맛이 난다는 말도 안 한다. 엄마가 라벤더 꽃을 찢어서 짓이긴 버베나와 레몬밤 잎과 섞었다는 말도⋯⋯. 눈물이 나려 하자, 진정하려고 탁자에 손을 뻗는다.

"어디 안 좋아?"

미스 액턴이 곁에 와서 나를 낮은 의자에 앉힌다. 앉으니 얼굴이 화끈대고 창피하다.

"레모네이드를 더 마셔야겠네."

그녀가 말하면서 한 잔 더 따른다. 그러더니 몸을 숙여 잔을 내 얼굴 가까이 민다. 나는 다시 뿌연 연한색 액체를 보고 레몬과 라벤더 냄새를 맡는다.

"소모사 드레스를 입어서 더위를 먹은 게지."

미스 액턴이 잔을 내려놓고 주방에서 나간다. 소프 부인에게 내가 다 망쳤다고, 알고 보니 왜소하고 무례하고 망신거리라고 항의하는 편지를 쓰러 갔겠지. 내 '나쁜 혈통'이 들통난 거야.

레모네이드를 마시니, 잿빛 꿈에서 빠져나오는 기분이다. 주위에서 세상이 떠오르는 느낌. 차분해지고. 그래서 복도에서 발소리가 들리자 벌떡 일어나 개수대 옆에 똑바로 선다. 일할 준비라도 된 것처럼.

"좀 나아졌네."

미스 액턴이 말한다.

"레, 레모네이드 때문에요, 아씨."

내가 말을 더듬는다. 레모네이드가 정말 맛있다는 말로 만회하고 싶지만, 머뭇거릴 때 그녀가 끼어든다.

"그게 속을 안 좋게 했나? 아, 큰일이네!"

그녀는 심각하게 찡그리면서 질그릇을 들여다본다. 그러더니 다시 말한다.

"라벤더가 실수였단 생각이 드네. 찬 우유랑 셰리주를 살짝 뿌리면 한결 나을 거야……."

나 이제 조급해진다.

"아니요, 아씨. 이런 맛난 건 생전 처음 먹어봤고, 추억을 불러와서 거기 빠졌어요. 정말 죄송합니다, 아씨. 평소 저는 소처럼 튼튼하답니다, 아씨."

그녀가 나를 쳐다본다. 날카롭고 엄한 눈빛이다. 이거구나 싶다. 내가 건방을 떠니 그만 가라고 요구하겠지. 그런데 그게 아니다. 미스 액턴이 머리를 젖히고 웃어대고, 긴 흰 목과 귀밑으로 흘러내린 검은 머리 다발이 내 눈에 들어온다.

그녀가 웃음을 멈추고 말한다.

"너랑 나랑 아주 잘 지내겠는걸. 말해봐, 어디어디서 일했어?"

우리가 '잘 지내겠다'는 말이 당황스럽고 어리둥절하지만, 소프 부인이 이 질문에 대비해준 대로 냉큼 대답한다.

"지금까지 건강이 안 좋으신 부모님을 보살폈어요. 아버지는 나폴레옹과 맞서 싸우셨어요, 아씨. 저는 석탄이랑 물을 나를 수 있고, 난로와 스토브를 청소하고 광내고, 먼지를 털고 옷단을 감칠 수 있습니다. 또 채소를 씻고 감자 껍질을 벗기고, 땔감을 패고 불을 피울 줄 압니다."

"읽고 쓸 수 있나?"

미스 액턴이 물으면서 내게 책을 내민다.

내가 고개를 끄덕이자, 그녀는 책을 펼쳐 읽어보라고 요구한다.

표지를 넘기니 요리책이다. 느닷없이 온몸에 전율이 흐른다. 몸 속에 불이라도 난 것 같다. 하지만 그 불은 너무 빨리 꺼지고 공포로 변한다.

"아씨, 제가 글을 읽지 않은 지 몇 년이 되어서요."

"천천히 읽어봐."

그녀가 계속 미소로 용기를 주면서 말한다.

나는 책을 펼치고 아주 느릿느릿, 잔뜩 집중해서 읽기 시작한다.

"토끼를 손질하려면⋯⋯."

내가 읽는다. 미스 액턴이 고개를 끄덕이면서 미소 짓는다. 눈빛이 따스하고 너그럽다. 계속 읽어나간다.

"고기를 깨끗한 물로 씻어 살짝 삶은 후 찬물에 담근다. 그런 다음 토끼에 돼지기름을 발라 굽는다. 소스를 준비하려면 적포도주, 소금, 식초, 생강, 후추, 정향, 육두구 가루를 같이 담는다. 양파와 사과를 다져서 팬에 볶는다. 여기에 약간의 설탕과 소스를 더한다. 이것을 같이 끓여서 상에 낸다."

읽기를 마치자 잠시 침묵이 흐른다. 그때 허기져서 내 배가 꼬르륵 소리를 낸다. 다시 얼굴이 화끈거리지만, 그녀는 웃으면서 어디서 읽기를 이렇게 잘 배웠느냐고 묻는다.

"엄마가 가르쳐주셨어요. 제가 글을 배우도록 무척 신경 쓰셨어요. 오빠는 글을 익히려 하지 않았지만 저는 글을 배우는 게 가장 좋았어요."

"어머니가 훌륭하신 분이겠네."

미스 액턴이 말하고, 예쁜 얼굴에 환한 미소를 짓는다.

글을 읽느라 온몸의 기운이 빠진 듯이 갑자기 피로감이 몰려온다.

그녀가 말한다.

"일을 아주 잘하겠네. 급여를 넉넉히 주지 못하는데, 주급 5실링이면 받아들이겠어?"

이 질문에 앞이 캄캄해져서, 바보처럼 얼어붙는다. 그 말이 믿기지 않아서가 아니라 — 집이 웅장하니 큰 부자일 테지만 — 질문을 받으니 어쩔 줄 모르겠다. 소프 부인은 급여를 통고받을 거고, 그러면 절하면서 '감사합니다, 아씨'라고 인사하라고 했다. 그런데 이 대목이 너무 늦게 기억나고, 그사이 미스 액턴이 당황하고 걱정되어 다시 말한다.

"집안일에 익숙해지면 당연히 급여가 오를 거야. 어쩌면 조금 더 줄 수도 있고. 급여가 많지 않은 걸 알지만……."

"5실링이면 무척 후합니다, 아씨."

그녀가 취소하고, 소프 부인에게 내가 건방지다는 편지를 쓰기 전에 내가 냉큼 말한다.

"좋아. 잘 방을 둘러볼래? 우리 가정부 해티랑 한방을 쓸 거야. 해티는 입스위치에서 같이 왔어."

나는 놀라서 미스 액턴을 바라본다. 또 소프 부인에게 듣지 못한 질문이다.

"그러면 좋겠네요, 아씨."

"그래."

그녀가 말하고, 날 문으로 향하게 하려는 듯 팔을 살그머니 잡는다. 팔에 닿는 손의 감촉이 특별하게 다가온다. 너무 오랜만에 받는 다정한 손길이다. 엄마랑은 묶고 동여매기 아니면, 밀거나 찌르는 것밖에 없다. 아버지와 닿는 감촉도 다르다. 그의 체중을 감당하거나, 내 얼굴에 술 냄새를 풍기는 그를 질질 끌거나 둘 중 하나니까. 하지만 미스 액턴은 정말 정갈하고, 따뜻하고 순수하며 단정하다.

"마지막으로 하나 더 있는데."

마당에 들어서면서 그녀가 말한다. 내 눈이 다시 커지고 뻑뻑하다. 이제 내 진실이, '나쁜 혈통'이 들통났구나.

"네, 아씨."

그녀가 뜸을 들이면서 목덜미를 손으로 매만진다.

"네가 날 부를 호칭을 찾아봐야겠어."

"네, 아씨."

내가 잔뜩 겁먹고 대답한다. 무슨 말인지 모르겠다.

내가 아주 우스운 말이라도 했는지 그녀가 또 웃는다.

"미시즈 액턴은 '마님'이라고 불러도 되겠지만, 난 편하게 '미스 일라이저'라고 불러줄래?"

그녀가 손을 뻗어, 길고 하얀 손으로 아주 민첩하고 가볍게 내 팔을 다시 잡는다.

"네, 아씨."

내가 놀라서 대꾸한다. 그녀가 웃음을 터뜨리자, 난 다시 멍청한 짓을 한 걸 알아챈다.

"네, 미스 일라이저."

엄마한테 말하듯 우렁찬 목소리로 말한다. 나도 모르게 그런 소리를 내고서야 손으로 입을 가린다. 하지만 미스 일라이저는 고개를 끄덕이며 생긋 웃기만 한다. 햇빛 받은 이슬을 머금은 물망초처럼 파란 눈이 빛난다.

춤추듯 걸어 집으로 간다. 그루터기만 남은 옥수수밭과 참나무 수풀을 지날 때 사방이 포근한 초록빛에 싸여 있다. 마지막 모퉁이를 도는 순간, 잭 이야기를 하라던 – 런던의 가장 큰 주방에서 일한다고 - 소프 부인의 말이 기억난다. 이런 멍청이가 있나! 아름다운 미스 일라이저와 레모네이드, 낙원처럼 정갈하고 반들대는 주방 때문에 입이 붙어서, 그 지시가 머리에서 달아나버렸다. 목사 부인에게 그 얘기를 하지 않기로 결정한다. 또 미스 일라이저가 친구처럼 팔을 잡았다고도 말하지 않을 것이다. 머리에서 소프 부인을 - 솔기마다 까슬하고 따가운 치렁치렁한 옷도 - 지우고, 서둘러 오두막으로 간다. 아버지가 약속을 지켜서 술을 마시지 않고 엄마를 죽이지 않았기를 바라면서.

9
일라이저

맛 좋은 레몬 크림

바구니에서 달걀을 꺼내는데, 아직 따스하고 깃털이 붙어 있다. 질그릇에 담긴 설탕 가루를 붓고, 막 숫돌에 간 칼을 꺼내 레몬 두 개의 껍질을 벗긴다. 세상이 스르르 사라진다. 눈, 코, 입천장이 반응하는 게 느껴진다. 레몬을 벗기는 게, 얼얼한 밝은 노래 속에 나 자신을 풀어놓는 게 정말 만족스럽다고 생각한다.

생뚱맞은 사물들에서 시가 보이기 시작했다. 거친 육두구 열매의 심에서부터 흙 묻은 여린 파스닙(서양방풍나물 - 옮긴이)까지. 과연 진실하고 아름다운 시를 담은 요리책을 쓸 수 있을지 궁금해진다. 요리책에 시가 담기면 안 될 이유가 있을까? 요리책이 아름다운 작품이 되면 왜 안 되지?

주방에 혼자 있으면 이런저런 생각이 빠르게 미끄러지듯 밀려든다. 그리고 달걀을 휘저으면서, 레시피에 따르는 과정을 시를 쓰는 과정에 비유하게 된다. 과일, 허브, 향신료, 달걀, 크림. 이것들은 어휘이고, 그것을 섞어 미각을 즐겁게 할 만한 걸 만들어야 된다. 시가 독자의 귀에 내려앉아 매혹하거나 감동을 줘야 되듯이. 시인이 어휘들에서 시상과 의미를 끌어내듯, 난 식재료에서 풍미를 끌어내야 한다. 그런 다음 글쓰기 자체가 있다. 시처럼 레시피는 간결하고 정확하고 정연해야 된다. 산만하거나 늘어지거나 부정확하면 안 된다. 그런데 지금 내가 따르고 있는 레시피는 최악의 시와 비슷하다. 질척대고 지리멸렬하고, 중구난방이다.

미스터 롱맨은 계약 조건을 언급한 편지에서, 성공했지만 매우 불만스러운 『가정 요리』의 저자인 미지의 '숙녀'에 대해 살짝 밝혔다. (마리아 런델이라는) '숙녀'는 몇 해 전 세상을 떠났다. 하지만 죽기 전에 요리책을 50만 부나 팔았다. 롱맨은 이 부분에 밑줄을 두 개나 그었다. 그게 내 미적지근한 노력에 대한 그의 기대라는 듯이. 50만 독자라니!

미시즈 런델의 요리책을 세 번째로 훑어보려니 짜증이 난다. 한심한 여자 같으니. 왜 재료를 간단한 목록으로 정리하지 않았을까? 레시피를 거듭 읽고 또 읽으니 나 자신이 목록을 만들면 더 수월하겠다는 생각이 든다.

나는 레시피를 다르게 쓰기로 한다. 재료들을 따로 – 정확한 분량과 함께 – 목록으로 만들어야지. 맞다, 아주 상세히, 정확하게! 여자들은 일할 때 재료 목록을 외우는 것이 아니어도 머릿속으로 따질 게 많지 않나? 이들을 위해 책을 쓸 것이다. 미스터 롱맨은 이 점을 특히 강조한다. '성장하는 상인 계층의 욕심 있는 숙녀들은 만찬 석상에서 살림 솜씨를 뽐내고 싶어 합니다. 이들이 요리사에게 지시할 때 도움이 필요합니다. 혹은 남편에게 기쁨을 주거나, 남편이 중요한 손님을 초대해 감동시킬 수 있도록 직접 주방에 들어가야 될 때 도움이 요구되지요.'

한숨을 크게 쉰다. 두 번이나 요구했고, 요리책 집필 의뢰를 받아들였는데도 아직 시 원고를 돌려받지 못했다. 레몬을 반으로 잘라 믹싱 볼에 꾹 짜고, 과육을 뭉개서 마지막 한 방울까지 즙을 내니 롱맨 따위는 머리에서 사라진다. 마음이 스르르 앤 커비에게 향한다. 아주 특이한 가녀린 소녀. 수수한 얼굴. 주근깨. 깡마른 몸매. 부대자루 같은 겨울 드레스 밖으로 드러난 쇄골. 나이도 어린데 평생 석탄 자루를 옮긴 듯한 굽은 둥근 어깨. 하지만 읽을 줄 알고…… 내 라벤더 레모네이드에 보인 예리한 반응. 마치 시구절이 몸속에서 흐르는 듯이. 아이마냥 망설이는 얼굴에 내가 좋아하는 특징이 다 있었다. 정직성, 호기심, 영민함. 그 외에 다른 것도 있었다. 설명할 수 없는 짠함. 둘이 묘하고 형언할 수 없게 이어진 느낌. 물론 어머니는 왜 하녀 경험도 없는 사람을 고용하느냐며 반대했다. 앤의 급여가 얼마나 적고, 교구 목사가 직접 추천서를 보냈다는 말을 듣자, 그녀는 불평을 멈추었다.

어머니의 흥분한 말소리가 내 생각을 방해한다.

"좋은 소식이구나, 일라이저! 첫 하숙인들이 월요일에 도착한단다. 미틴 대령 내외가 런던의 스피탈필즈에서 온다. 대령님의 통풍 때문에 온천을 하러 온다는구나. 손님맞이 채비를 하겠니?"

내 안에서 초조한 설렘이 따끔댄다.

"점심은 산토끼 스튜랑 레몬 크림을 내고, 석식은 민들레 잎 샐러드와 매콤한 소고기, 이어서 애플 샤를로트(디저트용 과자 - 옮긴이)를 만들어보려고요."

칼에 벤 상처에 레몬즙이 닿자 난 손가락을 빤다. 빵 자르는 줄, 반죽기, 육두구 가는 도구, 허브 커터에 손을 다치는 둔한 손놀림을 자책한다. 내가 덧붙여 말한다.

"음식이 맛있으면 월요일에 그대로 만들 거예요."

"아이고, 일라이저. 손 좀 봐라! 벌겋게 베었네! 손이 그 모양이면 누가 결혼하고 싶을꼬?"

나는 눈을 굴린다.

"청혼받을 기대 따윈 없어요."

"그래도 마틴 대령님에게 혼인할 남동생이 있을지 알아?"

어머니는 손가락 끝으로 자신의 머리를 매만진다.

"간호가 필요한 통풍 앓는 노인이랑 결혼하느니 미움받는 노처녀가 되는 편이 나아요."

"세상에, 일라이저! 노처녀는 값이 흙덩이만도 못하단다. 물론 존경과 품위를 원하겠지? 어쩌면 마틴 대령님에게 통풍이 없는 아들이 있을지 몰라."

그녀는 콧방귀를 뀌고 나를 아래위로 훑더니 덧붙여 말한다.

"대장장이 마누라는 애가 있고, 아마도 마흔세 살일 거야. 마흔셋이라니! 그 여자는 완전히 백발이지만 네 머리는 아직 예쁜 밤색이지."

"저를 조용히 두시면 요리책 작업을 할 수 있겠어요. 그러면 수입이 생겨서, 마틴 대령과 혹시 있을지 모르는 그의 아들과 동생들에게 의존할 필요가 없겠죠."

달걀을 볼의 가장자리에 톡 쳐서, 빠져나오는 노른자와 흰자를 지켜본다. 껍질 조각이 하나도 떨어지지 않자, 한순간 작은 성공이 지나치게 기쁘다.

"레시피들을 직접 만들 계획이니? 아니면 남이 해놓은 걸 갖다 쓸 거니?"

"요리를 독학 중이니, 나중에 모든 친지에게 선호하는 레시피를 알려달라고 편지를 보낼 거예요."

거품기를 쥔 손의 관절이 하얗게 질리고, 볼에 담긴 노른자가 더 빨리 휘저어진다.

"그러면 네가 요, 요리사가 된 걸 다들 알게 되겠네?"

어머니가 쏘아붙인다.

"저만의 레시피도 만들 거예요."

나는 담담한 목소리를 유지하면서 대답한다. 이미 머릿속으로 재료들을 결합하고 짝을 맞추고 섞는 ─ 과일과 향신료, 싱싱한 생선과 허브, 고기와 야생초와 크림 ─ 중이라는 사실을 알리지 않는다. 그녀가 못 알아들을 것 같으니까.

"아, 애야, '우리' 친지들에게 편지를 쓸 때, 하숙생들을 위해 다양한 메뉴가 필요해서라고 말하렴. 그 외에 더 말할 이유가 없다. 적어도 그러면 체면은 세워지니까."

그녀는 가슴에 단단히 팔짱을 끼면서 말한다.

"아뇨, 어머니. 그들의 레시피를 쓴다면 책에 이름을 넣을 거예요. 본인이 익명을 원하면 몰라도요."

나는 달걀에서 눈을 떼지 않고, 거품기를 높이 올린 후 다시 볼에 담가 팔이 아프도록 젓는다.

마침내 어머니를 보내려고 내가 말한다.

"마틴 대령님과 부인을 맞을 준비를 하셔야 되잖아요."

그녀가 말한다.

"해티는 톤브리지에 아주 잘 적응하고 있어. 하지만 식기 닦는 하녀가 와서 친구가 생기면 더 좋아하겠지."

나는 앤을 떠올린다……. 내 레모네이드를 마시고 말문이 막힌 말라깽이 앤. 내가 대답한다.

"저도 마찬가지예요. 저도 그럴 거예요."

10
앤

앤턴 진저브레드

일요일 밤에 보다이크 하우스에 도착하지만, 미스 일라이저가 안 보인다. 대신 건방진 가정부가 나를 다락방으로 데려간다. 둘이 같이 쓸 방이다.

그녀는 굶주린 고양이가 지나가는 쥐를 보듯 날 쳐다보면서 말한다.

"해티라고 부르면 돼. 난 전에도 일을 해서 여기가 세 번째 집이야. 입스위치에서 액턴 가족이랑 왔으니까 여기서 감독자는 나야."

"저를 감독하나요?"

작은 다락방을 두리번대면서 묻는다. 침대가 두 개, 좁지만 바닥에서 적당히 떨어진데다 침대보랑 담요가 있다. 창은 작고 마차 춘입구가 내려다보인다. 세면대에 대야와 물 단지가 있고, 내 소지품을 넣을 서랍장이 있다. 옆면에 빛바랜 초록색 새가 그려진 요강도 있다.

해티가 대답한다.

"당연하지. 짐 상자는 어디 있니? 일해본 적 없어?"

창피해서, 짐은 나중에 온다고 둘러대려고 입을 연다. 하지만 거짓말이 나오지 않는다. 고개를 저으면서 웅얼대려니 얼굴이 화끈댄다. 소지품이 없는 사람은 나밖에 없으려나? 갈아입을 옷이나 신발도 없는…….

"상자가 없어? 짐 없는 사람이 어디 있어."

"다 가방에 들었어요."

나는 지저분한 천 가방을 가리킨다. 거기 머리빗, 달거리 기저귀 뭉치, 갈라진 비누 조각, 뭉툭한 칫솔이 들어 있다.

내가 묻는다.

"요리사는 언제 만날 수 있어요?"

"이 집에 요리사는 없어. 미스 일라이저만 있는데, 아씨가 여기서는 지시를 내리지 않겠지?"

해티가 으스대느라 히죽거리면서 대꾸한다.

나는 찌푸린다. 어리둥절해서 짐이 없는 창피함은 밀려난다. 소프 부인은 내가 요리사 밑에서 일한다고 못박았지 않았던가.

"요리사가 없어요? 식사는 누가 준비해요?"

"미스 일라이저."

해디가 말한다. 내기 벌어진 입을 다물 새도 없이, 그녀는 이부자리에 들어가라고 채근한다. 내일 첫 하숙인들이 도착하니, 마님이 새벽 5시 반에 일어나라고 지시하셨다고.

내가 눕자마자 해티가 소곤대기 시작해 가족에 대해 묻는다. 소프 부인이 대답하면 안 된다고 경고한 질문들이다.

"왜 그리 늦게 취직했어, 앤? 부모님은 아직 살아 계셔, 앤?"

내가 웅얼대고, 결국 그녀는 거짓 없이 대답할 만한 질문을 하기 시작한다.

"형제자매가 몇 명이나 죽었어, 앤?"

"저랑 잭 오빠를 뺀 일곱 명 전부요."

네 명이 고된 일을 하다 같은 주말에 죽었다는 말은 하지 않는다. 그 일은 생각하기도 싫다.

"좋아하는 남자는 있어, 앤?"

"아뇨."

"어째서?"

"모르겠어요. 언니는 있어요?"

"응, 입스위치에 있는 남자야. 포목상에서 일해서, 원하는 천은 다 갖다줄 수 있지. 어떤 색깔 면실도. 톤브리지 사람들을 다 아니, 앤?"

"아뇨, 그렇진 않아요. 목사님과 사모님만 알아요."

"여기 친구가 전혀 없어?"

"오빠 잭이 있는데 런던에서 지내요."

결국 해티는, 주방에서 미스 일라이저와 있는 때 외에는 자기 지시에 따르라고 말하다 말고 스르르 잠든다. 나는 쥐가 서까래를 달리는 소리를 들으면서 울음을 참으려 애쓴다. 목사가 오늘 엄마를 데려갔다. 그는 요양원 사람들 모두 신앙심이 깊다고 말한다. 내일 아버지는 교회 묘지에서 일할 거고, 나는 보다이크 하우스에서 일할 것이다. 그리고 엄마는…… 엄마는 뭘 할까? 목사는 담당 간호부가 있어서 엄마가 겁먹으면 진정시키고, 옷을 찢으면 품위를 지키게 해 줄 거라고 말한다. 결국 엄마, 아버지, 집에 대한 생각을 멈추고, 사실은 숙녀가 아니라 요리사인 미스 일라이저에 대해 궁리하기 시작한다. 왜 소프 부인이 그 점을 설명해주지 않았는지 의아하다. 생각의 흐름이 끊기자, 조르르 달리는 소리를 들으려 해보지만 쥐는 가버렸다. 해티가 자면서 코를 골거나, 뒤척이거나 소리를 지르면 좋으련만. 엄마와 아버지가 그러듯이. 하지만 가정부는 얌전히 누워 잔다.

다음 날 아침 살그머니 부엌으로 내려간다. 사방이 말끔히 정돈되어 있다. 정갈하고 반들거리고 다 제자리에 있다. 선반에 엄지손톱만 한 잔부터 젤리나 포도주를 담을 듯한, 빛나게 커팅되고 가장자리에 식물이 각인된 잔까지 크기별로 놓여 있다. 그 위에 놓인 오지 호리병들과 백랍 물병들은 엄마의 것과 다르고 멋진 둥근 손잡이가 있다. 오지병은 갈라지거나 이가 나가지 않았고, 백랍 물병은 우리 것과 달리 반들댄다. 손잡이가 조각된 막 기름 먹인 참나무 스푼들이 법랑 단지들에 들어 있다. 탁자에는 버들바구니 세 개가 있다. 한 바구니에는 갈색 달걀 두 다스가, 다른 바구니에는 어린 암탉이 낳은 흰 달걀 대여섯 개가, 세 번째 바구니에는 - 빨간 천과 새 짚이 깔린 - 엄지만 한 얼룩덜룩한 알들이 담겨 있다. 물떼새나 메추라기 알이라고 생각하자 허기가 밀려든다. 엄마가 병들어 닭들을 판 후로 달걀을 못 먹었다.

그런데 그때 신기한 스토브가 눈에 들어오고 두려움이 내 안으로 쏟아진다. 손가락을 대니 따끔하다. 스토브를 쳐다보면서 왜 전에 몰랐는지 의아해하는데, 해티가 나타나 왜 재를 긁지 않았느냐고 묻는다.

내가 속삭이듯 말한다.

"아, 해티. 이런 건 처음 봐요."

나는 그녀가 으스대는 표정을 지으리라 예상하지만 아니다. 대신 무릎을 꿇고 앉아, 마님은 타다 남은 불덩어리를 재와 구분해 다시 쓰길 바란다고 일러준다.

그녀가 덧붙인다.

"재는 정원의 까막까치밥나무 덤불에 뿌려야 해. 하지만 먼저 난로망과 부지깽이를 치우고, 물에 젖은 찻잎을 던져서 먼지를 가라앉혀야 해. 그런 다음 쇠스랑으로 긁고 골라내는 거야. 그러고 나서 기름을 닦아내고, 스토브를 검게 칠하고 광내면 돼."

가정부는 스토브의 맨 아래 문을 열고 안쪽을 가리킨다.

"납판이랑 테레빈유랑 솔이 안에 있어. 하지만 항상 스토브가 아직 따뜻할 때 닦아야만 윤기가 충분히 살아나. 그런 다음 불을 들여. 미스 일라이저는 스토브에 석탄 피우는 걸 좋아하셔. 석탄을 써봤어?"

나는 고개를 젓는다. 집에서는 공유지에서 가져온 가시금작화와 소똥을 때서, 지독한 악취가 진동한다. 소프 목사가 아버지가 일하는 묘지에서 가시금작화와 솔방울을 가져와도 된다고 하긴 했다. 아무튼 해티에게 그 말은 하지 않는다. 창피할 뿐만 아니라 목사가 우리 가족을 왜 그리 챙기느냐고 물을 것 같아서다. 또 그녀는 아버지가 독실한 신자라는 대답을 믿지 않을 게 빤하다. 그래서 입을 꾹 다문다.

"집에서 아직도 부싯깃을 쓰고 있어?"

나는 고개를 끄덕인다.

"액턴 집안은 성냥을 쓰거든. 성냥 켜는 법을 가르쳐줄게."

성냥을 켜본 적이 없다. 성냥을 긁으니 빨강 파랑색이 타오르면서 사방에 불꽃을 튀기고 달걀 썩은 내 같은 고약한 냄새가 퍼진다.

"이제 이 스토브를 닦지 않아도 되어 반갑네."

해티가 금요일에는 더 일찍 일어나 굴뚝들의 연도煙道를 청소해야 된다고 말한 후 그렇게 덧붙인다.

"그러면 언니가 다 하세요?"

집이 이리 넓은데 모든 방과 벽난로와 창문을 말끔히 유지해야 된다는 생각이 들어서 묻는다.

"입스위치에 살 때는 하인 일곱과 집사 한 명이 있었어. 그런데 무시무시한 일이 생겨서 ― 그 일은 발설 금지야 ― 이제 달랑 너랑 나지. 하지만 하숙인들이 오면 하인을 늘려준다고 마님이 약속하셨어. 그게 오늘이라고, 앤!"

해티는 하숙인들이 모두에게 큰 선물이라도 되는 듯 손뼉을 치면서 환하게 웃어 보인다. 그러더니 말을 잇는다.

"대령 부부인데 가정부를 데려올 테니까 내가 요강을 비우고 닦지 않아도 되겠지. 어쩌면 사환도 데려올걸."

그녀가 '사환'이라고 말하면서 눈을 찡긋하자, 나는 목덜미랑 뺨까지 붉힌다.

스토브 청소를 끝낸 즈음 — 몇 시간이나 걸린 것 같고 손이 시꺼먼 기름투성이다 — 8시 종이 울리자, 해티는 앞치마를 갈아입고 마님에게 가야 된다고 말한다. 그러더니 다른 사람이 된 것처럼 다시 우쭐대면서 덧붙인다.

"내가 관리자고 넌 내 지시대로 해야 된다는 걸 잊지 마. 참, 아침 식사는 식품 창고에서 빵을 꺼내 먹으면 되는데, 너무 많이 먹지 말고."

너무 바빠서 엄마 생각을 못했다. 묘지에 처음 일하러 간 아버지도. 아침 식사도 미처 생각하지 못했다. 하지만 해티가 식기실 선반을 닦으라고 지시하고 나가자, 간호부와 요양원 정원에 나오는 엄마를 떠올린다. 소프 목사는 정원에 꽃이 만발하다고 말했다. 엄마가 낯선 사람이나 새로운 곳을 꺼린다고 내가 대꾸하자, 그는 주님을 믿어야 된다고 타일렀다. 주님을 믿어본다. 지금도 눈물이 난다.

"어머, 앤. 울고 있네."

미스 일라이저가 헛간 올빼미처럼 조용히 쓱 나타나서 말한다.

나는 눈물을 훔치고 고개를 젓는다.

"아니에요, 미스 일라이저. 눈에 재가 들어가서요."

내가 말한다.

"처음 왔으니 무척 어색하겠지. 하지만 조금이라도 슬프면 나한테 말해줘, 알겠지?"

어떻게 대답해야 되나? 또 거짓말하지 않고 어떻게? 나는 고개를 끄덕이고, 소프 부인이 알려준 대로 말없이 발만 내려다본다. 하지만 계속 부츠를 쳐다볼 수가 없다. 물 얼룩이 있고 끈은 해지고, 밑창은 떨어져 나갈 태세다. 그래서 고개를 드니, 미스 일라이저가 물망초 같은 눈으로 날 지켜본다. 검은 속눈썹이 길다.

그녀가 흰 손을 목에 대고 무심코 쓰다듬으면서 말한다.

"오늘 우린 바쁠 거야. 송아지 어깨살을 스튜(불에 뭉근히 끓이는 조리법 - 옮긴이)해서 감자 불레트(완자처럼 빚어 기름에 굽거나 삶아서 브라운소스나 토마토소스와 먹는 요리 - 옮긴이)를 곁들이고, 구운 자두푸딩을 낼까 하는데 네 생각은 어때?"

질문을 받자 얼떨떨하다. '불레트'가 뭐지? 또 어떻게 나더러 메뉴에 대해 생각하라는 거야?

"좋을 것 같은데요."

배 속이 꾸르륵대는 걸 멈추려고 배를 손바닥으로 밀면서 대답한다.

미스 일라이저가 말한다.

"통풍을 앓는 대령님에게 딱 맞을 거야. 또 레시피가 그리 복잡하지 않으니, 우리가 처음으로 같이 일하는 날의 메뉴로 적당하지. 자두푸딩부터 시작하지 그래?"

그녀는 내 겁먹은 눈을 보고 위로하듯 생긋 웃는다. 그러더니 다시 말한다.

"딱딱한 빵 한 덩이를 찾아서 껍질을 벗겨 강판에 곱게 갈아. 필요한 재료는 다 저기 있어."

그녀가 식품저장실을 손짓하면서 계속 말한다.

"어머니는 아침에 중국차만 드시는데 헤티가 준비할 거야. 너랑 나는 나중에 케이크 한 쪽씩 먹자고. 양념에 대해 네 의견을 말해주면 좋겠어.”

식품저장실로 가는데 가슴이 공포에 휩싸인다. 석탄과 물을 날라
야 되는 거 아닌가? 소프 부인은 그럴 거라고 했다. 요리에 대해서는
일언반구도 없었고. 더 나쁜 것은 ‘양념에 대해 의견을’ 말해야 된다
고 알려주지 않은 점이다. 그제야 머리를 때리는 게 있다. 소프 부인
이 잭 이야기를 했구나. 미스 일라이저가 오해해서, 오빠에게 요리
를 배운 줄 아는구나. 난 식품저장실에서 뛰쳐나와 다 털어놓으려
한다. 어머니는 정신을 놓았고 아버지는 술을 좋아하는 불구자라고,
잭은 고작 꼬치구이를 돌리고 토끼 가죽을 벗긴다고, 나는 감자를
심고 요강을 썻고 그 외의 허드렛일밖에 안 해봤다고. 그런데 그 순
간 공기가 달콤해서 아찔하다. 실한 자주색 열매가 수북이 담긴 그
릇에서 향내가 난다. 과분이 낀 열매 위를 꿀에 취한 말벌들이 기어
간다. 순간적으로 제대로 생각할 수가 없다. 이 독특한 열매의 향기
를 마시고만 싶다.

“빵을 찾았어? 터키 무화과 옆에 있는데.”

미스 일라이저가 외친다. 난 진홍색 솔기들이 갈라지고 뽀얀 가
루가 묻은 과실들을 쳐다본다. 잭은 무화과에 대해 말하면서, 손님
들이 포트와인과 크림에 조린 무화과를 먹는다고 설명했다. 하지만
건포도처럼 잘고 쭈글쭈글한 과실로 상상했는데.

빵과 강판과 칼을 찾는다. 그런데 강판에 빵을 긁다가, 손이 무뎌
서 손끝을 긁힌다. 핏방울이 사발에 떨어져 빵가루를 적신다.

미스 일라이저가 빵가루의 무게를 재서 석판에 적으라고 지시
한다.

"난 계량에 특히 신경 쓰거든. 매사 정리되고 정확해야 해. 그래야 생활이 혼란스럽지 않지. 그렇게 생각하지 않아, 앤?"

미스 일라이저가 내 생각을 그만 물어보면 좋겠다. 손가락이 욱신대는 와중에 생각해야 될 게 많으면 난처하니까. 특히 그녀의 주변이 정리되고 아름다워 혼란스러운 데가 없기에 그 질문이 유독 난처하다. 이렇게 답하고 싶다. 혼란이란 것은, 어머니가 딸을 못 알아보고 마음을 억누르지 못해 이유 없이 칼로 머리를 싹둑 자르는 거라고. 아버지가 엄마를 죽이기 전에 그를 끌어내는 거라고. 며칠간 쫄쫄 굶는 거라고. 죽어가는 형제자매들과 아버지가 매일 밤 자면서 부르르 떨고 악쓰는 기억밖에 없는 거라고 말하고 싶다. 하지만 그때 그녀의 부엌이 정갈하고 정돈된 낙원 같다는 생각이 든다. 어쩌면 미스 일라이저는 이런 뜻으로 한 말이다. 또 이게 내가 늘 요리사를, 뒤범벅인 먹거리를 맛있는 요리로 바꾸는 꿈을 꾼 이유다. 그래서 대답한다.

"네, 미스 일라이저."

그 후 우린 별로 말이 없다가 미스 일라이저가 식품저장실에서 생강케이크를 꺼낸다.

"어떤 집의 옛날 레시피인데, 정향과 자메이카산 생강의 양을 시험하는 중이야. 네 생각은 어떤지 말해줘."

그녀가 케이크 한 조각을 내게 민다. 허기지다고 해서 허겁지겁 먹지 않으려고 애쓴다.

미스 일라이저가 말한다.

"이 케이크의 핵심은 모든 재료를 하나씩 차례로 나무 스푼 뒷면

으로 휘젓는 거야. 재료를 한꺼번에 넣고 저었다간 최악의 케이크가 나오지. 처음에 그렇게 시도했다가 벽돌같이 딱딱해서 먹을 수가 없었기에 잘 알지!"

그녀는 쓸쓸하게 웃으면서, 생강을 더 넣어야 될지 묻는다.

나는 농밀하고 짙은 부스러기를 혀로 느낀다. 입안에 따스함과 향신료와 달달함이 퍼진다. 파이를 삼킬 때 날카롭고 깔끔한 맛이 코와 목구멍으로 올라와 머리가 아찔하다.

"좋아하는 게 훤히 보여."

미스 일라이저가 나를 지켜보다가 미소 짓는다.

그 순간 나는 불쑥 내뱉는다. 소프 목사 내외가 못마땅해할 일이다. 하지만 이미 늦어서, 목구멍에서 말이 절로 튀어나온다.

"아프리카의 천국, 검은 흙과 더위가 가득한 숲의 맛이 느껴져요."

미스 일라이저의 미소가 더 환해지고 눈이 반짝인다. 그 표정에 용기를 얻어 일과 무관한 질문을 던진다.

"아주 강하게 배어서 혀에서 고음으로 노래한 것은 무슨 맛인가요?"

그녀가 물망초 같은 눈으로 날 물끄러미 본다.

"신선한 레몬 두 개의 껍질을 가볍게 간 거야!"

"진짜 맛있어요."

생강을 더 넣어도 좋겠다고 말하고 싶지만, 건방지고 주제넘은 짓일 듯하다. 미스 일라이저는 내가 레몬 껍질을 맞힌 게 기뻐서 '양념에 대한 의견'을 채근하지 않는다.

이후 해티를 도와 하숙인들 맞을 채비를 한 다음, 식사를 준비하는 미스 일라이저를 돕는다. 그녀가 다급히 안달하며 움직이고 얼굴이 상기되자 초조함이 읽힌다. 미스 일라이저는 몇 차례나 '내 최초의 진짜 식사 손님이야'라고 하는데 나에게라기보다 자신에게 말하는 듯하다. 나는 지시대로 송아지고기에 쓸 로즈메리, 세이지, 타임(백리향 - 옮긴이)을 다진다. 그러고 나서 자두푸딩에 곁들일 달콤한 소스에 들어가는 재료를 계량한다. 소스 레시피에 분량이 없어서 예측해야 되기에 미스 일라이저가 난처해한다. 나는 마데이라(디저트용 포도주 - 옮긴이) 한 잔을 붓고, 버터와 설탕과 밀가루를 계량한 다음 레몬즙을 짜고 육두구 한 스푼을 간다. 그녀가 송아지 스튜를 소금 스푼으로 떠서 간 보고, 고추와 육두구 가루와 소금을 좀 더 넣고 혼잣말로 중얼댄다. 따뜻한 부엌에서 바쁘게 움직이고 탁자에서 불어오는 신선한 육두구 향을 맡으니, 엄마와 아버지가 잊힌다. 몇 년 만에 처음으로 기쁨이 느껴진다. 소프 목사가 느릿느릿 설교하고 금빛 천사 그림들이 내려다보는 교회에 앉아 있는 것보다 훨씬 좋은 느낌이다.

11
일라이저

송아지 간 구이와 레몬 피클

마틴 대령과 부인은 내 마음에 들지 않는 구석이 있다. 눈길 뒤에 어린 냉랭함. 어머니는 파스닙 요리의 녹은 버터처럼 부부에게 달라붙는다. 내가 따뜻함이 부족하다고 평하자, 어머니는 잔소리를 늘어놓으며 이제 그럴 자격이 없는 내가 기품 있고 우아하게 군다고 비난한다.

그녀가 오만하게 쏘아붙인다.

"주방에서 지내는 건 좋아. 하지만 분별력 있게 처신해야지. 하숙인들이 우리가 제대로 된 요리사를 둘 형편이 아니라고 생각하게 만들면 안 되지."

나는 그 말을 무시한다. 내가 준비하는 식사가 '제대로 된 요리사' 가 만들 만한 수준이 되기는 하나?

"주방에 있는 게 더 좋아 다행이죠."

무뚝뚝하게 대꾸한다. 매일 마틴 부부가 마차를 타고 턴브리지 웰스 온천에 간 사이, 나는 요리를 하고 글을 쓴다. 주로 레시피인데, 정확하고 정밀할 뿐 아니라 간결하고 기품 있게 쓸 작정이라 일부는 반복해서 작성한다. 이따금 레시피를 치워놓고 시 한두 행을 써보기도 한다. 계속 시와 레시피를 번갈아 쓰는 덕에 정신이 맑고 소리에 민감해진다. 그래서 시든 요리책이든 문장마다 리듬을, 운율을 끌어낸다. 하지만 하루하루 지나면서 문구가 아주 빠르고 순조롭게 떠오르자, 다른 뭔가가 작용하는 걸 깨닫는다. 처음 이 생각이 들었을 때 고개를 들어 앤을 본다. 또 하나의 기이한 생각이 떠오른다. 이렇게 영감을 퍼붓는 장본인은 바로 앤, 이 아이다.

난 앤이 나만의 세계에 침범해서 혼란을 야기하리라 예상했다. 그런데 그 존재가 나를 타오르게 한다. 사뿐사뿐한 소녀. 얇게 저민 아몬드 같다고 할까. 자라지 않은 날개처럼 튀어나온 견갑골. 교회의 촛불처럼 어두운 구덩이에서 빛나는 큰 눈망울. 밑창이 너덜너덜한 부츠……. 하지만 앤은 아주 섬세한 풍미도 구별하는 미각 능력을 지녔다. 또 그 아이의 표정과 몸짓은 가장 사소하고 평범한 것들 가운데서도 무언가를 보여주는 것 같다. 뭐라 설명할 순 없어도 본능적으로 느껴진다. 그것은 가당찮은 애정의 파동일 테니 잘 숨겨서, 어머니의 의심을 피해야 된다.

그럼에도 우리는 얼른 일상의 쳇바퀴로 들어간다. 마틴 부부의 식사를 준비하면서, 필요하면 두세 번 조리할 수 있게 처음에는 살짝 조리한다. 그런 다음 앤은 정리를 하고 나는 글을 쓴다. 함께한 첫

날, 간단한 파이 반죽의 레시피를 적으려고 거실로 갔다. 몇 번이나 파이가 설익다가 숯처럼 탔고, 그 과정에서 최고급 소 콩팥 기름 1파운드(약 450그램 - 옮긴이)가 허비되었다. 신경이 곤두서서 좀처럼 표현이 떠오르지 않았고, 어머니가 기름 탄내를 불평해서 더 도움이 되지 않았다. 그래서 주방으로 돌아가 소나무 탁자에서 글을 썼고, 앤은 주변을 쓸고 닦았다. 구정물, 돌 위를 스치는 빗자루, 흩어지는 모래와 소금에서 위안을 얻었고, 이제 레시피는 주방에서만 쓴다. 나중에 식당에서 어머니와 까탈스런 오찬을 한 후, 앤과 저녁 식사를 준비하며 오후를 보낸다. 요리가 그리 어렵지 않을 때는 머릿속으로 시구와 레시피 사이를 왔다 갔다 할 수 있다.

마틴 대령 내외가 도착하고 며칠 후, 나는 문학 연감 〈더 킵세이크The Keepsake(기념품)〉에 새 시를 기고하기로 결정한다. 표지가 아주 장식적이고 아름다운 책이다. 시를 급행 우편마차 편으로 부치면서 성취감이랄까, 만족감을 맛본다. 나중에 송아지 간 구이와 레몬 피클의 레시피를 간략히 적을 때, 어휘들에서 시가 보여서 미약하나마 전율을 느낀다. 레시피도 시처럼 아름다울 수 있다고 생각한다. 유용하면서 아름다울 수 있다. 지시를 쏟아내는 품위 없는 목록일 필요가 없다. '질 좋은 건강한 하얀 간을 준비해서…… 향긋한 식초와 양파 한 조각으로 밤새 재우고 위에 풍미 있는 허브 가지들을 올려서…… 투명한 불꽃에서 굽는다…….'

아버지가 프랑스 칼레로 도피한 후 처음으로 목적의식이, 자존감이 생긴다. 마치 '존재하라'는 무언의 허락을 얻은 것 같다. 어쩌면 나는 암담한 무너진 인생을 살아내야 되는 게 아니다. 어쩌면 레시피 작성은 시 쓰기와 똑같이 나를 지탱하고 풍요롭게 한다. 어쩌면 나는 '노처녀' 이상이 될 수 있다.

그렇게 일에 빠져 주방과 침실에 틀어박히자, 마틴 내외가 의식되지 않고 그들이 너무 냉정하다는 사실도 잊는다. 나중에야 더 관심을 두지 않은 게, 나 자신의 재기에만 몰두한 게 후회된다. 하지만 그때는 이미 늦어버렸다.

12
앤

물 한 병

사흘간 미스 일라이저는 지시를 내리고, 난 철저히 따른다. 설탕 덩어리를 긁고 채소에서 흙과 벌레를 털어낸다. 개수대를 모래로 문질러 닦고, 찻잎을 펼쳐 말린다. 물과 땔감을 옮기고 시장에서 생선을 가져온다. 얇게 자르고 체질하고, 강판으로 갈고 딴다. 스토브 불을 돋우고, 재를 쓸고 검게 칠한다. 씻고 말리고 광낸다. 잠시 짬이 나면 먹는다. 뻣뻣하게 타서 돼지나 먹을 파이 껍질을 먹는다. 엉겨서 고양이에게 줄 크림을 먹는다. 소금을 과하게 넣은 소스를 몰래 먹어서 혀가 얼얼해진다. 남은 음식을 먹고 조리용 스푼을 핥고, 심지어 반죽 그릇을 빨아 먹는다. 허기로 배고파 죽을 지경이라 도리가 없다. 그렇게 많은 음식은 본 적이 없다. 미스 일라이저는 일에 심취해, 부스러기가 떨어지거나 나무 스푼이 깨끗하게 핥아져도 못 알아챈다. 가끔 일손을 멈추고 날 빤히 쳐다본다. 하지만 내가 타서 돼지에게 줄 파이 반죽이나 마틴 대령이 남긴 빵 부스러기를 썹다가 들켜서가 아니다. 내가 왜 주방에 있는지 의아해하는 표정이다. 혹은 내가 누구인지.

이따금 마님이 나타나 하숙인들의 칭찬을 전한다. 그러면 나와 미스 일라이저는 자부심에 젖는다. 딱 한 번 콩팥 파이의 절반이 남겨져 돌아온다. 미스 일라이저는 음식을 애타게 보는 내 눈빛을 알아차린다. 입가에 침이 고였겠지. 그녀가 접시를 밀면서 먹고 싶으면 먹으라고 말한다. 그레이비소스는 고기 맛이 강하고, 로즈메리와 골수와 레드커런트 젤리 덕에 풍미가 깊다. 온 세상이 줄어서 내 입만 남는다. 나중에 배 속이 뒤틀리며 굳는다. 그리고 단단하게 붓는다. 허겁지겁 먹으면 안 되는 걸 기억하자고 생각한다.

어느 저녁, 수프 냄비에 넣을 과일과 채소의 껍질을 모으는데 마님이 획 들어온다.

"해티가 병이 났다는구나. 앤, 네가 식당에 가서 마틴 부부에게 필요한 게 더 없는지 알아보렴. 어쩌니, 일라이저. 일손이 너무 부족해 큰일이다. 이렇게는 못 버티겠네!"

미스 일라이저가 내게 말한다.

"해티의 슬리퍼를 신고 깔끔한 앞치마로 갈아입어. 그리고 곧장 식당으로 가서 마틴 부부에게 물을 따라드려. 엎지르지 않게 조심하고."

그녀는 내 드레스의 목 안에 마른 라벤더 가지를 끼워주면서, 부엌 냄새가 가려질 거라고 말하고 손을 흔들어 가라고 신호한다.

전혀 자신 없이 식당으로 간다. 대령과 마틴 부인이 원탁에 앉아 있다. 리넨 식탁보 위에 묵직한 은 포크와 나이프가 있고, 다양한 크기의 유리잔과 줄무늬 냅킨, 이쑤시개 접시, 은제 양념병들이 놓였다. 마틴 부인은 내가 보석을 훔치러 왔다고 짐작하는 듯이 아주 요상하게 쳐다본다. 그러더니 자기 손을 아주 꼼꼼히 살핀다. 대령은 나를 쳐다보더니, 새 옷을 지으려고 눈대중을 하는 것처럼 아래위로 훑는다.

하숙인들에게 어떻게 말해야 되는지 들은 바 없다. 그래서 물병을 집어 들고 말한다.

"물 드려요?"

늘어선 유리컵들을 보자 당황해서 의도보다 불쑥 말이 튀어나온다. 어느 게 물 잔이고 어느 게 포도주 잔일까? 마틴 부인은 나를 무시하고 계속 손톱을 보는 데 몰두한다. 하지만 대령은 단순한 일자형 잔을 손짓하면서 친절하게 고개를 끄덕인다. 마치 내가 식탁 시중을 드는 게 처음인 걸 안다는 듯이. 나는 아주 조심조심 천천히 물을 따르기 시작한다. 그러다 얼어붙는다. 뭔가 다리 뒤를 타고 올라온다. 허벅지를 조물거리고 꽉 쥔다. 심장이 쿵쿵대서 가만히 서 있다. 물병을 쥔 손이 양념병 위에서 벌벌 떨린다. 머릿속에서 물러나라는 소리가 들린다. 식탁을 빙 돌아 마틴 부인의 잔에 물을 따르라고 한다. 하지만 그러지 않는다. 머릿속 다른 부분에서 다른 목소리가 튀어나와 문제를 일으키지 말고, 하숙인들의 비위를 거스르지 말라고 말해서다. 오도 가도 못하는 상태인데 대령이 구제해준다.

"가득 채우라고, 아가씨. 가득!"

그가 핏줄이 튀어나온 살찐 손으로 유리컵을 가리킨다. 다른 손은 - 그 손이다 - 내 허벅지 뒤에 머문다. 내 살을 파고드는 손길이 멈추자 내 착각인지 의아하다. 사고인지. 어쩌면 그는 내 다리에 손이 간 줄 모른다. 아마도 내가 뿌리치면 - 사람이 벌레를 떨어내거나 개가 벼룩을 털어내듯 - 대령은 알아차리고 민망해서 손을 자기 다리 위로 돌려놓겠지.

내 팔이 떨리는 걸 안다. 사실 강풍이 지나간 수면처럼 온몸이 덜덜 떨린다. 그래서 손이 떨려도 잔의 중심에 맞게, 아주 천천히 물병의 입에 집중하며 따른다. 그 순간 그가 너무 힘껏 허벅지를 쥐자, 물병이 휙 흔들리면서 물이 식탁으로 주르르 쏟아진다. 너무 순식간에 일이 벌어진데다 사지가 굳고 심장이 두근대고 머릿속에서 온갖 고함이 들린다. 그래서 정신을 놓고, 듣지도 말하지도 못하고 소금 기둥처럼 서 있다. 물이 마님의 가장 좋은 식탁보에 쏟아지는데도.

"이런, 칠칠치 못하기는!"

마틴 부인이 고개를 들고, 번뜩이는 눈으로 쏘아본다.

"자, 그만해요, 제인. 하녀가 하숙집에 처음 왔나 보구먼."

마틴 대령이 나무란다. 길 잃은 그의 손은 보란 듯이 수염을 쓰다듬는다. 그가 옷깃에서 냅킨을 빼서 엎질러진 물을 닦는다. 그러더니 냅킨을 흔들면서 주방에 가서 새것을 가져오라고 시킨다.

여전히 난 꼼짝하지 못한다. 머릿속의 목소리는 사과하라고 말하지만, 입이 떨어지지 않는다.

"가보라고, 아가씨! 새 냅킨!"

마틴 부인의 딱딱거리는 말에 냉큼 정신을 수습하고, 대령에게 냅킨을 받아 복도의 리넨장(식탁보, 냅킨 등을 보관하는 장롱 - 옮긴이)으로 달려간다.

식당으로 돌아가니 마님이 마틴 부인과 날씨 이야기를 나누고 있다. 난 마님이 젖은 식탁보를 못 보았기를 기도하지만, 그녀는 포도주를 가져온다면서 서둘러 지하실로 간다. 어설프게 절하고 마틴 대령에게 새 냅킨을 건넨다. 그는 냅킨을 꽂아달라는 듯 칼라를 손짓한다. 그러더니 식탁에서 가슴을 뗀다. 냅킨을 펼치는데 열 손가락이 다 떨린다. 팔을 쭉 뻗어 맹인처럼 더듬대며 냅킨 모서리를 칼라에 넣으려 하면서, 그의 손이 내 다리를 더듬을 걸 각오한다. 하지만 그의 양손이 무릎에 있기에 난 더 다가가서 냅킨을 칼라에 쑥 넣는다. 손가락이 그의 붉고, 뜨겁고, 늘컹거리는 목을 스친다. 냅킨이 단단히 끼워져 물러나려는 순간, 눈가에 뭔가 보인다. 그의 성기가 바지에서 튀어나와, 식탁 밑에 벌겋게 꼿꼿이 서 있다. 나는 움찔하며 물러나고, 얼굴이 새빨개진다.

그 순간 마님이 포도주를 들고 돌아온다. 대령은 태연하게 목에서 냅킨을 빼서 무릎에 떨군다.

"새로 왔습니까?"

그가 나를 고개로 가리킨다. 내 몸이 마구 떨린다. 그가 나를 불평하면 어쩌지? 마님이 가장 좋은 식탁보에 물을 흘린 걸 알면 어쩌지? 마틴 부인이 눈을 아주 가늘게 뜨고 날 쳐다봐서, 눈이 말린 후추 같다.

액턴 마님이 대답한다.

"앤은 주로 식기실에서 일한답니다, 대령님. 하지만 시중드는 하

녀가 몸이 불편해서요. 앤이 불편을 끼치지 않았어야 될 텐데요? 모
든 게 만족스러우신가요?"

"아, 무척이요."

대령이 대답한다.

"디캔터(포도주를 따라서 식탁에 두는 술병 - 옮긴이)를 가져오겠습니다."

마님이 물러가자 나는 소름 끼치는 대령, 그의 괴상한 부인과 남
는다.

"여기!"

대령이 날 부른다. 이제 해티가 병난 이유를 알기에 난 아주 느리
게 움직인다. 그가 다시 말한다.

"냅킨이 바닥에 떨어졌는데, 통풍 때문에 움직이기 어렵군. 아가
씨가 집어주겠나……?"

그가 식탁 밑에 팽개쳐진 냅킨을 손짓한다. 나는 마틴 부인을 힐
끗 보지만 그녀는 창문을 빤히 쳐다본다.

무릎을 꿇고 눈을 둘 곳에 유의하면서 냅킨을 집는다. 일어나 냅
킨을 그의 무릎에 던지고 주방으로 달려간다.

13
일라이저

포도 잎에 싼 비둘기구이

일찍 깨서 눈을 번쩍 뜬다. 멍한 몇 초간 혈관에서 피가 콸콸 도는 이유가 의아하다. 그러다 전날 저녁이 떠오른다. 가장 야심찬 식사가 성공했다. 마틴 부부는 음식을 다 먹었고, 송아지 그레이비소스를 빵으로 훑어서 먹고 자두푸딩을 더 요청하기도 했다. 대령은 만족해서 입맛을 다시면서, 내 마데이라 소스를 '달콤한 푸딩이랑 먹어본 최고의 와인소스'라고 평했다. 어머니가 식당 문 앞을 초조하게 서성대면서 엿들은 덕에 나도 안다.

기지개를 켜고 배시시 웃는다. 소스 레시피를 내가 만든 거나 다름없다고 어머니에게 말하지 않았다. 오렌지 껍질, 난황을 더 넣은 약간의 변화가 확연한 변화를 이루어냈다. 앤이 육두구를 넣으라고 했고 과연 옳은 조언이었다. 육두구가 맛을 더 깊게 하고 향신료의 달콤함을 냈으니…….

샤프란 같은 따스한 햇살이 덧창 틈새로 들어와 침대보에 줄무늬가 생긴다. 한순간 말할 수 없이 행복하다. 창공을 나는 새처럼 가뿐하다. 왜 아닐까? 내 레시피가 효과를 발휘한다. 난 글을 쓸 수 있을 뿐 아니라 요리도 할 수 있다. 〈더 킵세이크〉에 기고한 시들은 내 최고의 자작시다. 감옥이 될 줄 알았던 주방이 상상도 못한 방식으로 영감을 준다. 이전 요리사들의 엉성한 레시피조차 나만의 요리를 만들게 해준다. 개가 눈 속에 묻힌 사람 냄새를 맡고 따뜻한 숨결로 생기를 되찾게 하듯이.

또 노래하는 레시피들을 쓰는 짜릿한 환희가 있다! 다시 미소 지으면서, 요리나 음식이나 먹는 것에 대한 시를 써야 될지 고심한다. 하지만 아니, 가망 없는 일이리라. 미스터 롱맨은 면전에서 비웃을 것이다. 그의 말소리가 귀에 선하다. '아니, 아니, 아니지요……. 시는 섬세한 감정을 담는 겁니다……. 그리고 주방에서 섬세한 감정을 갖는 사람은 없어요, 미스 액턴…….'

여자는 식탁의 즐거움을 받아들이면 안 된다니 얼마나 이상한 세상인가. 물론 여자가 식탁을 준비해야 된다. 하지만 거기에 감정이 개입되지 않는다. 또 그걸 먹어야 되지만 – 살기 위해서만 – 그 과정의 즐거움 따윈 없이 그래야 된다. 우리 여성들에게 음식은 단지 기능적인 것이어야 된다.

이런 생각의 고리가 하숙인들로 이어진다. 대령과 뚱한 부인에게 오늘은 뭘 대접할까? 비둘기 고기. 꽃처럼 향긋한 작은 콩. 올해의 마지막 콩이다. 그리고 구할 수 있는 가장 작은 감자를 삶아서 버터를 뿌리고 굵은 소금을 쳐야지. 이불 속에서 기지개를 켜니, 창공을 나는 새 같은 기분이 다시 밀려온다. 날갯짓하는 제비가 된 것 같다. 이번에는 새의 노래도 들린다. '나는 새야, 나는 새야, 나는 새야.'

일어나서 덧창을 젖혀 빛이 쏟아져 들게 한다. 불쑥 방에 가을 가지들 – 들장미 열매, 주홍빛과 금색 나뭇잎들, 올해의 마지막 연둣빛 식물들 – 을 채우고 싶어진다. 하지만 방을 둘러보니 기쁨이 말끔히 씻겨나간다. 깔끔하고 텅 빈 노처녀의 방……. 노처녀는 살아 있는 실패의 고백이란 사실이 떠오른다. 그리고 책망하는 작은 소리가 끼어든다. '네 시들, 네 글…… 죄다 자만이고 오만이고 경거망동이지.' 오늘 기고한 시들이 반환될 게 빤해. '사기야…… 사기…….' 내 날개가 꺾인다. 또 한 번. 독자를 탐한 벌이다.

주방에 가니 앤이 무릎을 꿇고 돌바닥의 기름얼룩을 닦고 있다. 이슬 밟은 신발 밑창이 검게 젖어 너덜대고, 탁자에는 들장미 열매 바구니가 있다. 앤이 동트기 전에 일어난 게 분명하다. 내 눈길이 스토브로 향하지만, 새로 검게 칠해 준비되었고 바닥의 재는 말끔히 치워졌다.

"들장미 열매를 땄어?"

"네. 시럽을 만들고 싶으실 것 같아서요. 엄마는 늘 열매가 싱싱한 9월에 시럽을 만드셨거든요."

앤이 고개를 들자, 눈이 검은 구덩이처럼 움푹하다.

목구멍에서 아린 덩어리가 올라온다. 그걸 꿀꺽 삼키고 말한다.

"대령 부부에게 조식을 갖다드린 후, 즉시 윌리엄 게일의 구두 가게에 가서 부츠를 사도록 해."

앤이 입을 벌리고 날 본다.

"아직 급여를 못 받은 걸 알아. 내가 부츠를 사줄게. 선물로 생각해줘."

"아니요, 그럴 순 어, 없어요. 그런 과분한 선물은 받을 수가 없네요, 미스 일라이저."

앤이 말을 더듬는다.

"아니, 내가 하자는 대로 해. 윗사람 말을 안 들을 거야?"

"해티는요?"

"해티는 새 신발이 필요 없고 앤은 필요해."

"오늘은 해티가 대령님 부부의 시중을 들지 않느냐는 뜻인데요?"

나는 로즈힙을 큰 볼에 넣고 마음의 혀로 맛을 본다…… 타임이나…… 로즈메리에 싸서…… 아니면 더 이국적인 게 어울리려나? 계피 조각? 바닐라 각지에 얼른 담글까? 미시즈 더람이 만들던 로즈힙 시럽과 10년 전쯤 먹어본 진한 프랑스 로즈힙 잼을 떠올리려 애쓴다. 사과가 들었던가? 앨더베리(딱총나무 열매 - 옮긴이)였나?

"오늘은 해티가 시중을 들까요, 미스 일라이저?"

방해를 받자 한숨이 나온다. 기억 속의 맛을 소환해 상상력으로 조합하려면 집중력이 필요하다. 한 번의 방해로 맛을 – 불현듯 떠오른 – 완전히 놓친다.

"식사 시중이 네 일이 아닌 줄 알지만, 여긴 작은 개인 하숙집이니 모두 협력해야 해. 마님도 편견을 극복하고 식탁 시중을 거드시는걸."

"제가…… 제가 그걸 잘 못하는 것 같아서요."

앤이 비누칠한 돌바닥을 내려다보면서 중얼댄다.

"저기, 해티가 회복했는지 두고 보자고. 오늘 아침에 봤어?"

"제가 먼저 일어나서요, 미스 일라이저. 해티를 못 봤어요."

그녀는 고개를 숙이고 솔을 문지른다.

"마틴 부부는 9시가 지나야 내려오겠지만 먼저 상을 차려놓으면 되겠네. 조식에는 도자기 양념병을 내놓고 설탕 단지를 잊지 말아."

"저녁 식사는요?"

그 질문을 받자 마음이 흐뭇해진다.

"나도 같은 생각을 하는 중이야, 앤. 요리에 대한 너의 호기심이 얼마나 반가운지 몰라! 어젯밤에 비둘기 한 쌍을 요리할까 생각했거든. 지하실에 걸려 있어. 네가 털을 뽑아줘야겠네."

어떻게 준비할까? 주니퍼(향나무. 향이 강한 열매나 잎을 생선, 고기구이 등에 이용한다 – 옮긴이)…… 세이지…… 애플소스도 괜찮겠지. 아니면 로즈힙 젤리를 쓸 수도 있을까?

"미스 일라이저, 주제넘은 말이지만……."

앤이 일어나서 뜨거운 숯 위에 있는 것처럼 발을 바꿔서 폴짝 뛴다.

"설마 새털을 뽑을 줄은 알겠지?"

의도보다 무뚝뚝하게 대구하지만, 몰두해야 되는 시점에 앤이 폴짝 뛰어서 정신이 산란하다.

"네. 하, 한데 비둘기를 포도 잎에 싸면 어때요? 정원에서 포도나무를 봤기에……."

앤이 말끝을 흐리면서 바닥 닦은 구정물을 들고 식기실로 사라진다.

나는 멀어지는 등을 빤히 본다. 하지만 앤을 보는 게 아니다. 과거의 장면을 본다. 처음에는 형태 없이, 그러다 색과 냄새와 소리가 채워진다……. 가지치기한 포도나무 잔가지에 불을 붙여 태우고…… 대충 망치질한 철판 그릴…… 누군가가 새 – 종달새, 갈매기, 비둘기 – 의 내장을 꺼내고…… 싱싱한 초록색 포도 잎이 담긴 바구니……. 갈비뼈 밑에서 아린 느낌이 밀려온다.

앤이 앙상한 손에 비둘기 두 마리를 들고 와서, 놀란 표정으로 날본다.

"괜찮으세요, 미스 일라이저?"

"프랑스에서 포도 잎을 싸서 구운 고기를 먹어봤어."

정신없던 시절을 되살리기 싫기에 그 말을 뱉기 무섭게 후회한다. 앤이 더 묻기 전에 내가 다시 말한다.

"하지만 그 얘긴 됐고. 포도 잎을 추천한 이유가 뭐야?"

"잭 오빠가 본 적이 있대서요. 프랑스 출신인 무슈 스와예라는 사람 밑에서 일해요."

나는 오래도록 앤을 쳐다보면서 관자놀이를 천천히 문지른다. 미시즈 런델의 책에 나오는 비둘기 고기를 준비하는 방법을 기억해내려 애쓴다.

"털을 뽑은 후 머리를 제거하고, 발가락은 첫 마디에서 자르도록해. 그리고 나서 포도 잎을 가져와, 찾을 수 있는 가장 큰 잎으로."

앤이 식기실로 사라진다. 부츠 굽이 마구 덜렁거려서 물집 잡힌 발이 보인다. 여자애가 양말도 안 신다니! 어떤 어머니이기에 딸을 양말도 없이 망가진 신발을 신겨 일터에 보내는지 궁금하다. 하지만

이 생각을 할 때 마음에서 덧창이 닫힌다. 이런 생각들을 욱여넣을 자리가 없는 듯이.

내가 소리친다.

"실도 가져와. 새 신발을 맞출 때 게일 씨에게 양말용 뜨개실도 부탁해."

마음이 비둘기구이로 돌아간다. 비둘기에서 시작해 편안하고 자유롭게 프랑스로 떠나…… 마늘 향이 감도는 리예트(돼지비계와 살코기를 익혀 찢은 후 기름과 섞어 빵 등에 발라 먹는 스프레드 - 옮긴이) 단지, 빵가루를 묻혀 누렇게 한 앞다리 햄, 뱀처럼 웅크린 블러드 푸딩, 테린(잘게 썬 고기, 생선을 틀에 담아 다져서 식힌 전채 요리 - 옮긴이)과 파테(고기, 생선, 채소를 채워 구운 파이 혹은 고기나 생선을 곱게 다져 양념한 뒤 차게 해서 빵 등에 발라 먹는 것 - 옮긴이), 리옹과 아를에서 만든 소시지, 촉촉하게 익힌 연어 대가리, 종 모양의 유리 덮개 아래 눈부시게 빛나는 수백 개의 치즈, 향긋한 멜론과 꿀 뿌린 살구……. 고개를 저으면서 비둘기구이 생각으로 돌아간다……. 각각의 비둘기에 버터 덩어리를 채워야겠지만, 버터를 다진 파슬리나 카옌(고추)에 굴려야 되겠지?

14
앤

갓 내린 커피

대령과 '마주친' 후 밤새 뒤척였다. 해티는 업어 가도 모를 만큼 곤히 잤다. 아픈 기색이라곤 없었다. 식은땀을 흘리지도, 신음도 하지 않았다. 몇 시간 동안 요강에 쭈그려 앉아 있지도 않았다. 심지어 병든 입내를 풍기지도 않았다.

하지만 다음 날 아침 정원에서 포도 잎과 씨름하면서 다시 식탁 시중을 들 일이 없기를 기도하는데, 해티가 나타난다. 모자에서 삐져나온 머리를 날리면서 바쁘게 앞치마 끈을 묶는다.

"관리자가 나라는 걸 잊지 않았지?"

그녀가 이글거리는 눈으로 옆에 쭈그려 앉는다.

"아픈 줄 알았는데요?"

"당연히 안 아프지."

해티는 아무렇지 않게 머리를 젖힌다.

"그러면 언니가 대령님을 맡겠네요?"

해티가 의기양양하게 나를 쳐다본다.

"그 작자가 너한테 돼지 소시지랑 알밤을 보여줬지, 맞지?"

두려움과 외로움이 사라지면서 안도감이 밀려든다.

"그래서 피한 거예요?"

"응! 내가 그런 부류를 알거든. 그게 아니면 왜 하녀를 대동하지 않았겠어? 덕분에 내가 요강을 닦고 불을 피우고, 옷을 걸고 물을 나르며 온갖 궂은일을 해야 되거든!"

나는 어리둥절해서 찡그린다.

"꾀병을 부려서 내가 그의…… 그의 소시지를 보게 만들었고요?"

"그치들은 그런 일이 벌어지면 좋아하거든. 그들에게는 간단한 놀이에 불과하달까. 그리고 대령이 응분의 벌을 받을 때까지 우리가 한껏 부추겨야 해."

극적인 상황을 떠올리느라 해티의 얼굴이 빛나고 상기된다.

나는 '도무지 모를' 안개 속에서 포도 잎을 자른다. 해티가 무슨 말을 하는 걸까?

"하숙 손님이 없으면 우리가 임금을 못 받으니까, 대령이 하숙비를 낼 때까지 기다려야 해. 그다음에 톡톡히 가르쳐주는 거지. 당분간은 식탁 위만 쳐다보고 겁먹지 말아."

그녀의 코가 약간 실룩거리고 나는 셉티머스가 고개 냄새를 맡던 모습을 떠올린다.

"아버지의 거시기를 본 적이 있어요. 오빠 것도 봤고."

너무 순진하고 멍청한 촌뜨기 어린애로 보이기 싫어서 그렇게 말한다.

"하지만 그거랑 다르지, 확실히?"

"당연하죠! 하지만 소랑 개의 불알도 본 걸요."

"하지만 식탁에서는 아니잖아, 맹추야."

정확한 지적이다.

"그렇죠. 그런데 마님이 아시면 대령에게 떠나달라고 요구하시겠죠?"

"아이 참, 대령이 얼마나 교활한데 그런 상황을 만들겠어. 그 작자들은 식탁 시중을 드는 겁먹은 하녀 나부랭이한테만 소시지를 내보인다고."

"그러면 마틴 부인이 불쌍해서 어째요?"

그의 아내에게 동정심이 생겨서 묻는다. 남편이 고추를 만지작대는 자리에 앉아서도 그 더러운 짓거리를 모르니 딱하다.

해티가 콧방귀를 뀐다.

"'마틴 부인이 불쌍'할 게 전혀 없어."

"그러면 부인이 왜 그만두게 막지 않죠?"

아버지랑 내가 집 밖에서 옷을 벗는 엄마를 말리던 일이 생각나 어리둥절해서 묻는다. 그래서 지금 엄마는 정신요양원에 갇혔는데, 대령은 식사를 하고 런던에서 온 신사 숙녀들과 온천을 하다니.

"외면하는 게 그 여자한테 딱 맞는 처신이니까. 아무튼 지금부터는 내가 시중들게."

해티가 일어나서, 앞서의 대담함이 사라진 듯 한숨을 쉰다. 그래서 난 대령이 '응분의 벌'을 받게 할 계획이 정확히 뭔지 묻는다.

그녀가 손가락을 입술에 대며 대답한다.

"너한테 말해줄 수 없어. 하지만 이제 나한테 계획이 있으니 넌 겁먹을 필요가 없어."

그런 다음 해티는 몸을 숙여 얼른 날 끌어안는다. 사소한 행동이지만 덕분에 대령 일은 까맣게 잊힌다. 포도 잎을 들고 안으로 들어갈 때도 얼굴에서 미소가 가시지 않는다.

미스 일라이저가 말한다.

"아, 자연에 나간 시간이 즐거웠나봐."

어떻게 대답할지 모르지만, 그녀가 환하게 웃자 나도 어릿광대처럼 웃으면서 고개를 끄덕인다. '친구가 생겼어……. 나도 친구가 있어……. 이제 식탁 시중을 들지 않아도 돼!'라고 생각한다.

미스 일라이저가 말한다.

"오늘은 대령님과 부인이 커피를 드시고 싶다고 하니 네가 만들어봐. 커피 열매를 담은 냄비를 불 위로 높이 들고 데우면서 계속 돌리는 거야."

커피 열매를 본 적이 없지만, 여기 원두가 담긴 돌단지가 있다. 열매를 불 위에서 굽자, 검고 뭉근한 기막힌 냄새가 주방에 퍼진다. 미스 일라이저가 특이한 분말기에 넣고 으깨자 나는 간절히 이 열매를 맛보고 싶다. 열매에서 숲, 가죽, 꿀 냄새가 난다. 또 다른 무엇……개암 열매라는 생각이 든다. 엄마가 개암 열매를 따서 돌판 사이에넣고 깰 때 나던 냄새 같다.

그러는 동안 미스 일라이저는 커피를 제대로 만들 줄 아는 사람이 없어서 안타깝다고 내내 말한다.

"커피 원두는 싼 게 비지떡이거든……. 그리고 항상 커피를 만들기 직전에 볶고 갈아야 해."

그녀는 분말기 손잡이를 마지막으로 젖히고, 문득 생각난 것처럼 덧붙여 말한다.

"우유는 끓어야 되고 크림은 반드시 아주 신선하고 차야 돼."

아직도 개암 열매를 깨던 엄마를 생각하는데, 해티가 커피 주전자를 가지러 와서 노골적으로 눈을 찡긋한다. 그녀가 쾅 하는 문소리와 함께 뜨거운 김을 날리며 사라지자, 난 흥분해서 부르르 떤다. 해티가 어떻게 할까?

내가 커피 냄비를 씻는 동안, 미스 일라이저는 검은 진한 액체를 새끼손가락만 한 사기잔에 따른다. 그리고 아주 천천히 젓고 나서 묻는다.

"무슈 스와예라면 비둘기 속에 뭘 넣었을 것 같아?"

나는 골똘히 생각하면서, 지난번 잭이 집에 왔을 때 더 물어보지 않은 걸 후회한다.

마침내 내가 대답한다.

"어쩌면 버터만 약간이요."

미스 일라이저가 내게 미소 짓는다. 마음을 사로잡아, 하늘의 꽃방석 위를 걷는 기분을 느끼게 만드는 미소다.

"새 버터를 고추에 굴려서 넣을까봐. 아님 작은 버섯을 넣어서 버섯소스를 곁들이던지. 아삭한 성성한 물냉이 위에 고기를 얹어서 낼까?"

나한테 하는 말인지 혼잣말인지 몰라도, 아무튼 고개를 끄덕인다. 미스 일라이저는 커피를 다 마시려다가, 내가 커피 잔을 빤히 보는 걸 알아차린다.

"한 모금 먹어볼래?"

머릿속에서 목사 부인의 목소리가 울린다. '본분을 기억해……본분을 기억하라고.' 그 소리를 무시한다.

"네, 그럴게요."

그녀가 작은 사기잔을 내 쪽으로 밀고, 내가 맛보는 모습을 지켜본다. 쓸쓸하고 풍성하고, 작은 입자가 혀에 닿는다. 상상 속 커피하우스의 풍경이 떠오른다……. 유색 양말을 신은 신사들, 신문이 바스락거리는 소리, 파이프 담배 냄새, 고개를 숙이고 대화하거나 책을 보는 사람들. 잭이 커피하우스, 극장, 런던 거리를 질주하는 상류층의 마차에 대해 이야기해주었다. 이제 내 마음도 똑같이 질주한다.

"무슨 생각을 해?"

미스 일라이저가 묻는다. 나는 커피하우스의 풍경을 말한다. 그녀가 미소 지으면서 매끄러운 목소리로 대답한다.

"대령님이 우리 커피를 좋아하시는지 알아보자고. 런던에서 오셨으니, 틀림없이 최고급 커피에 익숙하실 거야."

바로 이 순간 대령이 그의 소시지와 알밤을 해티의 얼굴에 대고 흔들고 있는지 궁금하다. 그리고 남편이 그러는 동안 거기 앉아 모른 체하는 마틴 부인이 생각난다. 배 속에서 뭔가 울컥하는 게 올라온다.

해티가 커피 주전자를 주방에 들고 돌아와, 대령이 요리사에게 감사 인사를 보낸다고 전한다. 그러자 미스 일라이저는 탁자 주변을 얌전하게 몇 걸음 돈다.

나중에 잿더미를 까막까치밥나무 덤불에 뿌리러 가는 길에, 커튼 친 마차에 오르는 대령 부부를 본다. 부인의 크고 펑퍼짐한 궁둥이가 계단을 올라 마차 안으로 사라지자 궁금해진다. 엄마가 들판에서 옷을 벗을 때 내가 느끼는 수치심을 마틴 부인도 느낄까. 혹은 내가 엄마를 말리지 못할 때 겪는 무력감을 그녀도 느낄까. 소프 목사가 마틴 부인에게는 어떻게 조언할까? 궁금하다……. 그녀가 마차 방석에 앉자 창으로 눈을 돌려, 재먼지를 뒤집어쓰고 서 있는 나를 본다. 그녀는 심술궂은 눈빛을 던지더니 입꼬리를 올리면서 눈을 돌린다. 내게 초라하고 괄시당한 기분을 안겨주고서.

미스 일라이저의 커피 맛을 떠올린다. 그 맛이 혀에 감돌자 기분이 되살아난다. 빵 속에 신이 있다는 잭의 생각은 틀렸다. 외람되지만 신은 커피 한 모금 속에 있다.

15
일라이저

야생 자두 콩포트와 진한 크림

편지가 오자 상의에 밀어 넣고, 보닛 모자를 쓰고 앤에게 자두를 따러 다녀온다고 말한다. 어머니의 염탐하고 얕보는 시선이나 해티의 참견하는 눈길 속에서 편지를 뜯기 싫다. 게다가 오직 되새 떼를 중요한 순간의 목격자로 삼아 시골길에서 편지를 펼치고 싶다. 운명의 순간이므로. 〈더 킵세이크〉가 내 시를 게재하겠다면 난 계속 분발할 것이다. 어쩌면 결국 출간한 시인이 될 것이다. 그게 아니면 시와 관련된 인생은 끝나는 거고.

보다이크 하우스가 보이지 않고 시내가 - 제분소와 제혁소와 벽돌 공장들이 흩어져 있는 - 저 멀리 있다. 봉투를 뜯는다. 눈으로 몇 줄 읽는다⋯⋯.

더할 나위 없이 매력적인 시…… 저희는 기쁜 마음으로 시를 펴내고 싶습니다……. 자주 게재하는 여시인 다수가 '어느 숙녀'나 '익명'으로 출간합니다……. 하지만 물론 혼인 후나 혼전 성씨로 표기해도 됩니다……. 어떤 고료도 드릴 수가 없습니다……. 드림.

나는 고개를 하늘로 들고 노래한다.

"됐어! 됐어! 됐어!"

놀란 비둘기가 내 목소리의 기류에 실려 가듯 날갯짓을 하면서 날아오른다. 수풀이 우거진 오솔길을 힐끗 보니 아무도 없어서 크게 외친다.

"나는 시인이다!"

내 말이 워낙 크고 무거워서, 손을 뻗어 허공에서 단어를 하나하나 뽑을 수 있을 것 같다. 되새 떼가 산울타리에서 훨훨 날아가고 찍찍대는 소리에서 나의 메아리가 들리는 듯하다. '나는 존재한다…… 나는 존재한다…… 나는 존재한다.'

발걸음이 사뿐사뿐해서 거품 낸 머랭 위를 걷는 기분이다. '매력적'이라고 생각한다. 내 시는 '매력적'으로 평가된다. 흥분이 가라앉자 다시 편지를 들여다본다. 하지만 다시 읽으면서 전혀 다른 대목에 충격을 받는다. '익명? 어느 숙녀? 혼인 후의 성씨?' E. 액턴이라고 속으로 중얼댄다. 어니스트…… 에드먼드…… 에드워드…… 에드거. 남동생 이름인 에드거 액턴으로 나가야 되려나? 분노와 원통함이 끓어오른다. 왜 가명으로 기어야 되는데? 왜 본래의 나를 지워야 되는데?

"일라이저 액턴."

큰 소리로 외친다. 되새 떼가 화답하듯 소란하게 운다……. '나는 존재한다…… 나는 존재한다…… 나는 존재한다.'

주방에 돌아가니 입을 다물고 있을 수가 없다. 식기실로 가니 앤이 냄비와 팬을 닦는다. 난 자두 바구니를 개수대 옆에 놓는다.

"앤, 시를 좋아해?"

앤이 눈을 깜빡이면서 양동이에서 새 모래를 한 줌 쥐어 생선 찜기를 닦는다.

"그럴 시간이 별로 없어서요."

"그래, 그럴 거야, 물론이지. 하지만 배우고 싶어?"

내가 화급히 말한다.

"시를 배운다고요?"

앤은 오늘 아침 정신이 멍한 듯이 내 말을 반복한다.

"좋은 소식이 있어."

나는 잠시 멈추고, 내가 아닌 누군가에게 그 단어를 소리 내어 말하려고 용기를 끌어올린다. 그러다가 말이 툭 하고 입 밖으로 나온다.

"난 시인이야!"

"아씨가요? 시인이요?"

앤의 말투에 존경심이 넘쳐나서 난 그녀의 발 앞에 주저앉을 것만 같다. 그런데 그 주위는 기름이 번지르르한 찬물 웅덩이다.

"〈더 킵세이크〉라는 연감이 내 시를 싣고 싶어 해."

목소리에 자부심을 감출 수가 없다.

"정말 잘됐네요, 미스 일라이저."

앤이 말하면서 다시 냄비를 닦기 시작한다.

나도 맞장구친다.

"그래, 맞아. 그리고 너한테 시를 가르쳐주고 싶어, 앤."

그녀가 고개를 끄덕이고는 자두를 어떻게 할 거냐고 묻는다.

평소라면 그 말에 풍미와 맛의 소용돌이로 빠질 것이다. 하지만 시의 성공에 지독히 도취되어 있다. 허공에 주먹을 흔들면서 말한다.

"아, 뭔가 내 머리에 떠오를 테니 걱정 말아!"

"소박한 콩포트(설탕에 절인 과일 - 옮긴이)는 어떨까요?"

앤이 '콩포트'라는 단어를 쓰는 데 너무 놀라서 - 그것도 예기치 않게 제대로 발음해서 - 난 할 말을 잃는다. 시에 대한 자부심이 스르르 사라진다.

"진한 크림을 곁들이고 계핏가루를 뿌려서요."

그녀가 덧붙인다.

"그러자."

내가 말한다. 앤의 자두 얘기가 내 영광의 순간에서 빛을 빼앗기라도 한 것처럼 담담한 목소리가 나온다.

16
앤

단순한 스펀지케이크

　며칠 후 심부름으로 우체국에 가서 소포 두 개를 받는다. 하나는 크고 묵직한데, 모서리의 갈색 포장지가 터져서 책인 걸 안다. 다른 하나는 얄팍하고 허름한데, 주소가 아주 가늘고 화려한 필체로, 글자마다 끝을 잉크로 짙고 길게 빼서 적혀 있다. 서둘러 집에 가니, 미스 일라이저는 주방에서 작은 공책에 글을 쓰고 있다. 무척 차분하고 담담한 표정이라서 시를 쓰는지 레시피를 쓰는지 가늠되지 않는다. 하지만 얄팍한 소포를 보자 그녀는 고개를 떨구고, 눈빛이 흐려진다.

　내가 절반쯤 미끄러져 내려온 머릿수건을 고쳐 쓰느라 바쁜 사이, 그녀는 소포를 뜯는다. 난 눈을 깔고 지켜보다가, 그녀의 눈이 다시 빛나고 아름다운 입가에 미소가 어리자 한시름 놓는다.

"마침내 자작시 원고를 돌려받았네."

미스 일라이저가 말한다.

나는 그녀가 원고를 낭독하기 시작하리라 기대하면서 기다린다. 하지만 아니다. 미스 일라이저는 원고를 뒤적이고, 그러면서 웃음기가 가신다. 복도에서 마님의 구두 굽이 돌바닥을 밟는 소리가 나자, 미스 일라이저는 채찍 휘두르듯 얼른 원고를 빵 반죽 도마 아래로 민다.

마님이 늘 목에 거는 흑옥 십자상을 두드리면서 말한다.

"희소식을 전하러 왔다. 마틴 대령 내외가 객실과 네 음식에 만족하시네. 체류 기간을 1주 연장하시겠다는구나."

해티를 생각하자 심장이 철렁한다. 그녀가 '궁둥짝'(해티는 그렇게 부른다)을 만지고 식탁 아래서 계속 더듬는 대령을 더 견뎌야 되다니. 그가 체류를 계속 연장하면 해티는 어떻게 '응징'할 수 있을까? 하지만 그때 마님이 던진 말에 난 불안해진다.

"오늘 아침 소프 부인이 찾아오실 텐데 네가 그 자리에 있으면 좋겠구나, 일라이저. 하인 구역에 숨어 있지 말고."

미스 일라이저가 고개를 끄덕여 동의하지만 난 잔뜩 긴장한다. 소프 부인이 엄마 소식을 갖고 오나? 아니면 아버지? 혹여 더 나쁜 소식…… 훨씬 더 나쁜 소식일까…… 정신요양원이 엄마의 입원을 거부했나? 엄마가 도망쳐서 찾지 못하나? 이런 생각들이 한꺼번에 몰려든다.

마님이 아직 탁자에 놓인 뜯지 않은 소포를 가리킨다.

"설마 책을 더 산 건 아니겠지?"

미스 일라이저가 소포를 집어 끈을 풀고 종이를 벗긴다. 나는 정신없는 와중에도 끈을 푸는 그녀의 손가락을 눈여겨본다. 손가락이 길고 하얗고, 손톱은 장미 봉오리 같은 연분홍빛이다.

마님이 말한다.

"할 일이 없니, 앤? 주방 일이 없으면, 소프 부인을 맞을 수 있게 거실의 먼지를 털면 좋겠구나."

할 일이 태산이지만, 식기실에 가서 깃털 먼지떨이를 챙긴다. 그러면서 미스 일라이저가 새 요리책들을 설명하는 말을 듣는다.

"이 책은 '전문 요리사'가 썼고…… 이건 헨더슨이라는 남자의 책이에요……. 그런데 하나같이 대용량을 기준으로 한다는 점이 마뜩치 않아요. 이 대목을 들어보세요……. 단순한 스펀지케이크."

그녀가 본문을 낭독하기 시작한다.

"달걀 스물네 개를 준비한다……. 일반 가정에서 이런 규모로 케이크를 굽는 경우가 얼마나 되겠어요? 잔칫날이면 모를까 보통 때는 아니죠!"

그녀가 책을 탁 덮는다.

마님이 압박하는 말투로 묻는다.

"그 레시피들을 쓸 것도 아니면서 왜 이 책들을 구입해야 되니?"

"거기서 배우니까요. 좋아하는 레시피를 알려줄 지인들의 명단을 작성 중이에요. 어느 숙녀는 유대 음식으로 유명한데……."

그러자 마님이 얼음장처럼 냉랭한 목소리로 말을 끊는다.

"설마 유대 음식은 포함시킨 의향은 아니겠지? 어느 영국인 가족이 유대 음식을 먹는다고. 그것만큼은 내 장담하지!"

나는 고개를 숙이고 먼지떨이를 꽉 쥐고 그들 앞을 지난다. 공중에 긴장이 팽팽해서 칼날로 벨 수 있을 것만 같다. 서둘러 2층 대령의 객실로 올라가니, 해티가 침대를 털고 있다.

내가 소곤댄다.

"해티, '유대'가 무슨 뜻이에요?"

"종교인데."

가정부는 자신 없는 소리로 대답한다.

"그 사람들은 우리랑 다르게 먹어요?"

내가 어리둥절해서 묻는다.

해티가 주먹으로 베개를 탁탁 치더니, 의아한 눈길로 날 본다.

"그런 건 몰라. 별난 걸 묻는구나, 앤 커비."

나는 거실로 조르르 달려가서, 깃털 먼지떨이로 창틀을 쓸어낸다. 머릿속이 버터 교유기처럼 빙빙 돌고, 순간적으로 집에서 순무씨나 뿌리면 좋겠다 싶다. 엄마를 붙잡아둘 방도나 궁리할 뿐 더 복잡한 걸 생각할 필요가 없으면 좋으련만.

17
일라이저

바삭한 파슬리 튀김을 곁들인 농어 살

드레스, 구두, 상아 귀걸이, 보랏빛 비단 허리띠, 가슴에 당당하게 얹힌 레이스에서 소프 부인의 우월감이 빛난다. 그녀의 몸짓 – 결혼 반지 낀 손가락을 과시하고 '기혼 부인'의 턱을 쳐든 – 은 어머니와 나를 열등한 인생으로, 주저앉은 인생으로 주눅 들게 한다. 그녀는 인생이라는 연극에서 주인공인 반면 우린 관객에 불과하다는 걸 일깨운다.

"정말 쾌적한 방이네요."

그녀가 두 눈을 휘익 돌리며 황동 난로망, 두툼한 벨벳 커튼, 가죽과 금박으로 장정된 장서가 꽂힌 마호가니 장식장들, 브뤼셀 카펫을 눈여겨본다. 그러다 묻는다.

"다 임대한 거지요?"

그녀는 뽐내는 비둘기처럼 머리를 주억댄다.

어머니가 고개를 끄덕인다.

"보다이크 하우스를 가재도구가 구비된 상태로 임대했거든요. 그게 저희에게 딱 맞아서요. 그렇지 않니, 일라이저?"

"그리고 앤 커비는 만족스러우신가요?"

소프 부인은 더 관심 있는 화제로 넘어가고 싶어 안달이 나는 듯 치마를 손가락으로 두드린다.

"저희와 지낸 지 얼마 안 되어서 아직 판단할 수가 없네요."

어머니가 말한다.

나는 애써 침착하게 말한다.

"저는 마음에 들어요. 무례하거나 못된 구석이 없고, 무척 열심히 배우려고 하거든요."

"네, 그렇군요. 여류 시인이라고 들었는데요, 미스 액턴?"

소프 부인이 다시 손가락을 움직인다.

나는 진정으로 시인이라고 대꾸할까 잠시 고민한다. 하지만 그때 어머니가 낭랑한 목소리로 공백을 메운다.

"제 딸은 여류 시인이지만 지금은 런던의 주요 출판사에서 중요한 글을 의뢰받았답니다."

소프 부인은 어떻게 반응할지 결정하지 못하겠다는 듯 입을 내민다.

"아, 얘기 좀 해주세요. 중단편소설이겠죠?"

어머니는 말할 수 없는 비밀인 듯이 입술에 손가락을 대고 말한다.

"지금은 말씀드릴 수가 없네요. 하지만 사모님께 처음으로 알려드릴 테니 안심하세요."

나는 언뜻 고마움을 느낀다. 어머니는-나름의 불확실한 방식으로-나를 구제하려고, 우리 둘 다 구제하려고 애쓴다. 가세가 기울어 하숙집을 임대해 운영하는 남편 없는 모녀 이상임을 보여주려고 애쓴다. 물론 내가 요리책을 쓴다고 털어놓을 수는 없다. 그래도 그녀의 말이 모녀 사이를 더 가깝게 만든다.

"앤 커비의 부모님은 어떻게 지내시나요?"

내가 묻는다.

소프 부인이 눈을 크게 뜨면서 턱을 흔든다.

"모르겠네요. 남편의 신도들과 다 대화할 순 없는 노릇이니까요. 당연히 앤 커비는 늘 그의 설교를 듣지요. 지역에서 길고 폭넓은 걸로 유명하답니다."

그녀는 기침을 하더니 재빨리 덧붙인다.

"남편의 설교 말이에요. 그의 설교는 유명하답니다."

"저는 앤을 잃고 싶지 않네요."

나는 소프 부인에게 뻣뻣하게 미소 짓는다. 그러다가 다시 묻는다.

"특별히 저와 대화할 용건이 있으신가요?"

어머니의 성난 눈초리가 느껴지지만 주방에 더 끌린다. 새로 산 책들, 식품실에서 번뜩이는 싱싱한 농어. 아직도 이슬 머금은 야생 버섯과 자두와 피핀 사과가 담긴 바구니들. 바삭하게 튀길 곱슬곱슬한 초록색 파슬리……

"그저 톤브리지에 오신 건 환영하려고 찾아온 겁니다. 우정의 손길을 내밀려고요, 미스 액턴."

소프 부인이 머리를 흔들자 빨개진 목덜미가 드러난다.

"양해해주세요, 제가 챙길 일들이 있어서요."

등에 꽂히는 어머니의 역정을 느끼면서 거실에서 나온다. 배은망덕한 죄책감이 들지만, 안도감에 가벼운 마음으로 주방으로 달음질하듯 간다. 그런 식으로 빠져나온 것은 무례하고, 어머니답지 않은 지원에 배은망덕한 처신이다. 하지만 우리와 '임대한' 가구를 뜯어보는 소프 부인의 눈길을 몇 분이나 견뎠으면 그걸로 됐다. 게다가 거실에 행차해 사정을 캐내려는 여자들을 일일이 상대하면 언제 책을 쓰고 요리하고 시를 지을까?

주방에 가니 앤이 과도로 자두를 반으로 갈라 씨를 빼고 있다. 이번 주에 세 번째로 자두잼을 준비 중인데, 아직 썩 괜찮은 잼을 못 만들었다. 너무 퍽퍽하거나 너무 물컹하거나, 신맛과 단맛이 적절하지 않다. 내 실수인지, 8월에 내린 비 때문에 자두가 물이 너무 많은 게 문제인지 잘 모르겠다.

"이 자두들은 적당히 잘 익고 아주 싱싱하네요, 미스 일라이저."

내 생각을 읽기라도 한 듯 앤이 말한다. 그녀가 건네는 자두를 받아서 엄지와 검지로 누르니 즙이 손에 뚝뚝 떨어진다.

"이번 자두는 조금 더 오래 졸여보자."

나는 손에 묻은 과즙을 무심코 빨면서 말한다. 산울타리와 햇살과 가을 나뭇잎 맛이 난다.

"호, 혹시 소프 부인이 제 가족 얘기를 하셨나요?"

앤이 자두를 손질하다 말고, 칼을 높이 들고서 묻는다. 즙이 손목으로 흘러서 걷은 소맷부리 속으로 흘러든다.

"소식을 기대했어?"

"아니요, 미스 일라이저. 그런데 이번 주에 반일 휴가를 주시겠어요? 아버지에게 가보게요."

나는 동작을 멈춘다. 앤은 매주 반일씩 휴가를 얻을 권리가 있다. 하지만 어떻게 나 혼자 대령 부부의 식사를 준비한단 말인가?

마침내 내가 입을 연다.

"내가 너한테 많이 의지하나 봐, 앤. 조식 준비를 도와주고 갔다가 4시 전에 올 수 있으면 나 혼자 그럭저럭 해낼 수 있겠네."

"감사해요, 미스 일라이저."

앤은 마지막 자두를 잘라 씨를 빼서, 긴 자루가 달린 냄비에 담고, 나른하게 맴도는 말벌을 쫓는다.

"왜 아버지를 찾아갈 시간을 달라고 청하면서 어머니 얘기는 안 하지?"

앤은 앞치마에 손을 닦고, 얼른 혀로 윗입술을 핥는다.

"집에 아버지만 계세요."

"그러니까 너는 아버지가 집에 계시고 어머니는 다른 데 계시고, 나는 어머니는 집에 계시고……."

얼른 말을 끊는다. 어머니와 나는 존 액턴을 언급하지 않기로 합의했다. 아버지의 파산 소식이 알려지면, 톤브리지에서 무사히 새 출발을 하기 힘들 수 있었다. 하숙인들이 방을 얻는 걸 단념할 터였다. 정육점과 빵집에서 외상 거래를 거부할 테고. 집주인의 귀에 들어가면 어떤 일이 생길지 누가 알까. 하녀들을 포함해 다들 어머니를 조신한 딸과 사는 점잖은 미망인이라고 믿어야 한다. 물론 해티는 사실을 알지만. 어머니는 뇌물을 먹여서 가정부의 입을 봉했다.

"돌아가셨다니 안됐네요."

앤이 얼른 자두로 고개를 돌린다. 하지만 재빠르지 않아서, 윗입술을 떠는 걸 내게 들킨다.

잠시 난 아무 대꾸도 하지 않는다. 앤이 이 지역 사람들처럼 내 아버지가 죽었다고 믿게 둔다. 하지만 내 인생에 거짓이 너무 많고, 반쪽짜리 진실이 아니고 숨기는 게 없는 우정을 – 딱 한 명 – 갈구하는 마음이 앞선다. 내가 말한다.

"아버지는 생존해서 칼레에 계셔. 하지만 그 말을 하면 안 돼."

"그분을 입에 올리지 않을게요."

놀랍게도 앤은 관절이 불거진 작은 손을 내게 내민다. 그녀가 말을 잇는다.

"제 아버지가 그러는데, 약속할 때는 악수를 해야 된대요."

그녀는 손을 너무 급히 내밀었고 어색한 걸 안다는 듯 뺨이 발그레해진다.

나는 그 손이 나비라도 되는 듯 꽉 누를 것처럼 붙잡는다. 작은 뼈를 덮은 살갗은 차고 관절은 유리구슬 같다. 거친 손끝하며 찔리고 베인 흉터, 굳은살. 왜 전에는 알아차리지 못했을까? 내 안에서 뭔가 기우뚱해지면서 불쾌하게 요동친다. 그 기분을 밀어내면서 저장실로 가서 농어와 비늘 칼을 챙겨서 온다.

"새 책에서 생선 구입 방법에 대해 배운 걸 들어볼래, 앤? 가정주부는 진짜 싱싱한 생선을 고르는 법을 알아야 해. 먼저 눈을 봐."

나는 농어 머리를 손짓하면서 계속 설명한다.

"눈은 항상 빛나고 아가미는 선홍색이어야 해. 몸통은 빳빳하고 살은 만지면 단단하지만 탄력이 있어야 해. 냄새가 나쁘지 않아야 되고."

농어는 번쩍대고 비늘이 옛날 금화 같다.

18
앤

독일식 삶은 장어와 세이지

오늘 다시 대령 부부의 식탁 시중을 들라는 부름을 받는다. 해티가 매트리스를 돌리다가 어깨를 다치자, 마님은 가장 좋은 아일랜드산 식탁보에 커피를 흘릴까 염려한다.

나는 깔끔한 앞치마를 두르고 얼른 새 부츠를 닦는다. 부츠가 기름처럼 반들대고 발에 꼭 맞아서 이제 발가락 사이에 물이 스미지 않고, 발목 주변에 한기가 들지 않는다. 대령은 추잡한 노인네 – 곧 '응징'받을 – 이니 겁먹을 것 없다고 속으로 중얼댄다.

머리를 숙이고 은제 커피 주전자와 크림 단지를 식탁으로 가져간다. 마틴 부인은 모든 근육이 뻣뻣하게 굳은 듯이 꼿꼿이 앉아 있다. 소화 불량이리라 짐작하면서, 별다른 의도 없이 고개를 들다가 그녀의 노려보는 눈빛과 마주친다. 차디찬 검은 대리석 같은 눈이다. 그녀가 자신의 생각이 뿜는 독기에 둘러싸여 그 작은 공간에 앉아 있도록 주변 공기까지 빠져나가는 것 같다. 집중해서 커피 주전자를 뜨개질한 매트에 가만히 내려놓는데 대령이 말한다.

"아가씨가 내 커피를 따라주지, 3분의 1은 크림으로."

마틴 부인이 의자에서 움직이자 비단 드레스가 사각대는 소리가 난다. 그녀가 말한다.

"제가 따라도 돼요, 여보."

팽팽하고 똑 부러지는 목소리다.

"우리가 여기 얼마나 큰 돈을 지불하는데 그래, 제인. 당신이 손가락 하나 까딱하게 할 수 없소."

대령은 통풍 든 뻘건 손을 커피 주전자 위로 흔든다. 다른 손은 보이지 않는다. 보나마나 식탁 밑에서 바지를 더듬고 있겠지. 난 주전자 입을 컵 위에 올리고 따르려다가, 슬그머니 다가드는 그의 통풍든 손을 본다. 대령은 식탁 끄트머리에 위험하게 놓인 설탕 그릇 쪽으로 손을 움직인다. 그제야 그가 일부러 그릇을 거기 두었다는 생각이 스친다. 해티와 나는 항상 설탕 단지를 한가운데, 은제 양념통 옆에 두니까. 내가 설탕 그릇을 다시 식탁 중앙으로 민다. 그런 후 커피 주전자와 대령의 커피 잔과 받침을 옆 탁자로 옮겨서 – 거기는 아무런 방해도 없다 – 커피를 따른다. 한 방울도 흘리지 않은 깔끔한 커피 잔과 받침을 가져가자 대령은 분개한다. 성난 입가에 침방울이 맺힌다.

마틴 부인이 찡그린다.

"내 커피는 식탁에서 따르면 좋겠어. 크림은 넣지 말고."

그녀가 말한다. 그러더니 남편에게 고개를 돌리고 말을 잇는다.

"이게 로마 노예들이 주인을 독살한 방법이잖아요?"

혼란스럽고 겁나서 아무 말도 못한다. 그저 뿌리박힌 나무마냥 우두커니 서 있다. 갑자기 하느님이 보내준 것처럼 머리에서 대꾸할 말이 샘솟는다.

"부인, 죄송하지만 주전자 입이 틀어졌는데 액턴 마님의 가장 좋은 리넨 식탁보거든요. 게다가 제가 커피에 독을 타려 했으면 주방에서 탔겠죠."

부부 모두 성난 눈으로 날 째려본다. 그러더니 부인이 이상하기 짝이 없는 짓을 한다. 그녀는 일어나 남편의 커피 잔을 들고 창가로 가서 – 바람이 들어오도록 열려 있다 – 길에 커피를 붓는다.

"내 남편의 커피를 식탁에서 대접해."

그녀는 찌꺼기가 남은 잔을 대령 앞에 내려놓는다. 그의 손은 여전히 식탁 아래에 있고, 애써 바지 단추를 여는 듯 손목과 팔꿈치가 마구 움직인다.

난 시키는 대로 커피를 따른다. 아주 가만가만. 주전자 주둥이에서 눈을 떼지 않는다. 겁내지 말라는 해티의 말을 상기하려 애쓰지만, 팔이 마구 흔들리고 커피가 받침에 튀기 시작한다. 그러더니 받침에서 마님의 고급 아일랜드산 식탁보로 튄다.

마틴 부인은 커피를 홀짝이면서, 벽난로 위에 걸린 소녀와 개의 그림을 응시한다. 갑자기 그녀가 잔을 내려놓고 팔꿈치를 획 움직이자, 소금 그릇이 바닥에 떨어져 대령의 발 앞에 놓인다.

"그걸 주워."

그녀가 지시하면서 검은 눈으로 날 노려본다. 그 순간 동정 받을 자격이 조금도 없는 여자인 걸 깨닫는다. 해티의 말 ─ 눈을 '거시기'에 두지 말고, 겁먹은 티를 내서 얕잡아 보이지 말라는 ─ 을 떠올리면서, 왜소한 몸을 한껏 똑바로 편다. 새 부츠를 신은 발을 돌리고 싶지만 그러지 않는다. 소임을 다해야 되는 걸, 늘 그들의 말이 내 말보다 무게감을 갖는 걸 아니까.

리넨 식탁보 아래서 네 발로 긴다. 썩은 생선과 신사용 향수 같은 냄새가 풍긴다. 눈을 꼭 감고 더듬더듬 소금 그릇을 찾아 움켜쥔 후, 차분하고 침착하게 다시 일어난다. 그릇을 후추 그릇 옆에 놓고, 평생 후회할 말을 내뱉는다.

"'독 타지 않은' 커피를 좀 더 드시겠어요?"

"뭐야?"

마틴 부인이 쏘아붙인다. 그녀가 기절이라도 할 것처럼 손으로 얼굴을 부채질하기 시작한다.

대령의 얼굴이 시뻘겋게 달아오르고 눈알이 튀어나올 듯 휘둥그레진다. 나는 건방진 말을 내뱉고 놀라서 시선을 돌린다. 하지만 대령의 입에서 돼지 같은 소리가 터져 나오자, 이번에는 도가 지나쳤다는 걸 안다. 그 순간 그는 탁자 아래서 손을 빼더니 공중에 휘휘 젓는다.

마틴 대령이 숨이 막히는 듯 씩씩거린다.

"자, 자, 제인. 맛이 기막힌 아침 식사를 망치지 맙시다. 고등어구이가 나올 테니."

"남편의 고등어구이를 가져와, 아가씨. 버터를 듬뿍 뿌려서."

마틴 부인은 기절하려는 시늉을 멈추고, 무뚝뚝하고 딱딱대는 말투로 쏘아붙인다. 그녀가 나에게 손을 젓지만, 나는 감히 눈을 못 쳐다본다.

해티를 찾으러 달려가니, 세탁실에서 김을 뿜으면서 베갯잇을 다림질하고 있다. 그녀도 내가 지나쳤다고 맞장구친다. 그러고 나서 당당하게 말한다.

"하지만 넌 그 인간에게 보여줬어. 얼마나 겁이 없는지 보여주었으니, 대령도 추잡한 짓거리를 멈출 거야."

"내가 일자리를 잃을까요?"

"그 사람들은 잠자코 있을 테지만 - 보통은 그렇지 - 너도 입다물고 있어야 해. 마님이 보시기 전에 식탁보를 소금물에 담그고."

"마틴 부인은 왜 남편을 창피해하지 않죠?"

"우리한테는 그렇지. 우린 하찮으니까. 사교계 숙녀들이 안다면 부인도 창피할 거야. 하지만 그들이 알 리 없겠지?"

해티는 내 손을 가볍게 쥐어주면서 말을 잇는다.

"세상사가 돌아가는 이치를 내가 가르쳐줄게. 늘 보기 좋지만은 않지. 자, 이걸 받아. 고등어는 내가 가져갈 테니까. 그리고 다음엔 입조심해, 앤 커비. 그들이 수작을 부리면 우린 못 이기거든."

나중에 미스 일라이저랑 장어 때문에 씨름하는데, 해티의 말이 떠오른다. 그 말이 내 안에 무언의 잔인성을 채운다. 팔뚝만 한 장어가 탁자 위에서 몸부림치고 뒤틀어댄다. 내가 미끄러운 몸통을 잡은 사이, 미스 일라이저는 요리책을 들여다본다.

그녀가 한 대목을 읽는다.

"'목 부위의 껍질을 갈라서 단번에 벗겨낸다.' 하지만 먼저 도마에 포크로 장어를 눌러야 해."

장어는 미친 듯이 몸부림치고 미스 일라이저는 긴 포크로 머리를 찌른다. 그러면서 아이를 찌르라는 요구라도 받은 듯이 벌벌 떨고 찡그린다. 그녀가 숨을 몰아쉬면서 말한다.

"이거 말할 수 없이 잔인하네. 먼저 삶는 게 더 인간적이겠어."

내가 외치듯 말한다.

"제가 할게요, 미스 일라이저. 겨우 웅덩이에 사는 건데요!"

그녀는 기다린 듯이 포크를 던져준다. 내가 꿈틀대는 장어를 잡아봤다고 생각하는 모양이다. 해본 적 없지만 해티의 말이 내 피를 뜨겁게 끓어오르게 했다. 대령을 떠올리면서 이를 악물고 포크를 몸통에 꽂으니, 장어가 몸부림을 멈추고 가만히 눕는다.

미스 일라이저가 물러서서 놀란 눈으로 나를 본다.

"어머나, 앤…… 이렇게 체구가 작고 가녀린데."

그녀는 안심해서 웃음을 터뜨리고 덧붙인다.

"이 동물이랑 덩치가 거의 같은데 말이지."

나는 그녀를 보면서 눈을 깜빡인다. 앞치마 아래로 몸이 벌벌 떨린다.

미스 일라이저가 말한다.

"놀라운 구석이 정말 많단 말이야. 껍질 벗기는 일은 너한테 맡길게. 그다음에 몸을 갈라서 깨끗이 씻고, 손가락 길이로 토막 내줘. 세이지가 잘 어울릴 것 같은데 어때?"

난 장어를 담담하게 잡은 것은 순전히 분노 때문이지 다른 이유가 없다는 얘긴 하지 않는다. 미스 일라이저의 발소리가 멀어지자 나 자신을 저주한다. 이제 그녀는 내가 정말 장어 잡는 재주가 있는 줄 아니, 껍질을 완벽하게 벗겨야 된다. 양손을 장어 위에 올리고, 잘 갈라서 내장을 꺼낼 좋은 방법을 궁리하는데, 갑자기 장어가 꿈틀대면서 머리를 든다. 난 겁에 질려 뒷걸음질하다 식기실 벽에 부딪힌다. 망할 놈의 장어가 왜 죽지 않는 거야! 놋쇠 편수 냄비를 집어서 장어를 내리친다. 반복해서 때리니 땀이 눈 속으로 흘러든다. 그러다 동작을 멈추니 묘하게 침착해진다. 잔뜩 솟았던 어깨가 제자리로 내려온다. 배 속 뭉침도 사라졌다. 비틀어 짠 빨래처럼 기운이 쪽 빠진다. 하지만 쉴 시간이 없다. 장어가 생기 없이 도마에 누워 있으니 이제 껍질을 벗겨야 한다. 칼끝을 목에 찌르고 들춰진 껍질을 잡으려 애쓴다. 장어가 미끈거려 빠져나가고 손가락에 미끌미끌한 촉감만 남는다. 속상하고 힘들어서 눈물이 솟는다. 문득 엄마가 사무치게 그리워진다. 예전의 엄마가. 난 장어와 추잡한 대령과 악마 같은 그의 마누라와 씨름하며 여기서 뭘 하고 있나? 엄마를 보살피고 있어야 되는데…….

이 생각을 하는 순간, 미스 일라이저가 돌아와 도마에서 반쯤 벗어난 장어를 본다.

"이 괴물을 둘이 같이 공략해보자고."

그녀가 말하면서 가까이 서자, 손가락에서 갓 딴 세이지 향이 난다. 세탁한 옷의 라벤더 향과 레몬처럼 산뜻한 체취도 맡을 수 있다.

"네가 잡고 있으면 내가 당길게."

미스 일라이저가 장어 목에서 껍질을 당겨 쭉 내린다. 오래 매달아둔 토끼의 가죽처럼 말끔하게 벗겨진다.

"다음부턴 요리사의 친절을 베풀어 가재처럼 삶아야겠어."

그녀가 말하더니 내게 몸을 돌려, 나와 눈높이를 맞추고 묻는다.

"앤, 여기서 행복해?"

나는 고개를 끄덕이지만 눈물이 차오른다. 10년 전쯤 엄마 이후 내게 행복한지 묻는 사람은 처음이다. 훌쩍이면서 월경통 때문이라고 둘러댄다.

그녀는 잔뜩 집중해서 날 살핀다. 그러더니 가서 쉬라면서, 배를 따뜻하게 할 것을 갖다주겠다고 말한다. 그 순간 성급하게 거짓말을 한 게 후회된다. 하지만 뭐라고 대답할 수 있었을까? 엄마가 정신병자라고? 마틴 대령이 소시지와 알밤으로 하녀들을 겁주기를 즐긴다고? 마님의 가장 좋은 식탁보를 망가뜨렸다고? 이제껏 가장 행복한 곳은 미스 일라이저의 주방이라는 게 진실이다. 거의 늘 보글보글 끓는 육수 냄비, 짚을 깐 바구니마다 조르르 놓인 달걀, 스토브 위에서 말리는 오디 쟁반들, 줄줄이 놓인 마루멜로(모과 비슷한 열매로, 마멀레이드의 재료 - 옮긴이)와 모과. 그것들을 보고, 허기져서 잠자리에 드는 날이 단 하루도 없을 걸 아는 것만으로도 행복하다. 하지만 그게 다가 아니다. '그녀' 때문이다. 미스 일라이저라는 존재가 내 가슴을 새봄의 연어처럼 뛰어오르게 한다. 그녀 곁에 머물 수 있다면 뭐든 감내할 것이다. 그러니 대령이 무슨 짓거리를 하건 난 겁먹고 떠나지 않을 것이다.

"통증이 지나갔어요."

거짓말을 한다.

"다행이네! 날 선 깨끗한 칼을 가져와. 같이 이걸 씻자."

그녀가 말한다. 주름이 펴져서 이마가 다시 도자기처럼 매끈하다.

19
일라이저

라이스푸딩

아침 차를 들고 안방에 가니, 어머니는 침대에서 잔뜩 쌓인 베개와 쿠션에 기대앉아 있다. 잠자리 모자가 시든 꽃처럼 후줄근하다. 문제가 있는 걸 즉시 깨닫는다. 어머니의 눈 밑이 거뭇하고, 꾹 다문 얄팍한 입술하며 웅크린 어깨하며.

그녀는 팔을 올려 내 말을 막는다.

"어젯밤 마틴 대령 내외께 들었다. 밤새 한숨도 못 잤다."

순간적으로 우리가 빌린 돈이 생각난다. 마틴 부부가 하숙비를 내지 않으면, 우린 칼레로 도주해야 될 것이다.

"하숙비를 못 내겠대요?"

"무슨 터무니없는 소리냐, 일라이저!"

나는 어머니를 빤히 본다.

"그러면 뭔데요?"

"앤이 나가야 해. 그들은 말도 못하게 강경했다. 당장 내보내야 해."

나는 어이가 없어서 반문한다.

"나가요? 대체 왜요?"

"용서받지 못할 만큼 건방지니까. 우리 생계를 위협하는 하인을 둘 순 없다, 일라이저."

"앤이 무슨 짓을 했는데요?"

어머니의 말이 어이없어서 난 침대 기둥을 붙잡고 중심을 잡는다.

"커피에 독이 들었다고 말했대. 마틴 부인이 너무 언짢아서 종일 위통을 겪었다는구나. 다행히 대령님이 부인에게 앤이 농담했다고 달래주셨지. 그렇게 형편없는 농담이 어디 있다니? 하지만 그 정도로 끝나지 않아, 일라이저. 그걸로는 어림없지!"

"설마 그 사람들을 믿으시는 건 아니죠?"

"왜 그들이 거짓말을 하겠니?"

어머니가 쿠션에 몸을 기대고, 굳은 표정으로 눈을 감는다. 그러더니 말을 잇는다.

"이런 하인들의 이야기를 무수히 들어봤다……. 하인들이 주인을 싫어해서 망하게 하려고 별별 방도를 찾아내지. 그런 짓을 용납하면 우린 프랑스 꼴을 당할 게다. 거기서는 하인들이 주인 내외의 머리통을 절단냈거든."

"어떻게 앤에게 자초지종을 들어보지도 않고 이런 말을 하실 수 있어요?"

나는 혼란스러워서 고개를 젓는다. 앤이랑 연관지어지지 않는 이야기다. 하지만 어머니는 고집을 굽히지 않는다.

"네가 그 아이랑 있는 걸 봤다, 일라이저. 네가 얼마나 끔찍이 아끼는지 훤히 보이지. 내 판단에 그건…….."

그녀는 적당한 표현을 찾는 것처럼 뜸을 들인다.

마침내 어머니가 말을 맺는다.

"유익하지 않다."

나는 침을 삼키고 셋을 센 후 대꾸한다. 침대 기둥을 꽉 쥐어서 손등 관절이 하얗게 질린다. 화가 치솟아서 머릿속에서 빨간 불꽃이 튄다.

"앤은 좋은 하녀예요, 어머니. 지금까지 본 하인들 중 최고라고요. 앤이 없으면 저는 책을 완성하지 못해요."

"하숙인들이 없으면 책이고 뭐고 없겠지. 주방, 식재료, 네 소중한 시간의 비용을 누가 댄다고 생각하니?"

어머니가 눈을 뜨고 천장을 보면서 한숨짓는다. 그리고 마저 말한다.

"마틴 부부는 완강하다. 런던에서 유력한 사람들이야."

"해티가 식탁 시중을 들고, 앤을 계속 주방에 두면 되겠죠. 눈에서 멀면 마음에서도 머니까요."

나는 담담하게 말하려고 애쓰지만, 애원조의 말투가 나온다.

"앤 커비가 첫 하숙인들에게 무례했다면, 다음 손님이라고 다르겠니? 턴브리지 웰스 온천은 좁은 곳이야. 소문이 돌 거야. 한 번만 더 낭패를 봤다간 우린 못 버틴다. 네 아버지 일 이후…….."

어머니가 말꼬리를 흐린다. 그녀는 눈 위에 손등을 대고 다시 한

숨을 쉰다. 그리고 말을 잇는다.

"이렇게 하숙인들을 놓친다면 남학생들을 받아야 되겠지. 그게 네가 원하는 바냐? 망나니 남자애들을 먹일 라이스푸딩(우유와 쌀로 만드는 달콤한 푸딩 - 옮긴이)이나 만들면서 세월을 보낼래?"

나는 입술을 씹는다. 어딘가 먼 곳에서 시구절이 나타나 과거를 헤치고 현재에 맴돈다.

> 음울하게, 음울하게, 불행의 날개가
> 그대 위에 먹구름을 드리우네.
> 천천히, 천천히, 모여드네…….

"학생 하숙인들도 없으면 우린 빈털터리가 되겠지!"

어머니의 목소리가 허공을 가른다.

"제가 앤에게 말해볼게요. 그리고 앤의 잘못이 아니면 우린 마틴 부부에게 떠나라고 요구해야 해요."

나는 어깨를 펴고, 있지도 않은 반항심을 느끼는 척하며 몸을 돌린다. 씁쓸한 자기혐오와 자기연민이 더디게 지나간다. 앤을 더 적극적으로 옹호했어야 했다는 생각이 든다. 하지만 어머니가 옳다. 우린 하숙객들의 선의가 필요하다. 손님이 없으면, 모리셔스 정글에 있는 에드거에게 가난뱅이 꼴로 기어들어야 된다. 혹은 결혼한 여동생 메리의 선심에 힘입어 살아야겠지. 하지만 앤이 없으면 내가 어떻게 책을 쓸까?

앤은 스토브에 불을 들인다. 내가 들어가자 그녀가 고개를 돌린다. 불꽃 열기 때문에 얼굴이 빨갛다.

"차를 드릴까요, 미스 일라이저?"

"너랑 마틴 내외 사이에 무슨 일이 있었던 거야?"

앤이 아랫입술을 깨물면서 시선을 돌린다.

"나한테 사실대로 말해줘야 해. 내게 거짓말하는 하인을 둘 순 없어."

내가 어찌나 양손을 꽉 쥐는지 통증이 팔목에서 팔뚝으로 번진다. 앤은 작은 머리통을 숙이고, 얼룩덜룩한 벌건 뒷목이 내 눈에 들어온다. 적막 속에서 그녀가 침 삼키는 소리가 나더니, 불이 타닥대면서 문이 열린 스토브에서 불꽃이 터져 하나하나씩 바닥에서 죽는다.

앤이 속삭인다.

"대령님이 괴상한 버릇이 있어요. 자기 그걸 보, 보여주려고 해요."

내가 반문한다.

"자기 그걸 보여줘? 무슨 말을 하는 거야?"

"마틴 부인 외에는 아무도 보면 안 되는 몸의 일부요."

"그가 너를 방에 들였어?"

나는 충격을 받아서 입이 헤벌어진다.

"아니에요. 조식이나 석식 때 그렇게 해요. 그가 해티에게도 그걸 보, 보여주지만 해티는 저보다 그런 일에 더, 더 익숙해서요."

"식사 중에?"

너무 괴상한 일이라서 크게 웃고 싶다. 하지만 수치스러워서 앤의 얼굴이 새빨개진다. 난 수치에 대해 잘 안다.

"그래서 그의 커피에 독을 넣겠다고 위협했어?"

"아니요."

앤이 말을 끊고, 눈에 눈물이 차오른다.

"저는 오늘 나가도 돼요, 미스 일라이저."

그 순간 어떤 여주인도 부엌 하녀에게 하지 않을 일을 하고 만다. 앤을 당겨서 품에 꼭 안고, 머리를 쓰다듬고 등을 토닥인다.

"정말 미안해, 앤. 정말 미안해."

내가 속삭인다. 그리고 난 마음의 눈으로 그녀를 수재너라고 상상한다. 나의 수재너로.

20
앤

빵과 양파

축축한 허연 안개 속을 반시간 걸어 집에 갈 때, 이런저런 생각이 떠오른다. 새 부츠 덕에 발이 젖지 않아 고맙다. 그런데 이게 내 부츠일까? 이런 식으로 머릿속에서 질문이 꼬리를 문다. 해티는 어떤 설명을 들을까? 아버지에게 뭐라고 말하나? 처녀가 대령 같은 사내를 어찌 감당해야 될까? 나를 뒷문으로 떠밀면서 마님이 했던 말을 떠올린다. '그는 아무에게도 피해 주지 않았는데 네 건방은 우리 모두에게 피해를 줬어.' 맞는 말이라서 뼛속까지 저리다. 내가 떠나서 해티, 마님, 다른 주방 하녀를 구해야 되는 미스 일라이저 모두 피해를 입었다. 나도 피해를 입고, 아버지도 그럴 것이다. 날 소개한 소프 목사와 헌 드레스를 빌려준 부인도 마찬가지고. 그들의 실망이 물벼락을 맞은 듯이 생생히 느껴진다.

가장 생각나는 사람은 미스 일라이저다. 레몬 향이 풍기는 머리 칼, 흐느낌이 목에 걸려 차마 말을 못하던 모습. 그런 여주인은 절대 다시 못 만나겠지. 다시 가슴이 먹먹하고 눈물이 솟구친다. 왜 그런 멍청한 짓을 저질렀을까? 남자가 조식 식탁 밑에서 은밀한 부위를 보인 게 그리 큰 죄일까?

문득 멍든 사과 냄새가 밀려든다. 그 순간 음식 냄새가 진동하는 미스 일라이저의 주방으로 돌아간다. 커피 열매 볶는 냄새, 스토브에서 과일 시럽 졸이는 냄새, 막 자른 레몬 냄새, 달짝지근한 가른 바닐라 깍지 냄새, 으깬 정향의 질펀한 흙냄새. 그리고 그녀. 달걀 난황을 분리하는 법이나 칼날 쥐는 법, 토마토 껍질 벗기는 법을 가르쳐 주는 미스 일라이저. 눈물이 콧날을 타고 미끄러진다. 줄줄 흐른다.

오두막에 도착하니, 마음이 무거워 발길을 돌리고 싶다. 아버지는 묘지에 있을 테니 내 마음을 가다듬을 짬이 있겠지. 셉티머스가 문으로 달려온다. 개가 좋아하게 귀를 긁어주고, 무릎을 꿇고 개의 목덜미에 얼굴을 묻는다.

"거기 누구요?"

아버지의 목소리가 들리자 심장이 쿵 떨어진다.

"저예요. 왜 묘지에 안 가셨어요?"

"앤이냐?"

아버지가 비척대며 컴컴한 집 안을 지날 때, 목발이 벽에 부딪히는 소리가 난다. 난 어둠 속을 들여다본다. 구석에서 쥐 사체 썩는 냄새가 진동한다. 문을 밀고 창에 걸린 누더기를 걷는다. 아버지가 콜록대면서 욕설을 중얼댄다.

"무슨 일이 있었어요?"

내가 속삭인다.

"아무 일도 없다, 앤. 아무 일도."

아버지가 내 팔을 움켜쥘 때, 손에 묻은 진흙과 손톱 때가 눈에 들어온다. 좋은 신호다. 그가 묘지에서 일한 증거다.

"그런데 혼자 지내기가 힘들구나……."

그의 입에서 고약한 술내가 난다.

"오늘 묘지에 가실 거예요?"

그가 고개를 젓고, 온몸이 흔들리게 기침을 오래한다.

"몸이 안 좋구나."

아버지가 대답하고 비척비척 매트리스에 눕는다.

"집 청소를 해야겠네요."

오두막 안을 둘러본다. 갉아 먹은 뼈들이 구석에 쌓여 있다. 난로에는 타버린 장작과 재만 얇게 깔렸을 뿐 땔감이 없다. 매트리스 위에 침구가 없고, 하나뿐인 베개에서 건초가 터져 나온다. 엄마의 물건은 없고 방은 썰렁하고 썩어간다.

난로망 뒤에서 죽은 쥐와 그 위를 기는 파리 떼를 발견한다. 쥐로 음식을 만들 수 있을지 궁리하다 너무 과하다고 결론짓고, 쥐를 힘껏 내던진다. 매트리스를 뒤집고 난로 바닥에서 재를 쓸고, 나뭇잎이 달린 가지로 구석구석 걸린 거미집을 걷어낸다. 양동이를 들고 개천에 가서 물을 길어 와 바닥을 문지르고 벽을 닦는다. 물을 바꾸느라 몇 번이나 개천을 오가며 물을 나르니 팔이 아프고 손이 얼어 뻣뻣하다. 배가 꾸르륵대지만 집에 먹을 게 없다. 오래된 감자 한 알

없다. 주머니를 더듬어 미스 일라이저에게 받은 5실링이 들었는지 확인한다.

내가 말한다.

"가서 빵을 사 올게요. 예전처럼 빵이랑 양파밖에 못 먹을 거예요."

아버지가 고개를 끄덕이고, 가슴속에서 쿨럭이는 기침을 뱉어낸다. 내가 다시 말한다.

"가기 전에, 엄마 안부부터 들어야겠어요."

"내가 그걸 어찌 아누?"

그가 기침하느라 걸걸해진 목소리로 대꾸한다.

"저, 저는 소프 목사님이 요양원이랑 계속 연락할 거라고 짐작했죠……. 엄마가 잘 적응하셨는지 확인할 거라고……."

미진하고 심드렁하게 말꼬리를 흐린다. 내가 왜 그런 생각을 했을까? 소프 목사는 교구 전체를 보살펴야 되는 바쁜 분이다. 또 그동안 난 어떻게 장어를 손질할지, 폭찹에 어떤 양념을 넣을지, 살살 녹는 마데이라 케이크에 들어가는 달걀이 네 개인지 다섯 개인지만 생각했다. 나 자신에 대한 미움이 쏟아져서 다리 힘이 쭉 빠진다. 아버지 옆에 풀썩 주저앉는다. 습기 때문인지 그의 땀이나 엎지른 맥주 때문인지 매트리스가 축축하다. 한순간 아버지가 놀란 표정을 짓는다. 그러더니 팔을 뻗어 내 손을 잡는다.

"여긴 왜 왔니, 앤?"

불그레한 그의 눈을 보니, 어떻게 설명할지 난감하다. 1분쯤 가만있다가, 음식을 사고 엄마를 찾아가야겠다고 말한다.

"주소를 아세요? 요양원이요."

아버지가 고개를 젓는다.

"목사님에게 물어보거라."

그가 내 손을 놓고 누워서, 아기처럼 동그랗게 웅크린다.

"저랑 같이 가실래요? 제가 부축해드릴게요."

아버지가 고개를 젓자, 나는 뭔가 잘못된 걸 안다. 그는 일자리를 잃었다. 나처럼.

내가 부드럽게 묻는다.

"소프 목사님이 돈을 주던가요? 일한 품삯이요?"

그는 고개를 젓더니, 머리부터 발끝까지 온몸을 흔들며 마구 기침을 한다.

"의사한테 가셔야 해요. 미스 일라이저에게 받은 돈이 조금 있어요."

아버지는 고개를 젓고 베개에 대고 침울하게 말한다.

"아니, 제발 그만둬라."

나는 담요 쪼가리를 찾아서 아버지의 몸에 덮는다. 수염 난 뺨에 입 맞추는데, 열이 나는 것처럼 뺨이 축축하고 뜨겁다. 혹시 폐결핵에 걸렸을까. 그 생각을 하니 가슴이 철렁 내려앉는다. 왜 소프 부인은 아무 말도 하지 않았을까? 왜 아무도 아버지가 아프다고 알려주지 않았을까? 엄마를 찾아가야겠다고 생각한다. 그러려면 목사관에 가서 부인에게 주소를 물어봐야 된다. 세상에서 가장 하기 싫은 일이더라도 다른 수가 없다.

21
일라이저

청둥오리구이와 오이

푸줏간 아이가 양 콩팥 여덟 개와 청둥오리 두 마리를 뒷문으로 가져온다.

"청둥오리는 엿새 동안 매달았고요, 콩팥은 데이지 꽃처럼 싱싱하다고 전하래요."

피 묻은 손으로 오리를 거꾸로 들고 있다. 아이가 손을 흔들자 오리에 햇빛이 반사되어 파란 머리가 번뜩인다.

"오리 속에 구더기가 기어 다니면 곤란한데."

오늘은 해티의 신경질적인 비명을 참아줄 기분이 아니다. 해티는 상황을 잘 넘기는 앤과 달라 난 벌써 신경이 너덜너덜하다.

"하녀에게 깊은 양동이에 넣고 털을 뽑으라고 하세요. 안 그러면 바람이 불 때마다 사방에 깃털이 날리거든요."

아이는 소맷부리로 콧물을 닦고 손수레로 돌아간다.

나는 오리를 식기실로 옮기다가, 그릇장 앞에 놓인 간밤에 사용한 요강들을 짜증스레 넘어간다. 왜 해티는 저것들을 비우지 않았을까? 식기실에서 악취가 나고, 개수대에는 기름이 뜬 물속에 씻을 냄비가 잔뜩 쌓였다. 개수대 옆에 씻지 않은 흙투성이 순무와 파스닙이 있다. 설탕 덩어리를 싸서 간수하지 않아 말벌들이 맴돈다. 달걀 바구니는 비었다. 젖은 행주가 산처럼 쌓였다. 빵가루와 부스러기가 발에 밟힌다.

주방이라고 나을 게 없다. 오리를 끓일 센 불이 필요하지만 해티는 아직 불을 피우지도 않았다. 장작과 석탄 바구니들이 다 비었다. 부아가 치밀고 이가 갈린다. 하지만 해티가 없으면, 비열한 대령과 눈이 째진 부인에게 식사를 대령할 수가 없다. 그러니 말없이 속만 끓이면서 오늘의 레시피를 다시 확인한다. 프랑스식 양 콩팥과 풀레트(다진 파슬리 등을 넣은 맛있는 소스 - 옮긴이) 오이를 곁들인 오리구이. 오이가 끝물이라 껍질이 질기고 씨가 크지만 어쩔 수가 없다. 이용할 레시피는 연회용인 듯 오이가 스무 개나 들어간다. 버터, 파슬리, 송아지 육수, 밀가루 등 모든 재료의 분량을 줄여야 된다. 오이의 껍질을 벗기기 시작하는데 해티가 뛰어 들어온다.

"미스 일라이저, 꼭 드릴 말이 있는데요!"

나는 칠칠치 못한 태도를 혼내려다가, 해티의 격한 표정을 보고 입을 다문다. 작은 칼을 치우고, 입술을 비틀어 상냥하게 미소 짓는다.

"앤 이야기인데요."

해티가 모자챙을 만지작대면서 말한다.

나는 고개를 끄덕이고 담담한 표정을 짓는다. 지난 이틀 밤 죄책감과 분노가 남아 뒤척인 걸 들키면 안 된다.

"마님은 광고를 낸다고 말하시지만 옳지 않아요. 이건⋯⋯."

해티는 말을 멈추고 주방 안을 격하게 손짓하더니 다시 말한다.

"⋯⋯앤의 자리지 다른 누구의 자리도 아니에요."

나는 액턴 마님 – 이 집 주인 – 이 결정하셨으면 우린 따라야 된다고 설명하려 한다. 그런데 해티는 흥분해서 발을 바꿔 폴짝 뛰면서 말한다.

"왜 아무도 저한테 묻지 않았죠, 미스 일라이저? 왜냐면 제 잘못이었거든요⋯⋯. 다 제 잘못이에요."

그녀는 물결 모양의 테두리가 얼굴 바로 위에 오게 하려는 듯 다시 모자를 매만진다.

"설명해봐."

내가 부드럽게 말한다. 갈비뼈 아래서 뭔가 뛰어오른다. 죽어가는 불에 바람이 불어 불꽃이 살아나는 것 같다.

"대령은 늘 그랬어요, 식탁 아래서 우리한테 자기⋯⋯ 자기⋯⋯."

"그래, 그래."

나는 답답해서 손을 흔든다. 앤을 다시 데려오자고 어머니를 설득하려면 그 이상의 얘기가 필요하다.

"어떤 신사들은 이런 짓을 하는데 하녀들이 겁먹으면 더 좋아한다고 제가 앤에게 말해줬어요. 그 후 앤이 유독 용기를 내기로 작정했나봐요. 저희 같은 하녀들은 대부분 어머니나 언니가 있어서 어떤 신사들의 행실에 대해 들어 알죠."

해티는 숨을 돌리려고 잠시 말을 끊었다가 다시 술술 쏟아낸다.

"그런 가족이 없는 신참 하녀들은 요리사나 여집사에게 배워요. 그런데 보다이크 하우스에는 요리사도 여집사도 없어요. 그러니까 이건 앤의 잘못이 아니라는 걸 아시겠죠, 미스 일라이저."

목구멍에 덩어리가 뭉쳐서, 최대한 얌전하게 기침해서 넘겨야 된다. 그런데 덩어리가 단단히 걸려서 그 상태로 말할 수밖에 없다.

"이런 신사들을······."

너무나 어울리지 않는 표현이라서 뜸을 들인다. 그러다가 말을 잇는다.

"······많이 경험해봤어?"

"그럼요, 아씨. 더 나쁜 자들도요. 더 못된 짓을 멋대로 해요. 엄마가 그런 자들의 수작질과 속임수에 대해 일러줘서 저는 언제 물러나야 할지, 어떻게 망신 주지 않고 피하는지 알아요. 한데 앤은······."

"한데 앤은 어머니가 안 계시지."

나는 작은 칼과 오이에 손을 뻗는다. 손을 바쁘게 놀려야 된다. 껍질을 벗기고 자르고 저민다.

"칼날이 무디네, 해티. 칼 좀 벼려줘."

해티가 숫돌에 칼날을 간다.

"앤 커비가 신사들에 대해 잘 모른단 생각이 들어요, 아씨. 아무튼 커피에 독을 탄다는 말을 내뱉은 사람은 앤이 아니라 바로 마틴 부인이었어요."

목구멍에 걸린 덩어리가 차게 굳어서, 삐거덕대는 소리만 나온다.

"그래?"

해티는 천천히 손끝으로 칼날을 훑더니, 내 앞 탁자에 내려놓는다.

"네. 앤은 손이 덜덜 떨리는데 마님의 새로 다린 아일랜드 식탁보에 커피를 쏟고 싶지 않았어요. 얼룩이 징글징글하게 안 빠지거든요. 펄펄 끓는 물만 지울 수 있고, 소금물에 몇 시간이나 담가야 해서손이 다 까져요."

내가 오이씨를 파내는 동안, 해티는 앤과 마틴 부인 사이에 일어난 일을 설명한다. 질문이 꼬리를 물면서 내 마음이 엎치락뒤치락한다. 오이에 소금을 뿌려서 절이고 콩팥에서 기름을 떼면서, 우리가앤에게 크게 잘못했다고 생각한다. 앤이 어머니가 있었다면, 일하는집에 '정식' 요리사가 있었다면, '여집사'가 있는 집에서 일했으면겪지 않을 일이다.

"앤이 나한테 그런 말을 한마디도 안 했는데."

나는 도축한 고기의 쇠 냄새와 자른 콩팥에서 나는 피비린내에찡그리면서 말한다. 하지만 내 잘못인 걸 안다. 말하라고 채근하지않았으니까. 또 어머니에게 앤을 충분히 변호하지 않았다. 칼을 내려놓고 앞치마에 손을 닦고, 거실로 간다. 어머니는 가계부를 살피는 중이다.

그녀는 장부를 내려다보다가, 내가 들어가자 허리를 편다. 집안형편으로 볼 때 그녀 입가의 미소가 당황스럽다.

어머니가 말한다.

"좋은 소식이 있다. 아주 좋은 소식이야!"

"앤 커비가 여기 없는 한 좋은 소식은 있을 수 없어요!"

내가 쏘아붙인다.

어머니가 역정 난 표정을 짓자 입가의 미소가 사라진다.

"그럴지 몰라도 넌 분수를 모르는구나, 일라이저."

구구절절 설명이나 변명을 하느라 시간을 허비할 의사가 없다. 몇 푼 벌었다는 얘기일 게 빤한 '좋은 소식'을 듣고 싶지 않다.

"앤과 마틴 부부 사이에 벌어진 일의 실상을 해티에게 들었어요. 앤을 극도로 부당하게 대우했으니, 다시 데려오고 싶어요."

어머니는 찡그리더니 장부를 덮어 옆으로 치운다.

"급여를 올려주고, 앤을 보조할 하녀를 들이고 싶습니다."

나는 말을 멈추고 손등으로 이마를 훔친다. 내 나이에 모친과 이런 대화를 하다니 너무나 피곤하고 수치스럽다. 마지막으로 부아가 치밀어서 이렇게 덧붙인다.

"제시한 조건으로도 앤이 돌아오지 않으면, 제 요리책은 다른 데서 내야 될 거예요!"

"옥신각신하지 말자. 네가 혼인해 가정을 이루면 하인, 가재도구, 급여 따위는 얼마든지 마음대로 정하겠지……. 사실 살림 전부를 네가, 너 혼자서 꾸려갈 수 있지."

그녀는 몹시 날카롭게 날 쳐다본다. 이 꼬인 대화가 엉뚱한 방향으로 흐르는데, 내가 반항하느라 모른다는 눈빛이다.

나는 이를 악물고 말한다.

"제가 노처녀라는 – 동정과 질시를 똑같이 받는 – 것과 어머니의 뜻에 따라야 된다는 걸 알아요. 하지만 앤을 돌아오게 하고 싶어요. 필요하면 제가 직접 마틴 부부의 식탁 시중을 들게요."

나는 몸을 돌린다. 둘이 같이 있으니 실내가 비좁은 듯 공기가 통하지 않고 답답하다.

"인내심을 가져라! 성질머리가 고약하기 이를 데 없구나. 네 살림을 하면 좋지 않겠니? 하인을 다 앤 커비 같은 애로 둘 수 있는데?"

나는 다시 방 쪽으로 몸을 돌린다.

"물론이죠. 하지만 어머니의 조롱이 너무 속상하네요. 너무 잘 아시겠지만요. 그리고 제가 혼인 못하는 게 아니라 앤 커비에 대해 의논하고 싶어요."

"얘야, 앤 커비를 데려와도 좋아. 마틴 내외분은 이제 체류를 연장하실 수 없지만, 너그럽게도 하숙비 전액을 지불하신다는구나."

명랑한 기분에 젖다가 곧 불안감에 휩싸인다. 앤이 새 일자리를 구했으면 어쩌지? 돌아오는 걸 거부하면?

"그리고 봉급 인상은요? 보조 하녀는요?"

어머니는 과시하듯 결혼반지를 빙빙 돌린다.

"돈이야 네가 알아서 만들어야지, 일라이저. 요리사들이 넝마주이에게 깃털과 뼈다귀를 팔거나 뒷문에서 육수를 팔아 푼돈을 만든다고 들었다. 악취 나는 기름 덩이도 비누 재료로 팔린다던데."

"저더러 그러라고요?"

경악해서 묻는다. 어머니의 체면을 깎을 일이니까. 딸이 그렇고 그런 요리사 노릇을 하는 것보다 그게 더 망신스러울 텐데.

그녀가 양손을 휘저으면서 대꾸한다.

"아니, 아니, 그게 아니라! 앤 커비가 그래야 된다는 거지. 봉급 인상분은 그 애가 벌어야지. 적어도 우리가 재정적으로 안정될 때까지는."

"재료를 남김없이 쓴다는 걸, 켄트 지역을 통틀어 저처럼 알뜰한 살림꾼은 없다는 걸 잘 아시잖아요."

나는 냉정하게 말한다. 하지만 어머니는 내 말을 무시한다.

"무슨 좋은 소식인지 궁금하지 않니?"

그녀는 참을 수 없는 듯 다시 미소를 짓는다. 어머니가 말을 잇는다.

"새 하숙인이 오시게 되었다. 재산이 많은 독신 신사지."

어머니가 왜 그리 만족스러워 보이는지 이제야 이해된다.

"네 아버지의 죽마고우지. 존의 사업은 망했지만, 아르놋 씨의 업체는 지구 끝까지 뻗었단다."

그녀는 효과를 더하려는 듯이 뜸을 들이다가 덧붙인다.

"그리고 독신이시지!"

마음속에 아르놋 씨의 이미지가 떠오른다. 늙고 구부정하고 머리가 벗겨지고, 턱 밑의 살이 두툼하게 늘어지고, 올챙이배가 바지 위로 늘어진 모습.

"턴브리지 웰스에서 온천을 하려고 오는 거예요? 통풍 때문예요? 신장결석 때문인가요?"

"캐묻고 싶지 않았다만 현실적으로 생각해라, 일라이저. 적어도 마음을 열어두라고."

어머니는 또 한 번 반지를 돌린다. 무슨 속셈인지 훤히 알 만하다. 그는 노년이고 병들고 부유하다. 부유한 아내 노릇보다 좋은 게 꼭 하나 있다. 부유한 미망인 노릇. 어머니의 뻔뻔스런 계략에 내 오장 육부가 움츠러든다.

거실에서 나오는데 그녀가 뒤에서 소리친다.

"그가 어떤 사업을 하는지 묻지 않는구나!"

하지만 물을 기분이 아니다. 게다가 오리를 굽고 오이를 조려야 된다. 버터 바른 콩팥을 파슬리, 타임, 고추에 던져 넣어야 된다.

그 후에는 앤 커비의 주소를 알아내야 한다. 너무 늦어버리기 전에.

22
앤

빵 한 조각

소프 부인은 내 머리칼이 날려도 지적하지 않는다. 이제 먼지와 진흙투성이가 된 새 부츠를 칭찬하거나, 왜 보다이크 하우스에 있지 않는지도 묻지 않는다. 안으로, 부엌 창고로라도 들어오라고 청하지 않는다. 그래서 뒷마당에 서 있고, 마구간 아이와 푸줏간 심부름꾼이 주위를 왔다 갔다 한다. 그녀는 한 눈은 그들에게 두고, 한 눈은 죽은 토끼를 나르는 부엌 하녀에게 둔다.

소프 부인이 조바심치며 말한다.

"네 어머니가 어디 있는지 난 몰라. 보다시피 무척 바쁘구나."

"부탁드려요, 목사님은 아실 거예요. 목사님께서 어머니를 거기 데려가셨다고 들었어요."

나는 물러서지 않지만, 기운 없이 풀죽어 바닥을 내려다본다.

"어디로 데려가?"

그녀는 대답을 기다리지 않고 휙 몸을 돌려 소리친다.

"토끼들이 신선하고 어리겠지? 넉 달 넘은 토끼는 먹지 않을 거야, 플로렌스. 알아들었니? 넉 달이야!"

나는 플로렌스를 쳐다본다. 갉아 먹은 뼈다귀처럼 마르고 왜소하다. 하지만 내 안에서 뭔가 퍼덕인다. 미스 일라이저는 한 번도 나한테 소리친 적이 없다. 날 바닥에 쌓인 먼지처럼 취급한 적이 없다. 그 소소한 사실을 깨닫자 마음이 설레고 부푼다.

"어디 가면 목사님을 뵐 수 있을까요, 사모님?"

나는 용감무쌍하게 그녀의 눈을 똑바로 본다.

"그 양반이야 어디든 계실 수 있지. 필요로 하는 데가 많으니까. 여기서 기다리면 플로렌스가 빵 한 조각을 갖다줄 테니, 그걸 갖고 가거라."

"사양합니다. 저는 어머니를 만나야 해요. 목사님께서 어머니를 데려가셨는데 저는 그곳 주소를 몰라요."

소프 부인이 성나서 씩씩 소리 내며 숨 쉰다.

"내가. 분명히. 말했다."

그녀는 내가 떠돌이 개라도 되는 것처럼 손을 젓는다. 그러더니 말을 멈추고 실눈으로 내 눈을 본다. 목사 부인이 말을 잇는다.

"왜 보다이크 하우스에 있지 않는 게냐, 앤 커비?"

내 뺨이 달아오르고 대담함이 싹 사라진다.

"쫓겨났어요."

내가 설설 기는 개처럼 고개를 숙이고 대답한다.

"쫓겨나? 너를 취직시키려고 내가 얼마나 열과 성을 다했는데!"

그녀가 매몰차게 화낸다.

"네 아비랑 똑같구나, 앤 커비! 딱한 내 남편이 쫓아낼 수밖에 없었거든. 일을 시작한 첫날 말이야! 너희 커비 일가를 위해 갖은 애를 썼건만, 이런 식으로 보답하다니."

그녀가 고개를 저으면서, 나를 보는 것도 못 참겠다는 듯이 몸을 홱 돌린다. 바퀴벌레만도 못한 기분이다. 창피해서 쥐구멍이라도 찾고 싶다.

그녀가 목사관으로 걸어가지만, 나는 꼼짝할 수가 없다. 푸줏간 아이가 쳐다보는데도. 그때 부인이 문간에서 몸을 돌리고 소리친다.

"켄트 구립정신요양원, 네 어머니가 있는 곳이야. 안전하게 감금되어 있지. 커비 일가 모두 거기 있어야 마땅한데!"

"그런데 거기가 어딘데요, 사모님? 거기가 어디예요?"

내가 외치지만, 큰 문이 닫혔으니 그녀는 못 듣는다. 눈물이 솟구치지만 난 울지 않을 작정이다. 푸줏간 아이 앞에서는. 얼굴 근육을 꾹 누르는데, 아이는 길 쪽으로 수레를 끈다. 돌바닥에 쇠바퀴가 덜컹덜컹 부딪힌다. 그런데 그때 아이가 어깨 너머로 외친다.

"여기서 멀지 않아요, 아가씨. '바밍 히스'예요, '메이드스톤'에서 가깝죠. 25킬로미터쯤 되거든요."

"25킬로미터?"

내가 반문한다. 25킬로미터는 얼마든지 걸을 수 있지만 방향을 모른다.

"강을 따라 걸어가거나, 방앗간 주인 존스한테 얻어 타고 가요. 존스의 애인이 거기서 일하거든요. 그래서 정기적으로 찾아가요."

희망이 솟는다.

"고마워! 정말 고마워!"

내가 말한다.

23
일라이저

아몬드 가시로 장식한 사과 고슴도치

몸에서 주방의 얼룩 ─ 양파, 그레이비소스, 뼈 육수 ─ 을 지워내고 튼튼한 부츠를 신는다. 어깨에 체크무늬 숄을 두르고 목사관으로 걸어간다. 통통 튀는 발걸음이다. 경멸스런 마틴 내외는 하숙비를 치르고 떠났다. 마지막 조식을 ─ 대령은 찬 소고기, 코친 달걀(인도의 코친이 원산지이지만 영국에서 개량한 닭 품종 ─ 옮긴이), 빵가루를 얹은 머핀, '그리고 여행을 앞두고 원기를 내려고' 버섯구이를 요구했다 ─ 마친 후, 대령이 뻔뻔하게도 주방 통로로 들어왔다. 난 악한 아니랄까봐 숨어 있는 그를 발견하자, 앤 커비가 쫓겨났는지 확인할 목적이라고 짐작했다.

ㄱ가 이죽이죽 웃으면서 말했다.

"요리사에게 치하하고 싶소. 우린 그가 프랑스인일 거라고 짐작했소만. 과연 그렇소?"

나는 속으로 콧방귀를 뀌다가 정신을 차리고 대꾸했다.

"맞습니다. 그녀는 뛰어난 요리사지요. 제가 친절한 말씀을 전하겠습니다."

"그래요? 평범한 요리사라고? 그러면 우리 예상이 완전히 틀렸구먼."

그가 급작스레 몸을 돌리자 광낸 구두에 걸려 넘어질 것만 같았다.

대령이 '프랑스인 요리사'에게 보낸 치하 덕에 내 걸음이 더 가벼워진 것은 당연지사. 오늘 아침 우편으로 받은 연감 〈문학 가제트〉와 〈우정의 선물〉도 활력을 보탠다. 식사를 대접할 하숙객이 없고, 너무 이른 시간에 목사관에 도착하기도 꺼려져서 느긋하게 앉아 책을 봤다. 거실에 자리 잡고 미시즈 허먼스, 미시즈 호위트, 미스 주스버리의 시를 읽었다. 그리고 경이로운 시인인 L. E. 랜던. 그녀의 시를 읽자니 언어의 거울 속에 있는 나를 바라보는 것 같다. 시인이 내면을 보고 날 이해하기라도 하는 듯하다. 나도 모르게 시구를 낭송하면서 나중에 인용하려고 암기한다. 앤에게 영국 최고의 시들을 가르칠 때를 대비해서.

이제 뭉클한 시구가 다시 떠오른다…….

그대의 노래와 이미지가
고요한 침잠의 시간이 주는 기쁨과 섞이네.
나, 그대를 오랜 친숙한 친구로
생각하지 않을 수가 없네.

그게 내가 동료 여시인들에게 느끼는 감정이다. 그들은 가장 필요로 할 때 나타나는 절친들 같다.

목사관에 도착한 무렵, L. E. 랜던의 시구들이 머릿속을 휘젓고, 어마어마한 호위트의 시 한 연이 입에서 떠나질 않는다. 단어들, 이미지들, 빛들이 벌이는 난투는 내 시의 모자람을 부각시키지만 내 영혼을 일깨운다. 갈기 뻗친 사자의 머리 모양을 한 노커(현관문에 달린 황동 장식으로, 문을 두드리는 데 쓰인다 – 옮긴이)를 들어서 힘껏 내리자 집 안에 소리가 울린다. 발 끄는 소리와 열쇠 돌리는 소리가 나더니, 기름칠이 잘된 현관문이 열린다. 고개 숙인 겁먹은 눈의 하녀는 내 방문을 알리러 총총걸음으로 들어간다.

목사 부인은 현관에 나와 놀람을 감추지 못한다. 뺨 아래와 얇은 입술 아래 근육이 뒤틀린다. 어떤 표정을 지을지 마음을 정하지 못하는 눈치다. 마침내 그녀가 맥없는 미소로 맞이한다.

내가 말한다.

"앤 커비의 주소를 알아보려고 찾아왔는데요. 서로 오해가 있었는데 이제 앤에게 돌아오라고 청하려고요."

말이 너무 무뚝뚝하게 나온다. 소프 부인의 눈이 죽은 숭어의 멍한 눈처럼 차갑고 뿌옇게 변한다.

내가 아부조로 얼른 덧붙인다.

"부인이 현명하셔서 앤을 소개해주셨어요."

목사 부인의 표정이 부드러워진다.

"같이 차를 드시지요, 아님 커피가 더 좋으신가요?"

그녀는 치맛주름 폭에서 조각된 은 종을 꺼내 흔든다. 왜소한 하

171

녀가 나타나 고개를 끄덕이고 사라진다. 소프 부인이 앞장서서 거실로 간다. 벽지는 장미 봉오리 문양이고, 벽난로 위에 소프 목사의 유화가 걸렸고, 초록색 가죽으로 싼 의자 두 개가 있다.

날씨, 금년의 늦서리가 불러온 폐해, 홉을 수확하러 온 런던 이스트엔드 주민들, 쓸 만한 하인 구하기의 어려움에 대한 대화가 오간다. 마지막 화제가 나오자 나는 고양이가 생선 물듯 덥석 문다.

"단순하고 어리석은 오해였죠."

나는 새치름하게 찻잔을 보면서 설명한다. 찻잔에 물에 빠진 벌레 같은 잎들이 떠 있다. 내가 말을 잇는다.

"전부 제 잘못이니, 너무 늦지 않았다면 앤을 다시 데려가야 해요."

너무 늦어 또 다른 후회가 생기지 않기를 간절히 빈다.

소프 부인은 내 말에 우쭐대면서, 찻잔을 탁자에 내려놓는다. 일부러 햇살에 결혼반지가 반짝이도록 손을 든다. 잠시 침묵하다가 - 그녀의 손에 햇살이 계속 쏟아진다 - 그녀가 입을 연다.

"네, 홉 수확 일꾼 무리에 들어갈 수도 있죠."

내 목구멍이 마른다. 소프 부인은 뭔가 안다. 그녀는 내가 너무 늦은 걸 안다. 시구절이 머릿속에서 휘휘 돈다. '애정의 쇠사슬은 너무도 함부로 배배 꼬이고 엉켰고…… 소망은 시들고 우정은 달아나…… 그녀는 외국에 함부로 버려지고, 거기서 사랑을 가꾸지 못하니…….'

기이하게도 갑자기 감정의 이미지가 레시피 형태로 떠오른다. 싱싱한 절망 1파운드, 아주 단단한 좌절 3펙(영국에서 펙은 약 10리터에 달하는 건량의 무게 단위 - 옮긴이), 순전한 죄책감 5온스, 갓 자른 후회 약간, 자

172

기연민 몇 그레인(약 0.065그램에 달하는 최소 무게 단위 - 옮긴이).

"괜찮으세요?"

소프 부인이 호기심 어린 눈초리로 날 쳐다본다. 반지 낀 손가락으로 목에 걸린 작은 금 십자가를 만지면서. 그것은 기혼녀와 신앙심, 두 가지를 강조하는 몸짓이다.

"앤을 찾아가고 싶은데요."

그녀는 양미간을 찌푸린다.

"제 허락이 필요한 일이 아니지요."

"네, 하지만 주소를 몰라서요."

"고용할 때 주소를 적어두지 않았나요?"

그녀가 눈을 크게 뜬다. 내가 상상 이상으로 미련하다는 듯이.

"아, 제가 이런 일들을 처음 해봐서요."

앤에게 들은 집안 이야기를 기억해보려 애쓴다. 뭘 물어봤더라? 앤에 대해 아는 내용을 다 합해도 미미하다. 아쉽게도.

소프 부인은 입술을 빨면서 궁리하는 눈치다.

"남편이 집에 계실 때 다시 오셔야 되겠네요. 또 그때 미스 액턴의 시에 대해 얘기해볼 수 있겠죠. 남편이 글 쓰는 숙녀들을, 특히 글 쓰는 미혼의 숙녀들을 선호하진 않는다고 알려드려야겠지만. 제 견해도 대충 비슷해요. 하지만 미스 액턴이 저를 흔들어놓을 수도 있어요."

나는 경악해서 한순간 아무 말도 못한다. 무려 목회자 열세 명이 내 첫 시집을 선구매했다고 말해주고 싶다. 입스위치의 코본드, 우드브리지의 플레처, 서포크의 커비, 켄트의 모르티머 등의 사제들이 감탄의 글과 함께 시집 수령 확인서를 보냈다. 한 명은 – 커비 목사였던가? – 내 진정성과 매력을 극찬했다고 말해주고 싶다. 그때 태팅스톤 사제관의 불 목사가 무뚝뚝하게 반감을 표현한 글과 함께 책을 돌려보낸 일이 기억난다. 방에 찬바람이라도 분 것처럼 팔의 털이 곤두선다.

불 목사의 고약하고 적대적인 말에 대한 기억을 밀어내고 일어난다. 고개를 높이 들고, 등을 꼿꼿하게 푸주한의 칼날처럼 단단하게 편다.

"목사 사모님이 앤 커비의 주소를 알려주실 수 없다면, 다른 데서 알아봐야겠네요."

내 태도나 말투가 그녀의 마음을 바꿔놓는다. 소프 부인은 한숨을 쉬면서 치마에서 작은 은 종을 꺼낸다. 터무니없는 승리감이 – 내가 이겼다! – 안도감과 섞여서 마음속을 훑고 지나간다. 하녀가 지시대로 종이, 펜, 잉크를 가져오고 소프 부인은 최대한 가늘고 단정한 흘림체로 가는 길을 석 줄로 적는다.

"어떤 상황을 만나게 될지 제가 책임질 순 없겠네요."

그녀가 노골적으로 마지못한 듯 메모지를 접어 건넨다.

나는 찡그린다. 앤의 집에서 어떤 상황을 만날지 걱정스럽다. 하지만 사제관을 나서니 하늘이 어찌나 높고 파랗고 청명한지, 곧 목사 부인의 비아냥을 털어낸다. '장미와 왕관' 술집을 지나고 포도주 상점과 서점을 지나고, '기술 강습소'를 지나 벽돌 공장과 제지 공장을 지난다. 거기서 목초지 뒤로 나가서, 10월의 햇살이 쏟아져 뿌옇게 보이는 금빛 도는 푸릇한 홉 재배지를 지나간다. 거가 날려서 공

174

중에 가루가 떠다니고, 밭에서는 추수꾼이 북적댄다. 맨발의 아이들, 검은 머리의 집시들, 주름투성이 사내들, 머릿수건을 쓴 허리 굽은 아낙들. 끝없이 줄줄이 자란 홉 속에서 모두 쭈그리고 몸을 굽히고 팔을 뻗고 일한다.

눈으로 앤을 찾지만, 대신 덤불 속으로 뛰어드는 고슴도치가 보인다. 수줍은 야행성 동물을 보다니 예상 못한 일이다. 걸음걸이와 가시가 고슴도치의 이미지에서 달콤한 음식을 떠올리게 한다. 고슴도치 푸딩…… 가시는 어떻게 만들면 되려나? 껍질 벗긴 아몬드를…… 흰 아이싱(케이크에 설탕을 녹여 막처럼 흘리는 장식 - 옮긴이) 속에 꽂으면 되나? 뜨거운 오븐에서 갈색이 나게 구워서 적갈색 몸을 만들어낼까? 아이싱과 아몬드 갑옷 아래는…… 마데이라 스펀지로 할까? 단단한 블라망주(우유에 과일 향을 섞어 젤리처럼 차게 먹는 디저트 - 옮긴이)로 할까? 고슴도치의 몸을 어떻게 만들지 궁리하는 와중에 사과나무가 눈에 들어온다. 나뭇가지에 사과가 달리지 않았지만 나무 꼭대기에 쪼개진 피핀 사과가 달랑 달려 있다. 사과 고슴도치! 걸쭉한 애플 퓌레(삶은 야채나 과일을 으깬 것 - 옮긴이)를 메말랐다 싶게 수분을 빼고…… 가운데에 레몬으로 풍미를 더한 살구잼을 넣고. 앤과 나란히 서서 사과 고슴도치를 만드는 상상을 한다. 그러다 갑자기 양손으로 치마폭을 쥐고, 앤의 집을 향해 뛰다시피 성큼성큼 걷는다.

24
앤

자두 설탕 절임

바밍 히스로 가는 동안 방앗간 주인은 말수가 없다. 나로선 반갑다. 덕분에 한가롭게 블랙베리와 자두, 풋사과, 돌능금을 보면서 그걸로 만들 예쁜 요리들을 상상할 수 있다. 미스 일라이저가 블랙베리 젤리나 자두 시럽을 만들지 궁금하다. 끽끽대면서 도로에서 달아나는 꿩을 보자, 이제 누가 새털을 뽑는지 염려된다. 해티는 비위가 약해서 그런 일을 못할 텐데. 미스 일라이저가 새 하녀를 들이겠지. 하지만 미스 일라이저나 해티를 생각하고 싶지 않다. 내 안에 아무 것도 없는 듯한 공허감만 느껴지니까.

"요양원은 새 건물이에요. 메이드스톤 교도소를 지은 사람이 설계했다지요."

방앗간 주인은 자기가 건물을 짓기라도 한 듯 으스대며 말한다.

그는 흡족해서 고개를 끄덕이며, 늙은 말에게 채찍 대신 쓰는 버들가지로 앞을 가리킨다.

철문들이 나타나고 그 뒤로 도로가 펼쳐진다. 그 끝에 무척 큰 잿빛 건물이 눈에 들어온다. 건물 구석구석과 비계(인부들이 높은 부분을 공사할 때 딛고 올라서게 만든 발판 - 옮긴이)가 보인다. 가슴이 살짝 뛴다. 곧 엄마를 만나는구나! 엄마를 보살피는 간호부도. 어쩌면 의사랑 병실도…….

"아직도 짓는 중이에요."

방앗간 주인이 의기양양하게 덧붙인다.

가까이 다가가자 요양원이 무척 웅장하다. 멋진 시계, 육중한 기둥들, 하늘까지 닿을 듯 가늘고 긴 굴뚝들이 있다. 건물을 끝이 뾰족뾰족한 철제 난간이 둘러쌌다. 철문들 양쪽으로 똑같이 생긴 수위실이 있고, 작은 사각형 창으로 등잔 불빛이 새어 나온다.

"저기 수백 명이 있어요. 다 날뛰는 정신병자들이지."

방앗간 주인이 말한다.

그는 수위실에서 내려주면서 4시 정각에 돌아갈 준비를 하라고 말한다. 늙은 말이 멀어지자, 놀랍게도 외로움이 엄습한다. 마치 다들 역병으로 죽고 나만 남은 기분이다. 묘한 감정이고, 보다이크 하우스에서 못 느껴본 기분이다. 그런데 그때 벽에 난 작은 들창이 열리고, 어떤 얼굴이 날 내다본다. 고깃덩이처럼 붉고 얽은 자국이 잔뜩 난 얼굴이다.

"미시즈 제인 커비를 만나러 왔는데요."

나는 미스 일라이저가 마님에게 말할 때처럼 고개를 위로 들고

177

말한다.

"문 닫았소."

들창이 쾅 닫힌다. 턱이 덜덜 떨린다. 왜 아무도 요양원이 문을 닫는다고 말해주지 않았을까? 교회처럼 종일 문을 여는 줄 알았는데.

손톱으로 들창을 톡톡 두드린다.

"부탁드려요! 엄마를 만나려고 톤브리지에서 여기까지 왔어요."

그 남자가 들창을 획 연다.

"면회일이 아니오."

"제가 면회일에 대해 몰라서요."

나는 갈라지는 목소리로 말한다.

그가 한숨을 쉬면서, 손가락으로 콧방울의 흉터를 긁으면서 뭐라도 줄 게 있느냐고 묻는다.

"급여를 갖고 있어요."

내가 말한다. 돈을 몽땅 가져오길 잘했다. 아버지가 술을 못 사게 다 들고 온 거지만.

"얼마나 되는데?"

그가 묻고 체면치레로 눈을 돌린다. 그러면서 말을 잇는다.

"간호부들에게 나눠줘야 되니까. 그들이 모친을 아가씨한테 데려오게 하려면 말이지. 정기 면회일이 아니라서 그렇소."

"어머니를 저한테요? 어머니가 사는 곳을…… 어머니의 병실을 보고 싶었는데요."

나는 찡그리지만 사내는 멀뚱멀뚱한 표정을 짓는다.

그는 대단한 농담이라도 들은 것처럼 웃음을 터뜨린다.

"어머니의 병실이라……."

그가 지저분한 손수건으로 눈물을 닦으면서 말한다.

"가진 돈은 5실링 정도예요. 하지만 여기까지 태워다준 분에게 드릴 몇 푼을 떼어놓아야 해요."

"3실링이면 어떻소?"

난 탐욕스런 작자에게서 벗어나고 싶어서 고개를 끄덕인다. 들창으로 돈 – 임금 대부분 – 을 넣는다. 그가 돈을 낚아채고 문을 닫는다. 수위가 사라진 사이 나는 긴 진입로를 쳐다보면서 큰 잿빛 건물을 살핀다. 닫힌 창문들, 시계 종탑, 줄지어 선 가느다란 주목 묘목들. 갑자기 4층 창에 사람 형체가 나타난다. 주먹으로 유리를 때린다. 그러더니 사라진다. 꼭 「펀치와 주디 쇼」(영국의 인형극 – 옮긴이)에서 인형을 부리는 사람이 펀치를 무대에서 휙 나가게 하는 순간 같다. 그 광경이 당황스러워서 창을 주시한다. 하지만 아무것도 보이지 않고 나는 헛것을 봤나 보다 생각한다.

마침내 수위가 바짓가랑이를 긁으면서 돌아온다.

"제인 커비는 딸이 없다고 하오. 그녀가 그렇게 확인해줬소."

그가 말한다.

"제가 딸인걸요! 맹세해요……. 엄마가 기억을 못하세요. 그래서 여기 계신 거고요."

내 목소리가 점점 높아진다. 그러다 퍼뜩 기억한다. 엄마를 볼 기회를 얻으려면 – 혹은 3실링을 돌려받으려면 – 고분고분해야 된다.

"부탁드려요, 제가 외동딸인데, 어머니의 생신을 축하하려고 왔어요."

"그녀는 딸이나 생일 이야기를 하지 않던데."

수위가 의심하며 말한다.

이상한 생각이 내 머리에 떠오른다. 아마도 이들은 내가 엄마를 만나는 게 마땅치 않다. 왜 그런지는 알 수 없지만, 내 머리에서 작은 목소리가 낮고 영리하게 말한다. '저들은 너랑 엄마를 갈라놓고 있어. 3실링이나 주는데도 너랑 엄마를 갈라놓는다고.'

"4실링이요!"

내가 말한다. 이제 나는 필사적이다.

하지만 수위는 고개를 젓는다.

"내가 결정할 일이 아니라오, 아가씨. 간호부들이 면회일에 맞춰 어머니를 준비시킬 거요. 제인 커비의 면회객이 있다고 저쪽에 알려두겠소."

수위가 3실링을 돌려준다. 주머니에 있어서 동전이 뜨겁고 끈적거린다. 그가 발을 끌고 수위실로 들어간다.

'이럴 수가'라는 생각이 든다. 수위는 4실링을 거절했다……. 대체 그들이 엄마에게 무슨 짓을 한 거야? 배 속이 보틀잭(병 모양의 잭. 잭은 지렛대 원리로 물건을 상하로 움직이게 하는 공구 – 옮긴이)처럼 뒤집어지고, 겨드랑이에 식은땀이 흐른다. 들창을 두드린다. 수위가 짜증스런 얼굴로 문을 열자 내가 묻는다.

"면회일이 언제인지 알려주시겠어요?"

그는 다음 면회일은 2주 후 토요일이라면서 덧붙인다.

"간호부들에게 약간의 선물을 주는 것도 나쁘지 않지. 그들에게 기대하라고 전하리까?"

"네, 그리고 친절을 베푸셨으니 사례할게요."

1페니를 들창으로 밀면서, 그가 자두 설탕 절임을 좋아할지 생각한다. 리스본 설탕을 조금 살 수 있다면, 불을 활활 피울 가시금작화를 충분히 모을 수 있다면…….방앗간 주인을 만날 시간까지 한 시간이 남았다. 땔감을 줍기로 한다.

마지막으로 정신요양원을 돌아본다. 텅 빈 창이 감을 수 없는 퀭한 눈처럼 날 쳐다본다. 굴뚝 끝에서 까마귀 떼가 빙빙 돌면서 날갯짓을 한다. 그리고 시계 아래, 작은 철창에 밖을 내다보는 얼굴이 보인다. 엄마인가? 너무 멀어서 알아볼 수 없지만, 나는 손을 흔들면서 미소 짓는다. 그러다가 눈을 깜빡이고 보니 그 얼굴은 사라졌다.

25
일라이저

티캐틀 브로스

목사 부인의 설명이 정확해서, 난 반시간도 안 되어 그녀가 설명한 술집에 당도한다. 술집이 보이기도 전에 소리부터 들린다. 헛기침 소리, 가래 뱉는 소리, 기침 소리, 언성 높인 말소리. 먼지 구덩이에서 토역꾼, 인부, 꾀부리고 쉬는 농사꾼이 섞여서 단지와 백랍 잔을 들이켜고 작은 검은 파이프를 뻐끔댄다. 그들은 인사치레로 모자를 벗는다. 한 사람이 요란하게 침을 뱉고, 다른 사람은 상스럽기 짝이 없는 심한 욕설을 내뱉는다. 나는 걸음을 재촉한다. 하지만 그들 앞을 지날 때 뭔가 등을 때린다. 작고 단단하고 둥근 물체다. 돌능금일까? 돌멩이? 사내들의 경박한 웃음이 귓전을 때리는 와중에 얼른 모퉁이를 도는데 속치마가 다리에 휘감긴다. 절약하려고 걸어와야 했던 사정이 화가 난다. 삯을 내고 마차를 탔어야 했는데.

앞쪽에 작은 느릅나무 숲이 있고, 들머리에 보다이크 하우스의 주방 창고만 한 진흙집이 있다. 설마 이게 앤의 집일까? 마차 창밖으로 이런 집들을 많이 보아왔지만, 마구간 같은 곳에서 내가 아끼는 사람이 산다니 충격적이다. 작지만 잘 가꾼 텃밭에서 닭들이 땅을 긁고 염소가 풀을 뜯고, 적어도 쓸 만한 창문이 있는 오두막을 예상했다.

그런데 눈앞의 풍경은 그게 아니다. 초가지붕은 너덜대고, 처마에 물먹고 헝클어진 가는 짚 더미가 늘어져 있다. 작은 굴뚝은 금이 가고 위태롭게 기울어졌다. 담쟁이덩굴이 마구 뻗친 하나뿐인 창은 벽에 뚫린 구멍과 진배없고 걸레 뭉치로 막혀 있다. 현관문의 칠이 벗겨져 가루가 날린다. 경첩에 헐렁하게 달린 문이 열려 있다. 염소는 보이지 않는다. 닭도 없다. 갈비뼈가 앙상한 개 한 마리만 기둥에 묶여 내게 짖고 펄쩍 뛴다.

앤의 이름을 부른다. 개가 줄이 팽팽하게 달려들면서 더 사납게 짖는다.

"커비 씨?"

문을 미는데 물렁한 나무에 손가락이 박힌다. 천장이 낮은 방 한 칸짜리 집에서 역한 맥주, 곰팡이, 지방 덩어리 악취가 난다. 구석에서 지푸라기가 삐져나온 매트리스가 얕은 물웅덩이 속에 깔려 있다. 흙을 다진 바닥에서 물이 스미는 것 같다. 난로가 있고, 그 위에 쇠 가로대가 걸려 있다. 난로의 돌바닥에 철 주전자 하나, 프라이팬 하나, 양철 접시 두 개가 있다. 물이 흥건한 바닥에 깔린 너덜대는 사각형 방수포가 작은 카펫 구실을 하는 모양이다. 얼기설기 엮인 지붕에서 새똥이 떨어져 바닥이 얼룩졌다.

어두컴컴한 실내에 적응되자, 구석에 놓인 움푹하게 들어간 큰 철제 함이 보인다. 밀가루 통일까? 녹슨 뚜껑을 연다. 흠집 난 사과 네 알, 뚜껑 덮은 물 주전자, 돼지기름 단지, 닭똥이 묻은 작은 달걀 두 개, 블랙베리가 담긴 접시, 길바닥의 모래처럼 거친 밀가루가 담긴 단지가 들어 있다. 뚜껑을 덮으면서 보다이크 하우스의 식품실을 떠올린다. 거기는 고기, 생선, 버터, 크림, 설탕이 잔뜩 있는데…….마틴 대령이 멋대로 물떼새 알과 크림과 고운 소금을 뿌린 훈제 대구를 요구한 일도 기억난다. 마틴 부인이 비둘기구이 절반과 연어푸딩의 가장 좋은 부위를 남긴 일, 부잣집 주방에서 만들고 버리는 호사스런 음식들도 생각난다.

메스꺼움이 밀려오면서 시 한 소절이 머릿속에 맴돈다. '빈자들 말고는 아무도 빈자들을 가련해하지 않지. 부자들은 먹거리 부족이 얼마나 괴로운지 모르지.' 왜 난 어머니가 앤을 내쫓는 걸 용납했을까? 왜 마틴 대령은 의기양양하게 떠나고 앤은 치욕스럽게 떠났을까? 한동안 생각에 빠진다. 그러다가 현실로 돌아와, 죽은 앤의 모친의 흔적을 찾느라 훑어본다. 허사다. 벽의 못에 걸린 것은 남자 옷이고, 하나같이 너덜너덜한 누더기다. 가지런히 놓인 신발도, 책도 없고 벽에 그림도 없다. 침구도, 등잔도, 괜찮은 자기나 유리그릇도 없다. 매트리스에 달랑 납작한 베개 하나가 있고, 털 빠진 담요가 깔려 있다. 대야가 없는데 앤은 어떻게 그릇을 씻고, 빨래를 하고, 몸을 씻을까? 눈 뒤쪽이 욱신댄다.

주머니에서 보다이크 하우스에서 써 가지고 온 메모지를 꺼내,

현관문 앞쪽 돌 밑에 남겨둔다. 다시 개가 성나서 누런 이빨을 드러내고 악취를 풍기면서 으르렁대고 짖기 시작한다.

앤이나 커비 씨가 텃밭 농사를 하리라는 어리석은 생각을 하면서 오두막 뒤편을 본다. 집과 기우뚱한 울타리 사이에 대충 파낸, 빗자루보다 작은 땅뙈기가 있다. 울타리 뒤로 푸른 초지가 있고, 튼실하고 느긋한 황소들이 풀을 뜯다가 궁금해서 꼬리를 흔들며 다가온다. 이 땅 임자가 누구인지 궁금하다. 누가 앤의 가족에게 이토록 험한 집을 빌려주고 세를 받을까.

집으로 가다가, 계속 머리가 지끈거리는데도 술집을 들여다보기로 결정한다. 어쩌면 앤이 거기 있을 것도 같다. 술집이 보이자마자 일꾼들이 야유와 악담을 퍼붓기 시작한다. 아직도 그들은 먼지 구덩이에 쭈그려 앉아 있지만, 나는 성큼성큼 앞을 지나 고개를 숙이고 안으로 들어간다. 실내는 아버지가 전에 운영하던 여관들이나 술집들과 전혀 다르고, 연기에 그을린 기둥들이 내 모자에 닿는다. 가운데에 탁자가 있고, 거기에 한 주 동안 남은 맥주와 재가 있다. 사람들이 파이프를 털어서 쌓인 잿더미가 치워지지 않았다. 수지 양초의 기름진 촛농이 밀랍 냇물처럼 잿더미와 맥주 사이로 흘러내린다.

내장, 모래주머니, 뼈, 비계 끓는 냄새 ― 약한 불꽃 위의 걸대에 걸린 무쇠 냄비에서 나는 냄새 ― 가 술과 연기와 빨지 않은 옷에서 나는 악취에 더해진다. 굴뚝 연기, 담배 연기, 짙은 기름 냄새 때문에 눈이 따끔대기 시작한다.

그림자 속에서 여자가 나온다. 파이프를 문 여자는 말없이 날 보며 찡그린다. 어떻게 이런 데서 먹고사느냐고 묻고 싶지만, 여자의 표정이 질문할 여지를 주지 않는다. 난 본능적으로 가장 가까운 출구를 찾는다. 출입구는 현관문 하나뿐인데, 이제 너저분한 옷을 대충 걸친 애들이 그곳에 모여 휘둥그레진 눈으로 날 본다. 그 뒤로 일꾼들 - 건초를 태우는 자들? 소도둑들? 밀렵꾼들? - 이 노처녀에 대한 외설스럽고 음조가 맞지 않는 노래를 부르기 시작한다. 그들은 내 손에 결혼반지가 없는 걸 알아챘다.

"한 잔 마시겠수?"

술집 여인이 파이프를 문 채로 물으면서, 탁자 밑에 있는 술이 든 나무통을 손짓한다.

"아니요, 됐어요."

대답하는데 불쑥 내 안위가 염려된다. 뭐가 날 이 소굴에 들어서게 만들었을까? 잽싸게 문으로 간다. 하지만 아이들이 앙상한 몸으로 출구를 막는다.

"그러면 티캐틀 브로스(뜨거운 국물에 빵, 버터, 후추 등을 넣은 묽은 수프 - 옮긴이)라도 드시려요? 최상급 양 뼈로 끓였는데."

여자는 피와 땟자국이 말라붙은 앞치마에 손을 닦으면서 말을 잇는다.

"숙녀한테는 반 페니만 받으리다. 파스닙 껍질을 곁들여 먹지 않겠다면."

일꾼이 한 아이의 머리통을 때리고 밀치면서 들어와 탁자로 간다. 그는 큰 잔을 거무튀튀한 술통에 넣어 술을 뜨면서 욕을 지껄여 댄다. 갑자기 출구가 열리자 1실링을 탁자에 던지고 얼른 문으로 달려간다. 구경은 충분하다 싶다. 사실 빈곤층의 삶을 지난 30년간 보다 오늘 한 시간 동안 더 많이 보았다. 걸어가는데 추잡한 노래가 등 뒤에서 울린다. '턴브리지 웰스에서 온 노처녀가 오래된 조개로 침대를 만들고 날 오라고 불렀지. 내가 마구 바지를 내리자, 아가씨가 달려들었고 난 그녀를 눕혔지……' 더 들리지 않을 때까지 이런 노래가 이어진다. 그제야 아마도 앤의 아버지도 취한 멍청이들 틈에 있었을 거라는 생각이 든다. 소프 부인의 모호하고 신랄한 말이 불길하게 머릿속을 맴돈다. '어떤 상황을 만나게 될지 제가 책임질 순 없겠네요.' 책임 따위는 필요하지 않다고 속으로 중얼댄다. 그저 앤을 되찾고 싶을 뿐이다. 이제 그녀의 황량하고 사랑 없는 집을 봤으니, 꼭 돌아오게 하겠다고 더욱 다짐한다.

26
앤

모과 젤리

오늘 보다이크 하우스로 돌아간다. 아버지가 깨시기 전에 일찌감치 날아갈 듯한 기분으로 일어났다. 태양까지 나를 맞이하는 것처럼, 햇살이 홉 재배지, 과수원, 캔버스 천막에서 비척대며 나오는 추수꾼들에게 쏟아졌다. 어찌나 행복한지, 사내애들이 까마귀 떼에 돌을 던지다 자갈 몇 개를 내게 던져도, 난 웃으면서 그들에게 돌을 던졌다. 톤브리지로 가는 길 내내 민요, 자장가, 전래동요를 불러댔다. 노래하느라 목이 깔깔해지면 춤을 췄다. 지그(3박자 춤곡 - 옮긴이)랑 컨트리댄스(영국에서 시작된 시골 춤 - 옮긴이)를 추면서 시내 외곽 채석장에 이르렀다. 거기서부터 미스 일라이저 밑에서 일하는 주방 하녀답게 - 그렇다, 이제는 주방 하녀다 - 진중하고 차분해졌다.

그녀는 우리 집 문간에 정말 다정한 메모를 남겨두고 갔다. 친절하게도 주급 6실링을 받는 주방 하녀로 돌아오라고 요청했다. 장담 컨대 그 쪽지에 바닐라 에센스(케이크에 넣는 바닐라 추출액 - 옮긴이)를 떨 군 것이 확실했다. 그녀는 하단에 케이크를 그렸다. 틀에 넣은 젤리, 높은 파이, 접시에 깐 끓인 푸딩으로 된 3단 케이크였다. 세 시간 내 내 미소가 떠나지 않았다. 아버지가 집에 와 내 웃는 얼굴을 보고 달 가워하지 않았다. 하지만 일자리로 돌아간다고 알리니 – 그것도 주 방 하녀로 – 그도 씩 웃었다. 요양원에 다녀온 이야기를 할 엄두가 나지 않았다. 아버지도 묻지 않았다.

스토브를 석탄처럼 빛날 때까지 검게 칠하고 윤내는 일부터 시작 한다. 흥얼대면서 문지르기를 멈추고서야 식기실에서 나는 소리를 듣는다. 누가 구리 냄비들을 만지는 것 같다. 몸이 굳는다. 누가 있을 수 있나? 살그머니 통로를 지나 식기실로 가서, 조심스레 문가를 두 리번댄다. 겁먹는 눈을 가진 작은 소녀가 구리 그릇들을 닦는다. 머 리 위쪽 시렁에 산토끼들, 집토끼들, 꿩 한 쌍이 매달려 있다.

"난 앤이야. 이름이 뭐니?"

안도하면서 묻는다. 분명히 새로 온 식기실 하녀일 것이다.

"당연히 메리죠."

나는 소녀를 멍하게 바라본다.

"왜 당연하지?"

아이는 겁먹은 표정을 지우고 어리둥절한 표정을 짓는다.

"식기실 하녀들은 다 메리거든요. 하지만 제 진짜 이름은 리지 예요."

내가 상냥하게 말한다.

"네가 오기 전에는 내가 식기실 하녀였어. 그런데 늘 앤이었지. 미스 일라이저는 하녀의 진짜 이름을 좋아하셔."

리지가 수줍게 웃는다.

"저도 메리보다 리지가 좋아요."

"오늘 저 꿩 털을 뽑고 저 토끼 껍질을 벗길 거니?"

내가 묻는다. 미스 일라이저가 어떤 음식을 염두에 두는지 궁금하다.

리지가 고개를 끄덕이자, 몇 살인지 궁금해진다. 열 살? 열한 살?

"오늘 신사 하숙객이 오신대요."

식기실에 꿩과 토끼가 잔뜩 걸린 이유를 설명하려는 듯 하녀가 덧붙인다.

"털 뽑기랑 가죽 벗기기를 많이 해봤니?"

리지가 고개를 끄덕이자, 내 시선이 아이의 손에 쏠린다. 손톱이랄 게 없는 트고 굳은살 박인 손이다. 리지가 여기 있으니, 난 키가 쑥 자란 듯한 아주 묘한 기분을 느낀다. 더 나이 들고 현명한 사람이 된 기분. 그게 아닌데도. 하지만 이런 생각에 젖을 짬이 없다. 액턴 마님이 부산스럽게 내게 인사하고, 미스 일라이저가 사슴 궁둥이 고기를 가지러 갔다고 말한다. 불을 잘 피운 다음, 식품저장실에서 모과 2킬로그램을 가져와 4등분하라고 지시한다.

마님이 연신 반지, 소맷부리, 목선을 만지는 걸 보면 흥분 상태임을 알 수 있다. 가만있지 못하는 사람 같다. 내가 불을 붙이는 사이, 그녀는 주방에서 서성대며 창문을 여닫고, 조리대에 놓인 물건들을 옮긴다. 철제 쟁반들과 수프 단지를 손가락으로 훑고, 실눈을 뜨고 셰리 잔에 지문이나 먼지가 묻었는지 확인한다.

모과를 가지러 식품 창고에 들어가다가 놀라서 멈춘다. 창고에 온갖 식재료가 넘쳐나기 때문이다. 야생 버섯이 담긴 바구니들. 초록색 사과와 노란 배가 담긴 나무 바구니. 분홍색 게 두 마리가 담긴 큰 양재기. 민들레꽃처럼 빛나는 새로 만든 버터. 내 머리통만 한 연노란 치즈. 양동이에 담긴 햄. 개암나무가 담긴 오지 단지. 누가 이걸 다 먹을까? 또 왕을 접대할 만큼 재료가 풍성한데 왜 미스 일라이저는 송아지 궁둥이 고기를 가지러 갔을까?

"이번 주 하숙 손님이 몇 분이나 되나요, 마님?"

주제넘은 질문인 줄 알지만, 궁금해서 참을 수가 없다.

액턴 마님은 여러 번째 목선을 만지작대면서 대답한다.

"오늘 오후에 아르놋 씨가 도착하신다. 런던에서 오시는데 최고급 요리만 드시지. 날 실망시키지 말아라, 앤 커비."

마님이 내 어깨 너머로 모과를 살피자, 난 그녀가 가기를 바란다. 마님이 목덜미에 콧김을 뿜어대니, 난 울룩불룩한 껍질을 잘 벗길 수가 없다.

마님이 묻는다.

"칼은 제대로 씻은 게냐? 아르놋 씨는 프랑스에 다녀오셨고, 프랑스 신사들은 칼에 밴 맛을 극도로 혐오하지. 사실 아르놋 씨는 안 가 보신 데가 없거든. 유난히 여행을 많이 하셨으니 지방색을 드러내면 안 돼."

'지방색'이 무슨 뜻인지 묻고 싶다. 대신 이렇게 묻는다.

"미스 일라이저는 모과를 어떻게 준비하실 건가요, 마님?"

하지만 액턴 마님은 대답하지 않는다. 갑자기 할 일이 눈에 띄어서다. 그녀는 조리대 위의 서빙용 접시(여러 명의 음식을 담는 큰 접시 - 옮긴이) - 참나무 잎과 도토리 문양이 있는 자기 접시 - 뒤로 팔을 뻗어 책을 끄집어낸다. 진홍색 물결무늬 비단으로 예쁘게 제본된 책에 내 눈이 쏠린다. 표지에 분홍색과 흰색 리본이 묶여 있다. 이렇게 우아하고 세련된 책은 처음 본다. 마님은 책을 탁자에 던지더니, 조리대에 놓인 자기 그릇들을 다 옮긴다. 접시들과 수프 단지들 뒤쪽을 뒤지고, 서랍마다 열어 냅킨 더미 속을 뒤진다. 나는 모과 껍질을 벗기는 데 몰두하려 하지만, 앞에 우아한 비단 책이 있고 뒤에서 마님이 거세한 황소처럼 씩씩대니 집중할 수가 없다.

몇 분 후 마님이 의기양양하게 소리친다.

"그럼 그렇지!"

미스 일라이저가 뼈 손잡이가 달린 포크와 나이프를 담아둔 상자가 들어 있는 서랍에서 마님이 큼직한 책을 꺼낸다. 힐끗 보니 어찌나 아름다운지, 펼쳐서 속을 보고 싶어 안달이 난다. 초록색 가죽 표지에 꽃과 통통한 천사들이 엉킨 문양이 금박되어 있다. 내 눈에도 요리책이 아니다. 미스 일라이저의 요리책은 다 우중충한 갈색 송아지 가죽 표지다. 액턴 부인은 두 책을 겨드랑이에 끼고 뛰어나간다. 난 놀란 나머지 입을 벌리고 허공을 본다. 얼마 후 리지가 살그머니 주방에 들어와 사방을 두리번댄다.

"뭘 도와줄까?"

내가 묻는다.

"아니요."

소리가 작지만 걸걸해서, 목에 이상이 있는지 염려된다. 리지가 말을 잇는다.

"지난주에 미스 일라이저가 다 알려주셨어요."

"여기 온 지 1주일 됐어?"

"네. 온통 오늘 오시는 신사 하숙객 이야기밖에 없었어요."

리지는 살그머니 걸어 식기실로 돌아가고, 나는 모과에 '칼 맛'이 배지 않게 조심하느라 전전긍긍한다. 하지만 마님의 요상한 행동에 대한 생각을 멈출 수가 없다. 미스 일라이저의 특별한 책들을 '압수' 하다니.

나는 생각에 깊이 잠겨서, 미스 일라이저가 들어온 줄도 모른다. 조용히 들어온 그녀의 뺨이 반들대고 눈이 반짝인다.

"돌아와서 정말 반갑구나, 앤!"

난 미스 일라이저가 이전처럼 안아줄지 궁금하다. 물론 그때는 상황이 아주 달랐다. 그녀는 포옹하지 않지만 나는 그녀가 기뻐하고 있음을 안다. 아름다운 얼굴에 크고 환한 미소를 짓고 있어서다.

"네, 미스 일라이저. 돌아오니 좋네요. 감사합니다."

나는 고개를 숙여서 고마움을 표한다.

미스 일라이저가 말한다.

"우린 바쁜 하루를 앞두고 있어. 어머니가 아르놋 씨의 체류 기간에 식비 예산을 두 배로 늘리셨어. 신사 하숙객을 위해 비용을 아끼지 않을 거야."

"오늘 저녁에는 어떤 음식이 나가나요?"

내가 묻는다.

"산토끼 수프, 껍질째 조리한 뜨거운 게, 그다음에 그레이비를 끼얹은 사슴 궁둥이 구이, 디저트는 배 머랭. 1주일 내내 연습했어!"

문득 미스 일라이저가 우리 집을 본 게 기억나자 내 얼굴이 달아오른다. 그녀의 고급 요리 옆에 집 풍경을 상상하니 창피하다. 갑자기 내가 어울리지 않는 것 같다. 그녀와, 보다이크 하우스와, 우리가 준비해야 될 음식과.

"마님이 모과 껍질을 벗기라고 하셔서요."

화끈거리는 수치심을 감추려고 말한다.

"그래, 모과 젤리를 만들 거야. 젤리 부대에 담아 밤새 내려야 해."

그러더니 그녀는 바싹 기대면서 다시 말한다.

"어머니가 아르놋 씨의 환심을 사고 싶어 하시니, 우린 최선을 다해 전부 완벽하게 준비해야 해."

그녀가 눈썹을 치뜨고 눈을 굴리자 난 당황한다. 왜 하숙객 한 명을 위해 모든 공력이, 산더미 같은 식재료가 필요할까?

미스 일라이저가 말한다.

"네가 모과를 졸인 후에 보여주고 싶은 책들이 있어. 너한테 빌려줄게."

그녀의 눈이 새 동전처럼 반짝인다.

내 팔이 흥분하여 따끔거린다. 가장 좋아하는 일이니까. 그녀의 새 책들을 보고 푸딩과 잼, 소스와 그레이비, 디저트와 빙과를 상상하는 것. 내가 멋진 요리사가 되어 자르고 젓고, 간 보고 양념하는 장면을 상상하는 것.

하지만 미스 일라이저는 레시피 책들을 두는 선반에 팔을 뻗지 않는다. 대신 조리대에서 서랍들을 여닫고, 서빙용 접시들과 철제 쟁반들의 뒤쪽을 뒤진다.

"참 이상하네."

그녀가 중얼댄다.

"마님이 가져가셨는데요."

나는 손에 쥔 과도를 빤히 쳐다본다.

미스 일라이저가 몸을 홱 돌린다.

"정말 못 견디겠네! 이런 때는 내가 안주인이면 좋겠어."

"책들이 아름답던데요."

나는 모과를 냄비에 담고 설탕 덩어리를 긁는다. 하지만 레시피 책이 아니었다고 속으로 중얼대면서.

"그렇게 나오신다면 나도 수가 있지."

미스 일라이저가 중얼댄다. 나는 영문을 몰라서 돌처럼 단단한 설탕 덩이에 몰두한다.

"너를 위해 내가 한 수 암기했거든. 들어볼 테야?"

그녀는 한 손을 가슴에 대고 암송하기 시작한다.

　　내 마음은 주방에 있네, 내 마음은 여기 있지 않네,
　　내 마음은 주방에 있네, 사랑하는 이를 따르면서도
　　고기구이를 생각하고, 튀김에 대해 고심하네,
　　무엇을 보든지 내 마음은 주방에 있네.

그녀는 손뼉을 치면서 웃음을 터뜨린다.

"번스(스코틀랜드 출신의 시인 – 옮긴이)의 시를 패러디한 거야."

그녀가 내 멍한 표정을 보면서 말한다.

번스가 누군지, '패러디'가 무슨 뜻인지 모르지만, 돌아온 게 너무 좋아서 나는 생긋 웃는다.

"너한테 시 예술을 가르치기로 작정했어, 앤. 요리하면서 공부하자고. 하지만 아르놋 씨가 떠나고, 신사 한 명을 위해 다섯 코스짜리 정찬을 차릴 필요가 없어져야 가능하겠지."

소프 부인이 하녀인 플로렌스에게 고함치는 광경이 눈에 선하다. 내 온몸이 늘어나고 팽팽해져서 기쁨으로 터질 것 같다. 그때 머릿속에서 목소리가 들린다. 그 소리가 버둥대고 커지면서 소프 부인을 힘껏 밀어낸다. 엄마다. 엄마의 말을 떠올린다. '계속 울어라, 너 캄캄한 잠들지 않는 바다여! ……큰 파도 위의 너 바닷새여…….' 엄마가 나한테 읊어주는 소리인가? 책을 읽어주나? 어구가 익숙한 듯하지만 어디서 들었는지 알 수가 없다.

"시는 내게 가장 큰 위안을 주었지."

미스 일라이저는 내 눈을 피한다. 그녀가 우리 집을, 쓰러져가는 오두막을 생각 중이란 걸 난 안다.

그녀가 석판과 분필을 내게 민다.

"오늘 네가 무게, 분량, 시간을 기록해주면 좋겠어."

이후 몇 시간 동안 정찬을 준비한다. 아르놋 씨는 5시에 식사하겠다고 요청했다. 알고 보니 미스 일라이저는 모든 메뉴를 몇 번씩 만들어봤고 – 해티와 리지의 도움을 받아서 – 이제 조리 시간, 양념, 양만 조정한다. 그녀는 모든 내용을 공책에 기록하고, 두 시간 동안 펜이 긁히는 소리만 난다. 마침내 내가 식힌 모과를 젤리 부대에 담자, 미스 일라이저가 고개를 들고 말한다.

"시간과 분량을 적을 때 다른 관찰 내용도 더해주면 고맙겠어."

나는 찡그린다.

"관찰 내용이요?"

"예를 들어 지난주에 모과를 졸일 때는 즙이 주홍색에 가까웠거든. 그런데 지금 네가 흘리는 즙은 먹음직스런 황금빛이잖아. 그러면 네 블라망주가 내 것보다 예쁘겠지. 왜 그럴까?"

나는 얼굴을 붉힌다.

"한 시간 동안 졸이라고 하셨는데, 반시간이 지나자 모과가 물렀어요. 그래서 불에서 일찍 내렸어요. 죄송해요, 미스 일라이저."

"대단해! 바로 그게 관찰 내용이야. 우리 요리책에 넣고 싶어."

우리 요리책? '우리'? 가슴이 너무 벅차서 말이 나오지 않는다. 그러다가 당연히 마님을 뜻한다는 걸 깨닫는다. 이런 멍청이가 있나! 이것은 모녀의 요리책이 될 것이다. 이제 속표지가 그려진다. 가장 좋은 옷을 차려입은 액턴 마님과 미스 액턴을 잉크로 그린 펜화. 뒤로 가장 좋은 드레스덴 도자기 그릇이 있고, 천장에 꿩들과 산토끼들이 걸렸고, 미스 일라이저가 소장한 다른 레시피 책들의 속표지 삽화처럼.

가슴속이 뒤틀린다. '엄마.' 느닷없이 난 다시 일곱 살 아이가 된다. 엄마가 주석 속파개로 모과 씨를 발라낸다. 엄마가 과육을 썰고, 심을 주면 나는 금빛 열매를 쭉쭉 빤다. 녹는 듯한 부드럽고 달콤함. 향긋한 과일 맛이 크림처럼 목구멍으로 미끄러진다.

내가 조심스레 말한다.

"어머니는 늘 모과를 그 즙에 밤새 담가두었어요. 씨앗과 심이 있는 그대로요. 그러면 더 단단하게 빨리 굳는다고 말하셨죠."

미스 일라이저가 나를 오래, 눈도 깜짝이지 않고 쳐다본다. 한참 후 그녀는 '그 세세한 부분'을 석판에 덧붙이라고 말한다. '관찰 내용'을 올바른 철자로 쓰고 싶다. 밤마다 앞치마에 요리책을 넣고 잠자리에 들어가길 잘했다 싶다. 미스 일라이저가 등을 돌리자, 나는 양손을 모으고 중얼댄다.

"제발 철자를 제대로 쓰게 해주세요, 하느님."

27
일라이저

봉 크레티엥 배로 만든 배 머랭

내가 상의는 비단이고 진주 단추가 달린 벨벳 드레스로 갈아입는 데, 아르놋 씨가 도착한다. 양파와 마늘 냄새가 날까봐 손을 씻고 라벤더 수水에 머리를 헹군 후 손목과 목에 로즈오일을 뿌린다. 어머니는 내게 안주인 역할을 맡기면서 음식 칭찬을 받되 직접 요리했다고 인정하면 안 되고 '내 취향을 드러낼지도' 모르니 음식에 대해 지나친 열정을 보여서도 안 된다고 말했다. 또 시를 읽고 감상한다는 점 외에 시와 관련해 일체 말하지 말라고 입단속을 시켰다. 그러면 요리책은? 단 한마디도 내놓지 말라고 윽박지르면서, '야망의 신전에 예배하는' 여자와 결혼하고 싶은 남자는 없다고 덧붙였다.

"그러면 정확히 어떤 대화를 할 수 있죠?"

나의 대답은 비꼬는 듯 날이 서 있었다.

어머니는 대답했다.

"그의 사업에 관심을 표하면 되지. 그다지 어렵지 않을 게다."

"무슨 사업을 하는데요?"

어머니가 나를 한심해하면서 발끈했다.

"내가 몇 번을 말했는데 그러니, 일라이저! 넌 한 주 내내 귀를 꽉 막고 살았지. 그분은 향신료 거래상이어서 세계 각국에서 향신료를 수입하지. 보기 드물게 여행을 많이 한 신사란다."

"향신료 거래상이요?"

내가 반문했다. 아르놋 씨를 자유를 얻을 열쇠로 보기 시작한 시점이 바로 그 순간이었다. 자주 해외에 나가고 미각과 음식을 논할 수 있는 신사……. 다시 작은, 솔깃한 희망의 목소리를 들었다. '자유, 존경, 어머니 신분을 얻을 기회일까?'

어머니의 말이 생각 속으로 쏟아져 들어왔다.

"그래, '나이 든' 향신료 거래상이지. 하지만 자식을 못 가질 정도로 나이 든 건 아니란다, 애야. 너랑 마찬가지로."

뒤쪽 창을 내다본다. 그가 마차를 타고 도착해서, 마당에 날씬한 말들이 활보하고 꼭 끼는 재킷 차림의 남자들이 북적댄다. 난 그의 하인이 여행용 트렁크를 드는 광경을 구경하면서 한편 주방 상황을 조바심한다. 내가 요리사와 조신하게 대화하는 숙녀 노릇을 동시에 할 수가 없으니 앤이 잘 감당해야 되련만. 혹시 도가니구이나 다진 양파 냄새가 남았는지 보려고 소맷부리를 킁킁댄다. 양잿물 냄새와 어머니가 고집한 로즈오일 향만 살짝 풍긴다. 주방 냄새를 가리라는 거겠지.

놀랍게도 아르놋 씨가 마차에서 민첩하게 내린다. 은발이지만 머리숱이 풍성하다. 그가 고개를 돌리자, 개암나무 빛깔의 피부가 눈에 들어온다. 몸매가 날씬하고, 최신 유행하는 짙은 색 연미복과 능직으로 짠 비단 넥타이 차림이다. 폭이 좁고 여밈 단추가 보이지 않는 바지, 그 밑의 반들대는 구두. 내 예상과 다르다. 난 손가락으로 머리를 가다듬고, 흘러내린 머리칼을 뒤로 넘긴 후 얼른 뺨을 꼬집어 발그레하게 만든다.

어머니가 아르놋 씨를 맞으러 조르르 나간다. 난 거실에서 기다리라는 지시를 받는다. 거실에서 갓 구운 아몬드 마카롱과 차를 대접하고 담소를 나눌 예정이다. 그가 여행을 해서 고단하다며 다과를 사양할 수도 있다고 난 추측한다. 하지만 아니, 그와 어머니가 거실로 와서 문을 여는 소리가 난다. 그 순간!

아르놋 씨가 앉자마자 난 그를 살핀다. 예순 살 미만일 리 없지만, 말끔히 면도한 잘생긴 얼굴이다. 움직일 때마다 아일랜드산 모직 연미복 속에서 두꺼운 줄에 달린 금시계가 번뜩인다. 손을 들 때마다 셔츠 소맷부리를 여민 다이아몬드 단추가 나를 격려하듯 반짝인다. 물론 우린 그의 여행길, 날씨, 톤브리지의 장점과 온천수에 대해 대화한다. 그러고 나서 그와 아버지가 친했던 시절에 대해 말한다.

해티가 차 쟁반을 가져온다. 아르놋 씨는 마카롱을 집어 베어 문다.

"정말 맛있군요. 요르단 아몬드가 들어간 것 같습니다."

그가 말한다.

"맞습니다."

내가 대답하면서 흥미롭게 그를 바라본다.

"요리사의 기량이 대단하군요. 내가 잘못 알고 있지 않다면, 아몬드는 먼저 약한 불 오븐에서 갈색으로 구웠을 겁니다. 이 마카롱은 고소한 구운 맛이 나니까요."

어머니가 끼어든다.

"운 좋게도 저희 요리사의 솜씨가 좋지만, 전적으로 딸아이의 지시대로 움직인답니다. 이곳에서 드실 모든 음식은 일라이저의 머리에서 나올 겁니다. 아르놋 씨께서 원하시면 딸도 기쁘게 함께 식사할 거예요. 식사하면서 메뉴에 대해 말씀드릴 수도 있고요."

나는 비스듬히 어머니를 쳐다본다. 아르놋 씨의 식탁에 몇 시간이고 앉아 있는데, 어떻게 다섯 코스짜리 정찬을 만드나?

"말동무와 가르침 모두 즐겁겠군요."

그가 실눈으로 예리하게 날 살피면서 대답한다.

나는 억지웃음을 짓는다. 목구멍으로 뻐근한 공포감이 올라온다.

어머니가 그를 객실로 안내하러 가자마자 나는 예의 따원 잊고 주방으로 달려간다. 앤은 배운 대로, 난황에 기름을 똑똑 떨구고 휘저으면서 차분히 마요네즈를 만든다. 그녀는 혼자 모든 요리를 준비하고 장식해야 되며, 난 잠시도 같이 있지 않는다는 소식에 동요한다. 눈에 두려움이 차오르고 손이 덜덜 떨려서 기름이 난황에 주르르 흐른다.

내가 말한다.

"해낼 수 있어. 게는 따뜻하지 않고 차게 식탁에 올려도 되니까, 둘이 미리 준비해 접시에 담으면 돼. 산토끼 수프는 끓고 있으니, 네가 소금과 고추로 간한 다음 아주 따끈하게 식탁에 보내야 해. 송아지는 꼬챙이에 꽂았지만, 네가 얇게 저미고 그레이비를 만들어야 되겠지."

나는 뜸을 들이면서 진정하려고 길게 숨을 쉰다. 그러다가 말을 잇는다.

"감자는 랭커셔식으로 아주 단순하게 조리하자. 배 머랭은 우리가 지금 만들고."

"저, 저는 저, 저미지 못하는데요."

앤이 거품기를 내려놓으며 더듬는다.

"내가 가르쳐줄게. 내 아버지에게서 배운 그대로."

나는 맥박이 요동치는 걸 감추려고 차분하게 말한다.

"모든 여자는 침착하게 고기를 제대로 저미는 기술이 있어야 해."

두 시간 후 앤은 한결 차분해진다. 하지만 아르놋 씨가 최근의 암스테르담 여행담을 재미나게 풀어놓는데도 난 조마조마해서 손이 멋대로 움직이지 않게 식탁 밑에서 양손을 모은다. 내 일부만 식탁에 앉고, 큰 덩어리는 주방에 있는 기분이다.

수프 단지가 오자 얼른 손가락을 그릇에 댄다. 영리한 앤이 잊지 않고 수프 그릇을 스토브 바닥에 놔두어 데웠다. 아르놋 씨는 내가 한눈판 걸 모르는 듯 수프를 한 숟가락 먹는다. 나도 똑같이 수프를 목으로 넘긴다. 온도가 딱 맞다. 기름기를 완벽하게 걷어내어 국물이 맑고 구수하면서, 혀에 기름기가 남지 않는다.

"수프가 훌륭하군요."

아르놋 씨가 흐뭇하게 입을 쩝쩝대면서 말한다.

나는 한시름 놓으며 대답한다.

"감사합니다. 제 레시피예요. 허브들이 딱 맞는 풍미를 낸다고 생각하세요?"

나도 모르게 질문을 던진다. 곧 후회한다. 그 질문이 '내 취향'을 암시하지는 않을까? 성급한 질문을 더 적당한 말로 무마하려는 찰나, 아르놋 씨가 열렬히 고개를 끄덕이며 묻는다. 그 질문이 놀랍고 기쁘다.

"어떤 향신료들을 사용했소?"

"당연히 육두구 가루와 카옌이지요."

나는 안도와 고마움을 느끼며 웃는다.

아르놋 씨가 말한다.

"내가 댁의 요리사가 더 다양한 향신료를 쓰게 해주겠소. 향신료를 당신에게 직접 배달시켜도 되겠소?"

그는 혼합한 커리 가루, 신선한 향신료의 장점, 현재 껍질째 수입 중인 타마린드(열대산 콩과 식물 – 옮긴이)에 대해 말해준다. 이야기에 홀딱 빠져서 주방을 – 내 여성스럽지 못한 실수들도 – 까맣게 잊는다. 그는 쿠민의 매캐한 풍미, 호로파 씨의 짙은 쓸쓸함, 싱싱한 코코넛 과육의 달짝지근함, 싱싱한 생강 뿌리의 얼얼한 맛을 세세히 묘사한다.

해티가 수프 그릇을 치우는 사이, 아르놋 씨는 좋아하는 커리 요리에 대해 얘기해준다. 나는 그의 말을 일일이 반복하면서 외우려 애쓴다.

"코코넛 두 개의 과육을 갈아서 뭉근히 끓인다고요?"

"반드시 싱싱해야 되오, 상한 코코넛은 맛이 없으니. 유난히 내 사업에 관심이 큰 것 같군요, 미스 액턴."

그가 포트와인 잔 너머로 날 쳐다본다. 그가 나의 '취향'을 평가하는지 잠시 궁금하다. 하지만 솔직하고 밝고 정직한 눈빛이라서, 난 무취향인 척은 그만두기로 한다.

내가 대답한다.

"맞아요, 아르놋 씨의 향신료, 커리, 동양 음식에 대한 지식이 인상 깊네요."

게가 도착하자, 미처 앤과 요리를 생각하지 않았음을 깨닫는다. 놀랍게도 앤은 나름의 요령을 가미해 음식을 마무리했다. 게는 불그스름한 껍질에 안정감 있게 담기고, 옆에는 고운 초록색 마요네즈가 깔끔하게 놓였다. 어떻게 초록색을 냈을까?

아르놋 씨가 말한다.

"이걸로 커리를 만들 수도 있소. 마드라스에서는 굴 커리를 고급 요리의 정점으로 보거든. 어떤 식재료도 커리가 될 수 있지…… 생선, 가금류, 달걀까지도."

"달걀이요?"

다시 한 번 그가 내 관심을 끈다.

아르놋 씨가 말한다.

"달걀도 되지요. 삶아서 커리로 만든 뜨거운 그레이비에 넣으면 무척 맛이 좋소."

난 앤이 어떻게 초록색을 냈는지 알아보려고 마요네즈를 맛본다. 동시에 아르놋 씨에게 들은 카레 레시피를 외우려 애쓰면서 게의 양념이 적당한지 확인한다.

내가 묻는다.

"게에 레몬즙을 조금 첨가하면 풍미가 좋아질까요? 혹은 칠리 식초를 썼어야 될까요?"

"굉장히 신선하오."

아르놋 씨가 천천히 게를 음미한다. 그가 덧붙인다.

"바다 맛이 나는군."

그러더니 갑자기 고개를 돌려 나를 지그시 바라보며 말을 잇는다.

"음식에 이만치 매료된 숙녀는 만난 적이 없소. 호기심이 많고…… 지식이 풍부하고. 정말 상쾌하오."

그의 감탄하는 눈길을 받자 가슴이 부푼다. 해티가 접시를 치우는데도 나는 거의 알아채지 못한다. 송아지 요리가 나올 순간이 되어, 꼬치구이가 망쳐질 온갖 가능성이 떠오른 후에야 자만심이 가라앉는다. 삶은 감자와 소고기 육수와 포트와인으로 맛을 낸 단순한 그레이비이지만 염려스럽다. 하지만 아르놋 씨가 좋아하는 수프를 설명하자 다시 대화에 빠진다. 호박, 오이, 사과, 그리고 그가 직접 혼합한 커리 가루로 만든 '멀리거토니'라는 커리 요리. 그는 가장 맛있는 수프라고 단언한다. 물론 내 토끼고기 수프를 제외하고. 내 눈을 뚫어지게 응시하는 걸로 봐서 비위를 맞추려는 속셈이 아닌가 싶다. 나는 마지못해 눈을 돌린다.

두툼하고 촉촉한 송아지구이가 나온다. 녹은 버터 속에 감자가 떠 있고, 그레이비는 불그스름한 건포도 젤리로 솜씨 좋게 단맛을 냈다. 난 앤이 지시를 하나도 잊지 않았다고 생각한다. 그러다가 큰 접시를 만져보니 돌처럼 차다.

화제가 헤이스팅스로 넘어간다. 거기서 처음으로 아르놋 씨와 아버지가 알게 되었다. 아버지를 돌아가신 양 연기할 필요가 없으니 안심되어 잠시 방심한다.

내가 더듬대며 말한다.

"여기서 저희는 어머니가 미망인인 것처럼 처신해야 되거든요. 자리가 잡힐 동안은요. 힘든 시기를 보내고 있습니다."

"그렇군, 보기만 해도 알겠소."

그가 손을 뻗어 내 팔을 만지고, 그 자애로운 작은 몸짓에 내 마음이 무척 흡족하다.

송아지 요리가 치워지고 배 머랭이 오자, 우린 긴 스푼으로 떠먹는다. 배 알갱이가 씹히는 달콤함이 입안에서 터지면서 녹아들자, 만족감이 커진다.

"이 배는 어떤 품종이요?"

그가 묻는다.

"봉 크레티엥 배입니다. 저는 늘 과일 품종을 알아두고 잘 익은 것만 요리에 쓰려고 하지요."

그가 눈썹을 치뜨고, 나는 곧 들킨 걸 눈치챘다. 천천히 내 목덜미와 뺨이 빨개진다.

"정말 맛있군."

한참 후에 그가 말한다. 나는 누런 머랭 꼭대기를 바라보며, 그가 날 이해하려고 애쓰는 듯 머릿속에서 여러 생각을 굴리고 있는 기미를 알아차린다.

해티가 커피 쟁반을 들고 나타나고, 어머니가 뒤이어 들어선다.

같이 커피를 마실 때 어머니는 아르놋 씨에게 사업 규모, 런던 자택 위치, 하인들, 두 자녀의 직업, 건강 상태, 어떻게 여가를 보내는지 묻는다. 부끄러운 줄도 모르고 심문하듯 질문 세례를 한다. 그가 쏟아지는 질문에 참을성 있게 대답할 때, 하얀빛이 흔들리고 번뜩이고 식탁 위로 스친다. 소매에 단 다이아몬드 단추다. 그렇다, 어쩌면 아르놋 씨 같은 남자와 결혼하는 게 내게 어울린다는 생각이 든다. 어쩌면, 정말 어쩌면 난 마음이 바뀌어 그럴 준비가 된 것 같다.

28
앤

버터 뿌린 순무

아르놋 씨가 주말을 친척들과 보낼 예정이어서 미스 일라이저는 내게 하루 휴가를 준다. 연신 무슈 스와예에 대해 묻는 걸로 봐서, 내가 런던에 가서 잭을 만나면 그녀가 좋아할 듯하다. 하지만 오늘은 '켄트 구립정신요양원'의 면회일인지라 거기로 향한다.

그녀가 아르놋 씨와 식사하는 동안, 난 요리사와 주방 하녀를 겸하느라 지칠 대로 지쳤다. 반죽하고 거품 내고 젓느라 팔이 아프다. 다지고 자르고 가느라 팔목이 쑤신다. 몇 시간이고 서서 일하느라 다리가 욱신거린다. 베고 데어서 손이 찢기고 물집이 생겼다. 하지만 미스 일라이저도 뼈빠지게 일했다고 해야 공평하다. 매일 새벽 5시에 내려가면, 그녀가 이미 주방에 나와 책들에 몰두했다. 나도 짬날 때마다 똑같이 애쓴다 – 해티가 잠든 후 달빛 속에서 눈을 뜨고 있기 힘들더라도. 아무리 피곤해도 레시피들이 냄새와 맛의 소용돌이를 그리며 책에서 튀어나온다. 포싯(우유를 에일이나 포도주로 응고시킨 음료 - 옮긴이)과 실러법(우유나 크림에 포도주, 감미료, 향신료를 첨가한 음료 - 옮긴이), 스튜와 수프, 익힌 푸딩과 구운 푸딩, 고기 냄비 요리와 파이, 젤리, 잼. 미스 일라이저의 요리에 내 나름대로 가미해서 이미 그녀를 놀라게 했다. 그런 경우 그녀는 무척 흡족해서 다가와 묻는다.

"그 요리에 어떤 전문가의 솜씨를 더한 거야, 앤?"

그러면 내 마음은 공중제비 돌듯 빙빙 돈다.

이제 아르놋 씨가 교묘한 술수로 미스 일라이저를 주방에서 끌어내자, 나는 그녀를 기쁘게 하자고 더욱 다짐한다. 해티는 둘이 서로 흠뻑 빠졌으며, 그가 청혼하는 것은 시간문제라고 말한다. 그들이 내가 뼈빠지게 만들어서 내는 음식에 거의 관심이 없다고도 말한다. 하지만 미스 일라이저가 나타나 다정하게 쳐다보면서 칭찬 세례를 하고, 나중에 그 생각을 하면 내 눈에 눈물이 고인다.

요즘 그녀는 평소와 다르다. 오늘 아침 주방에 내려가니, 그녀는 책이 아니라 식기들이 놓인 조리대를 빤히 봤다. 나는 수프 대접에 남은 손자국을 지적받으리라 각오했다. 그런데 미스 일라이저는 이렇게 말했다.

"여인의 입에서 나오는 맹세코 마음을 뺏겠다는 말은 끔찍하나니⋯⋯."

그녀가 너무 수심에 차서, 난 용기를 내어 무슨 뜻인지 물었다.

미스 일라이저가 대답했다.

"시를 인용한 거야, 앤. 그게 내게 얼마나 위로가 되는지 알잖아."

전날 엿들은 일이 그녀에게 '위로'가 필요한 이유인지 궁금했다. 뜸부기가 너무 작아서 날개를 잘 묶는 방법을 묻고 싶었다. 미스 일라이저를 찾아서 거실로 가니, 평소와 달리 문이 닫혀 있었다. 언성을 높인 성난 말소리가 들렸다. 모녀가 상대의 말을 듣지 않고 마구 고함쳤다. 개인사인 걸 알기에 몸을 돌려 나와야 했지만, 난 문간에서 귀를 기울였다. 미스 일라이저는 시집들과 원고 뭉치가 어디 있는지 알려달라고 요구했다. 그런데 마님은 아무 말도 하지 않았고, 결국 미스 일라이저가 아주 언성을 높여서 외쳤다.

"돌려주시지 않으면, 어머니가 제 시보다 훨씬 더 창피해할 다른 일들을 발설할 거예요."

아주 긴 침묵이 흘러서, 나는 살그머니 주방으로 돌아와 정성을 다해 뜸부기를 묶었다.

그게 무슨 말일까? 왜 마님은 그리 득달같이 미스 일라이저의 책들과 시들을 감추었을까? 난 여전히 그녀의 시를 읽고 싶지만, 그 시에 부적절한 뭔가가, 마님이 모두에게 감추려는 부분이 있다고 짐작한다. 이 예상이 마음속에 자리 잡을수록 호기심이 더 커진다. 생각을 거듭하니 두통이 나고, 문득 마님이 시집을 팔아버렸다는 생각이 스친다. 아니면 묻었거나. 혹은…… 뜻하지 않게 엄마와 아버지의 기억이 머릿속을 파고든다. 아버지는 책장을 쭉쭉 찢어서 비틀어 종이 불쏘시개를 만들어 작은 난로에 밀어 넣는다. 얼어서 굶어 죽겠다고 윽박지르고, 엄마는 양손에 얼굴을 묻고 흐느낀다. 앙상한 손이 동상에 걸려 울긋불긋하다. 오한이 들자 나는 기억을 밀어내고, 오늘 날씨가 정말 좋다고 생각한다. 하루 휴가를 얻었으니 얼마나 행운인지, 엄마가 – 음식이 풍성한 따뜻하고 큰 집에서 – 나를 보고 얼마나 기뻐할까.

이제 앞쪽에 평편한 들판 위로 요양원이 우뚝 솟았고, 둥글게 늘어선 철책이 뿌연 가을 햇빛 속에서 번쩍인다. 수위와 간호부들에게 주려고 몇 실링 챙겼고, 엄마를 위해 아르놋 씨가 남긴 음식[붉그스름한 로스트비프(소고기 덩이에 소금을 발라 오븐에서 오래 구워 얇게 썬 요리 – 옮긴이), 양송이조림, 찬 버터 뿌린 순무, 브랜디 트라이플(케이크에 브랜디를 적신 영국식 디저트 – 옮긴이)]을 가져왔다. 수위가 찡그리고 들창을 젖힌다.

"제인 커비를 만나러 왔는데요."

1실링을 밀어 넣자 그가 잽싸게 움켜잡는다.

엄마에게 방문객이 있다는 소식이 전해지는 동안, 오래 기다려야 한다. 마침내 수위가 돌아와 마당에서 엄마를 만나라고 말해준다. 그가 말뚝을 받친 주목나무를 가리키면서 잠깐 기다리면 엄마가 거기로 나올 거라고 말한다.

나는 고맙다고 인사하고 말 대접 삼아 덧붙인다.

"면회일인데 지독하게 조용하네요."

"평소랑 비슷한걸 뭐. 정신병자들은 면회객을 썩 달가워하지 않거든. 면회객들도 정신병자를 별로 좋아하지 않고."

무정하고 잔인하게 들리지만, 나는 대꾸하지 않고 바람에 흔들리는 주목나무들을 바라본다. 건물 뒤에서 세 사람이 나타나자 수위가 문을 열고, 난 구내로 들어간다. 한 손에 간호부들에게 줄 동전을 꼭 쥐고 다른 손에는 엄마의 도시락 바구니를 들고 그들을 향해 달린다. 엄마에게 와락 뛰어들고 싶지만 어쩐지 그러지 못한다. 엄마 양

212

쪽에 간호부들이 있다. 앞치마를 두르고, 걷어올린 소매 아래로 억센 팔이 보인다. 그들이 엄마를 어르고 달래면서 데려오는 것처럼 보인다.

내가 말한다.

"엄마? 저예요, 앤이에요."

엄마가 날 멍하게 바라본다. 죽은 민물송어처럼 이상하게 생기 없는 눈이다.

한 간호부가 말한다.

"아주 잘 적응하고 계세요. 정말로 아주 잘해요."

다른 간호부가 말한다.

"모친이 기억력을 잃었어요. 아무도 못 알아보네요."

그녀가 고함치듯 목청을 높여 덧붙인다.

"가장 좋아하는 간호부들도 못 알아보죠. 그렇죠, 제인?"

그러더니 간호부는 몸을 숙여서, 잘 못 듣는 귀여운 자식이라도 되는 듯 엄마의 뺨을 꼬집는다.

"엄마, 저예요."

내가 다시 말하면서, 간호부가 꼬집어 빨개진 뺨을 쓰다듬으려고 손을 뻗는다. 그러다 뇌물이 기억나서 간호부 각자에게 1실링씩 준다. 뺨을 꼬집은 간호부는 동전을 이로 깨물더니 옷 속에 넣는다. 다른 간호부는 동전을 빛에 비추다가 앞치마로 문지르며 빙긋 웃는다.

"딸내미를 아주 잘 키우셨네. 할 말 있어요, 제인?"

뺨을 꼬집은 간호부가 말하면서 엄마를 살짝 흔든다.

엄마는 어리둥절해 보이더니 곧 눈에 희미한 빛이 감돈다.

"나는 여기서 아주 행복해."

그녀가 단숨에 말한다. 속삭인 말이 잦아들자, 눈에서 나던 빛은 나타났을 때처럼 얼른 사라진다.

간호부들이 엄마에게 팔을 두른 채 흡족해서 고개를 끄덕인다.

"아, 그렇고말고. 아주 행복하시지. 면회일마다 찾아올 건가요?"

"네. 엄마가 건강하시면 늘 여러분의 친절에 보답할 거예요."

내가 단호하게 말한다. 경솔한 호언이고 급여의 큰 부분이 이 여자들에게 가리란 걸 깨닫는다. 하지만 간호부들과 요양원이 왠지 심상치 않다. 그러니 내게 가능한 유일한 방법으로 엄마를 제대로 살펴보아야 한다.

뺨을 꼬집은 간호부가 나직이 달래는 투로 대꾸한다.

"그래요, 좋네요. 우리가 어머니를 특별히 모실게요. 그렇지요, 프랜?"

다른 간호부가 고개를 끄덕이며 곁눈질한다. 그녀가 맞장구친다.

"우리 특별한 정신병자님이지."

"엄마를 안아봐도 될까요?"

두 간호부는 알 수 없는 눈길을 교환하더니, 뺨을 꼬집은 간호부가 말한다.

"우리가 붙잡은 상태에서만 껴안을 수 있어요. 우리가 놓으면 제인이 자해할지 몰라요."

"도망치려고 하거나. 그래서 여기 들어왔죠?"

프랜이 키득대며 말한다.

"우린 제인을 친딸마냥 애지중지해요. 그렇지 않나요, 프랜?"

"친딸도 이런 호강은 못 시켜주지."

프랜이 고개를 끄덕이자, 사각형의 머리통이 두꺼운 목 위에서 꿀렁댄다.

양팔로 엄마의 가냘픈 허리를 안는다. 뼈만 앙상하다. 간호부들의 입내가 사방에서 진동한다. 익히 아는 냄새, 술 냄새다. 내가 만지자 엄마가 움찔해서 난 바구니를 내민다.

"엄마 드시라고 로스트비프를 가져왔어요. 버터를 뿌린 순무도요. 켄트 체리로 만든 브랜디 트라이플도 있고요. 예전처럼 제가 먹여드릴까요? 달걀 스푼으로……."

"아니, 아니, 안 돼요."

뺨을 꼬집은 간호부가 성나서 요란하게 혀를 차면서 쏘아붙이더니 말을 잇는다.

"그런 호사스런 음식은 지금 먹기엔 너무 과해요. 하지만 식사 시간에 제인이 먹게 해드릴게요."

그녀가 엄마 쪽으로 몸을 돌리고 귀에다 소리친다.

"이건 나중에 먹도록 해요. 알겠어요, 제인?"

프랜이 엄마의 팔을 놓고 내 손에서 바구니를 낚아챈다. 그녀는 탐욕스런 손길로 유산지에 싼 로스트비프, 양송이 냄비, 트라이플 단지, 버터 뿌린 순무 깡통을 꺼낸다. 그릇마다 열어보고 요란하게 킁킁댄다. 그러더니 로스트비프를 펼쳐서 냄새를 맡는다.

"세상에나, 제인이 고급 음식을 좋아하겠네. 그렇지 않아요, 제인?"

프랜이 음식을 살피는 사이, 나는 늘어뜨린 엄마의 팔을 힐끗 본다. 소매를 잔뜩 끌어내렸지만 축 늘어진 손목이 보인다. 안쪽이 이상하게 누르께하다. 뺨을 꼬집은 간호부가 내 시선을 쫓다가 느닷없이 말한다.

"모친은 아주 건강해요. 우리가 공주마마처럼 모시는 건 장담할 수 있어요. 그런데 이 고급 음식은 어떻게 구했을까나?"

그녀가 내게 윙크한다.

"저는 주방에서 일해요."

윙크가 날 도둑으로 본다는 뜻임을 알기에 내가 대답한다.

"당연히 그러시겠지. 믿어드려야지 뭐. 안 그래요, 프랜?"

그녀가 히죽대면서 고개를 끄덕이며 응수한다.

프랜이 고개를 끄덕이면서 바구니를 팔목으로 든다. 그녀가 말한다.

"다음에 올 때 바구니를 돌려줄게요. 어머니가 애타게 기다리시겠네. 안 그래요, 제인?"

엄마는 순한 아이처럼 고개를 끄덕인다. 퀭한 눈을 깜빡이면서. 그러더니 입을 벌려 속삭인다.

"난 여기서 아주 행복해."

프랜이 등을 토닥이면서 말한다.

"그렇고말고요, 제인. 정말 그렇죠."

뺨을 꼬집은 간호부가 말한다.

"이제 모친을 모셔가야겠네요. 매일 의사를 만나는 시간이라서."

그녀가 엄마 쪽으로 몸을 돌리고 소리친다.

"의사 선생님이 마음에 들죠, 제인?"

"엄마가 매일 의사를 만나시나요?"

내가 안도하며 묻는다.

뺨을 꼬집은 간호부가 고개를 끄덕인다.

"매일매일. 해가 뜨듯 규칙적으로. 그런데 제인이 늦으면 우리가 싫은 소리를 들어요. 그렇지 않아, 프랜? 제인은 그걸 달가워하지 않아요. 모친은 우리가 행복하길 바라거든. 안 그래요, 제인?"

엄마가 어리둥절해서 날 바라본다. 코를 씰룩댄다. 눈을 굴린다. 한순간 나한테 말을 할 거라는 생각이 든다.

"엄마?"

내가 다시 부른다.

하지만 그녀는 아주 빨리, 정신없이 고개를 젓는다. 그 바람에 천 모자가 비스듬히 내려와 한쪽으로 기울어져 한 눈을 가린다.

"서둘러요, 프랜. 제인은 진료 약속을 놓치기 싫을 거예요. 초조해하는 게 느껴지네."

두 간호부는 몸을 돌려 엄마를 요양원으로 데리고 들어간다. 난 엄마가 돌아볼지, 날 알아보는 눈빛을 보낼지 궁금하다. 하지만 그러지 않는다. 한 번도 돌아보지 않는다.

그들이 가는 모습을 쳐다보는데 특이한 게 눈에 들어온다. 엄마의 뒤통수. 모자가 벗겨진 자리. 머리칼이 없나? 한 뭉텅이 빠졌나? 그 자리를 쳐다보지만, 간호부들이 재촉하는 바람에 엄마의 머리가 흐릿해진다.

어떻게 생각해야 될지 몰라 멍한 상태로 25킬로미터가량을 집을 향해 걷는다. 엄마의 옷은 깨끗하고 손과 손톱도 말끔했다. 굽이 튼튼한 제대로 된 신발을 신었고, 간호부 두 명이 보살피고 매일 의사와 만난다. 벽이 내 팔뚝만큼 두껍고 창에 진짜 유리가 끼워지고 시계탑이 있는 웅장한 집에 산다. 그런데 내 마음이 무겁다. 엄마가 허깨비 같아서다. 하지만 반라로 뛰어다니지도 않고 안전하다고 이성이 내게 속삭인다. 튼튼한 지붕 아래 살면서 배고프면 먹고, 소변 실수를 했다고 목 조르는 사람도 없다고.

너무 마르고 손목이 너무 누렇고, 풀죽었다고 다른 목소리가 속삭인다. 얼마 후 두 목소리의 싸움을 더 참기 힘들어 생각의 방향을 보다이크 하우스로 돌린다. 미스 일라이저는 뭘 하려나? 해티와 리지는 뭘 할까? 돌아가면 식품실에 어떤 음식이 있을까? 내가 떠날 때, 미스 일라이저는 암탉이 갓 낳아 따스한 달걀들이 담긴 바구니를 배달받았다. 그래, 커스터드를 만들 거야. 틀림없어. 육두구나 곱게 깎은 초콜릿이나 간 레몬으로 풍미를 더하겠지. 혹은 꿀을 넣은 액이나 달달한 독일 와인을 넣을 거야. 얼른 집에 가고 싶어 걸음을 재촉한다. 집에 가고 싶어서.

29
일라이저

인도식 생선 커리

　사흘 연속으로 아르놋 씨와 식사한다. 여행담 틈틈이 들려주는 향신료 재배법과 조리법에 사로잡혀서, 난 숙녀답지 못하게 맹렬하게 지식을 빨아들인다. 그는 벽돌 가루나 마호가니 톱밥 가루가 섞인 고춧가루를 피하는 방법을 알려준다. 파트나 쌀로 떡밥이 되지 않는 인도식 밥 짓기 요령도 설명한다. 영국 숙녀들이 기절할 만치 매운 요리들에 대해 말해준다. 나중에 난 부리나케 주방으로 가서 잊지 않도록 메모한다.

　그러다가 그가 가족 방문차 헤이스팅스에 간다. 사흘 후 돌아오지만 저녁 식사에 나를 부르지 않는다. 이 일에 크게 실망한 어머니는 그가 나에 대한 소문을 들었다고 확신한다. 하지만 그녀가 깊은 절망에 빠지려는 찰나, 그가 시종을 통해 내게 겸상을 청한다. 고백

컨대 내 가슴이 설렌다. 스스로도 놀랍다.

어머니가 침대에서 뛰어 내려와 날 끌어안는다.

"내 이럴 줄 알았지! 네가 재치로 그를 사로잡고 메뉴로 유혹한 게야! 그를 꾀어 청혼을 받아낼 수만 있다면, 네 아버지를 칼레에서 모셔올 수 있어. 캐서린과 안나도 가정교사 노릇을 면할 수 있고."

어머니의 말을 듣자 등골이 서늘해진다. 이제야 그녀의 계략이 훤히 보이니까. 큰 통나무들이 어깨를 짓누르는 듯한 책임감이 든다. 내가 액턴 일가를 치욕에서 구제해야 된다. 나는 이 기회를 놓치지 않는다.

"저, 제 시집들을 돌려주시겠어요?"

그녀는 평소의 짜증스런 투로 양손을 젓는다. 내가 달래야 될 앙탈하는 성급한 고양이라도 된다는 듯. 어머니가 말한다.

"적당한 때가 되면 그러자. 하지만 그의 시종과 하인이 왔다 갔다 하니 위험을 무릅쓸 수는 없지."

지난번 언쟁으로 기운이 쪽 빠져서 난 계속 우기지 않는다. 게다가 오늘 요리사, 안주인, 아내 후보로 1인 3역을 하려면 정신을 똑똑히 차려야 한다.

주방 분위기는 차분하고 느긋하다. 앤은 배달된 잉어를 내가 알려준 방법으로 점검한다. 그녀가 특유의 수줍고 조심스런 태도로 오이소스를 제안한다.

"오이 철이 끝났는걸."

내가 대답하자, 앤은 싱싱하고 단단한 오이가 어제 배달되어 식품 창고에 있다고 말해준다. 내 얼굴에 미소가 절로 떠오른다. 앤은 돌아온 후 완벽한 가정 요리사로 성장하여 내게 꼭 필요한 일손이 되었다.

그녀가 잉어 비늘을 벗기기 시작하다가 멈추고 식품 창고를 가리킨다.

"아씨께 향신료가 배달되었어요. 런던에서요."

나는 기뻐서 손뼉을 친다. 과연 아르놋 씨는 약속을 지키는 사람이다. 신속하게.

"아르놋 씨가 좋아하시는 음식을 한 가지 만들어볼까?"

"오늘 밤에 주방에 계실지, 식당에 계실지 여쭤도 될까요?"

앤이 고개를 들자, 눈 밑에 보랏빛 멍 같은 짙은 그늘이 보인다.

"오늘 저녁에 아르놋 씨와 식사해야 될 거야."

내가 대답한다. 앤이 고개를 숙인다. 나는 말을 잇는다.

"하지만 걱정할 것 없어. 커리는 미리 준비해두기에 적당한 요리거든. 그가 열렬하게 설명한 생선 커리 레시피를 시도해보자고."

배달된 향신료는 상자에서 꺼내놓아져 있다. 검정 법랑 통들, 작은 유리 단지들, 각각 손으로 쓴 라벨이 달린 작은 굵은 삼베 자루들이 내가 확인하도록 앞에 놓여 있다. 정향, 강황, 고추, 육두구 가루, 통육두구, 생강가루, 붉은 건고추, 고추피클 단지, 둘둘 말아 끈으로 묶은 계피 조각, 말린 검은 후추, 소금물에 담근 초록색 후추, 아르놋 씨가 직접 조합한 다양한 향신료 혼합물들. 나는 '아르놋의 벵골 커리 가루'라는 라벨이 붙은 작은 깡통을 꺼낸다.

조리대에 깡통을 내려놓으면서 말한다.

"이걸 쓰면 되겠네. 성공하면 레시피를 우리 책의 외국과 유대 음

221

식 부분에 넣을 수 있겠지.”

‘어머니가 막지 않는다면’이라고 속으로 중얼댄다. 하지만 그때 새로운 미래가 떠오른다. 거기서는 아르놋 부인이 되어 어머니의 고압적인 태도와 고리타분한 생각을 무시한다. 거기서는 ‘노처녀’로 받은 수많은 소소한 냉대도 싹 없어진다, 영원히. 나는 왼손을 들어 무명지에 반지 낀 모습을 상상한다. 순간적으로 예전의 공허감을, 팔의 허전함을 느끼는데 앤이 떨리는 목소리로 묻는다.

“자매들 중 처음으로 결혼하시나요, 미스 일라이저?”

그 질문을 받자, 우리 관계가 독특하게 진솔하다는 게 재차 생각나 놀란다. 주인과 하녀보다 요리사와 주방 하녀의 관계에 가깝다. 난 보다이크 하우스의 안주인이 아니라 요리사이니 그게 당연하겠지? 또 앤은 하녀치고 유독 영특하지 않은가? 그런데 그때 앤이 얼굴을 붉히면서 사과하고, 주방에서 다들 나와 아르놋 씨에 대해 수군댄다고 털어놓는다. 앤의 이런 점이 좋다. 무척 솔직하고 꿍꿍이가 없으면서 수줍어하고 겸손하다.

“사과할 것 없어.”

나는 뱅골 커리 가루 통을 연다. 열기와 향신료가 더해진 얼얼한 분말이 공중에 퍼진다. 내가 다시 말한다.

“결혼한 여동생이 있어. 의사 부인이야.”

앤에게 커리 통을 내밀면서 다시 말한다.

“아르놋 씨가 이걸 직접 혼합하셨대. 영국인의 입맛에는 좀 독할 것 같아.”

“소금 스푼으로 가루를 넣고 간을 봐가면서 더해가면 어떨까요?”

나는 고개를 끄덕이고, 앙상한 앤의 손을 꼭 잡는다.

"만점짜리 학생이라니까."

내가 말하자 그녀는 얼른 손을 뺀다.

우리는 손발을 착착 맞춰 만찬을 준비하면서 하루를 보낸다. 식기실에서 리지가 단조롭게 흥얼대는 쉰 목소리가 거슬리지만, 소리를 밀어내며 그 아이 덕분에 앤이 요리사로서 꽃필 수 있다고 자위한다. 또 앤이 능력을 발휘하는 덕에 내가 아르놋 씨에게 마음을 쏟을 수 있다. 앤이 다지고, 썰고, 튀기고, 휘젓고, 씻고, 화력을 딱 맞추기에 내가 아르놋 씨와 그의 아내가 될 생각에 젖을 수 있다. 물론 아내가 되는 데는 조건들이 있다. 아주 조심스럽게 제시해야 되는 민감한 조건들이다. 어머니와도 의논한 적 없는 조건들. 어떻게 제시할지 난감하지만 반드시 짚고 넘어가야 된다. 생각들이 오락가락하는 와중에 앤이 조리한 시간과 재료의 양을 기록한다. 난 그녀가 내미는 스푼을 받아 맛을 보면서 양념과 향신료에 대해 조언하며 아르놋 씨를 생각한다.

나중에 저녁 식사 때 아르놋 씨가 환하게 웃는다. 턴브리지 웰스의 물이 효과가 있다고 말한다. 이렇게 몸이 가뿐한 적이 없었다면서. 그러더니 내 눈을 똑바로 보면서 말한다.

"미스 액턴, 지금 마음이 이리도 푸근한 데는 다른 이유도 있소."

나는 그의 선물인 간 생강으로 기막힌 풍미를 낸 사과 수프가 담긴 그릇을 새치름하게 보면서 대답한다.

"그러시다니 좋네요."

아, 이런 속 빈 강정 같은 대꾸가 얼마나 지겨운지! 왜 그의 눈을 똑바로 보면서, 내가 시집을 출간한 시인이고 파란만장한 과거사를 가졌고, 요리책 집필을 의뢰받았다고 말하지 못하나? 하지만 아니, 어머니에게 약속한 대로 침묵을 고수해야 한다. 패가망신한 액턴 일가를 위해서.

"당신 때문이요, 일라이저. 일라이저라고 불러도 되겠소?"

그가 묻는다.

나는 고개를 끄덕이며 그가 나에게 줄 모든 것에 집중한다. 돈. 자유. 존중. 나의 가족. 어쩌면. 건강한 아기를 낳기에 내가 너무 나이가 많나? 식탁 아래서 느닷없이 왼손으로 자궁을 더듬다 꽉 쥔다.

"내 아내는…… 그녀의 영혼이 축복받기를! ……3년 전 인도에서 죽었소. 이후 난 일에 파묻혔고 결국 건강을 해쳤지. 그래서 여기 온 거고."

그와 눈을 맞춘다. 수프에 가늘게 기름 자국이 떠 있자 더 이상 쳐다볼 수가 없다. 기름기를 말끔히 걷어내야 된다는 생각이 들자 좀 짜증스럽다.

"이제 기운이 왕성해지고 건강이 호전되는 느낌이오."

그가 말을 멈추고 칼라에서 냅킨을 당겨, 새로운 활력을 상징하는 듯한 몸짓으로 식탁에 던진다. 아르놋 씨가 덧붙여 말한다.

"다시 결혼 생활을 시작할 준비가 되었다는 생각이 드오."

수프에 뜬 기름이 움직여 미끄러지더니 번들대는 덩굴손처럼 뭉친다. 내 뺨에 홍조가 지나간다. 해티가 식탁을 정리하러 온다. 그녀는 주방에 조르르 달려가, 아르놋 씨가 극적으로 냅킨을 던지고 내가 얼굴을 붉혔다고 떠들 것이다.

해티가 저만치 물러가자마자 그가 말한다.

"그대와 그러고 싶소, 미스 액턴. 나를 받아준다면……."

갑작스레 청혼을 받자 한동안 숨이 쉬어지지 않는다. 하지만 이 단도직입적인 대화를 이어가려면, 더는 지체 말고 털어놓아야 한다.

"저는 지참금이 없습니다."

내가 중얼댄다.

"한 푼도 없소?"

"아버지가 전 재산을 잃으셨어요. 이 집은 임대주택입니다."

내가 말한다.

"뭔가 감추는 게 있으리라 짐작했지만 상관없소. 내가 충분히 가지고 있으니."

그는 민망함을 감추려는 듯 기침을 한다. 이제 내가 빈털터리 노처녀인 걸 알았으니 날 다른 시선으로 볼지 궁금하다.

그가 냅킨을 집어 입가를 두드리면서 말한다.

"우리 터놓고 이야기합시다, 일라이저. 난 집안을 꾸리고, 하인들을 관리하고, 주방을 지휘하고, 동료 업자들의 부인과 사교하고, 집에 돌아오면 격려해줄 아내가 필요하오. 당신도 알다시피……."

그가 식탁 위로 손을 마구 흔든다.

"그 외에 아내에게 뭘 더 원하시나요? 제 말은, 아내가 얼마나 자유를 누리게 되는지?"

요령 없이 튀어나온 내 질문들이, 수프에서 솟는 김처럼 둘 사이에 걸려 있다.

그가 찡그리면서 말한다.

"안주인이야 하고 싶은 대로 하면 될 거요. 물론 '아르놋 향신료 회사'의 체면만 손상하지 않는다면."

해티가 인도식 생선 커리와 필라프(고기 육수로 익힌 쌀밥 - 옮긴이)를 들고 돌아온다. 그녀는 아주 천천히 식탁에 그릇을 내려놓더니, 시간을 끌면서 유리잔들과 양념기의 자리를 다시 잡고 서빙용 스푼을 닦는다.

내가 노려보자 해티가 물러간다. 혼인 이야기가 – 살짝 불쾌한 거래보다 나을 게 없는 – 음식에 몰두하고 싶게 만든다. 생선을 맛보자 즐거움이 밀려든다. 버터 향 나는 소스는 기름지고 깊고, 다양한 풍미를 자아낸다. 마늘, 흰 생강, 으깬 고수씨, 레몬즙, 아주 살짝 뿌린 강황. 생선살이 살살 녹을 만큼 부드러우면서도 식감이 좋다. 한순간 혀에 닿는 소스 외에 아무 생각도 나지 않는다. 하지만 아르놋 씨는 계속 말한다.

"난 같이 살기 좋은 남자일 거요. 아내는 아무 불평도 없었지. 그 사람은 이상적인 배필이었고, 당신은 그녀와 비슷한 특징을 많이 가졌소. 그러니 우리 둘이 오래 만족스럽게 못 살 이유가 없소, 일라이저."

그는 생선 커리를 맛보느라 입을 열심히 놀린다. 그러면서 말을 잇는다.

"훌륭하오. 내 요리사 못지않은 솜씨군. 당신은 그를 감독하는 재미를 누릴 거요, 물론 그는 아무 감독도 받지 않고 일하는 데 익숙해졌지만."

"남자인가요?"

내가 묻는다. 이제 내가 놀랄 차례다. 최상류층 집안이나 남자 요리사를 두니까.

"그렇소, 이름은 루이요. 그 친구는 '셰프'로 불리길 좋아하지만 난 영어식으로 '쿡'으로 부르는 쪽을 선호하오."

그가 나이프와 포크를 내려놓고 다시 날 응시하지만, 난 당황한 나머지 눈을 못 맞춘다. 느닷없이 혼자 있고 싶다. 그러면 향신료들이 혀에서 풍미를 펼치는 과정에 집중할 수 있으련만. 마늘을 더 넣고 버터를 줄이면, 다른 종류의 생선을 쓰면, 레몬즙 대신 고추식초를 넣으면 맛이 더 좋아질까? 하지만 마음이 이리저리 널뛴다. 3년간 감독받지 않은 프랑스인 셰프…… 아이를 가질 가능성…… 부부애…… 내 거짓…… 아버지를 칼레에서 모셔오는 일……. 머릿속이 뒤죽박죽 엉기다가 불쑥 멈춘다. 문 뒤에서 마룻바닥이 삐걱대는 소리가 나서다. 어머니가 듣고 있다.

"다음 아르놋 부인이 되어주겠소?"

마침내 그가 묻는다. 복도 바닥이 다시 삐걱댄다. 어머니가 흥분을 가누지 못하는 게 분명하다.

"청혼이 마음에 듭니다."

내가 말한다. 문득, 그의 청혼이 정말 마음에 든다는 생각이 머리를 스친다. 어머니가 지긋지긋하고 가난이 지긋지긋하다. 과년한 가난뱅이 노처녀라는 지독한 멸시도 지긋지긋하고, 마틴 대령 내외 같은 자들의 비위를 맞추어야 되는 것도 지긋지긋하다. 나이 서른여섯에 어머니의 지시를 받아야 하는 것도, 롱맨이 보내는 무시조의 편지들을 견디는 것도 지긋지긋하다. 그는 또 사전을 보냈다. 내가 철자를 제대로 모르는 것처럼! 이 모든 게 신물난다.

"약혼 기간이 짧아도 괜찮겠소?"

그가 팔을 뻗어 양손으로 내 손을 잡는다. 문득 내 흉터투성이 '요리사'의 손이 어떤 촉감일지 의식된다. 하지만 그는 개의치 않고 아주 가볍게 내 손을 쥔다. 거기에 담긴 애틋한 감정을 이해하는 듯이.

"아침에 말씀드릴게요."

내가 말한다. 하지만 손을 빼지 않는다. 느낌이 좋다.

30
앤

모리셔스 처트니

보다이크 하우스는 온통 뒤죽박죽이다. 미스 일라이저는 아르놋 부인이 될 테고, 마님은 뭔가에 홀린 여자 같다. 해티는 줄곧 결혼식 얘기만 떠들고, 어린 리지조차 들뜬다. 연속 며칠간 냄비와 팬 수십 개를 씻어야 될 텐데도 뭐가 좋다는 건지 모르겠다. 소프 목사가 의논하러 방문하고, 목사 부인은 결혼 예복부터 교회 장식까지 온갖 일에 조언한다.

미스 일라이저만 차분해 보인다. 어느 아침 주방에 가니 그녀가 등판에 사다리 모양의 무늬가 있는 의자에 앉아 있다. '관찰 내용'을 적을 때 앉는 의자다. 그런데 필기를 하지 않는다. 자기 손을 멍하니 내려다본다. 화상과 베인 흉터 때문에 결혼반지를 낀 손이 어떻게 보일지 걱정될까? 몇 주 사이, 그처럼 희고 곱던 손이 내 손과 비슷해졌다. 빨갛고 군은살이 박이진 않았지만, 칼에 베인 흉터들이 생기고 엄지는 화상을 입어 분홍빛으로 번들댄다.

"안녕히 주무셨어요, 미스 일라이저!"

내가 인사한다. 그리고 그녀의 기운을 북돋우려고 덧붙인다.

"오늘 아침에는 그 인도식 조식 레시피를 시험해볼까요? 그러려고 살 오른 찬 가자미를 간수해두었어요."

"정말 사려 깊구나. 아르놋 씨가 정말 좋아하실 거야. 너도 알겠지만 오늘 아침 이곳을 떠나시거든."

그녀가 힘없이 미소 짓자, 나는 어두침침해서 잘못 본 줄 안다. 막 약혼한 숙녀야말로 세상에서 가장 행복하지 않을까? 하지만 그때 – 나 같은 맹추가 있을까 – 약혼자를 떠나보내서 슬프다는 걸 깨닫는다.

나는 식품실로 가서 가자미와 그가 선호하는 파트나 쌀, 버터, 고추, 얼룩덜룩한 달걀 두 개를 챙긴다. 다 아르놋 씨가 좋아하는 식재료다. 주방으로 돌아가니 일라이저는 아직 그대로 앉아 손을 내려다본다. 내가 스토브에서 숯을 긁기 시작하지만, 그녀는 꼼짝하지 않는다. 마침내 난 괜찮은지 묻는다.

미스 일라이저가 대답한다.

"그럼, 괜찮지. 내가 쓴 시구절을 생각하던 참이야. 들어볼 테야?"

내가 고개를 끄덕이자 그녀는 나긋한 목소리로 암송하기 시작한다. 꼭 선율 같다. 나무들 속에서 살랑대는 바람 같다.

잠시 멈춰! 그대의 선택은 다시는 풀리지 않을

230

사슬을 채웠으니,

사슬들이 금으로 되었다 하더라도

덜 아프게 짓누르지는 않으리라.

"아름답네요, 아씨."

계속 암송되기를 바라면서 내가 말한다. 시를 읊는 소리가 그녀
가 쓰다듬어주는 기분을 준다. 외로움이 덜해지는 것 같다. 혼자가
아닌 느낌이다.

하지만 그때 그녀가 찡그리면서 걱정스럽게 날 바라본다.

"흥분해서 지내느라 내가 급여를 주지 않았지?"

내가 대답한다.

"네. 들뜬 분위기라서 요청드리고 싶지 않았어요."

엄마를 면회하러 갈 때 간호부들에게 뇌물을 줘야 되는데 급여를
못 받아 걱정했다고 털어놓지 않는다. 아버지에게도 몇 푼 드려야
된다. 새 목발 값을 아직도 목수에게 빚지고 있으니까.

그녀가 초조하게 말한다.

"내가 태만했네. 너무 태만했어. 사과할게."

미스 일라이저가 일어나서, 서랍에 돈통을 보관하는 탁자로 간
다. 하지만 일어서다가 뭔가를 바닥에 떨어뜨린다. 난 요리책이라
고, 그녀가 메뉴를 짜는 중이었다고 짐작한다. 그녀는 알아채지 못
하고 얼른 실링과 페니를 헤아려, 사과의 뜻으로 6펜스를 더해 내 손
에 쥐어준다. 그러더니 둥근 열쇠로 돈통을 채운다.

"방에 돈을 갖다 두고 와도 될까요, 아씨?"

반 페니도 잃는 위험을 감수하기 싫어서 다락방으로 달려간다. 거기 매트리스 밑에 지갑이 안전하게 들어 있다.

주방으로 돌아오니 리지가 내려와서 앞치마를 입고 있다. 하지만 미스 일라이저는 보이지 않는다. 아직 탁자 밑에 있는 검은 책에 내 눈이 쏠린다. 그녀가 정신이 하나도 없다는 생각이 든다. 평소의 미스 일라이저라면 착착 정리하는 단정한 숙녀라서 바닥에 책을 버려두지 않을 테니까. 내 급여를 세는 데 정신이 팔렸을 것이다.

몸을 굽혀 책을 집다가 심장이 내려앉는다. 레시피 모음집이 아니다. 시집이다. 그녀의 자작시집. 처음 여기 왔을 때부터 간절히 읽고 싶었던 시들이다. 다음 순간 주제넘은 짓을 한다. 하지만 나 자신을 어쩔 수 없다. 시집을 미스 일라이저의 눈에 띌 곳에 두지 않고, 앞치마 밑으로 넣어 다락방으로 달려간다. 해티가 세면대 앞에 서서 찬물을 얼굴에 끼얹는다. 나는 책을 매트리스 밑에 밀어 넣고 주방으로 돌아간다. 가슴이 새가 날개 치듯 퍼덕댄다.

스토브 청소를 끝내고 준비를 마친 무렵, 추워서 손가락이 얼음 같고 석탄가루가 묻어 거뭇하다. 큰 바구니를 채우고 난로에 불을 붙인 후 불길이 활활 오를 때까지 들쑤시고 바람을 넣는다. 찬 가자미를 접시에 올릴 준비를 하는데 미스 일라이저가 돌아와 초조하게 주방 안을 살피기 시작한다.

"앤, 작은 책 봤어? 파란 비단으로 제본된 책인데?"

그녀는 치마에 손을 닦으면서 탁자 주위를 돌면서 여기저기 쳐다본다.

지금이 내가 정직하고 솔직할 기회다. 당황해서 혀가 흔들리고 머리가 흐릿하다. 입에서 말이 나오는데 꼭 다른 사람이 말하는 것 같다.

"못 봤는데요, 미스 일라이저."

"계속 여기 있었어?"

"급여를 간수하러 방에 다녀왔어요."

내 얼굴이 시뻘겋게 달아오르고, 주방이 침침해서 다행이다. 늘 주방에 빛이 부족하다.

"아, 맞아. 그랬지."

그녀가 조리대 서랍들을 여닫기 시작한다. 그러다가 다시 말한다.

"아마 어머니가 여기 왔었나 보네."

그녀가 식기실에 가서 리지에게 마님이 주방에 왔었느냐고 묻는다. 아니면 아르놋 씨의 시종이나 하인이 다녀갔느냐고도 묻는다. 리지가 식기실에 있어서 아무도 못 봤다고 대답하는 소리가 들린다.

미스 일라이저가 나한테 말한다.

"내가 제정신이 아니야. 틀림없이 그걸 어딘가에 가져갔다가 흥분해서 잊었을 거야."

"뭘 가져가요, 미스 일라이저?"

아, 못돼먹은 주둥아리에서 이런 말을 내뱉는 내가 너무 싫다. 자신이 가증스러워서 온몸이 움츠러든다. 하지만 이미 늦었다. 나는 도둑이고 이제 죄를 자백할 수가 없다. 바로 지난달 어떤 사람이 사과 한 통을 훔쳤다는 이유만으로 종신형을 받았다. 책을 훔치는 짓은 훨씬 나쁘다. 그보다 못한 일로도 교수형을 당하는 사람이 얼마나 많은데.

"네가 내려오기 전에 난 시를 읽고 있었거든. 내가 책을 안전한 곳에 놔두고 어딘지 잊은 게 분명해."

그녀가 말한다. 양미간을 찌푸리고 여전히 양손으로 치마폭을 잡고 있다.

나는 아무 말도 못하고 고개만 끄덕인다. 고백하고 그녀의 발 앞에 주저앉아 용서를 구하고 싶다. 하지만 구치소나 교수대로 보내지는 위험을 감수할 수가 없다. 또 그녀가 실망하리란 생각이 너무 무섭다. 그래서 결정한다. 시집을 비밀리에 돌려주겠다고. 내 방에 뛰어가서 매트리스 밑에서 책을 꺼내 와서, 그녀가 찾을 만한 서빙용 접시 뒤에 – 혹은 비슷한 곳에 – 둘 참이다. 그녀가 안달하는 것은 책이 엉뚱한 사람의 손에 들어갈까 염려하기 때문일 것이다. 그 '엉뚱한 사람'은 아르놋 씨이고. 왠지 알 수는 없지만. 문필가 아내를 자랑스러워하지 않을 남자가 있을까?

"틀림없이 나타나겠지. 내 마음이 너무 복잡해서 그래."

그녀가 불안하게 웃음을 터뜨린다. 오늘 아침 그녀는 너무 초조한 것 같다. 내가 주제넘게 캐묻고 거짓말을 해서, 그녀를 더 불안하게 만들었다. 머릿속으로 중얼댄다. 하느님, 제 죄를 용서하소서.

"케제리(쌀, 렌즈콩, 향신료로 만드는 인도 요리 – 옮긴이) 준비를 마무리해야 해. 아르놋 씨는 오늘 아침 일찌감치 나와 식사를 하고 싶다고 하셔."

내가 분필로 '관찰 내용'을 적으려고 석판에 손을 뻗지만, 그녀가 양손을 들고 말한다.

"관찰 내용을 기록하지 않아도 돼, 앤. 필요 없을 거야."

혼란이 밀려들어 죄책감과 무거운 마음을 밀어낸다. 그 순간 번개처럼 깨닫는다. '요리책을 만들지 않을 거구나.' 오장육부가 싹 빨려나가기라도 한 듯, 배 속이 액체가 된 느낌이다.

내가 헐떡이며 묻는다.

"저기, 미스 일라이저. 이제 아르놋 부인이 되시면 요리책은 없는 일이 되나요?"

그녀가 한숨을 쉰다. 소리가 너무 커서 방 안에 울린다. 빠져나갈 곳이 없는 굴뚝에서 바람이 나오듯이. 그러더니 주방에 적막이 감돈다. 가자미를 떼어내는데 손이 벌벌 떨린다.

"너를 데려가고 싶어, 앤. 하지만 사실 아르놋 씨가 데리고 있는 프랑스인 요리사가 내 간섭을 반기지 않는다고 해."

갑자기 내 미래가 물거품이 되어버린 걸 안다. 목구멍이 뻑뻑하고, 침을 삼키는데 숨이 막힌 소리가 입에서 나온다. 미스 일라이저와 요리를 하지 않으면 난 뭘 해야 하나? 하고 싶은 건 요리밖에 없는데…….

"아, 앤."

그녀가 울먹인다. 그러다가 아주 단호한 목소리로 말을 잇는다.

"다 잘될 거야. 우리 신파조가 되지 말자."

'신파조'가 무슨 뜻인지 모른다. 그리하여 눈물을 참으려고 눈을 깜빡이다가 진정하려고 식품실로 피한다. 주방에 돌아오니, 미스 일라이저는 평소 모습을 되찾고 민첩하게 달걀 거품을 내고 있다. 내게 지난주에 만든 모리셔스 처트니(인도식 매운 양념 - 옮긴이)를 찾아오라고 지시한다. 우리는 각자 수심에 잠겨서 말없이 요리를 마무리한다. 그녀가 깨끗한 나무 스푼을 주면서 케제리를 맛보라고 지시한다.

한 숟가락 입에 대니 곧 마음이 차분해진다. 가자미는 따뜻하고 혀에 닿는 식감이 비단결 같다. 쌀알은 고소하고 말캉하다. 온기와 향신료가 날 다른 세상으로 데려간다. 외국의 해변과 이국적인 땅. 사람을 잡아먹는 호랑이, 뱀 부리는 사람, 낙타와 코끼리, 보석 박힌 터번을 두른 왕자, 덥고 먼지 나는 평원. 케제리가 목을 타고 내려갈 때, 잭이 런던에서 듣고 전해준 동양의 풍경이 내 머릿속에서 떠다닌다.

"소금을 더 넣을까? 고추를 더 넣어야겠어?"

미스 일라이저의 질문을 듣고 나는 정신을 차린다. 그녀가 다시 말한다.

"알다시피 아르놋 씨는 톡 쏘는 걸 좋아하시거든."

나는 가만히 생각해본다.

"고추를 조금만 더요……. 소금 스푼으로 하나 정도만."

"좋았어!"

그녀가 원기를 되찾고 손뼉을 친다. 그리고 덧붙인다.

"난 가서 아르놋 씨와 식사할 채비를 해야 해. 처트니는 은제 소스 단지에 담고 그분의 차에 찻잎을 넉넉히 넣는 걸 잊지 마."

나는 고개를 끄덕인다. 다시 생각이 훔친 책으로 향한다. 주방에 갖다놓아야 한다. 해티가 내 매트리스 밑에서 찾아내기 전에. 하느님에게 벌 받기 전에. 현장에서 잡혀 교수대에 매달리기 전에.

31
일라이저

케제리

아르놋 씨(이제 그를 '에드윈'이라고 부른다)가 나쁜 소식을 받았다. 평소처럼 익살스런 기분은 아니지만 그래도 케제리에 감탄한다. 나도 여느 때와 다르다. 어머니가 숨긴 그 시집을 되찾으려고 갖은 고생을 한 후 한 권뿐인 그 책을 엉뚱한 곳에 두고 어딘지 모른다. 어머니는 '숨기는 곳'이나 '비밀' 열쇠를 두는 곳을 내가 모르는 줄 안다. 하지만 둘 다 안다. (어머니의 주장은) 나를 위해 시집들을 가져가 숨겼다지만, 어젯밤 난 예전의 내 본모습을, 현재의 내 본모습을 간절히 기억하고 싶었다. 자작시만 보면 그럴 수 있을 것 같았다.

시집을 찾아서 내 하찮고 소소한 노력의 산물을 다시 읽으면서, 시를 쓴 덕에 미치는 걸 면한 끔찍한 시절을 되살렸다. 어머니는 에드윈–아르놋 씨–이 알면 절대로 안 된다고 말한다. 하지만 그게 무슨 결혼인가? 그와 내가 서로 사랑하지 않을지는 몰라도 서로 신뢰는 해야 되지 않나? 정직해야 되지 않나? 내 면모들 – 끈기, 용기, 대담성 – 을 도둑맞고 몰살당한 묘한 기분이다. 더는 내가 누구인지 또는 무엇인지 모르겠다. 이 공허 속으로 무지막지한 섬뜩한 수치심이 파고든다.

어머니는 지독히 현실적이 되어, 내가 가족에게 빚을 졌다면서 결혼하면 재산, 존경, 존엄을 얻을 수 있고 고독에서 보호받는다고 일깨웠다. '고독'이라는 단어를 말할 때 그녀의 목소리는 떨리고 눈에는 눈물이 그렁그렁했다.

"아버지가 칼레에서 돌아오실 거예요."

어머니를 위로하려고 말했다. 하지만 그녀는 갑자기 발끈하면서, 아직 남은 채무를 상환하지 못한 점을 지적했다. 끔찍한 경매 과정을 놓친 입스위치의 양조장 주인과 정육점 주인이 채권자들이다. 경매 당시 누구 할 것 없이 까마귀 떼처럼 달려들어 우리 재산을 집어갔다.

어머니는 불그레한 눈가를 두드리며 말했다.

"오로지 결혼과 돈만이 자유를 가져온단다, 일라이저. 두 가지가 없으면 외롭고 비참하게 늙을 거야. 밉살맞은 노처녀가 되어 푼돈에 남의 비위나 맞추는 신세가 될 수밖에 없지."

그녀가 이 말을 했을 때, 술집에서 비웃고 조롱하던 상스럽고 비열한 목소리들이 다시 귀에 쟁쟁했다. '턴브리지 웰스에서 온 노처녀가 있었다네……'

"일라이저, 내 사랑."

에드윈이 내 손에 손을 포갠다. 정말 크고 따뜻한 손. 선득한 느낌이 등줄기를 타고 내려가고, 그의 품에 머리를 묻고 싶다. 그의 심장박동을 느끼고 꼭 끌어안고 싶다. 한순간 그를 레시피로 상상해본다. 저택 두 채와 성공한 사업체 세 개를 거느린 부유한 홀아비에 파산한 신용 불량자 아버지를 둔 서른여섯 살의 실패한 여시인 추가. 현실적이고 기만적인 어머니를 더하고. 세 가지 비밀을 살살 뿌리고. 그를 밀어붙이고. 젓고……

"네, 에드윈?"

"런던의 의상실에 당신의 거래 구좌를 열고 싶소. 아르놋 부인으로서 새 의상들이 필요할 거요."

내 드레스를 내려다보면서 그의 시선으로 평가해본다. 낡았다. 허름하다. 촌스럽다. 노처녀의 드레스다.

"보석도. 보석이 하나도 없는 걸 보았소. 아르놋 부인이라면 진주와 다이아몬드를 걸어야 될 거요. 뭐든 당신이 좋아하는 것으로."

시집들을 간직하려고 보석을 팔기로 '선택'했다고 어떻게 말하나? 무명 앞치마를 걸치고 토끼 한 쌍이나 배달된 싱싱한 농어를 살피는 기쁨을 그에게 어떻게 말하지? 말해야 하는데. 솔직해야 되는데……

"자선 관련 일들을 하게 허락하시겠어요, 에드윈? 어머니의 하숙집을 거들지 않으니 마음 둘 일이 필요할 거예요."

"바로 그게 내가 보석과 의상 얘기를 꺼내는 이유요."

그가 내 손을 토닥이더니, 케제리 전반을 접시 가장자리로 밀어내면서 의도를 '온전히' 표명한다. 이 부주의한 태도가, 나이프가 접시를 읽는 소리가 예기치 않은 분노를 파르르 일으킨다. 싱싱한 가자미를 잡아 세심하게 내장을 제거하고, 씻고 비늘을 긁고, 쪄서 먹기 좋도록 얇게 잘랐다고 토라져서 생각한다. 한 시간 전 이 요리를 맛본 앤의 표정이 기억난다. 거의 희열에, 황홀경에 빠진 표정. 처음 먹어본 가자미 요리일 것이다.

아르놋 씨 – 에드윈 – 에게 잡힌 손을 빼고 먹기 시작한다. 케제리는 딱 알맞게 향신료가 들어가고 맛이 깊고, 버터 맛이 감돌고 촉촉하다. 마음이 다른 데로 향하면서, 케제리를 책의 어느 부분에 넣을지 궁리하기 시작한다. 이국적인 요리? 아니면 생선 요리? 조식 부분에 포함시킬까? 그 순간 기억난다. 나는 종합적인 요리책의 저자 일라이저 액턴이 되지 않으리라. 나는 에드윈 아르놋 부인일 것이다.

내가 다시 채근한다.

"하지만 의상 일습 – 襲 – 을 구비한 후에는 자선 일을 해도 되겠지요?"

"예상보다 훨씬 분주할 거요, 사랑하는 일라이저. 난 하인이 많고, 비위 맞추고 환심을 살 동료도 많소. 당신의 여성스런 매력이 아르놋 부인으로서 한껏 발휘되어야겠지."

그는 내가 모르는 것을 알기라도 하듯 조용히 웃더니 말을 잇는다.

"아내가 세상을 떠난 후 난 태만해져서 클럽에서만 접대를 했소. 그런데 클럽은 가정 같은 친밀한 분위기가 전혀 없지."

그가 말을 멈추고, 냅킨으로 입가를 닦더니 덧붙인다.

"클럽에서 부인들을 접대할 수 없으니 난 사업 경쟁자들에게 뒤처졌소. 가장 두드러지는 경쟁자의 아내가 열성적으로 내조한다는 사실을 잘 아오. 숙녀들을 위한 오찬 모임, 집에서 여는 만찬 파티가 널리 입소문이 났으니…….”

그 순간 의상실과 모자 가게에 간 아르놋 부인이 아니라 안주인인 아르놋 부인의 모습이 떠오른다. 최신 유행하는 최고급 새 의상을 걸치고, 에드윈의 가장 중요한 동료들과 잘 차려입은 부인들이 둘러앉은 식탁을 주관하는 모습. 식탁이 보인다. 조각한 보헤미안 유리그릇, 누가 봐도 값나가는 똬배기 형태의 은촛대들, 본차이나 접시들과 황금처럼 빛나도록 광낸 커틀러리(포크와 나이프 등 식사 도구 - 옮긴이).

늘 바라던 삶이 아닌가? 그렇게 살도록 만들어지고 교육받지 않았나?

아르놋 씨가 계속 말한다.

“내 집들은 흠잡을 데 없이 깔끔하게 관리되어 있소. 그런데 부족한 게 있지……. 개성이랄까, 여성스런 손길이랄까, 그런 가정다운 독특한 느낌을 주는 소소한 점들이 부족하오. 사랑하는 일라이저, 당신이 나를 위해 그 모든 걸 해주기 바라오.”

그가 내 손에 깍지를 끼면서 다시 말한다.

“집에 뭐든 하고 싶은 대로 해도 좋소. 침대 커튼을 바꾸고, 새 창문 장식을 주문해요. 터키산 카펫이나 새 피아노를 구입하시오.”

내가 더듬대며 말한다.

“정말 관대하시네요. 그런데 프랑스인 요리사가 제 감독을 받는 데 반대하지 않을까요?”

아르놋 씨가 담담하게 미소 지으면서 대답한다.

“아, 그는 종종 좀 뚱하지. 프랑스인이니까. 하지만 당신이 프랑스어로 말하며 그의 기분을 맞춰줄 수 있을 거요. 숙녀들의 오찬과 호사스런 만찬을 준비하면 그는 프랑스인다운 천재성을 과시할 수 있게 되겠지."

"그리고 하인들은요? 제가 원하면 바꿀 수 있나요?"

나는 잠정적인 질문을 해본다. 나는 당연히 앤을 염두에 두고 있다. 하지만 그가 요리사의 프랑스인다운 '천재성'을 운운하자, 난 일말의 불안감을 갖는다. 차라리 손맛 좋은 가정식 요리사를 고용하고 싶다. 앤이 그렇게 되고 있는 것처럼. 손맛 좋은 요리사는 나를 – 특이하고 요구가 많지만 – 마님으로 모시면 행복할 것이다.

그가 마지막으로 내 손을 잡아주고 커피 잔을 밀고 목에서 냅킨을 뽑는다.

"마음에 들지 않는 하인은 누구라도 교체해도 좋소. 루이만 빼고 누구든."

"고마워요."

나는 이마의 주름살을 펴면서 말한다. 아르놋 씨에게 마지막 질문을 던지고 싶다. 시를 써도 되는지 묻고 싶다. 하지만 왜 그의 허락이 필요할까? 그가 일할 때, 내가 의상을 고르거나 그의 동료 부인들을 접대하거나 집에 분위기를 낼 장식을 하지 않을 때 글을 쓰면 되는데? 그게 내가 결혼하는 이유잖아? 자유를 얻기 위해?

아르놋 씨가 지그시 바라보면서 말한다.

"아, 일라이저. 여기 톤브리지에 숨어 있는 당신을 찾아내서 얼마나 기쁜지 모르겠소. 당신은 '아르놋 향신료 회사'에 큰 자산이 될 거요!"

향신료 생각에 기운이 난다. 적어도 난 – 아르놋 부인으로서 – 늘 가장 순수하고 신선한 향신료를 가질 것이다.

32
앤

다듬이벌레가 낀 리크

미스 일라이저가 아르놋 씨와 마지막 아침 식사를 하는 동안, 나는 부랴부랴 다락방으로 올라간다. 평소처럼 해티는 방을 어질러놓고 나갔다. 침대가 헝클어지고 잠옷이 바닥에 뒹굴고, 물 단지에서 물이 튀고, 래그 러그(낡은 천을 꼬아 만드는 깔개 - 옮긴이)는 구깃구깃하고 요강을 비우지 않아 악취가 난다. 해티의 지저분한 습관을 탓할 시간이 없다고 생각하면서, 매트를 들고 시집에 손을 뻗는다.

시집을 주방에 갖다놓고, 조리대에 놓인 생선 접시 뒤에서 찾았다고 말할 계획이다. 그녀가 어리둥절해서 책을 거기 두지 '않았다'는 걸 기억하지 못하기를 바라면서. 속이는 짓인 걸 알지만, 다른 방도가 생각나지 않는다. 손에 든 책이 비난하듯 날 빤히 노려본다. 마치 내가 무슨 짓을 하는지 아는 듯이, 할 수만 있다면 그걸 말해버릴 듯이. 수레국화 같은 파란 비단으로 제본되어 있다. 표지에 화려한 금박 글씨가 있다. '일라이저 액턴 시집'.

해티가 불쑥 달려들면 곤란하니 등을 문에 기댄다. 아주 천천히 표지를 넘긴다. 첫 장에 인쇄업자가 입스위치의 리처드 덱이라고 적혀 있다. 다음 장에 다시 제목과 그녀의 이름이 반듯하고 각진 우아한 필체로 쓰여 있다. 당장 멈춰야 되는 걸 안다. 미스 일라이저의 허락을 구해야 되는 걸 안다. 이게 좀도둑이나 하는 짓인 줄 안다. 하지만 거센 강줄기에 떠내려가듯 뭔가가 끌어당긴다. 손으로 글자들을 스치니 가슴이 뭉클하다. 두려움인지 후회나 흥분 때문인지 가늠되지 않지만.

첫 번째 시를 만나자 손가락으로 한 단어씩 짚으면서, 입술을 달싹이며 읽는다. 몇 초 지나서야 단어들의 뜻에 충격을 받고, 놀라고 당황스러워 얼른 책을 덮는다.

그러다가 다시 책을 펼쳐서 계속 읽는다.

얼마 후 바닥에 주저앉는다. 시구에 지독한 고뇌가 어려서 차마 읽을 수가 없다. 충격적이고 끔찍하다! 죽고 싶은 마음에 대해, '춥고 황량한 세상으로 다시 나아가야' 되는 것에 대해, '비열한 치욕의 노예'가 되는 것에 대해, '후회…… 비참함…… 수치…… 경멸…… 노예근성의 죄책감'에 대해 말하는 시들. 당황스럽다. 미스 일라이저는 누구나 원하는 걸 다 가진 사람이 아닌가. 배 속이 뒤틀리는 허기를 느껴봤을까? 추워서 덜덜 떠느라 잠을 설친 경험을 해봤을까? 알몸의 미치광이 어머니를 며칠 계속해 허리에 묶고 지내봤을까? 그런데 그녀가 나보다 더 슬펐던 것 같으니.

245

그녀를 모른다는 생각이 든다. 손톱만치도 몰랐다. 주방에서 나란히 서서 종일 지내며. 난 그녀를 '친구'로 생각하는데…… 문득 내가 몹시 작고 멀리 있는 기분이다. 마치 천국으로 떠밀려가서 아래를 보니 전부 작고 하나로 뭉쳐 보이는 것 같다.

책을 탁 덮는다. 호기심이 달아나버린다. 초대받지 않았는데 그녀의 영혼을 들여다본 게 부끄럽다. 그녀가 시구들을 차가운 검은 잉크가 아니라 피눈물로 쓴 것 같았으므로.

그리고 내 수치심에 혼란이 뒤섞인다. 솟구치는 모래밭에 서 있는 것만 같다. 살면서 확실하다고 생각한 것들이 전부 사라진다.

앞치마 밑에 책을 들고 종종걸음으로 계단을 내려가 주방으로 간다. 돌비 부인이 도착해서 빨랫감을 이불보에 싸고 있다. 해티는 아침 식사에 쓴 식기들이 담긴 쟁반을 리지가 설거지하도록 식기실로 가져간다.

"리크를 씻어야 될 거야, 앤."

해티가 말하면서 탁자를 머리로 가리킨다. 거기에 내가 본 것 중 가장 진흙투성이인 리크가 놓여 있는데 다듬이벌레가 잔뜩 끼어 있다. 제대로 씻으려면 한 시간은 족히 걸릴 테고, 그즈음이면 찬물에 오래 담긴 손이 얼얼할 것이다. 하지만 오늘은 되레 반갑다. 정신을 쏠 데가 있어 다행이다. 문득 – 그리고 특이하게 – 리크에, 해티와 리지와 튼실한 빨간 팔을 가진 돌비 부인에게 다정함이 느껴진다.

시집을 생선 접시 뒤로 밀어 넣는다. 미스 일라이저가 들어오자 나는 아무것도 모르는 척 천진하게 말한다.

"찾으시던 책을 찾은 것 같아요."

그녀는 몹시 안도하여 촛불처럼 환한 얼굴이 된다.

"어머나, 앤. 대체 어디 있었어?"

"생선 접시 뒤에요."

리크를 빤히 쳐다보면서, 과장되게 벌레를 떨어낸다. 나 자신이 비열하고 야비하게 느껴지고, 얼굴이 화끈거린다.

"이상해라! 하지만 얼마나 다행이야, 딱 한 권뿐인데."

미스 일라이저가 말한다. 그녀는 조리대에 가서 생선 접시 뒤쪽을 보면서 책을 꺼낸다.

"아르놋 씨가 가시면 새 하숙 손님들이 오시나요?"

최대한 서둘러 화제를 돌리고 싶어서 묻는다.

"매사 잘 풀리면, 얼마 안 있어 하숙생이 없어도 될 거야."

그녀는 부드럽게 미소 짓는다. 평소 그 미소에 내 마음 한 귀퉁이가 녹지만 오늘은 못된 기분만 든다. 미스 일라이저가 말을 잇는다.

"마님은 이제 하숙생 받는 걸 중단해야 된다고 생각해서. 온 신경을 아르놋 씨에게 집중할 수 있게. 하지만 나는…… 난 잘 모르겠어."

아무 대꾸도 하지 않는다. 그녀가 나에게라기보다 자신에게 말하고 있는 듯 보여서다. 대신 리크를 들고 식기실로 가서 겉껍질을 벗기고, 들러붙은 진흙 덩이와 주위에 숨은 벌레들을 떼어내면서 속으로 중얼댄다. '아, 주님. 용서해주세요, 저를 용서해주세요. 그리고 이분을 행복하게 해주세요. 제발 미스 일라이저를 행복하게 해주세요.'

33
일라이저

오렌지 꽃 마카롱

　오늘은 '그 아이'의 생일이다. 하숙생이 없어서 침대에 앉아 몇 구절 써볼 수 있었다. 그 아이를 위한 시를 쓰기 시작했다. 그런데 쓴 단어들이 죄다 깊이가 없고 적당치 않았다. 1연은 너무 진부하고 어색했다. 너무 서툴러서 종이를 갈기갈기 찢었다. 설움이 ─ 한때 너무도 무자비하고, 너무도 날카롭게 느껴졌던 ─ 내면에 너무 깊이 박혔는지, 심장과 갈비뼈 사이의 좁은 틈새에 쑥 들어갔는지 궁금할 수밖에 없다. 이제 그 감정이 거의 느껴지지 않으니. 뭉근한 아픔만 남았다. 시를 쓰기에 충분하지 않다. 혹시 이제 난 시인이 아닐까?

　이런 의문들이 마음을 괴롭히지만, 옷을 입고 주방에 가니 기분이 한결 좋다. 최근에 시구를 창작하는 것과 요리를 창작하는 게 같다는 걸 알게 되었다. 진정 살아 있는 느낌, 온전히 집중해서 전력을 다하는 순간에만 내가 존재하는 게 똑같다. 요리를 준비하거나 레시피를 쓰느라 완전한 문장을 구사해야 될 때가 그렇다. 전에는 시를 쓰는 재주를 발휘했고, 이제 음식을 만드는 재주를 발휘한다. 그러니 좋은 시를 쓸 수 없다면, 그 아이의 이름으로 케이크를 구우면 된다. 곧장 착수해 맛 좋은 소다케이크의 레시피를 시험한다.

앤에게 말한다.

"신선한 버터랑 체에 내린 설탕, 티끌과 줄기를 제거한 건포도가 필요해. 달걀 세 개를 잘 젓고."

앤은 평소보다 말없이 고개를 푹 숙이고 건포도를 골라내어 다듬는다.

내가 설명한다.

"맛 좋은 소다케이크의 레시피를 시험할 거야. 또 육두구 가루, 신선한 레몬 껍질, 바구미가 없는 고운 밀가루도 필요할 거야."

"이게…… 이게…… 요리책에 들어가나요?"

앤이 건포도 그릇을 보며 찡그리면서 묻는다.

내가 확고하게 대답한다.

"맞아. 소다케이크는 파운드케이크랑 비슷하지만, 훨씬 싸면서 건강에는 더 좋지."

미스터 헨더슨, 미시즈 글라세, 닥터 키치너의 레시피를 꼼꼼히 조사하고, 분량을 기록한다. 밀가루 무게를 다시 계산하는데, 누군가가 현관 초인종 줄을 오래 신중히 당긴다. 1분 후 해티가 평소처럼 들떠서 헐떡이며 나타난다.

"마님께서 거실로 오라고 하세요. 소프 목사님 부부가 오셨어요.

핫초코와 버터 바른 토스트를 내갈까요?"

나는 짜증스럽게 양손을 든다.

"소다케이크를 시험하려는 참인데! 그 사람들은 왜 지금 왔대?"

해티가 어리둥절해하며 날 빤히 보더니 어렵게 입을 연다.

"미스 일라이저의 결혼식을 의논하려요?"

나는 사과의 의미로 고개를 젓는다.

"너한테 쏘아붙일 의도는 아니었어, 해티. 앤, 네가 할 수 있는 대로 계속해야겠다."

앞치마를 풀어 탁자에 걸쳐놓고 덧붙인다.

"핫초코나 버터 바른 토스트는 내오지 마. 부부가 머무는 시간이 길어지기만 할 테니."

거실에 들어서니 예상한 풍경이 아니다. 소프 목사는 뒷짐을 지고 왔다 갔다 한다. 부인은 소파에 단정하게 앉아 이야기하고 있다. 내가 들어서자 그녀는 말을 끊고, 짐짓 떠올린 옅은 미소가 그대로 굳는다. 방에 잠깐 침묵이 감돌고, 목사 부부가 결혼식을 의논하러 온 게 아니라는 예감이 갑자기 밀려든다.

"일라이저, 목사님께서 앤 커비의 일로 얘기하고 싶다고 하시는구나."

내 몸이 저절로 차렷 자세를 한 듯 굳는다. 어머니가 앉으라는 몸짓을 할 때, 허리춤에서 열쇠들이 부딪힌다.

소프 목사가 뾰족한 치아를 잠깐 드러내더니 콧수염을 쓰다듬는다.

"앤 커비의 부친이 밀렵 죄를 범했습니다. 토끼 덫을 놓다가 머그릿지 씨의 사냥터지기에게 들켰답니다."

나는 목사에게 상냥하게 미소 짓는다.

"한데 그게 앤이랑 무슨 상관인가요?"

소프 부인이 레이스 손수건에 대고 기침을 한다.

"남편은 커비 일가를 위해 무척 애써왔지요. 이 양반이 커비 씨가 술 취한 상태로 붙잡혔다는 점을 언급하지 않았네요. 앤이 집에 돌아가, 아버지가 말썽 부리지 않고 술을 못 마시게 하는 편이 낫다는 게 저희 생각입니다. 미혼인 딸의 도리에 대해서는 누구나 알죠."

"저는 앤을 놓아줄 의사가 없습니다. 아르놋 부인이 되어 이 교구를 떠날 때 앤 커비를 데려갈 작정입니다."

내 말이 — 말솜씨와 단호함이 — 내 귀에도 대담하게 들린다. '아르놋 부인'……. 더 이상 '미혼인 딸의 도리'라는 짐을 지지 않겠지.

어머니가 당황하며 의자에서 일어난다.

"아무것도 결정된 게 없잖니, 얘야. 또 앤 커비가 나쁜 피를 물려받았다면, 아르놋 씨가 쌓은 부와 런던의…… 악행에 유혹받게 놔둬선 안 되지."

한통속으로 오만하고 몰인정하고 무자비한 태도에 질려서 난 어머니를 노려본다. 아르놋 부인이 되면 이런 사람들에게서 해방되겠지. 매몰차고 편협한 인간들…….

내가 말한다.

"어머니, 결혼하면 제가 알아서 결정할 거예요. 이미 아르놋 씨도 제가 직접 하인들을 선택하고, 원하면 기존의 하인들을 내보내도 된다고 말했고요."

"프랑스인 요리사까지?"

어머니가 한쪽 눈썹을 치뜬다. 난 아르놋 씨와 식사할 때마다 그녀가 대화를 엿들은 걸 안다.

소프 목사가 손가락을 굽혀서 우두둑 소리 나게 꺾는다.

"저희의 방해를 양해해주십시오. 아내와 저는 특히 저희 교구의 절주 상태가 자랑스럽고 그렇게 유지하고 싶습니다."

"지당하십니다. 제 딸이 엇나간 반응을 할 수도 있지만, 의중과 다르게 말하기도 합니다."

어머니가 말한다.

나는 찡그린다. 양손을 깍지 낀다. 입을 다문다.

소프 부인이 선웃음을 지으면서 말한다.

"부인은 남편을 잃으셨고 미스 액턴은 부친을 잃었네요. 쉽지 않을 수밖에 없지요."

이를 악물고 눈을 질끈 감고 적당히 담담한 표정을 짓는다. 이런 거짓말들……. 하지만 어머니는 적절히 서러운 표정을 지으면서, 벽에 걸린 액자 속의 '우리는 신을 믿는다'라는 문구를 가리킨다. 나는 '신께서 그의 영혼을 쉬게 하시기를'이나 그와 비슷한 말이 나오기를 기다리지만, 다행히 어머니라도 그 정도로 뻔뻔하진 않다.

"커비 씨는 어떻게 될까요?"

내가 묻는다.

"머그릿지 씨의 재량에 따라 처벌받을 겁니다. 그보다 못한 죄로도 감옥선을 타고 평생 유배된 경우도 있었지요."

소프 목사가 다시 손을 굽혀 총 쏘듯 손가락마다 꺾는다.

"그는 몹시 궁핍하게 살겠지요. 식량을 구하려고 토끼 덫을 놓았을 겁니다."

내가 부드럽고 고분고분한 목소리로 말한다.

"그는 토끼를 훔쳤어요, 미스 액턴. 절도는 범죄랍니다."

소프 부인이 소파에서 일어나 보닛 모자의 꼭대기를 매만진다. 대화를 이쯤에서 끝내고 가고 싶은 기색이다.

내가 맞받아친다.

"하지만 틀림없이 머그릿지 씨는 야생 토끼 수백 마리를 가졌을 겁니다. 그리고 앤이 아버지를 보살피고 싶어 하지 않는다면 어쩌지요?"

"꼭 프랑스 혁명가 같은 말을 하는구나."

어머니가 초조한 웃음을 터뜨린다.

나는 그 말을 무시하고 소프 목사를 정면으로 쳐다본다. 그는 여전히 손가락을 꺾는다. 내가 말한다.

"또 앤에게 읽기와 쓰기를 가르친 어머니는 어떤가요? 그녀 역시 죄인이었나요?"

그는 아무 말도 하지 않고, 검지 관절을 쭉 당기더니 어머니에게 절한다.

손님을 배웅하고 돌아온 어머니는 화가 나서 부들부들 떤다.

"꼭 그리 시비를 걸고 반대하고 나서야 했니, 일라이저? 우리가 어떤 곤경에 처했는지 정확히 아는 아이가! 우리가 단 한 명의 지역 유력자나 목회자와도 척질 형편이 아닌 걸 뻔히 알면서."

내가 냉랭하게 묻는다.

"오늘 우리의 '곤경'이 제 안중에 있을 거라고 생각하세요? 오늘이 무슨 날인지 잊으셨어요?"

그녀의 표정이 급히 바뀌면서, 친절하고 이해하는 표정이 얼핏 떠오른다. 하지만 곧 다시 냉정하고 변함없는 표정으로 굳어진다.

"'그' 얘기는 꺼내지 않기로 합의했는데. 다시는."

어머니가 눈을 돌린다.

"아르놋 씨에게 그 이야기를 하고 싶어요. 그걸 알리지 않고 어떻게 결혼할 수 있겠어요?"

"오래전에 의논하고 합의한 일이야. 만약 아르놋 씨가 무슨 말이든 듣는다면 틀림없이 파혼할 게다. 그러면 우린 어찌될까? 또 네 아버지는? 전국에 흩어져서 가정교사로 노예처럼 사는 네 동생들은?"

그녀는 다가와 내 등허리에 손을 얹는다. 그리고 말을 잇는다.

"우린 지혜롭게 처신해야 된단다, 얘야. 일단 결혼해서 손에 반지를 끼고 아이라도 생기면, 네가 결정해서 과거사를 털어놓아도 되겠지. 하지만 그때까지는……."

나는 등에서 어머니의 손을 밀어낸다.

"잘 알았어요. 하지만 이날을 기념해서 케이크를 구울 거예요. '그 아이'를 기리면서."

어머니는 한껏 조용하게 말한다.

"하인들의 귀에 이 말이 들어가면 안 돼."

그녀가 서둘러 나갈 때 허리춤에서 열쇠 뭉치가 쩔렁댄다.

갑작스런 적막 속에서 예전의 시어들이 머릿속에 떠오른다.

내 주위에 달라붙은 근심들이

그대 때문에 얻는 한순간의 축복을 가리지 않게 하라.

이어서 오렌지 꽃이 떠오른다. 줄기에서 막 딴 꽃송이를 얼른 잘라 신선한 리스본 설탕에 넣고, 신선한 달걀 몇 개의 흰자를 거품 낸다. 달걀 거품이 눈 덮인 산 모양이 될 때까지. 오렌지 꽃 마카롱이라고 속으로 중얼댄다. 소다케이크는 너무 밋밋하다. 그 아이에게 오렌지 꽃 마카롱을 만들어줬으면 좋았을 것을.

34
앤

맛 좋은 소다케이크

오븐에서 소다케이크를 꺼낸다. 주방에 육두구와 달콤한 냄새가
퍼져 모직 담요처럼 내 주위를 포근히 감싼다. 아니, 어릴 적 서리가
내려 공기가 차고 답답할 때 엄마의 품에 안긴 기분이랄까. 칼날로
틀에서 케이크를 분리할 때, 해티가 흥분해서 휘둥그런 눈으로 뛰어
온다.

"거실에서 네 이야기를 하고 있어, 앤 커비. 결혼식이랑 상관없는
얘기야!"

"나요?"

순간적으로 아버지와 술주정, 이어 엄마와 정신병이 떠오른다. 그
러다가 미스 일라이저의 시집이 생각난다. 살갗에 소름이 돋는다. 매
트리스 밑에서 책을 꺼내다가 들켰을까? 하느님이 날 보시고 소프

목사에게 고발했을까? 아 주님, 저는 지옥 불에서 타게 생겼네요!

"응, 너 말이야, 앤. 예배를 빼먹은 적 있어?"

나는 고개를 젓는다. 입이 가을 낙엽처럼 마른다.

"틀림없이 뭔 짓인가 저질렀을 거야. 그게 아니면 왜 목사 부부가 네 얘기를 하려고 찾아오겠어?"

해티가 눈을 가늘게 뜬다. 그러더니 다시 묻는다.

"혹시 헌금이나 양초 밀랍을 슬쩍했어?"

대답을 할 수가 없다. 왜냐면 뭔가 '가져가기'는 했으니.

"우린 친구잖아? 나한테는 말해도 돼, 앤."

해티가 실눈으로 날 빤히 본다.

나는 어깨를 으쓱한다.

"아무것도 가져간 적 없어요."

'가져가도 도로 갖다놓았어요……'

해티는 의심이 말끔히 해소된 것처럼 싱긋 웃는다.

"네 이름이 그냥 툭 튀어나왔나봐. 그 부부가 너한테 이 자리를 소개해주지 않았나?"

나는 고개를 끄덕인다.

"우린 어디서 일하건 만날 뭔가 훔쳤다고 의심받는다니까. 주인들이 처음 뒤지는 곳이 우리의 방이야. 그러니까 거기 은 식기라도 숨겼으면 당장 치우는 게 좋을 거야."

해티는 아주 재미난 얘기라도 한 것처럼 깔깔댄다. 그러더니 내 팔을 꼭 잡아주고 앞치마의 매무새를 다듬은 후, 물을 펌프질하러 나간다.

미스 일라이저가 돌아오기를 기다리는 동안 마음이 진정되지 않는다. 석탄재를 체질하고, 백랍 나뭇가지 촛대에서 어젯밤에 흐른 촛농을 벗긴다. 그런 다음 케이크에 뿌릴 수 있게 설탕 덩이에서 설탕을 긁는다. 조리대와 선반들에 오늘 낀 검댕을 털어내고, 오븐에 석탄을 던진다. 윤을 낼 은제 차 도구 - 티스푼들, 설탕 그릇, 동글한 작은 우유병 - 를 늘어놓는다.

주방에 돌아온 미스 일라이저는 아주 이상하게 군다. 또 뚱한 얼굴이고, 눈은 불그스름하고 목 전체가 빨갛게 얼룩덜룩하다. 몇 분간 쿵쿵거리며 공책에 무언가를 휘갈겨 쓰고 나서 그녀가 말한다.

"앤, 케이크에 초를 꽂아."

"초요? 케이크에요?"

내가 놀라서 묻는다.

"그래, 좋은 밀랍 초로. 타다 만 동강 말고 온전한 걸로."

이 지시를 받으니 혼란스럽다. 비싼 양초를 왜 케이크에 꽂으려는지 납득되지 않는다. 촛농이 흘러 케이크가 망가질 게 빤한데도? 잘못 알아들었는지 의심스럽지만, 미스 일라이저는 내 마음을 읽고 말한다.

"여행 중에 접한 유럽 대륙의 관습이야. 초가 똑바로 서 있도록 케이크 겉면에 작게 우물처럼 파야 될 거야."

그녀는 조리대로 가서 작은 돈통을 열쇠로 열고 5실링을 꺼내 탁자 위로 쭉 민다. 그리고 말한다.

"네 아버지가 돈이 필요하셔. 이걸 드려."

커다란 안도감이 밀려온다. 그러니까 아버지의 주사나 엄마의 광기가 거론되지 않았다. 혹은 - 찬미할진저! - 내가 시집을 훔친 얘기도 없었고. 그런데 이 순간 머리가 자욱한 안개 속에 잠긴다. 왜 미스 일라이저가 아버지에게 드리라고 돈을 줄까? 왜 저리 풀죽은 모습일까?

그녀는 또 내 마음을 읽는다.

"네 아버지가 밀렵을 해서 곤경에 처하셨어. 5실링이면 자유를 살 수 있을 거야."

"소프 목사님에게 들으셨어요?"

감히 그녀의 얼굴을 볼 수가 없다. 밀렵이 극악한 범죄라는 것, 아버지는 굶어 죽을 지경이거나 만취해서 자신이 무슨 짓을 하는지도 몰랐으리라. 5실링을 앞치마 주머니에 넣는데 창피해서 뺨이 달아오르고, 걱정 때문에 살갗이 차갑다.

미스 일라이저가 말한다.

"응. 목사 부부는 네가 아버지의 범죄와 음주를 막을 수 있도록 널 돌려보내주면 좋겠대."

나는 헐떡이다가 심호흡을 크게 한다. 아버지를 사랑하지만 예전 생활로 돌아갈 수가 없다고 어떻게 말하지? 우리 레시피 책을 두고 갈 순 없다고 어떻게 말하나?

"제가 가면 잭이 집에 보내는 돈 외에는 돈이 없을 거예요. 아버지는 다리가 하나뿐이라서 다른 남자들처럼 들일을 못하세요."

"어머니가…… 돌아가신 후 아버지가 술을 마시기 시작했어?"

"네."

나는 아주 낮고 부드럽게 대답한다. 거짓말을 하는 내가 밉다. 엄마를 부인하는 게, 엄마를 죽이는 게……. 꼭 그런 기분이니…… 밉다. 또 집에 가기 싫은 내가, 아버지가 창피하기만 한 내가 밉다.

"그러리라 짐작했지."

미스 일라이저가 탁자를 빙 돌아와서 내 팔을 잡는다. 그런데 그걸 견딜 수가 없다. 나의 작은 부분까지 싹 말라붙으면 좋겠다. 간절히 위로받고 싶지만 혐오가 밀려든다. 아버지에게. 엄마의 정신병을 숨기겠다고 약속하게 만든 목사 부인에게. 거짓으로 가득한 온 세상에. 하지만 가장 혐오스러운 대상은 바로 나다.

"제가 양초를 찾아볼게요, 미스 일라이저."

내가 말한다. 그리고 냉큼 자리를 벗어난다.

식품실은 작은 창이 달랑 하나라서 컴컴하다. 창이 아주 높고 그물이 덮여 있다. 가늘게 빛이 들어와 돌바닥 위에서 흔들린다. 그래도 은 쟁반에 비친 내 얼굴이 충분히 보인다. 그 모습이 싫다. 거짓말하는, 좀도둑질하는, 이기적인 얼굴.

말짱한 밀랍 초를 들고 주방에 돌아가니, 미스 일라이저가 꼿꼿하게 서서 편지를 읽는다.

"우린 아르놋 씨의 런던 자택에 가야 해, 앤."

그녀가 말한다. 이 소식에 아리따운 얼굴이 빛나고, 눈은 새처럼 반짝반짝 빛난다. 어찌나 환하게 웃는지 입이 양쪽 귀에 걸린다. 미스 일라이저가 내게 묻는다.

"오늘 우린 이 희소식을 들을 자격이 있잖아?"

"네, 미스 일라이저."

'우리'가 그녀와 마님을 뜻한다고 짐작하면서 대답한다. 곧 나는 내보내져서 밀렵하는 주정꾼 아버지와 참담한 오두막으로 돌아간다는 뜻이리라. 물론 아르놋 씨는 이미 여러 하인을 부릴 것이다. 런던 아가씨들은 나 같은 가난한 시골 처녀들처럼 어설프지 않을 것이다. 런던 아가씨들의 아버지는 술을 자제할 줄 알고 훔칠 필요도 없을 테고.

그녀가 말한다.

"우린 그분의 프랑스인 요리사를 만날 거야. 또 집을 둘러보고 내가 어떤 장식을 바꿀지 결정해야겠지. 정말 마음이 넓은 분이야! 그분이 너도 초대했어, 앤. 내가 널 얼마나 높이 평가하는지 아시거든."

나는 입을 벌리고 그녀를 본다. 나를? 런던에?

"제가 같이 간다고요, 아씨?"

그녀는 고개를 끄덕이고 다시 편지로 눈을 돌리고, 난 백치처럼 헤벌쭉 웃으면서 서 있다. 비틀거리는 아버지가 – 내가 떠난 동안 누가 그를 보살피나? – 머릿속으로 들어오지만 그러다 사라지고, 난 오로지 런던만 생각한다. 드디어 내가 런던을 보는구나!

얼마 후 그녀가 말한다.

"다음 주에 떠날 거야. 어쩌면 너는 오빠를 찾아갈 수 있겠지?"

미스 일라이저가 편지를 내려놓고 생긋 웃는다. 그러더니 전에 보지 못한 일을 한다. 치마를 들어올리고 지그 춤을 추며 주방 안을 돈다. 나도 지그 춤을 추고 싶지만 쳐다보기만 한다. 그녀는 내가 빤히 보는 걸 알자 춤을 멈추고, 치마를 내리고 머리매무새를 가다듬는다. 그리고 조각된 유리 스탠드에 케이크를 올려 초를 꽂아서 거실로 가져가라고 말한다. 난 최대한 손을 떨지 않으려고 애쓰면서 거실로 간다. 머리에 아버지가 다시 기어들지만 런던에서 잭을 만날 생각을 하니 가슴이 뛴다. 온몸의 피부가 다시 축축해진다.

35
일라이저

닭 볏으로 장식한 오르톨랑

아르놋 자택은 앨버말 가에 있고, 난 마차에서 내린 순간부터 매료된다. 하얗게 닦인 계단, 새로 칠한 덧창, 번쩍대는 황동 도어 노커. 전면 전체가 깔끔하고 관리가 잘되어 있다. 통행로조차 대부분의 런던 길과 달리 씹다 만 뼈다귀, 똥 덩어리, 구더기 끓는 쥐들, 썩은 채소를 쓸어내서 깨끗하다.

반짝이는 단추가 달린 자수 조끼를 걸친 그가 얼른 계단을 내려온다. 내 안에서 기쁨이 솟구친다. 이게 내 가정이 될 집이다! 이게 내가 – 마침내 – 안주인이 될 집!

"어서 오십시오! 어서 오세요."

그가 말하면서 어머니와 내게 깊이 절한다. 애과 시종이 짐을 내리는 사이, 우린 안으로 들어간다. 제복을 입은 하인들이 한 줄로 서서 몸을 흔들면서 쳐다본다. 가정관리인, 집사, 하녀 여섯 명. 아르놋 씨가 성과 이름을 외우지 못해 관리인이 끼어들어 낯선 사투리로 - 스코틀랜드 말투? - 소개해야 되지만, 하인들이 목례하거나 절한다. 그들 뒤로 숫자판에 아기 천사들이 그려진 큰 괘종시계가 있다. 온실에서 재배한 꽃이 담긴, 금테 두른 화병 아래서 마호가니 탁자가 신음한다. 말 탄 남자들을 그린 두텁게 금칠된 액자들이 벽들을 장식한다. 벽에 걸린 촛대에서 촛불 수백 개가 빛나고, 샹들리에 두 개가 반짝여서 하녀, 가구, 꽃, 소형 카펫, 그림들이 밀물과 썰물을 겪듯이 한동안 그늘에 있다가 곧 너울대는 불빛 속에서 빛난다. 난 어머니를 곁눈질한다. 그녀가 치마 위로 손가락을 하나씩 까딱이는 걸로 봐서, 각각의 장식품과 고급 양초의 값을 계산 중이다.

집 구경은 식당에서 시작한다. 바닥이 반들반들하게 닦이고, 벽에는 거울과 초상화가 잔뜩 걸려 있다. 황토색 가죽을 씌운 식탁 의자 열두 개가 긴 식탁 주위에 놓였고, 식탁 양쪽 끝에 황동 바퀴가 달린 마호가니 식기대가 있다. 작은 파인애플에 둘러싸인 나뭇가지 모양의 은촛대가 식탁 중앙을 장식한다. 벽난로 옆의 큰 접시를 덥히는 상자에는 화려한 부채 뒤에 유혹적으로 숨은 중국 여인들이 그려져 있다.

"손님을 접대하시지 않는 줄 알았는데요."

내가 살짝 애교 부리듯 말한다. 어머니가 흡족해서 고개를 끄덕인다.

"전부 아내가 있을 때와 똑같소. 마음에 들지 않는 게 있으면 뭐든 바꾸어도 좋아요. 유행에 뒤떨어진 방이니."

그가 큰 손짓으로 방 안을 가리킨다.

"덧창이 너무 수수하니 친츠(화려한 무늬의 사라사 무명 - 옮긴이) 커튼을 달면 더 나을 거예요."

어머니가 말한다.

내가 말한다.

"아무것도 바꾸지 마세요. 저는 어떤 모양새나 형태의 낭비도 견딜 수가 없어요."

어머니가 날 노려본다.

식당에서 작은 거실로 갔다가 응접실로 간다. 거기서 서재로 가고, 장서가 보잘것없자 난 눈썹을 치뜬다. 나오면서 아르놋 씨가 말한다.

"내 침실을 제대로 보여줄 수가 없고 당신 침실은 나중에 보게 될 테니, 여기서 집 구경을 마쳐야겠소. 자, 숙녀 여러분. 다과를 하면 어떨까요?"

나는 용기를 낸다. 기침을 하고 양손을 맞잡고 말한다.

"주방을 보고 싶은데요, 에드윈. 그래도 될까요?"

어머니가 다시 노려보더니, 무척 고압적인 말투로 쏘아붙인다.

"일라이저, 주방은 하인 구역이야. 상류층 런던 마님들은 자택 주방을 보지 않아. 그렇지 않은가요, 아르놋 씨?"

아르놋 씨가 말한다.

"분명히 그럴 겁니다. 하지만 주방을 보고 싶으면 얼마든지 그렇게 해요. 다시는 보고 싶지 않을 테니."

계단을 내려갈 때, 어머니가 코로 거칠게 숨을 쉰다. 건물 뒤쪽에서 어둡고 좁은 돌계단에 도착하니, 그녀가 말한다.

"나는 더 내려가지 않겠어요, 아르놋 씨."

에드윈은 어떻게 할지 모르겠다는 듯 불편해 보인다. 그가 말한다.

"아마도 내려가지 말아야 될 거요. 루이는 내가 주방 근처에 얼씬 대는 걸 꺼리거든. 와인 저장고와 은 식기 보관실의 열쇠는 내가 갖고 있지만, 다른 곳은 얼굴을 디밀지 않소."

"당신은 어머니랑 계세요. 제가 휙 둘러볼게요."

내가 말하고 서둘러 계단을 내려가 주방 복도로 간다. 천장이 낮고 습기가 차 있다. 창고들 뒤쪽에서 주방이 느껴진다. 주방의 열기가 새어 나오고 부글부글 끓는 국 냄비, 양파튀김, 양고기 기름 냄새가 풍긴다. 뒤섞인 음식 냄새 속에서 다진 로즈메리의 숲 향기가 우러난다.

주방은 파란 칠이 되어 있지만, 벽과 천장은 연기에 검게 그을렸다. 좁은 기둥들에 줄줄이 엮은 양파, 햄 덩어리, 긴 말린 세이지와 월계수 다발, 실로 엮은 빨간 고추가 걸려 있다. 벽에 통과 양철 그릇이 줄지어 걸리고, 다른 벽에 대형 조리대를 붙여놓았다. 그 위에 냄비, 구리 젤리 틀, 각종 모양과 크기의 대형 접시, 접시 덮개, 육즙받이, 강판, 설탕용 강판, 향신료 통, 비스킷 틀, 일반적인 체, 빳빳한 체 등이 놓여 있다. 탁자에는 나무 도마, 칼, 패스트리 판, 밀대 몇 개, 여과용 천 다발이 있다.

높은 창에서 저녁 빛 한 줄기가 들어오고, 그 빛으로 바깥 통로를 지나는 행인들의 부츠와 구두가 보인다. 보다이크 하우스의 주방과 전혀 다른 모습이다. 그곳 주방은 높고 공기가 잘 통하고, 음식 냄새가 편안하게 어울린다. 이 어둡고 밀집된 공간에서 음식 냄새는 서로 뒤엉겨 싸운다. 내 주방은 북쪽으로 창 하나만 나 있지만, 늘 열어두어 신선한 공기가 잘 통한다. 이곳은 유리를 끼운 창에 쇠창살이 달리고 사각형 생선 찜기 크기다. 벽마다 수증기가 올라서 주방 전체가 소형 용광로처럼 뜨겁고 습하고, 환기가 안 되고 몸에 해롭다.

"내 주방에 누가 들어왔지?"

새된 콧소리를 내는 프랑스식 억양이 들린다. 나는 걸어오는 사내가 요리사 루이일 거라고 짐작한다. 역청탄 가루 상자를 든 여자애가 뒤따라온다. 그는 키가 크지 않고 주방이 컴컴하지만, 그의 그림자가 길게 드리워진다.

"미스 액턴이에요."

난 그가 내 이름을 알 거라 예상한다. 우리가 도착하자 일렬로 서서 맞이한 하인들처럼 요리사도 상황을 들었겠지?

그는 내가 들어온 문이 배달 출입구인지 현관문인지 가늠이 안 되는 듯이 날 아래위로 훑어본다. 그러더니 덥수룩한 검은 머리를 마구 만지면서 말한다.

"메 위mais oui(그렇군요), 미스 액턴."

몇 년 만에 프랑스어를 듣자 한순간 머뭇대지만, 피와 기름이 얼룩진 지저분한 앞치마가 눈에 들어온다. 새 앞치마로 갈아입지 않다니 이상하다.

"주방에 바람이 더 들어야겠네요. 여기 있다간 하녀들이 질식하겠어요, 당신도 마찬가지고요. 반대하지 않으면 이제 식품실들을 봐야겠어요."

그의 오만한 눈을 응시하면서 말한다.

"반대합니다."

그가 거만하기 짝이 없게 응수한다. 스토브 앞에서 석탄을 삽으로 뜨던 여자애가 고개를 들고 킥킥댄다.

나는 허리를 세우고 턱을 살짝 쳐든다.

"잘 알겠어요, 루이. 하지만 내가 아르놋 부인이 되면 주방에 지대한 관심을 가질 계획임을 알려줘야겠군요."

"주인은 날 '셰프'라고 부르십니다. 똑같이 해주시길 청합니다."

소녀가 다시 키득대더니 트림을 하고 슬그머니 나간다.

그들의 무례에 충격을 받아 고개를 끄덕인다. 런던의 주방들은 전부 이런 식일까?

"돌아가신 마담 아르놋은 여기 오신 적이 없는데요."

루이가 다시 머리에 손을 넣으면서 말한다. 손톱 밑에 때가 끼고, 적양배추라도 만졌는지 손끝에 거뭇한 황토색 얼룩이 있다. '손으로 머리를 만지는' 짓이 얼마나 비위생적인지 지적하고 싶은 마음이 간절하지만 가만있기로 한다. 결혼하면 그때 하겠노라 다짐한다.

"난 다르게 관리할 작정이에요."

관자놀이에서 땀이 흐르자 얼굴을 조심스레 닦는다. 땀이 나는 게 스토브 열기 때문인지, 요리사의 오만 때문인지 모르겠다.

그가 선언하듯 말한다.

"영국 여자들은 요리를 할 줄 모르지요. 여기 숙녀들은 그림을 예쁘게 그리거나 연주하거나, 내 모국어를 말하는 법은 배워도 요리는 안 배우거든요."

몸을 돌려 떠나야 되는 줄 알면서도 왠지 뿌리내린 듯 그대로 서 있다.

그가 느릿하게, 심한 외국어 억양으로 말을 잇는다.

"영국 음식은 아주 형편없습니다. 런던 신사들이 선술집과 식당과 고기 전문점에서 식사하는 이유가 뭐라고 생각합니까? 먹을 만한 음식은 오로지 프랑스인 셰프들만 만들거든요. 우린 예술가입니다. 예술가!"

마침내 내가 입을 연다.

"당신의 견해에 동의할 수 없군요. 이곳의 안주인이 되면 아르놋 씨의 식사에 아주 면밀히 관심을 기울일 거예요."

처음으로 '안주인'이라고 말할 때 아무런 전율도, 어떤 만족감도 느껴지지 않는다.

"영국인들은…… 맛을 몰라요. 미각이 없지요. 늘 식초랑 고추만 뿌려대니까요. 늘 요리할 줄 모른다는 걸, 독살할 줄밖에 모르는 걸 감추려고요."

그는 기름 묻은 손으로 자기 목을 잡더니 조르는 시늉을 하고는 껄껄댄다.

"아르놋 씨에게 돌아가야겠군요."

신선한 공기가 간절히 필요해서 내가 말한다. 새 드레스, 새 모자, 새 망토, 새 장갑 아래서 내 몸이 분노로 떨린다.

그가 절을 한다.

"오흐부아Au revoir(안녕히), 마드모아젤 액턴."

몸을 돌려, 부들부들 떨면서 계단을 올라 아르놋 씨와 어머니에게 돌아간다. 두 사람은 거실에 자수 커튼을 다는 게 좋을지 상의하는 중이다.

아르놋 씨가 말한다.

"저는 뻗어나가는 영국 참나무 가지에 걸터앉은 금색 천사들을 천장에 그려 넣고 싶습니다."

그가 천장을 손짓하다가 문간에 서 있는 나를 본다.

"제가…… 셰프를 만나봤어요."

동요한 기색을 감추려고 옷소매를 만지며 말한다.

"그렇군. 참아주기 어려운 인물이지, 안 그렇소? 난 그의 일에 관여하지 않고 그건 죽은 아르놋 부인도 마찬가지였소. 하지만 그의 요리는 뛰어나다오, 오늘 저녁에 알게 되겠지만."

"그는 프랑스 요리만 만드나요?"

나는 약혼자가 커리와 향신료를 선호하는 사실을 떠올리면서 묻는다.

"내가 매주 커리를 요구하면, 루이는 마지못해 준비하지. 그러고 나서 며칠간 토라지고."

아르놋 씨가 웃음을 터뜨리자, 어머니도 같이 웃으면서 내게 웃으라고 눈치를 준다. 하지만 요리사의 오만에 아직도 부들부들 떨린다.

"급여를 얼마나 주시는지 여쭤도 될까요?"

어머니가 웃음을 뚝 멈춘다. 그녀가 날 노려보다가 말하려고 입을 열지만, 아르놋 씨가 한발 빠르다. 그가 대답한다.

"연봉 60파운드요, 일라이저. 하지만 내게 꼭 필요한 사람이라오. 게다가 여느 런던의 괜찮은 집에 가도 같은 액수를 받을 거요.

사실 멜로즈 경은 프랑스인 셰프에게 연봉 65파운드를 지불한다고 들었소."

그의 대답을 듣자 말문이 막힌다. 훌륭한 여자 요리사의 연봉은 고작 10파운드. 아르놋 씨를 설득해 그 가증스런 '셰프'를 내보낼 수만 있다면 50파운드가 절약될 텐데.

"일라이저, 네가 호화롭고 부러움을 살 만찬을 대접할 수 있다고 생각해보거라. 네가 아르놋 씨의 사업에 얼마나 도움이 될지 생각하라고."

어머니가 달래듯 말하지만, 차가운 분노가 담긴 눈빛이다.

'하지만 내 요리책이나 시집이 얼마나 더 많은 이들에게 도움이 될지 생각해보세요!'라고 외치고 싶다. 대신 입을 다물고 굳은 표정을 짓는다.

아르놋 씨가 다정하게 고개를 끄덕이며 맞장구친다.

"그게 루이의 강점이지요. 우리가 지하실에 내려갈 필요가 없는 것이!"

나중에 손님방에서 잘 채비를 하면서, 어머니는 내 '가당찮은 주방에 대한 관심'과 '요리사 급여에 대한 용서받지 못할 질문'을 힐난한다.

"하지만 제가 이 집 안주인이 되면, 당연히 알아야 될 일들인걸요?"

"아직 넌 손에 반지도 끼지 않았다, 일라이저. 왜 그리 조급하게, 그리 청개구리처럼, 그리 고집스럽게 굴어야 되는 게냐?"

그녀는 성난 손길로 머리를 잠옷 모자 안에 밀어 넣는다. 어머니가 계속 쏘아붙인다.

"세련된 런던 귀부인들은 하인 구역인 지저분한 지하실에 관심을 두지 않아. 그들은 매력적이고 재미나고 총명하지. 너도 그런 식으로 사교계에서 아르놋 씨의 지위를 유지해야 해."

나는 이불을 끌어올리고, 등을 돌려 촛불을 끈다. 어머니는 어둠에 대고 계속 잔소리한다.

"또 요리사의 뛰어난 창의력을 너도 봤지……. 수프에 적시는 빵 조각을 백조 모양으로 만들고, 닭 볏으로 장식한 오르톨랑(촉새 요리) 하며, 여자 머리 형상의 머랭 피라미드까지……. 그건 '우리'를 기리는 만찬이었다, 일라이저."

"저도 알아요, 어머니."

루이는 거창하고 호사스러운 만찬을 준비했고, 여섯 코스의 풍미가 혀에 머물러 대화가 불가능할 지경이었다.

그녀가 덧붙인다.

"네가 고집스럽게 수프를 찔러대는 걸 봤다. 빵 조각들도 살폈지, 꼭 의사처럼! 왜 여느 숙녀답게 식사하지 못하는 게냐?"

"음식이 너무 과했어요. 절반은 낭비였다고요."

내가 베개에 대고 중얼댄다. 사실 루이의 음식이 아직 혀끝에 맴돌고, 밤새 그 섬세하고 복잡한 풍미를 곱씹어도 모자란다는 걸 안다. 아니, 꿈속에서도 그럴 것이다. 불 맛이 나는 달짝지근한 구이 요리. 생선은 – 넙치인가? – 피어오르는 수증기 구름 위를 떠다니는 듯했고, 콩에 뿌린 섬세한 허브 – 처빌(파슬리의 일종인 향미료 – 옮긴이)? –의 맛이 소스마다 배어 있었다. 머랭 위에 꽃가루처럼 가볍게 캐러멜로 우리 이름이 새겨졌다. 하지만 이런 음식을 만들거나 요리할 형편이 되는 사람이 몇이나 될까?

"게다가 왜 낭비 운운하는 게냐? 정말이지, 일라이저! 네 절약 정신은 여기 어울리지 않아. 네…… 입맛도 마찬가지고."

나는 베개에 대고 한숨을 쉬면서, 언젠가 여기가 내 집이 되고, 내가 딸이 아닌 아내가 될 거라고 되새긴다. 그러자 내가 그린 미래는 – 까탈스런 어머니의 싸구려 휠체어를 밀고 다니는 – 저만치 달아난다. 사라진다!

36
앤

신사들이 남긴 오렌지 크럼핏

런던은 높고 검은 뾰족한 지붕이 몇 킬로미터나 줄줄이 솟아 있다. 도로는 밀치락달치락하는 거대한 장이다. 짐차들과 손수레들, 물수레를 매단 나귀들, 전세 마차들, 이리저리 피하고 달려드는 2인승 마차들, 마차에서 던진 사과 꽁다리나 동전을 집으려고 바퀴 아래로 뛰어드는 거지 아이들. 소음에 귀가 멍멍하다. 자갈길에서 덜컹대는 수백 개의 쇠 박힌 바퀴, 마부들의 고함과 채찍 소리, 행상인들의 끊임없는 호객 소리, 거지들의 울음소리. 이런 소리가 내 귀에 들린다. 아르놋 씨의 지하 주방에서도, 안쪽 식기실에서도. 나는 식기실에서 지푸라기 요를 깔고 코 고는 하녀 넷과 바퀴벌레 수백 마리 틈에서 잔다.

런던은 내가 가본 중 가장 지저분하고 악취 나는 곳이라고 결론

274

내린다. 사람과 동물 똥, 썩은 생선, 상한 양배추 냄새. 그러다 군밤, 완두콩 수프, 구운 사과 냄새를 맡으면 허기지고 메스꺼워진다. 켄트에서는 바람의 방향 혹은 어디를 지나느냐에 따라 악취가 풍기다 사라진다. 런던에서는 계속 악취가 나서, 온 지 이틀 만에 꽤 익숙해진다.

런던에 도착해 이틀 후, 미스 일라이저가 잭을 만나고 와도 된다고 말한다. 그녀는 조그만 약도를 그려주면서, 길을 물을 때가 아니면 아무와도 말을 섞지 말라고 당부한다. 다음 날 아침 마님과 미스 일라이저가 아직 손님방에 있을 때, 난 집을 나선다. 아르놋 씨의 집을 벗어나니 반갑다 – 심부름꾼들이 계속 치마를 들추고, 시종들은 좁은 복도에서 연신 내 몸을 밀고, 집사는 이미 세 번이나 엉큼하게 손을 내 상의에 넣었다.

하지만 도로에 혼자 서서 굴을 벗어난 토끼처럼 눈을 깜빡인 순간부터, 행상들이 달려든다. 양의 발, 쥐약, 뜨거운 장어, 석화 굴, 스토브에서 갓 꺼낸 구운 감자, 콩팥 푸딩, 작은 파이, 구두약, 순무, 나무껍질로 짠 머릿기름, 이미 엉긴 우유, 병든 사과, 나무못, 전단지, 닦은 조가비…… 사세요! 너무 어지러울 때까지 고개를 푹 숙이고 좌도 우도 보지 않고 걷다가, 약도를 볼 때만 멈춘다. 그리고 아무도 보지 않을 때만.

펠멜(신사 클럽이 즐비했던 런던의 번화가 - 옮긴이)에 도착할 즈음, 코와 입이 거뭇해지고 소음 때문에 머리가 지끈댄다. 하지만 '리폼 클럽 Reform Club'(1836년에 문을 연 런던 상류 인사들의 사교 클럽 - 옮긴이)을 본 순간 모든 게 잊힌다. 어찌나 웅장하고 깔끔한지 내 용기도 잊힌다. 중절

275

모를 쓰고 금단추가 터져 나갈 듯한 신사들이, 회중시계를 덜걱대고 지팡이를 흔들면서 입구를 드나든다.

상인 출입구를 찾아 오빠인 잭 커비를 만나러 왔다고 말한다. 그러자 잭이 놀라서 나오고, 얼룩 하나 없는 흰옷을 입은 모습을 보자 난 천사인 줄 안다. 잭은 숨 막히게 힘껏 안더니, 더 잘 보려고 뒤로 물러난다. 난 런던에 일 때문에 왔다고, 곧 여기서 살 거라고 알려준다. 그러자 잭은 입이 귀에 걸리게 활짝 웃고, 우린 한 쌍의 어릿광대처럼 씩 웃으면서 서 있다.

"얼마나 보고 싶었다고, 앤."

그가 말하면서, 빳빳하게 풀 먹인 긴 흰 앞치마를 내게 준다. 그러면서 말을 잇는다.

"이걸 둘러, 내가 슬쩍 데리고 들어갈게."

그는 날 어떤 문으로 데려가고, 거기서 주방이 힐끗 보인다. 웅장한 흰 연회실과 비슷한데, 다만 하얀 옷차림의 요리사들과 하인들이 북적댄다. 모든 게 정말 깔끔하고 정돈되어 있다. 뭔지 모를 묘한 냄새가 나지만, 그마저도 썩은 고기나 엉긴 우유와 달리 깔끔한 냄새다.

"저 사람이 그 위대한 요리사 무슈 스와예야."

잭이 비스듬한 빨간 벨벳 베레모 외에는 하얗게 입은 남자를 가리킨다. 그는 민첩하게 움직이면서 냄비들에 반지 낀 손가락을 넣었다 뺀다. 잭이 말을 잇는다.

"하지만 그의 눈에 띄면 안 돼. 네가 사기꾼인 걸 알 테니까."

"난 방문객인걸."

내가 발끈하며 받아친다.

"그는 너를 사기꾼으로 알 거야, 너는 수수한데 조리장님은 예쁜 아가씨들만 고용하거든."

잭이 내 팔을 당기면서 대답한다. 하지만 발이 떨어지지 않는다. 서서 요리사들을 언제까지라도 구경하고 싶다. 다들 우아하고 정확하게 움직인다. 한 사람이 도마에 허브를 다져서 넘기면, 받은 사람이 향신료 통에 든 재료를 더해서 큰 절구에 빻는다. 그걸 넘겨받은 사람이 절구에 담긴 것을 긁어 큰 수프 냄비에 넣고 젓는다. 그러면 무슈 스와예가 불려온다. 그가 간을 보고 후추를 갈아 넣은 후, 누군가를 부르니 그 사람이 구멍 뚫린 스푼을 가져와 거품을 걷어낸다.

"꼭…… 춤 같아."

내가 속삭인다.

잭이 눈을 굴리고 내 팔꿈치를 다시 당기면서 말한다.

"춤? 네가 언제부터 춤을 봤다고?"

"내가 생각하는 춤이란 뜻이야. 다들 같이 움직이면서 이야기를 만드는 곳."

내가 말한다.

"식당에 나가는 접시들을 보면 좋을 텐데. 보고도 믿지 못할 거야, 앤. 켄트 전체를 한 달간 먹일 만한 양이거든. 이리 와, 은밀히 고기 창고에 들어가게 해줄게."

"이 안은 왜 끓는 것처럼 덥지 않아?"

연기 냄새가 안 나는 걸 문득 깨닫고 묻는다. 혀에서 검댕 맛이 나거나, 이마에서 땀을 닦지도 않는다. 아르놋 저택의 주방과 다르다.

잭이 내 귀에 속삭인다.

"가스 때문이야. 이제 이 주방에서는 석탄을 쓰지 않아. 모든 불빛도 가스야. 냄새가 나지 않니?"

나는 공중에서 풍기는 이상한 냄새를 킁킁대면서 고개를 끄덕인다.

"중독되겠네?"

"그럴 거야."

그는 나를 서리와 얼음이 잔뜩 낀 방으로 데려간다. 몸이 떨려서 어깨에 두른 숄을 여민다. 한쪽 벽의 걸대에 양, 거세한 황소, 노루가 매달려 있다. 다른 벽에는 발톱을 끈으로 묶은 새 수백 마리가 걸려 있다. 작은 종다리, 물떼새, 메추라기, 멧도요, 도요새, 들오리, 꿩, 비둘기, 자고새, 수탉, 거위. 벽 전체가 새털, 부리, 비늘 낀 발톱 천지다. 저쪽 끝의 너른 대리석 선반에는 집토끼와 산토끼가 잠든 것처럼 늘어져 있다.

"정말 고기가 많네."

내가 속삭인다. 한쪽 다리와 목발로 혼자서 토끼 한 마리를 밀렵한 아버지가 떠오른다. 소프 목사가 잘 말해주고 미스 일라이저가 준 5실링을 위로금으로 전했지만, 아직 벌칙이 정해지지 않았다.

"저게 오늘 내가 할 일이야. 토끼 50마리의 가죽을 벗기고 새털을 전부 뽑아야 해. 그런 다음 얼음 서랍에 보관된 잉어 스물다섯 마리의 내장을 제거해야 되거든."

잭이 다시 내 팔꿈치를 당겨서 문으로 향하게 한다. 그가 묻는다.

"아버지는 아직도 묘지에서 일하시니?"

"응."

거짓말을 한다. 잭에게 차마 사실을 말할 수가 없기 때문이다. 이제 거짓말이 입에서 술술 나오는 것 같다.

잭이 손바닥을 이마에 대면서 말한다.

"참! 여기서 기다려."

그가 긴 하얀 복도로 사라진다. 온통 흰색이니 정말 아름답고, 내가 상상하는 천국이 바로 이럴 것 같다. 별별 거짓말을 한 주제에 천국을 볼 거란 뜻은 아니다. 잭이 가자, 난 다시 큰 하얀 주방으로 가서 문과 경첩 사이로 엿본다. 무슈 스와예가 웃고 있다. 빨간 베레모가 아래위로 흔들린다. 요리사들이 긴 탁자에 서서 다지고, 자르고, 섞고, 밀대로 민다. 다른 사람들은 연기 나지 않는 대형 스토브 앞에서 젓고, 팬을 흔들고, 긴 나무 스푼으로 맛을 본다. 사각대는 흰 제복을 입고 거기 낀 나를 상상한다. 상상 못할 만큼 음식이 많은 이 차분한 하얀 주방에 매일 나가는 나를 그린다.

잭이 피 냄새가 밴 마대 자루를 들고 돌아온다.

"아버지 드려. 케첩이랑 피클이랑 오늘 아침에 신사들이 남긴 오렌지 크럼핏(가볍고 부드러운 머핀 비슷한 빵 - 옮긴이)이야."

오빠가 이 천국 같은 궁전에서 - 조리장이 빨간 베레모를 쓰고 생선이 '얼음 서랍'에 보관되는 - 일해서 정말 자랑스럽다는 표현을 궁리해도 떠오르지 않는다. 대신 목구멍에서 덩어리가 치민다. 자랑. 시샘. 슬픔. 경외감. 그런 것들이 가슴속에 갇혀 입을 열 수가 없다.

"뼈만 앙상하더니 살이 좀 붙었네."

잭이 말한다. 그러더니 고개를 숙이고 덧붙인다.

"한동안 돈을 못 보낼 거야, 앤. 집세가 두 배로 올라서 남는 돈이 없어. 하지만 더 싼 숙소를 찾는 대로 얼마라도 보낼게."

그가 이 말을 할 때, 패스트리 반죽처럼 아주 납작하게 밀리는 이상한 기분이 든다. 몸에서 공기가 빠져나간다. 겨울이 다가오고, 요리사가 되려는 내 열망은 누구에게도 도움이 되지 않는다. 내가 있을 곳에서 수천수만 마일 떨어진 아르놋 씨의 저택에 있는 게 상상되지 않는다. 왜냐면 이제 나 혼자 아버지를 감당해야 되니까.

37
일라이저

그레이비를 곁들인 양 등심

옆에서 어머니가 심하게 코를 골면서 자지만, 난 밤새 뒤척인다. '셰프'와 나눈 담화─그렇게 부를 수 있다면─가 머릿속에서 되풀이되고, 마음을 조각내어 날 복잡한 길들로 휘몰아가 현기증이 난다. '영국 여자들은 요리를 할 줄 모른다…… 미각이 없다…… 늘 식초랑 고추…… 그림을 예쁘게 그리는 건 배워도 먹는 건 배우지 않는다…….' 험상궂으나 익숙한 그의 얼굴이 동요하는 머릿속을 들락댄다. 마침내 깊은 잠에 빠지고 다시 프랑스에 간 꿈을 꾼다. '셰프'인 그가 스미르나 무화과가 엄청나게 쌓인 장터 노점 아래서 나와 사랑을 나누며 신음한다. 덥고 자책감에 잠겨 깨어난다. 어머니는 여전히 자지만, 거물이 솟은 하늘에 붉그스름한 금색 빛이 몰려든다. 그래서 평소의 기상 시간이 지났음을 안다.

얼른 옷을 입고, 세면대의 사기 물병에서 물을 따라 세수한 후, 삐걱대는 나무 계단을 내려간다. 아르놋 씨의 서재에서 글을 쓸 심산이었다. 약혼 만찬 석상에서 그에게 줄 헌시獻詩를 쓰고 싶었다. 그런 몸짓이 내 시에 대한 열망을 솔직히 털어놓는 데 도움이 될 듯해서.

그런데 발이 저절로 움직이는 능력이라도 있는 듯 서재 앞을 지나 계단을 내려간다. 계속 움직여 주방 복도로 접어드는 좁은 돌계단을 내려가고 있다. 어떤 소리도 내가 걷는 마법을 깨지 않는다. 펌프가 끼익하는 소리도, 석탄이 덜걱대는 소리도 나지 않는다. 문이 쾅 닫히거나 유리가 쨍그랑대는 소리도 없다. 대신 내 발이 움직여 석탄 창고, 와인 저장고, 은 식기 보관실을 지난다. 세척장, 저장고들, 식기실을 지나친다. 하나같이 차갑고 어슴푸레하다.

그 순간 그의 목소리가 들린다. 살짝 비아냥대고 호기심 어린 말투다.

"마드모아젤 액턴이시군요?"

그가 팔짱을 끼고 주방 문틀에 기대서서, 날 지켜본다.

마법이 깨진다. 내가 여기서 뭐 하는 거야? 왜 서재에 있지 않지? 이 시간에 주방에 나타난 핑계를 궁리하면서, 가려고 몸을 돌린다. 하지만 나보다 먼저 그가 말을 찾아낸다.

"주인님 조식을 어떻게 준비하는지 보시려고요?"

내가 고개를 끄덕인다.

"그리고 내 하녀 앤을 보려고요."

"아, 앤이요. 오라버니를 만난다며 벌써 나갔는데요."

그가 대답한다. 요리사의 눈이 내 몸을 천천히, 무례하게 아래위

282

로 훑자, 난 당당하게 대응해야 된다는 걸 안다. 그의 안주인이 될 사람으로서. 너무 늦기 전에.

"알겠어요."

바닥을 내려다본다. 몸을 돌려서 계단을 올라가 서재로 가야 된다. 그런데 그의 목소리가 묘하게 마취제 같다. 프랑스, 사랑, 자제할 수 없는 열정의 기억들. 요리사가 부드럽게, 가벼운 입을 놀릴 때 그 기억들이 되돌아온다. 그의 검은 눈이 노골적으로 내 가슴을 스친다.

그가 내 얼굴을 바라보면서 말한다.

"미안합니다, 마드모아젤 액턴. 영국인에 대해 너무 무례했네요."

"일부는 맞는 말이었어요."

억지로 그와 눈을 맞추고 계속 응시한다. 그러면서 말을 잇는다.

"우린 요리를 배우지 않고, 노래와 피아노 연주로 신사들을 즐겁게 해주는 것만 배워요. 난 오랫동안 부유층 숙녀들이 다니는 사립학교를 운영했어요. 그들에게 요리를 가르치지 않은 게 무척 후회되네요."

눈꺼풀이 두꺼운 그의 눈이 조금 커진다. 그가 날 손가락질하면서 말한다.

"영국에 최고의 음식이, 세상에서 가장 훌륭한 요리들이 있었습니다. 프랑스 요리가 등장하기 오래전에요. 그러다가……."

요리사가 어깨를 으쓱하면서 말을 잇는다.

"영국 빵은 독 덩어리입니다. 커피는 혐오스럽고요."

난 아쉬워하는 듯한 느낌을 억누르려고 뻣뻣한 목소리로 대꾸한다.

"오래전에 난 프랑스에 있었어요. 음식이 아주 맛있고 당신들이 허브들을 쓰는 법에 대해 많이 배웠어요. 섬세한 풍미를 높이 사는 것도, 올리브유와 레몬을 쓰는 방식도."

컴컴한 공간에서 갑자기 그의 얼굴이 환해진다. 뇌 속에 촛불이라도 켜진 것 같다.

"미리 알았다면 그런 무례를 범하지 않았을 겁니다. 대부분의 영국 숙녀들은……"

그의 눈에 새롭게 광채가 떠오른다.

"다들 당신이 그레이비를 곁들인 양 등심을 요리해주기를 바라죠?"

"브레망 vraiment(정말이에요)! 만날 양 등심이죠, 만날 그레이비를 곁들이고, 만날 고추를 곁들이죠. 그래서 제가 여기 왔습니다."

그가 천장을 가리키면서 씩 웃는다. 그러고 나서 덧붙인다.

"주인께서는 제가 원하는 대로 요리하게 해주십니다. 하지만 1주일에 하루는 반드시 커리를 요리해야 됩니다."

그는 다시 어깨를 으쓱한다.

"커리나 동양 음식을 좋아하지 않나요?"

"혀를 죽이니까요. 커리를 먹고 어떻게 처빌이나 월계수 잎 같은 우아한 풍미를 즐길 수 있겠습니까?"

"맞는 말일지도 모르겠네요."

어머니나 소프 부인보다 루이와 나누는 대화가 훨씬 즐거우니 참 이상하다고 생각하며 대답한다. 꿈 조각들이 되살아난다……. 무화과를 쪼갤 때 풍기는 달콤하고 끈적한 냄새…… 루이……. 나는 얼른 침을 삼킨다. 그 이상한 꿈에 뒤따르는 자기혐오를 삼키려는 듯이.

그가 말한다.

"영국 요리를 다룬 오래된 책들이 있습니다. 지금은 안 계시지만 지난번 주인이 몇 권 갖고 있었지요. 영국 숙녀들이 쓴 책이었어요. 우스꽝스런 그림을 그리거나 피아노를 뚱땅거리는 것보다 요리하는 걸 좋아했던 숙녀들이."

"내가 그 숙녀들과 비슷하다면, 당신 주방에 들어오게 해줄 건가요?"

그는 가만히 서서 두툼한 입술을 잔뜩 내밀고 생각에 잠긴다. 마침내 루이가 입을 연다.

"런던 숙녀들이 그럴 리가요. 하지만 지켜보시겠다면 제가 가르쳐드리지요."

"좋아요."

그가 전날 저녁에 차린 식사를 떠올린다. 크림과 와인으로 만든 소스들은 각각 타임, 괭이밥, 파슬리, 타라곤(개사철쑥 - 옮긴이) 같은 허브의 풍미가 우러났다. 소스마다 혀 위에서 꽃송이처럼 피어났고, 한 가지 맛이 다른 맛에 스며들었다. 충분히 음미하며 그 맛을 찬미하는 것이 마땅한데, 어머니가 식탁 밑에서 발로 차며 신속히 음식을 삼키도록 강요했다. 물론 만찬은 과하고 요리마다 복잡미묘한 광휘를 과시했다. 하지만 그 풍미가 입안에 펼쳐졌다. 푸른 벨벳 같은 수프…… 완벽하게 바삭한 황금색 빵 조각…… 비눗방울처럼 가벼운 무스의 우유같이 하얀 달콤함. 잠을 이루지 못할 만했다!

"만약 주인님이 마땅치 않아 하시면요?"

그가 검은 눈썹 한쪽을 치뜬다.

"아르놋 씨는 내가 요리에 얼마나 관심 있는지 아세요. 언제 다시 오면 되죠?"

내가 대답한다. 교태를 부리는 말투여서 남의 목소리 같다.

"가정식 포타주(진한 수프 - 옮긴이)를 알려드리지요. 프랑스인들이 야말로 수프를 가장 잘 만듭니다. 정오에 오세요. 기다리고 있겠습니다."

그는 지금 바로 교습을 시작하고 싶은 듯한 과장된 몸짓으로 앞치마에 양손을 훔친다.

서재로 가는 계단을 오르면서야 이제껏 얼마나 아둔했는지 깨닫는다. 그 생각을 밀어낸다. 한 가지 교훈은 있다고 속으로 중얼댄다. 장차 내가 관장할 주방의 체계와 요리사의 기질을 많이 알수록 좋다. 내 말에서 확신을 얻는다. 에드윈은 유행에 맞추어 늦은 조찬을 하면서, 어머니와 내게 마차로 하이드 파크를 돌겠냐고 묻는다. 난 요리사가 프랑스식 수프를 준비하는 과정을 30분간 봐도 되느냐고 묻는다. '내가 최고의 능력을 발휘해 관리할 주방이 어떻게 돌아가고 있는지 더 잘 이해하기 위해서.'

아주 잠깐 그는 이맛살을 찌푸리더니 고개를 끄덕이며 말한다.

"지하층이 덥고 지저분하지만, 당신에게 도움이 된다면 그렇게 해요."

어머니는 손등이 하얗게 질리도록 나이프와 포크에 힘을 주면서 반대하지만, 에드윈은 이렇게 말한다.

"제 딸과 사위가 오늘 저녁 여기 와서 식사를 하기로 했습니다, 액턴 부인. 그러니 루이는 일라이저를 주방에 고작 몇 분만 머물게 할 겁니다. 그녀가 안주인으로서 마음이 편해질 만큼만."

그는 '안주인'이라고 말할 때 목청을 높이고, 어머니는 자부심으로 우쭐대면서, 못마땅해 찡그리는 걸 멈춘다.

정오가 되자 에드윈과 어머니는 마차 나들이를 떠나고, 내가 주방에 가니 루이는 배달된 당근과 순무를 살피고 있다. 내게 깨끗한 앞치마를 던져주면서, 인사말도 없이 강습을 시작한다.

"육수는 펄펄 끓이면 절대 안 됩니다. 뭉근하게 끓여야 해요. 당신네 영국인들은 뭐든 펄펄 끓이지요."

난 무뚝뚝하게 고개를 끄덕이면서 약간 톡 쏘듯 대꾸한다.

"그래요, 맞아요. 그런데 어젯밤에 식탁에 올린 소스들을 만드는 법을 가르쳐줘요."

그가 놀라서 올려다본다.

"고급 요리는 시간을 멈추게 할 수 있지 않나요?"

내 입에서 가벼운 한숨이 새어 나가고, 그가 이해하는 듯 찡그리면서 다시 묻는다.

"제가 연출한 풍미에…… 집중할 수 있지 않았습니까? 순간의 축복에 신음할 수 있지 않았어요? 혀의 따끔거림과 기쁨을 만끽할 수 있지 않았어요?"

나는 웃음을 터뜨린다.

"소스들이 유난히 훌륭했어요."

그가 힘차게 고개를 젓자 머리에서 땀방울이 떨어진다.

"아니, 아니지요! '훌륭한' 게 아닙니다. 성스러웠지요. 거기 리듬이, 조화가 있었습니다. 음악처럼 말입니다. 가장 위대한 음악처럼."

하나하나 펼쳐지던 맛들을 떠올린다. 그것들이 어떻게 과거에 여행했던 그 순간의 장면, 이미지, 기억을 내 마음에 가져다주었는지를 생각한다. 결국 어머니가 슬리퍼 앞코로 종아리를 찔렀고.

컴컴한 주방에서 그의 눈빛이 번뜩인다.

"제 소스를 먹으면 삶의 정수를 빨아 먹는 기분이 들지요? 하지만 동물이 된 기쁨도 느껴지고요?"

질식할 정도의 포만감을 남길 만치 음식이 많았다고 말하고 싶다. 하지만 그의 열정에 매료되어 고개를 끄덕일 수밖에 없다.

"영국인들은 소스가 하나뿐이지요. 버터. 늘 버터죠. 하지만 저는 다양한 소스를 갖고 있습니다. 각각의 소스는 시간을 멈추고, 그리하여 먹는 사람은 한순간 몸과 영혼 속에서 진정으로 살지요."

그는 말을 멈추고 주먹으로 가슴팍을 치더니 이어서 말한다.

"그게 제 기술입니다. 환희와 생명을 주는 것, 죽음이 턱을 딱 벌리고 있을 때조차 말입니다."

루이가 몸을 숙이고, 내가 움직일 새도 없이 엄지로 내 뺨을 스친다. 번개 맞은 느낌. 그의 엄지가 내 몸에 진홍빛 불꽃을 퍼부은 것만 같다.

"주방의 그을음이 묻어서요."

루이가 간단히 설명하고 말을 잇는다.

"이제 수프입니다. 가정식 포타주의 비결은 싱싱한 괭이밥 잎과 아린 맛에 균형을 잡을 약간의 설탕입니다. 그리고 파슬리 뿌리를 닉닉히 육수에 넣는 거지요. 달걀노른자와 크림을 끝까지 서품 내고요. 또 반드시 은수저를 사용해야 됩니다."

그의 말에, '강습' 내용에 집중하려 애쓰지만 그의 손길 때문에, 번개 같은 열기 때문에 여전히 떨린다. 어디선가 냄비 뚜껑이 돌바닥에 떨어지는 소리가 난다. 나는 환상에서 쫓겨난 사람마냥 휘둥그레진 눈을 깜빡인다. 여기서 뭐 하는 거지? 도대체 무슨 생각을 한 거야? 멍해서 몸을 돌려 중얼중얼 변명한다. 걸음을 재촉해 서둘러 계단으로 가서 두 층을 올라, 서재로 가서 의자를 찾는다. 몸이 떨리고 입이 톱밥처럼 깔깔하다. 용기 없는 마음의 눈으로 앞에 떠오르는 루이를 본다. 알몸이다. 개암 열매 껍질처럼 매끈한 갈색 사타구니. 있는 힘을 다해 머리를 젓는다. 아니, 아니야, 안 돼! 이러면 안된다. 이럴 수는 없다. 미친 듯이 서재를 둘러보며 뭔가를 찾는다. 하지만 뭘? 열쇠라는 생각이 든다. 이 판도라의 상자를 잠글 열쇠가 필요하다.

"일라이저, 대체 뭐 하는 게냐?"

어머니가 문간에서 보닛 모자를 벗으면서 찡그린다.

"가정식…… 가정식 포타주."

나는 침울하게 중얼댄다. 양손으로 머리를 감싸고 흐느끼기 시작한다.

38
앤

작은 선의의 거짓말

예정보다 일찍 보다이크 하우스에 돌아왔다. 미스 일라이저가 몸
이 안 좋아 온갖 열병의 징후를 보였고, 누구보다 마님이 집에 가고
싶어 안달했다.

작은 다락방에 누워 해티에게 런던 여행담을 들려준다. 그녀의
관심사는 오로지 결혼식이지만, 난 잭의 조리장과 일터에 대해 말해
주고 싶다. 그곳이 얼마나 하얗고 반들반들 깔끔한지. 런던 거리가
지저분하고 해충이 들끓는다는 것, 시종들이 내게 추파를 던졌다는
것, 주방 하녀들이 아무 시종이라도 괜찮은 상대라고 말했지만 난
아무 감정도 일지 않았다는 것도. 이런 얘기를 조잘대지만 해티는
그저 '미스 일라이저가 반지를 받았어?'와 '린딘의 재봉사가 웨딩드
레스를 만들려고 찾아왔어?'라고 묻는다.

마침내 대화가 줄어들자 난 자려고 몸을 돌린다. 바로 그때 그녀가 이상하기 짝이 없는 질문을 던진다.

"미스 일라이저가 널 편애하는 이유가 뭐야, 앤?"

내가 놀라서 대꾸한다.

"안 그래요. 수하의 하녀가 나 하나뿐이니까 그렇죠."

"아니, 그 정도가 아니야. 너한테 시에 대해 말하고, 너무나 빨리 식기실 하녀에서 주방 하녀로 올려주고, 가죽 굽이 달린 새 부츠를 사주었잖아."

"내가 부츠가 없었으니까."

난 상냥하게 말한다. 내 모습이 미스 일라이저를 망신스럽게 했다는, 보다이크 하우스의 인상을 나쁘게 만들었다는 말은 안 한다.

해티는 내 말을 무시하고 계속 밀고 나간다.

"소프 목사가 네 이야기를 하러 왔지. 또 아르놋 씨의 런던 자택에 간 사람은 내가 아니라 너였어. 이 집 안주인인 마님 밑에서 2년이나 일한 사람은 난데 말이지."

"내가 런던으로 같이 갈 하녀니까요."

해티의 마음을 상하지 않게 하려고 계속 사근사근하게 말한다.

"아니, 다른 뭔가가 있어. 미스 일라이저가 널 어떻게 보는지 내가 봤어. 예사롭지 않아."

해티가 단호하게 말한다.

이 말을 들으니 묘한 감정이 든다. 혼란과 기쁨이 보드라우면서도 뾰족한 고슴도치처럼 몰려온다.

"무슨 말이에요?"

묻자마자 후회한다. 내 사람인 미스 일라이저가 해티에게 시샘 어린 말로 비하되는 게 싫다.

"숙녀가 너 같은 사람을 편애하는 게 예사롭지 않다고. 그것도 너무 일찍, 너무 금방."

나야 숙녀들이 하인들을 어떻게 대하는지 모르니까 응수할 수가 없다. 하지만 마음 한구석은 기쁨에 젖는다. '나는 그녀에게 특별해! 해티도 그걸 알았어!' 얇은 이불 아래서 무릎을 가슴팍에 끌어안고, 입꼬리를 올리며 웃는다.

"예사롭지 않다니까."

해티가 되뇐다.

"어쩌면 자녀가 없기 때문이겠죠."

내가 아주 조심스럽게, 무척 조용히 말한다.

해티가 어둠 속에 대고 콧방귀를 뀐다.

내가 말한다.

"아니면 날 측은하게 여겨서일 거예요. 아버지는 외다리이고 어머니는…… 어머니는 없으니까."

"그저 요상해 보여서 그러는 거야."

해티가 아주 무겁게 몸을 굴리자 침대 틀이 건들대고 꿀렁댄다. 곧 사위가 고요해진다. 메아리치는 엄마에 대한 거짓말을 듣는다. 거짓은 거짓을 낳는다고 속으로 중얼댄다. 하지만 그때 다른 목소리 — 못된 목소리 — 가 머릿속으로 들어와, 그건 나쁜 거짓말이 아니라 작은 선의의 거짓말이라고 속삭인다.

눈을 감고 바깥 수풀에서 뒤척이는 바람 소리를 듣는다. 편의상의 거짓말…… 엄마가 그런 거짓말을 뜻하는 단어를 알았는데. 작은 선의의 거짓말이라고 불렀다. 아무도 해치지 않는 거짓말. 눈을 아주 꼭 감으니 마음의 눈에 그림이 들어왔다 나간다. 엄마가 소매를 걷고 시냇물에 팔을 담갔다 빼면서 아버지의 옷을 세탁한다. 난 옆에서 장어통발에 걸터앉아, 더러운 옷에 묻은 진흙을 뾰족한 돌로 긁어낸다. 우리 주위에 햇살이 쏟아진다.

"작은 선의의 거짓말은 언제나 하느님의 용서를 받는단다, 아가."

엄마가 말한다. 그녀의 미소가 매끈한 비단 주머니처럼 나를 휘감는다. 그녀가 덧붙인다.

"남들의 인생을 견디기 수월하게 해주는 거짓말은 선의의 거짓말일 뿐 나쁘지 않아."

눈을 번쩍 뜬다. 해티가 목구멍 깊이 숨 쉬는 소리를 내면서 뒤척인다. 밖에서 헛간 올빼미가 운다. 엄마와 내 과거의 유령들 모두 금방 나타났던 것처럼 금방 사라진다. 하지만 그녀의 말은 남아 있다. 엄마가 죽었다고 내가 말하면 누구의 인생이 더 견디기 쉬워질까? 작은 다락방이 더 불편해진다. 미스 일라이저가 나를 편애한다는 해티의 말을 떠올린다. 하지만 너무 늦었다. 몇 분 전만 해도 들뜨게 했던 말이 빛을 잃어버렸다. 왜냐면 나 자신의 악함을 알고 느꼈으니까.

양손을 모아 가슴팍을 힘껏 누르며 눈을 감는다.

'하느님, 제 거짓을 용서하시고 자비를 베푸소서. 미스 일라이저가 회복하게 하시고 역을 내려주소서. 그녀가 누구보다 행복한 여인이 되게 하소서. 엄마도 회복하게 하시고 아버지가 술을 멀리해 제

가 미스 일라이저 곁에 머물게 해주소서⋯⋯. 그래서 거짓말을 안
해도 되게 하소서, 주님. 아멘.'

39
일라이저

백조 알 샐러드

열나는 척하는 꾀병이 이내 지겨워지는 차에 – 타고나길 가만있지 못하는 성질이다 – 어머니가 방에 들어선다. 그녀는 아버지에게 편지가 왔다고 명랑하게 말한다. 그는 결혼식 참석차 칼레에서 돌아오려고 모든 수단을 강구 중이다. 이 순간 내가 정직해야 될 때다.

심호흡을 하고, 깃털 이불을 매만지면서 어머니에게 곁에 앉으라고 청한다.

"어머니, 꼭 아셔야 될 게 있어요."

그녀가 휙 앞을 지나가 커튼을 젖히자, 노란 햇살이 마룻바닥에 네모난 빛을 쏟는다. 어머니가 말한다.

"네 아버지는 모든 계획을 세우셨다. 아무 질문도 받지 않게 아는 배에 은밀히 탑승하신다는구나. 귀국 소식이 채권자들의 귀에 들어

가지 않도록 우린 극도로 조심해야 한다."

그녀가 동작을 멈추고 햇빛 속에서 날 살핀다.

"어머나, 한결 나아 보이는구나. 런던 공기와 더러운 물 때문에 아팠던 게지. 넌 튼튼하지 않은 아이었어. 아버지에게 특히 챙이 넓은 모자를 사드려야 되겠네. 넌 어떻게 생각하니, 얘야?"

"어머니, 결혼식은 없을 거예요. 아르놋 씨와 파혼했어요."

방에 침묵이 내려앉는다. 무릎 위에서 하얗게 질리도록 맞잡은 손을 응시한다. 그의 응접실에서 에드윈에게 소식을 전할 때도 꼭 그랬다. 그때도 지금처럼 불쑥 말을 내뱉었다. '에드윈, 당신이랑 결혼할 수가 없어요.' 그는 ― 실망감을 억누르는 침착한 목소리로 ― 설명을 요구했다. 당연히 그럴 권리가 있었다. 그래서 한 가지 이유를 밝혔다. 그도 알 자격이 있지 않은가? 에드윈은 내게 오로지 친절만 베풀었으니, 내 고집불통 청개구리 기질을 알 자격이 있었다. 그런 기질 때문에 허세를 부리는 말을 듣고, 그 반항심에 대해 알 자격이 있었다.

"저는 아르놋 씨와 혼인할 수 없어요."

나는 손을 깍지 끼었다가 푼다. 어머니는 아연실색해서 노려본다. 그러다가 찡그리면서 말한다.

"네가 아직 열이 있구나, 일라이저. 해티를 보내 당장 닥터 콜린스를 모셔와야겠다."

그녀는 짜증스럽게 혀를 차면서 문으로 향한다.

"아르놋 씨와 이야기가 끝났어요. 그래서 서둘러 그 집을 떠난 거예요. 열병은 둘 다에게 적당한 핑계였고요. 죄송해요."

어머니가 걸음을 멈추고 몸을 돌린다. 혼란스러운 표정으로 눈을 빠르게 깜빡이며 말한다.

"설마 이유가……?"

어머니 입에서 수재녀의 이름이 나오기를 기다린다. 하지만 그녀는 그러지 않는다. 대신 침대 기둥을 잡고, 목구멍에서 잔잔하게 끙끙대는 소리를 낸다.

내가 침대에서 내려가 다가가지만, 그녀가 굳은 표정으로 고집스레 입을 내밀고 뒷걸음질한다.

"네 입으로 설명해봐라."

어머니가 침대 기둥을 더 꽉 쥐자 손이 늙은 암탉의 발과 비슷해진다.

길게 숨을 쉬고 다시 침대로 올라가서, 턱까지 이불을 당긴다. 갑자기 몸을 감싸서 침구의 보드라운 온기를 느껴야 될 것만 같다.

"네, 일부 그런 이유도 있어요. 아르놋 씨에게 말하지 않았지만요. 하지만 다른 이유들도 있어요. 더 절박한 이유들이요."

어머니는 눈에 보이게 안도하더니 다시 굳은 표정으로 기다린다.

"저는 그가 바라는 아르놋 부인이 될 수가 없어요. 제 안에서……."

뜸들이면서 에드윈에게 했던 말을 떠올리려 애쓴다. 그는 이해하는 듯했고, 동정하는 투로 고개를 끄덕였다. 날 괴롭히며 고동치는 목적의식을 익히 안다는 듯이. 하지만 어머니는…… 절대 이해하지 못할 것이다.

"네 안에 정확히 뭐가 있는데? 네 가족이 그 때문에 고생해도 될 정도로 중요할 수 있는 게 뭐냐?"

어머니가 눈썹을 이마 끝까지 치뜨고 묻는다.

"고생하는 사람은 아무도 없어요. 캐서린과 안나는 훌륭한 가문에서 좋은 일자리를 얻었고, 에드거는 모리셔스에서 큰돈을 벌어요. 메리는 만족스럽게 결혼 생활을 잘하고요. 제가 아르놋 씨와 결혼했대도 아버지를 채권자들에게서 구제하지 못했을 거예요."

"그러면 나는 어쩌고? 주방에 악한처럼 숨은 노처녀 딸이랑 하숙생들의 뒤치다꺼리나 하는데!"

한숨을 쉬면서 깃털 이불을 밀어낸다. 지금은 꽃무늬 누비이불 뒤에 숨을 때가 아니다. 지금은 솔직할 순간이다.

"아르놋 씨의 주방에서 제가 해야 될 일들이 있는 걸 깨달았어요. 제가 할 필요가 있는 일들이요. 아르놋 부인으로서는 못하지만 일라이저 액턴으로는 할 수 있는 일들 말이에요."

어머니는 콧방귀를 뀌고 삐죽거린다. 나는 무시하고 계속 말한다. 아무리 힘들어도, 아무리 다루기 어려워도 돼지를 잡아야 되는 요리사처럼.

"영국은 요리하고 좋은 음식을 이해하는 능력을 잃어가요. 런던의 주방들과 클럽들에서 만드는 화려한 프랑스 음식이 아니라 우리가 수백 년간 먹은 음식 말이에요. 제대로 구운 빵. 제대로 부푼 파이. 아르놋 씨의 딸이…… 자기 주방에 발을 들인 적 없다는 말을 들으셨지요? 지금부터 한 세대 후를 상상해보세요. 우린 턱없이 비싼 프랑스인들과 더럽게 오염된 거리 음식에 휘둘릴 거예요."

"나한테 설교하지 말아라, 일라이저. 여성스러운 겸양은 어디 간 게냐?"

어머니는 내 말의 무게에 눌려서 힘이 빠진 듯 침대 기둥을 힘없이 잡는다.

"지금이야말로 제 레시피 책이 필요한 때란 생각이 들어요."

"그래서 아르놋 씨와 결혼하는 대신 네 바보 같은 책을 선택했구나."

그녀가 어이없어 부아가 나서 고개를 젓는다.

"바보 같은 책이 아니에요. 제가 수개월간 피땀 흘려 작업해온 중요한 책이에요, 제가 남편처럼 사랑하는 책이라고요. 왜 드레스와 모자의 치수를 재느라 그걸 포기해야 되죠? 그게 뭐가 좋다고요?"

"잘 알겠다, 일라이저. 하지만 네 자매들에게 이 일을 알릴 거야. 네가 혼인을 받아들이는 걸 거부한 상황을 알릴 거야. 언젠가 네 – 우리 – 이름이 나온 주방 책이 유통될 거라고, 그 책 때문에 그들은 귀부인 교육을 받고도 가정교사나 한다고 말해줄 거야. 메리에게도 알리겠다."

그녀는 코웃음을 치며 몸을 똑바로 세운다.

내 몸이 굳는다.

"제가 메리에게 편지를 쓰게 해주세요. 직접 설명할 수 있어요."

"아니, 아니야. 아니지, 아냐."

어머니는 분해서 손가락을 허공에 찌르면서 말을 잇는다.

"왜 우리와 메리가 맺은 합의가 깨져야 되는지 모르겠다. 내가 메리에게 편지를 쓸 거야. 메리가 언젠가 너한테 편지를 보내려 한다면 그러도록 놔둘 수밖에."

눈을 감고, 날카롭게 딸깍하며 걸쇠가 걸리는 소리를 듣는다. 어머니의 발소리가 안방 쪽으로 멀어진다. 맥박이 뛰어서, 가만히 누워 있다. 까마귀 떼가 굴뚝 꼭대기에 모여드는 소리, 말 울음소리, 행상인의 외침, 느릿느릿 퍼지는 교회 종소리가 들린다. 어머니의 분개, 실망은 예상한 대로다. 이제 그 고비를 넘으니 차분해지고 맥박이 느려진다. 내 책 – 나 못지않게 앤이 관련되었으니 '우리' 책 – 을 떠올리면서 책이 어떻게 될지, 손에 들면 어떤 감정이 들지 상상한다. 마음의 눈으로, 남들의 주방에 있는 그 책을 본다. 버터와 밀가루가 번지고, 설탕과 과일이 묻어 끈적대고, 지문이 찍히고, 기름과 피가 얼룩지고. 달걀흰자 얼룩은 갈라지고 번들대고. 서점과 침실, 거실과 응접실에 놓인 그 책이 보인다. 왜 아니겠어? 식탁에서, 아침 식사 자리에서, 오찬 중에 그 책에 대해 나누는 대화가 들린다. 정육점과 생선 가게에서, 신사 클럽의 화려한 주방에서, 술집에서 그 책이 언급된다. 왜 아닐까?

느닷없이 다급한 마음이 몰아친다. 시간이 흐르고 있다. 수플레와 오믈렛은 거의 못 건드렸다. 구운 푸딩은 어떻고? 밀크 푸딩은? 또 시럽, 식초, 리큐어(식후에 마시는 달콤하고 향긋한 술 – 옮긴이)는? 포스미트(다진 고기나 생선을 양념한 것. 소로 쓰인다 – 옮긴이), 앙트르메(원래 요리들 사이에 나오는 간단한 음식을 뜻했으나 영국에서는 디저트를 뜻하게 되었다 – 옮긴이), 갑각류, 고기 찜. 그리고 백조 알! 괜찮은 백조 알 레시피를 하나도 못 구했다. 모든 지인에게 좋아하는 레시피를 알려달라고 편지하고, 그 레시피들을 나의 주방에서 시험해봐야 된다. 생각의 방향이 백조 알로 향한다. 정말 근사한 재료다. 흰자가 그 어떤 알보다 깔끔하고 투명하다. 삶은 노른자에 단단한 신선한 버터, 앤초비액, 다진 허브 외에 셜롯(작은 양파 - 옮긴이)을 쫑쫑 썰어 넣으면 괜찮겠지. 그걸 완숙한 흰자에 살포시 담으면. 백조 알 샐러드가 되겠어서 싱긋 웃는다.

오래전 프랑스에서 그런 요리를 먹어봤다. 루이 때문에 그 시절이, 단단히 걸어 잠근 추억들이 되살아났다. 단단히 걸어 잠근 감정들이. 당연히 에드윈에게 그 일은 한마디도 말하지 않았다. 지금 그 생각을 하고 싶지도 않다. 오로지 백조 알 샐러드를 재탄생시킬 – 개선할 – 방법만 고심하고 싶다. 어떤 허브가 좋은 맛을 낼까? 타라곤? 오이식초를 뿌려도 좋겠지……. 다음 요리는? 맛 좋고 담백한 요리…… 영국 음식으로! 농도가 짙고 고기 맛이 깊은 그레이비를 얹은 연한 커틀릿(얇게 저민 고기 - 옮긴이) 찜은 어떨까. 삶과 죽음이…… 그 사이의 모든 일이 풍성하게 밴 풍미.

이불을 젖히고 침대에서 뛰어 내려온다. 밖에서 까마귀 떼가 날갯짓하면서 깍깍댄다. 일어나! 일어나라고! 일어나라니까!

알았다고 대답한다. 일하자! 일하자고! 일하자!

40
앤

담백한 아이리시스튜

식기실에서 리지를 도와 모래로 냄비를 닦는데, 주방에서 미스 일라이저가 콧노래를 흥얼댄다. 문으로 고개를 들이미니 그녀가 내게 미소 짓는다.

미스 일라이저가 말한다.

"앤, 오늘 바쁜 하루가 될 거야. 물을 넉넉히 펌프질하고 불을 활활 피워주면 좋겠어."

지시대로 물을 몇 양동이나 퍼오고, 팔이 아프도록 화로에 석탄을 넣는다. 미스 일라이저는 사다리 모양의 등받이가 달린 의자에 앉아 책들을 열중하여 본다. 그런데 난 처음 보는 책들이다.

"새 책들을 구하셨어요, 미스 일라이저?"

"맞아, 앤."

그녀가 대답하면서 고개를 든다. 무척 명랑한 표정이니 희소식을 들은 게 분명하다. 어쩌면 오늘 약혼반지가 오겠지. 하지만 그 순간 그녀가 책 더미를 손짓하며 말한다.

"런던에 간 사이 미스터 롱맨이 이 책들을 보냈어. 이제 절판된 책들인데 어떻게 구했는지 모르겠네. 100년 지난 책들이거든. 그런데⋯⋯."

미스 일라이저는 말을 흐리며 의기양양하게 씩 웃더니 잇는다.

"⋯⋯숙녀들이 썼어."

깔끔한 앞치마를 두르면서, 요리책을 숙녀들이 쓴 걸 그녀가 그리도 반가워하는 이유가 궁금해진다. 특히 곧 주방 근처에 얼씬할 필요 없는 저택 안주인이 되는 마당에. 늘 그러듯 그녀가 내 좁은 마음을 읽은 듯이 말한다.

"아르놋 씨의 요리사가 어때 보였어, 앤?"

"뛰어난 요리사라고 생각했어요."

내가 대답한다. 그가 툭하면 마늘 냄새 나는 손으로 내 엉덩이를 움켜쥐었다는 말은 하고 싶지 않다.

미스 일라이저가 손등으로 공책 표지를 톡톡 치면서 말한다.

"맞아, 그렇지. 하지만 일반 가정에는 지나치게 호사스럽지. 오늘 우리 책에 들어갈 레시피를 제공해줄 만한 지인들의 명단을 작성할 거야."

"네?"

놀라움을 숨긴 수가 없다. 어떻게 아르놋 씨 자택에서 요리책을 완성한다는 거지? 밉살스런 루이를 내쫓을 셈인가?

"또 새 하숙인들을 맞을 준비를 해, 앤. 오늘 광고를 낼 거니까."

"새 하숙인들이요?"

어리둥절해서 반문한다.

"난 아르놋 씨랑 결혼하지 않을 거야. 어머니가 누우셨지만 내 마음은 이미 정해졌어."

그녀가 너무 담담하게 말해서, 슬픈지 행복한지 가늠되지 않는다.

나는 충격을 받고 빤히 쳐다본다. 왜 아르놋 씨 같은 부자와 결혼하고 싶지 않을까? 왜 하인들과 종복들을 마음대로 부리고 싶지 않을까?

"우린 해야 될 중요한 일이 있어, 앤. 우리 책을 완성해야 되고, 그걸 아르놋 씨의 집에서 마무리하지 않을 거야."

"지금 책을 마치고 봄에 결혼식을 올리실 수는 없나요?"

주제넘은 질문인 줄 알면서도 묻는다.

그녀가 아주 완강하게 고개를 젓는다.

"아니, 아니야. 이런 책은 시험해보고 쓰는 데 10년은 걸릴 거야. 제대로 만들어야 되거든. 그때쯤이면 난 혼인하기에 나이가 너무 많겠지."

당황한 나머지 대답할 수가 없다. 10년이라니! 책 한 권을 쓰는 데 10년을 보내고, 런던 저택의 주인과 결혼해 아기를 갖기보다는 노처녀가 되겠다고? 순간적으로 켄트 정신요양원에 있을 사람은 '그녀'라는 생각이 스친다. 미치지 않고는 이럴 수가 없다!

그때 미스 일라이저가 훨씬 더 요상한 말을 한다.

"아르놋 씨의 요리사가 내 목적의식을 새롭게 다져주었어."

그녀가 좁은 창을 올려다보면서 덧붙인다.

"무척 여러 면에서."

그 밉살맞은, 궁둥이나 주무르는 프랑스 사내가? 어떻게 그럴 수 있지? 내가 잔뜩 찡그리자, 그녀는 내가 얼마나 어리둥절해하고 불안해하는지 눈치챈다. '앤 커비, 입 다물고 네 일에나 신경 써'라는 말이 떨어지기를 기다린다. 그런데 미스 일라이저는 그런 말을 하지 않는다. 그리고 상상도 못한 말을 한다.

"알다시피 난 프랑스에서 한때를 보냈어. 내게는 힘든 시간이었어. 한평생 가장 행복하고 가장 슬픈 시절이었지. 루이와 대화하면서…… 지금 말할 수 없는 어떤 일들이 기억났지……. 그 사람 덕분에 내가 결혼할 준비가 안 됐다는 걸 알았어."

그녀가 말을 멈추고 내 머리 위쪽을 응시한다. 그래서 그녀가 지금 내게 말하는지, 천장에 걸린 구리 냄비들에게 말하는지 알 수가 없다. 그녀의 시를, 그녀의 가슴을 아프게 한 남자를 상상해본다. 오랜 세월이 지난 후에도 신은 그녀의 상처를 아물게 하지 않으셨다…….

미스 일라이저가 다시 말을 시작하고, 난 그녀가 수다스런 기분임을 알 수 있다.

"아르놋 씨의 요리사는 영국 숙녀들이 주방에 관심을 잃었다고 생각해. 맞는 말이고, 어디보다 런던에서 특히 그렇지. 그들은 우스꽝스런 작은 인형이 되어버렸거든. 아르놋 씨의 혼인한 딸은 무척 실망스러웠지……. 그저 새 레이스 칼라, 거실에 도배할 털 무늬 벽지, 번쩍이는 장신구 얘기만 늘어놓았어. 자기 집 주방에 발을 들인 적이 없을걸!"

"하지만 노래를 아름답게 부르던데요."

내가 말한다. 그녀가 얼굴이 붉은 뚱보 남편과 식사하러 온 저녁, 나는 그녀의 노래를 엿들었다.

"음정이 맞지 않고 단조롭고 무감정하게 불렀지. 하지만 그 말을 해줄 만큼 잘 아는 사람이 없었어."

미스 일라이저가 신랄하게 말한다.

"네."

말하면서 궁금하다. 곱슬한 금발을 늘어뜨리고 볼연지를 바른 아르놋 씨의 딸이 정말 예뻤다고 지적해야 될까. 미스 일라이저가 가여운 숙녀에게 좀 심한 것 같으니.

"아르놋 씨의 요리사가 런던 신사들은 개인 클럽 외식을 선호한다고 말하더군. 지난번 안주인은 그의 메뉴에 전혀 관심이 없었다고 넌지시 말하더라고. 이것이 우리에게 무엇을 암시하는지 모르겠어, 앤?"

"네, 전혀요……."

미스 일라이저가 이처럼 직설적으로 말할 때는 거의 없어서, 솔직히 무슨 얘기인지 알 수가 없다. 결혼식을 하지 않는다니 내가 더 실망해야 되나라는 생각이 스친다. 또 런던에서, 잭 가까이 살지 못하니. 하지만 실망보다는 기쁘다. 런던에서 부모님을 돌봐야 했다면 훨씬 부담스러웠겠지. 또 내 엉덩이를 순무 부대 다루듯 주무르던 시종들과 요리사들을 생각하면…… 다행이지!

그녀는 새로 입수한 낡은 고서들을 손짓하면서 말한다.

"주방은 숙녀들이 여왕이 되어 다스렸던 곳이야. 우린 그걸 포기했고 이제 프랑스인 요리사들이나 거리에서 해로운 파이를 파는 악한들의 수중에 들어갔지. 설마 런던에서 거리 음식을 먹진 않았지, 앤?"

"청어절임만 먹었는데요."

뼈와 식초 때문에 메스껍던 질긴 염장 생선이 기억난다.

"런던에서는 사람들이 더 이상 요리할 필요가 없도록 새로운 음식이 개발된다고 해. 템스 강변에 소스와 커스터드 가루를 만드는 공장이 즐비하지."

그녀는 상한 달걀을 먹은 것처럼 찌푸리지만 곧 환한 표정을 짓는다.

"이걸 바꾸는 게 우리 임무야, 앤. 주방에서 제대로 요리된 음식처럼 영양가 있고 건강한 것은 없거든."

나는 고개를 끄덕이지만 멍하다. 말뜻을 못 알아듣는다. 왜 항상 책 이야기를 하면서 마님을 포함시킬까? 오늘만 해도 마님은 자리에 누웠는데, 미스 일라이저는 '우리' 운운한다. 하지만 마님이 '책'을 달가워하지 않는 것은 나까지도 알 수 있다.

"아씨랑 마님은 멋진 책을 내실 거예요."

내가 물 양동이를 들고 주방을 나서려는 순간, 미스 일라이저가 큰 소리로 말한다.

"어머니는 이 일과 아무 관계도 없어."

나는 그녀가 혼잣말을 한다고 생각하고, 계속 식기실로 걸음을 옮긴다. 식기실에서 리지의 나무 바닥 덧신(진창 같은 데서 신는 신발 – 옮긴이)이 돌바닥에 부딪히는 소리가 난다.

미스 일라이저가 더 목청을 높여 크게 외친다.

"내가 '우리'라고 할 때는 너랑 나를 뜻하는 거야, 앤. 어머니가 아니라."

나는 찡그리면서 우뚝 멈춘다. '우리' 임무? '우리' 책? 그게 '나'를 뜻한다고? 식기실의 칼바람이 온몸에 휘몰아친다. 체온을 유지하려면 움직여야 되기에 펌프를 내렸다 올리기 시작하지만, 그러는 내내 심장이 춤춘다.

주방에 돌아가자, 양동이가 무거워 어깨를 구부정하게 숙이고 묻는다.

"우리 오늘은 어떤 레시피를 시도해볼까요?"

내 목소리가 너무 크고 우렁차서 미스 일라이저가 놀라 눈을 깜빡인다.

"내 목적의식이 전염된 게 확실해."

그녀가 깔깔 웃는다.

나도 웃는다. 행복을 가득 삼켜서 그게 밖으로, 피부의 모든 구멍으로 흘러나오는 것 같은 기분이다.

"네, 맞아요. 미스 일라이저, 그래요!"

"자, 아이리시스튜를 완성해볼까?"

그녀가 조리대를 손짓하면서 말을 잇는다.

"맨 위 선반에서 갈색 노팅엄 단지를 내려. 그런 다음 시장에 뛰어가서 양고기를 사 오도록 해. 모두에게 맛 좋은 가정식 저녁 식사를 만드는 방법을 알려주자고."

단지에 팔을 뻗는데 팔과 어깨의 통증이 사라지고, 종달새처럼 가뿐하다. 미스 일라이저와 10년간 지내면서 '우리' 책을 만드는 거야!

그녀가 덧붙인다.

"그리고 백조 알도. 오늘 상점에 백조 알이 있는지 알아봐."

"네, 아씨!"

내가 대답한다. 얼마나 활짝 웃었는지 뺨이 욱신댈 정도다.

41
일라이저

유대식 아몬드 푸딩

　2주간 집은 차분하고 평온하다. 매일 앤은 우리가 시험 삼아 만든 음식을 쟁반에 담아 어머니의 침실로 간다. 해티가 깨끗이 비워진 수프 볼과 접시를 가져온다. 어머니의 '갈가리 찢긴 신경'은 식욕에 영향을 미치지 않았다.

　마침내 어머니가 파리한 얼굴로 입술을 꾹 다물고 나타난다. 주방에 들어와 고개를 꼿꼿이 들고 나와 눈을 맞추지 않는다.

　"저녁 식사는 간단한 맑은 수프만 있으면 된다. 다른 건 필요 없어."

　그녀가 말한다.

　"월요일에 새 하숙인이 도착해요."

　우리의 장래를 적절히 상기시키느라 마음먹고 배우처럼 대담하게 군다.

어머니가 멈칫하더니 콧방귀를 뀐다.

"누군데?"

"유대인 숙녀인데 온천에 들어가려고 온대요."

"나 없이도 네가 잘할 수 있겠지."

어머니는 신경쇠약이 전부 내 탓임을 상기시킬 요량으로 다시 조소한다.

"어머니도 그분과 즐겁게 지내실 거예요. 성함이 레이디 몬테피오레인데 아주 발이 넓은 분일걸요."

어머니는 고개를 갸우뚱하면서 잠시 눈을 반짝인다. 몸부림치는 벌레의 몸통 끝을 본 새가 저럴까.

"알겠다. 꼭 그래야 된다면."

"먹을 수 있는 음식과 먹지 못하는 음식을 적어 보내셨더라고요. 기름, 쌉싸름한 아몬드, 오렌지 꽃물(쓴 귤 꽃잎을 수증기 증류한 액체. 화장수나 요리에 쓰인다 - 옮긴이)을 구입할 돈이 더 필요해요."

"네가 잘 알다시피 돈은 더 없다."

그녀가 못마땅한 표정을 짓는다. 나는 얼른 레이디 몬테피오레의 편지로 눈을 돌린다. 비침무늬가 있는 두툼한 편지지, 비싼 잉크와 깃펜으로 쓴 가늘고 단아한 초서체.

"우린 보상받을 거예요."

그렇게 말하고 편지를 들고 서두를 읽는다.

"우리 유대인들은 어떤 음식이든 버터, 우유나 크림으로 만든 유제품과 섞는 걸 금합니다. 그래서 생선, 고기, 야채를 조리할 때 기름을 많이 쓰지요. 이 나라에 이런 제한들을 엄수하지 않는 유대인이 많지만 저는 준수합니다. 제가 기꺼이 보상해드릴 테고, 유대식 아몬드 푸딩을 가져갈 예정이니 하숙 기간에 후식은 그걸로 충분할 겁니다."

"자기 푸딩을 가져온다고?"

어머니가 빠르게 말한다.

"돼지고기, 갑각류, 산토끼, 집토끼, 백조고기를 못 먹는대요."

내가 나머지 내용을 훑으면서 말한다.

어머니는 다시 오만하게 콧방귀를 뀌더니, 문틀까지 흔들릴 정도로 문을 쾅 닫고 나간다. 나는 앤을 힐끗 보면서 생각한다. 이 아이가 제 분수를 잘 모르면 얼마나 좋을까, 둘이 어머니를 두고 반항적이고 불손하게 키득대면 좋으련만. 자매들이 그러듯이. 친구들이 그러듯이. 하지만 앤은 너무나 충성스럽고 순종적이라서 그런 선 넘는 짓은 하지 않는다. 아쉽다는 생각이 든다. 왜냐면 지금같이 우울감이 커질 때는 친구가 간절히 필요하니까. 아르놋 씨와 살면 쓸쓸하지는 않겠지. 그러려고 결혼하지 않는가? 외로움을 물리칠 기회를 얻으려고? 내가 끔찍한 실수를 저질렀을까?

이런 생각에 잠겼는데 어머니가 다시 나타난다. 그녀는 턱을 떤다.

"네 아버지는 널 숙녀가 되도록, 딱 아르놋 씨 같은 분의 아내가 되도록 교육시켰다."

어머니의 목구멍에서 흐느낌이 터진다. 그녀가 말을 이어간다.

"그런데 이제 난 그에게 편지를 보내, 그리되지 않을 거라고 전해야 되는구나. 그이가 칼레의 누추한 숙소에서 지내야 된다고, 우린 계속 하숙 손님을 받아야 된다고, 네 자매들은 하인이나 진배없는 일자리를 고수해야 된다고 알려야 되겠지. 어떻게 이럴 수가 있니, 일라이저? 아버지가 네 학교에 얼마나 큰 돈을 쏟았는데…….”

나는 분주하게 세이지 잎을 다진다. ‘그대의 심장, 그대의 심장은 돌처럼 차갑고 혼자라는 것밖에 느끼지 않네…….’ 내 시구가 떠오르다가 멀어지고 대신 ‘……깜깜해지는 덩어리들 속에서 수치라는 거대한 구름이 무리 지어 왔지……’라는 시구가 나온다. 결국 머릿속이 빙글빙글 돌아서 난 피를 내기 전에 칼을 내려놓아야 된다.

어머니가 다시 말한다.

“네가 어찌 그럴 수 있단 말이냐? 내가 어떤 수모를 겪었는데. 자리에서 일어난 이유는 단 하나, 오늘이 루시의 기일이라서야.”

배 속 내장이 쪼그라들고 죄책감으로 움츠러진다. 내가 이다지도 냉담하다니! 나 자신에게, 내 ‘의무’에 몰입해서 어머니의 고통은 도무지 안중에 없었다. 내가 팔을 잡지만 어머니는 손길을 뿌리친다.

얼른 마음이 20년 넘게 지난 시절로 돌아간다. 겁에 질린 찢어지는 비명을 갈매기들이 싸우는 소리로 착각했다. 어머니가 루시를 헝겊 인형처럼 흔들면서 계단을 뛰어 내려왔다. 루시의 머리가 축 늘어졌다. 움푹 파인 눈. 루시는 앙상한 손을 양옆으로 늘어뜨렸다. 그 뒤로 보모가 겁나서 울면서, 페인트칠한 계단을 미끄러지듯 내려왔다. 난 아버지를 데리러 양조장으로 사냥개처럼 내달렸다. 흉곽이 찢어질 듯 쑤셔도 아랑곳하지 않았다. 하지만 이미 늦었다. 우리가 돌아왔을 때 어머니가 루시를 너무 꼭 안아서, 아기가 숨을 쉬는지 아닌지 분간되지 않았다. 어머니의 눈물이 아기 머리로 줄줄 흐를 때, 보모가 일어나 앞치마, 모자, 옷소매와 소맷부리에 묻은 누런 토자국을 빤히 봤다.

어머니가 울음을 삼키면서 말한다.

"네가 루시를 구할 수도 있었어. 네가 같이 있었잖아. 보모가 아기에게 배도 가라앉힐 분량의 아편제를 먹이는 걸 네가 말릴 수 있었다고."

"아니에요, 어머니. 저는 열 살이었어요. 끔찍한 사고였어요, 실수였다고요. 이제 우리 그 생각을 내려놔요."

내가 상냥하게 말한다. 기억이 너무도 생생해 허공에서 루시의 토사물 냄새가 나는 것만 같다.

어머니의 윗입술이 파르르 떨리고 턱이 들먹인다. 이제 핏줄이 불거지고 주글주글한 손을 잡으니 불쑥 연민이 느껴진다. 이것은 아버지가 약속했던 생활이 아니었다. 입스위치 집의 풍경이 머릿속으로 헤엄쳐 들어온다. 책이 많은 넓은 서재, 은 식기와 가지 모양 촛대, 진주로 상감이 된 마호가니 가구, 터키산 카펫들. 이제 행운아들의 집을 우아하게 꾸미는 가재도구들. 어머니에게 그런 생활을 돌려줄 기회가 내 손에 있었다. 그런데 내가 그걸 거절했다.

어머니가 시무룩해진다.

"내가 너를 용서 못하면 어떻게 같이 살 수 있겠니?"

"용서하셔야 해요. 그리고 제 책에 대한 믿음을 가지셔야 해요. 그게 우리를 구제할 거예요, 장담해요."

"아, 한심한 네 책들!"

"아무튼 그 사람은 저랑 결혼하지 않았을 거예요, 어머니. 제 형편의 실상이 드러났을 테니까요."

"남들은 다 감당하며 산다. 너는 고집불통이고 쌈닭 같아, 일라이저. 내가 모리셔스에 가서 네 동생과 살아야 될까 보다."

그녀가 손수건으로 눈가를 찍는다.

날 곤란하게 하려는 말인 줄 알기에 대꾸하지 않는다. 어머니를 침실로 모셔가서 긴 베개를 탁탁 두드리지만, 그녀는 화장대에 앉겠다고 고집하면서 종이, 펜, 잉크병을 가져오라고 한다. 내가 아버지에게 미혼을 고수하는 이유를 설명하는 편지를 쓰게 해달라고 청한다. 하지만 어머니는 손수 편지를 쓰겠다며 물러서지 않는다.

잉크병의 코크 마개를 빼려고 애쓰는 어머니를 보자, 방금 전의 홍분이 가신다. 아주 왜소하고 노인이 다 되었다. 얼굴이 가죽처럼 주글주글하고, 손가락 마디가 튀어나왔다. 내가 어머니를 늙게 했다는 생각이 든다. 내가 그녀를 무덤가로 내몰았다.

"네 시집들을 돌려주는 게 낫겠구나. 이제 노처녀로 살 마당에 그 책들을 숨겨본들 무슨 소용이야."

"감사해요. 어디 있는데요?"

내 시집들이 어디 있는지 잘 안다. 어머니의 옷장에, 모피 칼라가 달린 겨울 외투 뒤쪽에 숨겨져 있다. 사진첩, 연감, 책 더미를 가슴에 안으니, 묘하게 팔다리 하나를 돌려받은 기분이 든다.

주방으로 가려고 계단을 내려가려니, 마음이 다시 레이디 몬테피오레와 그녀가 가져올 유대식 아몬드 푸딩으로 향한다. 물론 다른 푸딩도 필요할 것이다. 크림이나 버터나 우유를 넣지 않은 달콤한 메뉴. 대신 맛이 깊은 황색 시럽으로 만들어야 되겠지. 아마 수플레, 커스터드, 블라망주에 우유를 대체할 아몬드 크림을 만들면 되리라.

315

흰 아몬드를 빻아서 끓는 물을 섞어 천에 거르면 되겠지. 주방에서 앤이 일하는 소리가 들린다. 나무 도마에서 허브를 칼로 다지는 소리가 위로를 준다. 풋풋한 향기가 진통제처럼 다가온다. 기운이 나고 발걸음이 빨라진다. 끝없이 바뀌는 향내, 음악 같은 귀에 익숙한 소리들, 온기, 일출과 일몰과 계절의 변화를 알리는 매일의 리듬이 있는 주방이야말로 가장 머물고 싶은 곳이다.

속으로 중얼댄다. 널찍한 주방 하나를 꺼내 활활 타는 불꽃과 나란히 걸린 구리 냄비 열 개를 더해. 반죽 몰드 다섯 개, 나무 스푼 일곱 개, 좋은 칼 한 세트, 솜씨 좋고 성실한 조수 한 명을 갖춰. 각종 그레이비 거름망, 밀가루 체, 채반, 여과기, 집게, 밀대, 도마, 풀 바르는 솔······.

42
앤

고기 기름

계속 집이 조용하다. 해티는 살금살금 다니고, 마님은 침대에 누워 있고, 리지는 겁먹은 큰 눈으로 우리를 쳐다본다. 결혼식 취소는 나와 미스 일라이저를 제외한 모두에게 큰 실망을 주었다. 소프 목사 내외까지도 위로하러 찾아와서, 냄새를 맡는 개들처럼 날렵한 코를 찡긋댔다. 그들을 맞이할 사람이 없어서 해티가 대신 용건을 듣고 문간에서 울 뻔했다고 말했다. 나중에 해티는 앞치마 자락으로 눈가를 닦으면서 주방에 와서, 결혼식이 취소된 이유를 물었다. 나는 대답 없이 고개만 저었다. 미스 일라이저가 믿고 한 말을 남에게 옮길 입장이 아니었다. 상대가 해티여도.

어느 오후 조용히 빠져나와, 잭이 준 보따리를 아버지에게 전하러 간다. 아버지가 술집에 있으리라 짐작했는데, 놀랍게도 그는 오두막에서 묘목을 심는다. 술 냄새도 풍기지 않는다. 들판에서 잔가지를 태우는 가을 냄새만 난다. 문을 여니 집이 말쑥해서 더 놀란다. 매트리스가 터져서 짚이 빠져나왔는데 이제 꿰매졌고, 바닥에 두더지 가죽이 줄줄이 못질되어 있다. 아버지가 두더지 가죽을 벗기고 푼돈을 번다는 뜻이다. 셉티머스가 난로 바닥에서 뛰어올라 축축한 주둥이를 내 치마폭에 문지른다.

아버지에게 한동안 잭이 돈을 못 보낸다고 전한다. 그는 뒤집어놓은 흙 위에 앉아 마지막 묘목을 구덩이에 넣으면서 진지하게 말한다.

"난 술을 끊을 거야, 앤. 소프 목사에게 기회를 한 번 더 달라고 부탁할 작정이다."

"목사님이 아버지를 써주지 않을걸요."

내가 침울하게 말한다.

그가 약간 화가 나서 부루퉁하게 대꾸한다.

"밀렵도 그만두었다. 머그릿지가 이번에는 봐주지만, 다시 그런 일이 생기면 직접 날 쏘겠다고 말하더라."

천둥 치듯 번뜩 생각이 머리를 스친다. 난 아버지 곁에 쭈그리고 앉아 흙투성이 손을 잡는다.

"제가 양초 꽁다리랑 버리는 고기 뼈랑 기름을 갖다드릴 수 있어요. 미스 일라이저는 무척 검소하지만 남는 재료가 있게 마련이거든요. 런던에 가보니 요리사들 대부분이 이런 남는 재료를 팔아 용돈벌이를 하더라고요."

"어떻게 그러지?"

아버지가 궁금한 표정으로 날 바라본다.

"제가 집에 가져오면, 양초 꽁다리를 녹여 새 양초를 만드세요. 또 고기 기름을 깨끗하게 걸러서 통에 담고요. 그것들을 장에 내다 팔면 되지요."

"네가 그럴 짬이 있니?"

난 어깨를 으쓱한다.

"우린 시도해볼 수 있어요. 또 제 급여의 대부분을 엄마의 간호부들에게 줘야 되지만 얼마간 남을 거예요."

아버지가 잭이 보낸 작은 자루를 열고, 양파절임 단지와 버섯케첩 병을 꺼낸다. 이제 굳어서 나무껍질처럼 뻣뻣한 오렌지 크럼핏과 솜사탕 부스러기도 들어 있다.

"잔칫상이네."

그가 흙 묻은 양손을 비비면서 말한다.

"미스 일라이저가 저를 좋아해요. 다른 하녀조차 제가…… 아씨에게 각별하다는 낌새를 알 정도예요."

자부심을 느끼면서 말한다.

"부자들이 하인들을 신경이나 쓰나. 그저 본인과 돈밖에 안중에 없지."

그가 솜사탕 한 쪽을 수염이 덥수룩한 입에 집어넣고 빨아 먹는다. 아버지가 덧붙여 말한다.

"아씨는 네가 양파를 잘 다진다고 생각하겠지만 널 '각별히' 여기진 않을 게다……. 널 '좋아하지'도 않을 거고."

"하지만 '우리' 책과 '우리'가 10년 동안 '같이' 일할 거라고 말해요."

"네가 착하고 열심히 일하니까 잘해주는 거지, 네가 특별해서는 아니지. 더 적게 받고 일은 더 잘하는 사람이 오면, 널 헌신짝처럼 내던지고 새 하인을 들일걸."

그가 내게 몸을 숙이고, 수염 덥수룩한 입으로 뽀뽀한다. 하지만 나는 속상해서 몸을 뺀다.

새로운 생각이 머리를 스친다.

"미스 일라이저는 여느 부자들과 달라요. 왕처럼 부유한 남자의 청혼을 거절했다고요."

아버지의 의심에 휘둘리지 않기로 작정한다.

침묵이 흐르고, 초가지붕에서 쥐들이 긁고 달리는 소리가 들린다.

"남자가 그다지 친절하지 않았거나 부자가 아니었겠지."

"제 생각에 그녀는 인간답게 살고 싶은 거예요."

"인간답게?"

"아씨가 원하는 건 신사의 돈이 아니라 자기 돈이에요. 남이 이래라저래라 하는 걸 듣기 싫어하고요."

말을 멈추고 하늘을 올려다본다. 오늘따라 드넓고 하얀 하늘에서 까마귀 한 마리가 날갯짓을 한다.

"그녀는 저한테 시를 가르쳐줘요."

덧붙이면서 무릎을 가슴에 끌어안으니, 그녀의 고운 시가 떠오른다. '그대가 없는 세상에, 내게는 기쁨이 없네……'

내가 다시 말한다.

"아시겠지요, 아버지. 다른 숙녀들이랑 전혀 달라요."

나를 하녀 취급 하지 않는다고 속으로 중얼댄다.

그는 미스 일라이저를 어떻게 생각할지 모르는 듯 생각에 잠겨, 뻣뻣한 수염을 문지른다.

"글쎄다. 가끔 어느 여자나 머릿속이 이상하다는 의심이 든다만. 너를 빼고 전부 다 말이야, 앤."

난 그녀처럼 되고 싶다고 생각한다. 미스 일라이저는 강인하고 진실하다. 용기 있고 정직하다. 일어나 치마에서 흙을 털고, 아버지에게 손을 내민다. 그는 앉은 자세에서 도움 없이 일어나는 방법을 터득했다. 그가 으스대며 그걸 보여주자 내 가슴이 벅차오른다.

보다이크 하우스로 돌아가는 길 내내 아버지를 도울 방도를 궁리한다. 겨울이 오고 있다. 바람에서 묻어나는 한기와 발에 밟히는 부러진 잔가지에서 겨울이 느껴진다. 양초 동강을 녹이고 뼈로 육수를 우리는 걸로 살 만할까? 너구리 가죽을 벗겨서 먹고살 수 있으려나? 적어도 엄마는 웅장한 요양원에서 따뜻하게, 마른자리에서 잘 먹고 지낼 것이다. 그래서 손을 모으고 하늘을 우러러 신께 감사 기도를 올린다.

43
일라이저

다진 고기 푸딩

메모와 레시피들을 순서대로 정리하려니 책에 생명을 주는 것 같다. 그 핵심에 맥박이나 영혼 같은 게 깃든 느낌이 꽤 독특하다.

생명에는 책임이 뒤따르는 법. 부모가 출산을 계획하듯 나도 책의 출간 계획을 세워야 한다. 백지를 탁자에 올려놓고 펜을 잉크병에 담가 '책을 증정할 사람들'을 적는다. 제목 밑에 자를 대고 한 줄이 아니라 두 줄을 그으면서 유력 인사들에게 보내야 된다고 생각한다. 한 이름으로 명단을 시작한다. 찰스 디킨스. 그는 〈이브닝 크로니클〉에 정기적으로 기고하는 작가이고, 나처럼 불운한 이들에게 연민을 갖는 것 같다. 그는 내가 서명한 요리책의 첫 증정 대상이다.

며칠간 지인들을 비롯해 잘 모르는 이들에게 선호하는 요리의 레시피를 알려달라는 편지를 보냈더니, 이제 규칙적으로 레시피들이 배달된다. 최근에 받은 레시피들을 나열한다. 스웨덴에서 온 사고녹말(사고야자 녹말. 우유나 코코넛밀크와 섞어 디저트 등을 만든다 – 옮긴이) 포타주, 송아지 육수, 달걀, 크림. 독일에서 온 사과케이크와 커스터드 크림. 아랍식으로 흐물흐물하게 삶은 가금류를 넣은 필라프(여러 재료를 넣어 국물로 조리한 밥 – 옮긴이) 레시피. 참, 결혼한 여동생 메리가 부탁한 적도 없는데 레시피를 보내와서 대충 훑어봤다. 각지고 뾰족한 글씨가 빼곡하고, 대담하게도 자기 요리에 '착한 딸의 다진 고기 푸딩'이라는 제목을 달았다. 속에서 야속하고 냉소적인 웃음이 솟아오른다. 어머니가 내 '나쁜 딸'의 면모를 한탄하는 편지들을 보내겠지. 나와 비교하면 메리는 진짜 천사다.

못 본 지 10년이 넘지만 발그레한 안색, 단아하게 올린 갈색 머리, 차분하고 도도한 자태가 눈에 선하다. 물론 이제 흰머리가 나고 핏줄이 드러나는 얼굴로 허둥댈 테지만. 그래도 결혼해서 안온한 흠 없는 인생을 산다. 반면 나는 미혼인데다 자신을 '폭로하는' 시들을 실명으로 출판하질 않나, 이제 하인들과 주방에 박혀 지낸다. 더 나쁜, 훨씬 더 나쁜 것은 요리법이나 긁적이며 사는 치욕에서 자신을 (액턴 가문 전체도) 구제해줄 남자의 청혼을 거절한 점이다. 메리의 레시피를 눈으로 훑는다. 빵과 다진 고기를 층층이 두텁게 쌓아 농도 짙은 커스터드를 뿌려서 굽는 간단하고 건강에 좋은 요리다. 레시피를 다른 추천받은 레시피들과 합치려다가 동생이 뒷면에 뭔가 적었음을 알아차린다. 종이를 뒤집으니 잉크 얼룩과 번짐 사이에 거미다리 같은 필체가 보인다. 놀랍게도, 잉크 범벅인 걸로 볼 때 황급히 쓴 편지다.

사랑하는 일라이저,

이제 기나긴 세월이 흘렀고 난 아이들이 있으니, 우리가 자매의 정을 새롭게 이어가야 된다는 생각이 들어. 내가 주장하는 신중함이 언니가 신봉하는 정직성과 상충하는 걸 알아. 하지만 우리가 합의랄까, 중도에서 만날 때가 되었다고 생각해. 이제 언니가 미혼을 고수하기로 택했으니 더욱 그렇지. 물론 어머니는 반대하시거나 못마땅하시겠지. 하지만 아버지가 안 계시니 어머니의 의견은 덜 중요해졌어. 그래서 언니를 서포크에 초대하고 싶어. 11월 후반이면 적당하겠어?

내가 다진 고기 푸딩 레시피에 그런 제목을 붙인 걸 불쾌히 여기지 않으리라 믿어…… 재미있게 하려고 그런 거야. 그러니까 언니가 원하는 대로 제목을 바꿔.

동생 메리가

편지를 다시 읽고 또 읽는다. 메리의 진지한 성품에 비추어 이것이 가볍게 내린 결정이 아님을 안다. 동생은 내가 결혼의 기쁨이나 가족의 축복을 누리지 못할 걸 알기에 노처녀 처지를 동정하리라. 내가 – 영원히 – 반쪽짜리 여인으로 살 테니. 혹은 그보다도 못한 처지일 테니. 그저 여인의 망령으로.

하지만 그녀의 말 속에 내게 손을 뻗는 듯한, 용서를 구하는 듯한 화해의 손길이 깔려 있다. 묘한 애잔함과 후회가 밀려든다. 지나고 사라져서 돌이킬 수 없는 모든 것을 향한 감정이. 그 순간 다른 게 목구멍 안쪽에서 감지된다. 기대. 갈망. 초대를 받아들인다는 답장을 쓰고, 그 일을 마음에서 밀어낸다. 레이디 주디스 몬테피오레가 내일 도착하니, 메뉴를 짜서 식재료를 구입해야 된다.

주방에서 앤이 모과 마멀레이드를 만드느라 냄비를 계속 젓는다. 향긋한 김이 주방에 퍼지면서 창유리에 맺혀, 찬 북쪽 벽으로 흘러내린다. 파리 한 마리가 설탕 덩이 위에서 윙윙댄다. 앤이 막 설탕을 긁어 곱게 빻아놓았다.

"오늘 저녁에는 송아지고기 소를 채운 소염통구이를 해보자. 송아지고기가 완전히 말랑말랑해질 때까지 두드려야 해. 아주 연해야 돼, 알겠지?"

앤의 응답을 기다리지만, 주걱이 냄비 바닥을 긁는 소리와 모과가 보글보글 끓는 소리만 들린다.

"시장에서 연하고 매끈한 순무를 구해올 수 있으면, 염통이랑 곁들이자. 하지만 뻣뻣하거나 구더기가 뿌리를 갉은 순무는 안 돼."

여전히 앤은 입을 열지 않는다. 고개를 끄덕이지도 않는다. 내 지시를 들은 내색을 하지 않는다.

"무슨 문제가 있니, 앤?"

앤이 불쑥 내뱉는다.

"런던 요리사들은 양초 꽁다리와 육수에서 걷은 기름을 받는대요. 우려낸 뼈랑 벗긴 가죽도요. 저도 그러고 싶어요."

돌발적인 대답에 놀란 나머지 난 크게 심호흡을 한다.

"우리가 뼈로 수프를 만들고 굳은 기름으로 육수를 내는 걸 잘 알잖아. 필요하면 털이나 가죽이나 껍질은 가져도 돼."

"양초 꽁다리는요?"

앤이 단호하게 묻는다.

"뭐에 쓰려고?"

"아버지가 그걸로 새 양초를 만들어 팔 거예요. 오빠가 집세가 올라 이제 돈을 못 보내거든요."

머릿속으로 몇 가지 계산을 한다. 앤이 자신에게 돈을 쓰지 않는 걸 안다. 행상인이 뒷문에 찾아와도 단순한 레이스 칼라나 리본 몇 개도 사지 않는다. 내가 부드럽게 묻는다.

"급여는 다 어디 쓰는데?"

앤은 몇 초간 대답하지 않는다. 그러다가 불쑥 내뱉는다.

"아버지가 새 목발이 필요해서요."

철제 돈통의 자물쇠를 열고 플로린(영국에서 19세기 중반부터 20세기 후반까지 사용된 2실링짜리 은화 - 옮긴이) 두 개를 꺼낸다. 레이디 몬테피오레의 식사를 준비할 돈이 달랑 11실링 남는다. 품위 있으면서 검소한 식단이 필요하다. 아마도 송아지고기 소를 간단한 세이지와 양파…… 혹은 버섯으로 바꾸어야 될 것이다. 요즘 들사리버섯이 한창이라 풍미가 좋다. 산새버섯을 조금 섞으면 송아지고기 소 못지않을 수 있다.

내가 은화를 건넨다.

앤의 얼굴이 새빨개진다.

"제가 갚을게요, 미스 일라이저."

"양초 꽁다리랑 뼈를 이용해서? 과연 그럴까 싶네."

의도보다 날카로운 말투가 나온다. 앤은 내가 손이라도 올린 것처럼 움찔한다. 하지만 소프 목사의 말이 다시 생각나고…… 급여가 어디로 가는지 오리무중이다. 아버지의 술값으로 쓰일까?

"우린 요리의 한계를 시험받겠지만, 레이디 몬테피오레가 푸딩을 가져온다니 다행이지. 또 빠듯한 예산으로 준비해도 큰 무리가 없을 거야."

내가 그렇게 말하지만 앤은 얼굴을 붉히면서 고개만 끄덕인다.

레이디 몬테피오레는 비단 자락을 사각대고 보석을 덜걱대면서 도착한다. 어머니가 객실로 안내하면서, 날 '미혼인 딸 일라이저'라고 재빨리 소개한다. 예전에는 '사랑하는 딸 일라이저'였다. 내 지위가 떨어진 듯하다. 실망스럽지만 괘념치 말자고 다짐하면서 앞치마를 두른다.

그날 저녁 레이디 몬테피오레가 요리사를 만나고 싶다는 전갈을 보낸다. 가슴이 두근댄다. 접시마다 싹 비워져 돌아왔으니 유대식 관습을 어겼을 리 없다. 하지만 그녀가 못마땅한 것은 분명하다. 재료들을 아낀 걸 알아차렸을까? 레시피들에 대해 물으려는 걸까? 어쩌면 우리에게 변상을 요구할 것이다.

내가 식당에 나타나자 그녀는 놀란 표정을 짓는다.

"설마 요리사가 아니지요, 미스 액턴?"

그녀가 숱 많은 검은 눈썹을 잔뜩 치뜬다. 눈썹이 열대 지방의 검은 쐐기벌레 한 쌍처럼 도톰하다.

"맞습니다, 레이디 몬테피오레. 음식이 입에 맞으셨어요?"

"근사했어요. 아주 가볍고 신선했어요. 영국 음식은 대체로 너무 무겁거든요. 고기를 그레이비에 담가서 고추를 잔뜩 뿌리니. 그런데 사과와 생강 수프가 맛이 좋더군요. 쌀을 곁들일 필요는 없었다는 게 제 의견이지만요."

그녀가 빈 의자를 가리키며 덧붙인다.

"앉아서 나랑 이야기를 나눠요, 미스 액턴."

한시름 놓으면서 의자에 앉으려니 머리가 핑 돈다. 그녀가 몸을 숙이고 고개를 살짝 기울이며 날 찬찬히 본다.

"항상 요리를 해요?"

"네, 저희가 그 부분은 밝히지 않지만요. 어머니는 하숙인들이 주방에 전문 요리사가 있다고 생각하길 바라세요."

"말도 안 돼요. 요리를 하거나 먹는 데 창피할 게 있나요. 사실 인생의 가장 큰 낙이 그 둘인걸요."

그녀가 냅킨으로 지그시 입매를 누르더니, 나를 희귀한 별종 보듯 찬찬히 살핀다.

레이디 몬테피오레가 다시 말한다.

"비밀을 지켜줄 수 있겠어요, 미스 액턴?"

나는 이 화제 전환에 놀라면서 고개를 끄덕인다.

그녀가 목소리를 낮춰 말한다.

"내 꿈은 유대 음식의 요리책을 쓰는 거예요. 내용을 정리하기 시작했지만 더디고 세심한 작업이죠."

"저도요!"

똑같이 생뚱맞은 야심을 가진 사람을 만난 사실에 매료되어 내가 말한다.

그녀가 다시 흰 이마 위로 눈썹을 치뜨고 가만히 있다. 바싹 올린 머리가 홍합 껍질처럼 파르스름한 검은빛이다.

"그래요? 아, 우리가 레시피를 공유해야겠네요. 내 푸딩을 무척 감각 있게 차려냈더군요. 가져온 푸딩을 맛봤어요?"

얼굴을 붉히면서 살짝 입술에 대봤다고 털어놓는다.

"모든 재료를 적절히 잘 섞고, 설탕을 푸딩 전체에 수북하게 체 쳐서 뿌리는 게 핵심이에요. 원하면 내가 레시피를 적어줄 수 있는데요?"

이후 20분 동안 서로 레시피들과 비법을 알려주고, 신선도의 필요성과 미묘한 맛을 유지하는 최상의 방법에 대해 열띠게 대화한다. 레이디 몬테피오레는 유대 음식은 좋은 올리브유를 많이 쓰며, 버터나 돼지기름을 과용하지 않는다고 말해준다. 기름은 재사용할 수 있다면서, 푸르스름하고 금빛 도는 올리브유를 구할 수 있는 런던의 기름 가게를 알려주겠다고 약속한다. 우린 싱싱한 연어의 풍미를 유지하는 최적의 방법을 비교하고, 연어가 ─ 그녀는 유대인들은 연어를 자주 차게 낸다고 말해준다 ─ 담수어종 중 최고라는 데 동의한다. 둘이 대화에 푹 빠져서 어머니가 식당에 들어온 걸 모른다.

어머니가 크게 기침을 하고 말한다.

"모두 만족하셨나요, 레이디 몬테피오레?"

"따님과 저는 뜻이 맞는 친구가 되었어요."

레이디 몬테피오레가 환한 미소를 짓자, 어머니는 긴장을 푼다.

주방에 돌아가는데, 백조처럼 미끄러지는 기분이다. 다만 물 위가 아니라 큰 머랭으로 된 공기 덩어리 위를 걷는 것 같다. 공책과 잉크병을 꺼내 레이디 몬테피오레에게 들은 내용을 다 적는다. 그녀는 가장 좋아하는 요리인 유대식 훈제 소고기의 레시피를 알려주겠다고 약속했다. 손끝에서 흥분이 들썩이는 느낌이지만, 문득 돈이 별로 남지 않은 게 기억난다. 두툼한 소고기 업진살을 살 수 있으려나? 의심스럽다. 어쩌면 올리브유에 불그스름한 연어 덩어리를 구워서 식혀 상에 내야 되리라……. 모리셔스 처트니가 구워서 식힌 생선과 딱 어울린다는 생각을 할 수밖에 없다. 그러자 여동생의 초대가, 화해의 손길이 기억난다. 최상의 하루였다고 생각하면서, 만면의 웃음을 감추려 하지 않는다.

44
앤

버터 비스킷

미스 일라이저가 워낙 들뜨고, 레이디 몬테피오레를 좋아해서 난 오늘 외출 시간을 연장할 기회로 삼는다. 그녀는 요즘 늘 그러듯 공책에 뭔가 적다가 고개를 들고, 늦게 돌아와도 되지만 미리 저녁 준비를 해야 된다고 말한다.

내가 대답한다.

"아몬드 우유 1쿼트를 만들어두었어요. 식품실에 소꼬리가 석쇠에 올릴 수 있게 준비되어 있고요. 모과도 삶았고요."

시럽에 슬쩍 더 넣은 게 있다는 말은 하지 않는다. 단단한 검은 카르다몸(소두구. 열대 아시아산 생강과 향신료 - 옮긴이)씨를 찧어서 걸렀으니 눈에 띄지 않을 것이다.

그녀가 잉크 한 방울을 떨군다.

"월말에 며칠간 집을 비울 거야. 그래서 어머니한테 네가 필요할 거야, 오후 외출을 하는 날에도."

"휴가 가세요?"

궁금해서 묻는다. 미스 일라이저는 단 하루도 휴가를 간 적이 없다.

"여동생 집에 가려고."

그녀가 다시 공책을 내려다보면서 초조하게 펜을 잉크병에 담근다.

"아, 가정교사 하는 분들 중 한 분한테 가시네요."

내가 말한다. 자매들이 저택에서 가정교사로 일하는 걸 안다.

미스 일라이저가 대답한다.

"아니, 여동생 메리랑 지낼 거야."

메리? '메리'라는 이름은 처음 듣는다. 캐서린과 안나는 들어봤고 둘 다 가정교사다. 모리셔스에 있는 남동생 에드거에 대해서도 말한 적이 있다. 하지만 메리는 금시초문이다.

"아주 멀리 사시나요?"

미스 일라이저가 아주 잠깐, 결혼한 여동생을 언급한 기억이 어렴풋이 난다. 의사의 아내라고…… 그녀가 메리인가?

"동생은 서포크에 살아."

그녀가 대답하고, 서포크가 멀지 않은 곳이라 놀랍다. 미스 일라이저가 말을 잇는다.

"아버지에게 버터 비스킷을 갖다드리지 그래? 끄트머리가 너무 진한 갈색이라서 레이디 몬테피오레에게 내놓을 수가 없거든."

양철통에 비스킷을 담고, 바람에 떨어진 배 몇 개를 챙겨 집을 나선다. 도중에 마차를 얻어 타기를 바라면서 요양원을 향해 걷는다. 사과 과수원과 홉 재배지가 이제 조용하다. 나무들은 가지만 남고 홉은 바닥까지 잘린 상태다. 하지만 골목마다 낫과 갈고리로 산울타리를 자르고, 배수구에서 낡은 짐마차와 썩은 써레와 과수원 일꾼과 홉 추수꾼이 버린 쓰레기를 치우는 일꾼들이 북적댄다.

많이 걷고 마차를 두 번 얻어 타고서야 요양원 정문에 도착한다. 수위에게 1실링을 주면서, 간호부들에게 줄 돈이 있다고 말한다. 내가 준 돈이 부족한 듯 수위가 시무룩하다. 그래서 비스킷 한 개를 주니, 그가 받아서 입에 쏙 넣는다. 그가 구내로 들어가면서 어금니로 오도독 씹는 소리가 들린다.

수위는 간호부 한 명을 데리고 돌아온다. 하지만 프랜도 아니고 뺨을 꼬집는 간호부도 아니다. 엄마도 보이지 않는다. 그는 다시 수위실로 들어간다. 새 간호부는 얼굴이 거칠고 이마에 흉터가 잔뜩 있다. 두툼한 회색 소모사 드레스를 입고 허리춤에 열쇠 뭉치가 달린 사슬이 매달렸다. 굽이 두꺼운 튼튼한 부츠를 신었다. 나는 예의 바르게 웃으면서 엄마인 미시즈 커비를 면회 왔다고 말한다. 주치의도 만나고 싶다고. 하지만 간호부는 미소로 답하지 않는다. 침울하고 뚱한 표정으로 가슴에 팔짱을 단단히 끼고 있다. 난 얼른 버터 비스킷 하나를 건넨다.

그녀가 비스킷을 받아 앞치마 주머니에 넣는다.

"아가씨 어머니는 상태가 좋지 않아요."

간호부가 말한다.

"좋지 않다고요?"

내가 멍청이처럼 따라 말한다.

"넘어졌어요, 그게 다죠. 그런데 계단을 잘 내려오지 못하네요. 그러니 1월에 다시 오는 게 좋겠어요."

그녀가 이 말을 할 때, 묘하게 내 등골이 오싹하다. 날씨가 온화하고, 미스 일라이저가 쓰던 폭신하고 따뜻한 인도산 숄을 둘렀는데도.

"어머니를 만날 수 있을까요?"

나는 바구니를 들어올리고, 비스킷 깡통 옆의 사과와 배를 가리킨다.

간호부가 고개를 젓는다.

"아무에게도 내부 출입이 허용되지 않아요. 하지만 내가 바구니를 어머니에게 전하면 되니까, 1월에 와서 빈 바구니를 찾아가요."

그녀의 어깨 너머로 쇠창살이 있는 웅장한 건물을 쳐다본다. 오후의 해가 얼룩덜룩한 빛을 건물 벽들과 창문들에 떨군다. 거기서 의사의 보살핌을 제대로 받고 아늑하게 지내는 엄마를 떠올린다. 겨울 한파가 살을 에고 언 빗물이 바닥에서 스며들어 매트리스를 얼음장으로 만드는 아버지의 오두막보다 요양원이 한결 낫다.

"아주 심하게 다치셨나요?"

내가 묻는다.

"안달할 것 없어요, 1월에는 괜찮아질 거예요."

간호부가 바구니를 받아서, 내용물을 검사하듯 들여다본다. 그녀가 다시 말한다.

"어머니가 이 간식을 좋아하겠네요."

그녀의 혀가 입 밖으로 나오고, 누런 표면이 보인다. 하지만 그때 뒤편의 웅장한 건물에서 비명이 바람결에 실려 오자 관심이 거기로 쏠린다.

"어젯밤에 보름달이 뜨니 정신병자 몇 명이 돌아버릴 지경이라……."

그녀가 눈을 반짝이며 설명한다. 간호부는 얼른 돌아가려고 몸을 돌리지만, 나는 궁금한 게 남았고, 25킬로미터 거리를 온 참이다. 그래서 간호부에게 1실링을 내밀고 말한다.

"수고하시는데 받아주세요, 간호부님."

그녀가 냉큼 돈을 받자, 난 엄마가 넘어진 경위를 묻는다.

간호부가 느릅나무 묘목들이 새로 심어진 마당을 손짓하며 말한다.

"정원에서 일하다가 삽에 발이 걸렸어요, 딱하게도."

그녀가 말을 멈추고 소매에 동전을 문지른다. 비명 소리가 불쑥 터졌듯이 불쑥 끊기고, 이제 나무들 사이로 바람 소리만 들린다.

"그래서 뼈가 부러졌나요? 의사가 뼈를 맞췄어요?"

"그럼요!"

간호부가 내 말을 화들짝 반기며 맞장구친다.

"엄마가 글을 쓰실 수 있나요?"

"헛소리 작작해요! 글을 쓸 줄 아는 환자가 어디 있다고."

"엄마는 글을 쓸 줄 아세요. 저한테 편지를 쓰라고 부탁해주실래요?"

그녀는 돈을 앞치마에 넣고, 둘만 아는 농담이라는 듯 윙크를 한다.

"편지라! 나한테 맡겨요, 아가씨."

집으로 걸어가면서 그제야 간호부의 윙크가 무슨 뜻인지 깨달다. 그녀는 엄마가 글을 쓸 줄 안다고 믿지 않고, 내가 정신병을 물려받아 엄마처럼 미쳤다고 추측했다. 엄마에게 책을 보내야겠다고 기억해둔다. 왜 진작 그 생각을 못했을까? 내 일에 너무 빠져 있느라 그랬겠지. 미스 일라이저를 너무 좋아해서. 일의 진척에 온 신경을 쓰느라. 은밀히 시집들을 훔치느라 바빠서……. 그래도 아버지에게 드릴 돈 1실링이 남았다. 동전을 손에 쥐고 손바닥에 쑥 박히도록 손가락을 힘껏 오므린다.

45
일라이저

크림과 강낭콩

레이디 몬테피오레와의 우정이 나날이 피어나서, 이별할 생각을 하면 쓸쓸하다.

매번 식사를 마치면 그녀는 앉기를 권하고 내 요리들, 조미료, 양념, 재료 구입처, 준비 과정에 대해 대화한다. 그렇게 호기심 많은 여인은 처음 본다. 빠짐없이 알고 싶어 한다. 눈대중으로 가늠하는지, 저울을 쓰는지? 양파 맛을 좋아하는지, 셜롯 맛을 좋아하는지? 질냄비를 쓰는지, 주석 냄비를 쓰는지? 소고기를 보존할 때 천일염을 쓰는지, 보통 소금을 쓰는지? 벽돌 오븐을 선호하는지, 무쇠 오븐을 좋아하는지? 궁금증이 충분히 해소되면 유대 음식으로 화제가 옮겨간다. 그녀가 팔레스타인과 예루살렘에서 먹어본 음식들, 선호하는 유월절 음식들의 레시피, 즐겨 선물하는 무교병 비스킷. 부채를 오므렸다 펼치면서 신나게 이야기하는 바람에 난 정신없이 빠져든다.

딱 이즈음 어머니가 들어와, 공성 망치(집이나 벽을 허무는 철제 봉 - 옮긴이)처럼 대화에 멋대로 끼어든다. 이후 환담은 더 일상적인 화제로 흐른다. 레이디 M도 어머니 앞에서 주방 이야기를 하는 게 나만큼이나 불편한 것 같다. 그녀 역시 거기 내포된 수치스러움을 아는 듯하다. 노동과 열기와 냄새가 뒤섞인 주방은 창피하다. 하지만 우리의 음식에 대한 관심 자체에 오점과 부끄러움이 담겨 있다. '계량과 지침에 신중하게 숨겨진 낭비, 식욕. 하지만 그럼에도…….' 요리사루이의 말이 내 머리에서 헤엄친다. '동물이 되는 기쁨.' 가끔 어머니가 악천후나 레이스 가격을 한탄할 때, 레이디 M은 상아 부채 위로 날 흘끔댄다. 검은 눈이 미소 짓고 눈썹이 살짝 솟는다. 우리가 비밀의 세계에 사는 공범이라도 되는 것처럼.

레이디 M이 보다이크 하우스에서 보내는 마지막 밤, 어머니가 소프 목사 내외와 식사하러 외출한 덕에 내가 그녀를 독차지한다. 푸딩 접시가 치워지자마자 해티를 내보내고, 직접 커피 쟁반을 옮긴다. 레이디 M이 옆의 빈 의자에 앉으라고 권한다. 귓불에서 흑옥 귀걸이가 달랑대고 검은 눈이 촛불에 반짝인다. 커피를 따라주자 그녀는 소를 채운 황소 볼살 구이를 칭찬하면서, 그녀의 단골인 런던 정육점에 내가 '꼭' 가봐야 된다고 말한다.

"주소는 올드게이트의 듀크 가 34번지예요. 푸주한이 유대인이라서 훨씬 좋은 소고기를 구할 거예요. 유대인 푸주한은 고기에 얼룩이나 반점이 하나라도 있으면 판매할 수가 없거든요."

"몰랐네요."

338

내가 대답한다. 우시장에서 본 동물들이 떠오른다. 발굽에 곰팡이가 잔뜩 피고 가죽에 털이 없고, 병 때문에 작은 반점이 있었다. 유대식 도축에 대해 물으려는 순간, 그녀가 너무 급격히 화제를 바꿔서 도축은 즉시 잊히고 만다.

그녀가 내게 몸을 숙인다. 참새처럼 눈이 반짝이고 아랫입술이 빛난다.

"일라이저가 써야 될 글과 관련해 아이디어가 있어요."

그녀가 부채를 폈다가 급히 접자, 가지 모양 촛대의 촛불들이 흔들려 식탁에 그림자를 드리운다. 은제 커피 주전자, 설탕 단지, 크림 그릇 위에서 그림자가 너울댄다. 한순간 식탁이 살아 있는 것 같다. 마치 리넨 식탁보 자리에 흔들리는 수은 줄기들이 있는 것 같다.

"내가 무슨 생각을 하는지 짐작이 되나요?"

레이디 M이 묻는다.

나는 머리를 젓는다.

"시집을 냈다고 했지요?"

그녀가 말을 멈추고 부채를 식탁에 내려놓는다. 그러더니 나를 예리하게 살피면서 덧붙인다.

"그걸 보고 싶은데요."

"절판되었어요."

내가 대답한다. 그녀에게 보여주고 싶은지 아닌지 잘 모르겠다. 이제 그 시들은 내가 아니고, 내 것도 아니라고 생각한다. 그리고 레이디 M이 나를 '지금'의 나로만 보면 좋겠다.

그녀가 손을 저으면서 말한다.

"상관없어요. 내가 생각하는 것은 시가 아니니까."

"네?"

내 안에서 뭔가 확 타오른다. 배의 맨 아랫부분에서 시작된 독특한 느낌이 온몸에 퍼져 따뜻하고 살짝 들썩인다.

그녀가 촛불 쪽으로 가만히 고개를 끄덕이며 계속 말한다.

"친구가 있어요. 미스 켈리라고 용감하고 대담한 여자지요."

나는 미스 켈리라는 사람에 대해 아는 바가 없어서 잠자코 있다. 시인인가? 레시피 작가일까?

레이디 M이 더 적극적으로 몸을 숙이자, 풍성한 아치형 눈썹과 발그레한 뺨과 고운 피부가 내 코앞에 있다.

"미스 켈리는 배우예요……. 연극 무대 출신이지요. 당신처럼 자유롭고 강력하게 발언하는 사람이고요."

내 눈이 더 커진다. 레이디 M은 내 대답을 기다리는 듯이 진주 목걸이를 손가락에 꼰다.

"배우요?"

내가 반문한다. 런던 극장들, 여배우들에 대한 소문을 들었다. 외설스럽고 천박한 이야기였다.

"그녀가 런던 웨스트엔드에 연극과 연기 학교를 열 예정이에요. 여학생들이 연극 예술 부문을 교육받을 수 있는 기관이죠. 미스 켈리는 새 희곡을 찾고 있어요."

그녀가 말을 멈추고 식탁에서 부채를 집어, 목덜미를 두드리더니 탁 접는다. 레이디 M이 말을 잇는다.

"아주 좋은 학교예요. 후원자가 데번셔 공작이거든요."

그녀는 효과를 내려고 뜸을 들이고, 내 눈을 뚫어져라 보다가 다시 묻는다.

"희곡을 쓸 생각을 해봤나요?"

내가 느릿느릿 대답한다.

"요리책을 집필하려면 몇 년 더 작업해야 해요. 또 이 일을 마치면 두 번째 책을 만들려고 얼핏 구상 중이고요. 당장은 아주 대략이지만…… 환자들을 위한, 건강이 안 좋은 이들을 위한 요리책이에요."

이 계획은 아무에게도, 앤이나 어머니나 미스터 롱맨에게도 밝힌 적이 없다. 하지만 입 밖에 내니 후회가 밀려든다. 레이디 M은 내 난감한 처지를 본능적으로 아는 듯이 실망하는 듯하다. 커피 잔을 내려다본다. 기름기 도는 침전물을 보면서, 내 시들을 그녀에게 보여줄 만큼 뻔뻔하면 좋겠다고 생각한다.

"환자를 위한 건강식은 분명히 중요하지만, 내면에서 타오르는 것을 발언하겠다는 결심도 중요하죠. 난 당신이 강한 불꽃을 가졌다고 느껴요, 내 친구 미스 켈리처럼."

"네, 그래요."

내가 말한다. 그리고 그걸 처음 알아챈 사람이 레이디 몬테피오레임을 깨닫는다. 그녀는 내 영혼을 들여다봤고, 번뜩이는 불꽃을 지켜보고 좋게 말해주었다. 그걸 격려해주었다.

그녀가 계속 말한다.

"당신이 내게 필사해준 레시피들은 레시피를 훨씬 '넘어서는' 수준이에요. 간단한 예술 작품이지요. 그러면 안 된 이유가 있을까요?"

"아, 아니에요. 레시피를 시와 비교하다니 말이 안 되지요."

나는 겸손하게 웃음을 터뜨린다.

"왜 안 되죠? 당신의 레시피는 아름다운 글로 완벽하게 구성된걸요. 크림과 강낭콩의 레시피를 읽었는데 마치 시를 읽는 것 같았어요……. '어린 콩 1쿼트를 소금물에 완벽하게 연하도록 삶아서 최대한 물기를 쪽 뺀다.' ……내가 첫 줄을 외우는 걸 보라고요."

"정말 친절하세요. 하지만 희곡은……."

내가 말한다. 머리가 복잡해지면서 목소리가 가늘어진다. 희곡을 쓰면 안 되는 이유가 있을까? 가장 마음에 남는 주제들을 다룬 희곡…… 앤의 이미지가, 썰렁하고 간소한 오두막이, 다리 없는 아버지와 죽은 어머니의 이미지가 떠오른다. 다음에 살 마차나 커튼감을 양단으로 할지 친츠로 할지만 생각하는 런던 사람들에게 앤의 빈곤을 보여주고 싶다. 도시인들은 시골 사람들이 문간에 장미가 만발한 운치 있는 집에서 사는 줄 알지 않나.

"당신은 극에 대한 타고난 감각을 지녔어요. 음식을 식탁에 차리는 솜씨에서 그걸 알아봤죠. 조직적인 마음, 섬세하게 구사하는 문구……."

그녀는 적확한 표현을 찾는 듯 머뭇거리다가 말을 잇는다.

"그 단정한 외모 밑에 열망하는 낭만적인 영혼이 깔린 게 느껴지거든요. 내 느낌이 맞나요?"

"정확히 뭔지 모르겠지만 제 안에서 뭔가 버둥대요."

대화의 방향이 개인사로 바뀌자 갑자기 겸연쩍어 중얼거린다. 하지만 레이디 몬테피오레는 눈곱만치도 민망해하지 않는다. 그녀가 가슴골에서 작은 메모지를 꺼내 건넨다.

"친구의 주소예요. 내 이름을 밝히고 그녀에게 글을 보내도록 해요."

"미스 켈리에 대한 얘기는 정말 마음에 들어요."

나는 가슴팍에서 나와 온기 있는 메모지를 받아 드레스의 목 안으로 넣는다.

"친구들 중에서 가장 대담한 사람이에요."

레이디 M이 턱을 당기고 목소리를 낮추려는 것처럼 입을 손으로 가린다. 그러더니 덧붙인다.

"혼외자인 딸이 있는데, 공개적으로 같이 살아요."

난 이 말을 듣고 놀라서 몸을 뒤로 민다.

"그래요, 무척 충격적이죠. 그래도 대담성은 알아줘야겠죠."

레이디 M이 말을 끊고 머리를 갸우뚱한다. 조용한 가운데 열쇠 돌아가는 소리와 현관문이 바닥을 긁는 소리가 난다. 복도에서 어머니의 발소리가 들린다.

레이디 M이 입술에 손가락을 대고 속삭인다.

"대담성 얘기는 그만합시다. 온천을 하니 유난히 노곤하네요, 미스 액턴. 이쯤에서 밤 인사를 해야겠어요."

그녀가 방에서 나가자마자 어머니가 휙 들어선다. 난 어머니가 저녁 시간을 보낸 지루한 이야기를 늘어놓기 전에 주방으로 피할 생각을 하면서 커피 잔을 챙긴다. 하지만 어머니의 말이 내 발을 붙잡는다.

"네가 좋아하는 여시인 미스 L. E. 랜던의 소식을 들었니? 소프 부인이 그 일에 빠져서 그 이야기만 늘어놓더구나. 레이디 몬테피오레

343

가 그리 서둘러 방에 돌아가지 않았으면 소식을 알렸을 텐데."

목구멍이 뻐근하다.

"미스 랜던에게 무슨 일이 생겼는데요?"

내가 속삭인다. 이미 머릿속에 그녀의 시구들이 몰려든다. 하지만 의기양양한 어머니의 목소리를 지울 만큼 소란스럽게 몰려들지는 않는다.

"침실 바닥에서 시신으로 발견되었다는구나, 아프리카 오지 어디에서. 사고가 난 게지……. 치료를 위해 청산을 복용했는데 실수로 한 병을 다 먹었다더구나. 목사 부인이 어디서 이런 선정적인 이야기를 듣는지 모르겠다만."

커피 잔들을 내려놓는다. 눈을 감는다. 식탁 상판을 꽉 잡는다. 촛불이 파르르 떨리고 퍼덕대다가 사그라드는 소리가 난다. 어머니가 나가면 좋겠다. 그녀의 시선이 내게 쏠리는 게 느껴진다. 날 지켜본다. 그녀가 가주면 좋겠다.

"안녕히 주무세요, 어머니."

인사하고 비틀대며 현관홀로 나가, 복도를 지나 주방으로 가는 계단을 내려간다. 내 성소로 향한다. 숨을 쉴 수가 없다. 공기를 마시기 어렵고 잘 들이쉬어지지 않는다. 앤이 조리대 찬장에 서빙용 접시들과 작은 접시들을 정리하다가, 나를 보자 달려와 부축해 의자에 앉힌다.

내가 헐떡대며 말한다.

"미스 랜던이 세상을 떠났어. 돌아가셨어."

"속상한 소식이네요, 미스. 브랜디 병을 가져올까요?"

몸을 숙이고 손두덩으로 눈을 누른다.

"내게 글을 쓰게 영감을 주신 분이야."

내 인생에서 미스 랜던의 존재감을 설명할 표현을 찾으려 애쓴다. 그녀는 내게 길잡이, 어머니, 동반자, 스승이었다. 하지만 적당한 말이 떠오르지 않는다. 대신 전혀 다른 말을 내뱉는다.

"결혼하시는 게 아니었는데!"

"미스 랜던이 결혼하셨어요?"

"금년에. 남편과 아프리카로 가셨지. 그렇게 먼 곳에서, 혼자 돌아가셨다고 생각하니 견딜 수가 없어."

가슴속에서 흐느낌이 차오른다. 앤에게 이런 모습을 보이기 싫어서, 내 침실에 가서 미스 랜던의 시 전집 여섯 권을 가져오라고 부탁한다. 앤이 방에 간 사이, 난 브랜디 한 잔을 따라서 눈물을 흘리면서 미스 랜던에게 건배한다.

그날 밤 자는 내내 꿈을 꾼다. 아프리카의 궁전 대리석 바닥에 누운 미스 랜던의 시신. 런던의 극장 무대에서 일꾼들의 조소와 야유를 받으며 춤추는 미스 켈리와 혼외자인 딸. 아르놋 씨가 고함치는 와중에 석탄 창고에서 내게 사랑의 행위를 하는 루이. 각각의 꿈이 끊이지 않고 다음 꿈으로 넘어가고, 결국 난 극적인 장면에 갇혀 땀에 흠뻑 젖어 깬다. 침대에서 내려와 무릎을 꿇고 미스 랜던을 위해 기도한다. 예수님이 품어주시기를, 그녀가 더 너그럽고 자비하고 기쁜 곳에 거하기를. 기도하는 사이 그녀의 시구들이 더듬더듬 다가든다. '아, 내 인생이라는 족자에 찍힌 감정과 생각은 얼마나 낭비인가! ……소망과 자부심이라는 귀한 선물들을 나는 어찌 썼던가!' 미

345

스 랜던의 귀한 선물들이 사라져버렸다고 생각한다. 그녀의 예견처럼…… 아멘, 아멘, 아멘.

마침내 어렵사리 해가 뜨고, 레이디 몬테피오레가 보다이크 하우스에서 마지막 조식을 한다는 사실이 기억난다. 그녀에게 미스 랜던의 사망 소식을 전하지 않기로 한다. 또 꼴사납게 울어대면 곤란하니까. 대신 조식 준비에 유난히 적극적으로 임해서, 가장자리가 레이스인 깨끗한 냅킨이 놓였는지 확인한다. 양념병이 반짝거리게 닦였는지, 레이디 M이 좋아하는 매운 콩팥에 가장 싱싱하고 새파란 파슬리를 장식했는지 점검한다.

나중에 그녀는 서신 교환을 하자고 여러 차례 말하고 마차 창에서 소리친다.

"잊지 말고 내 친구한테 편지를 보내요, 알았죠?"

그녀의 말이 짝을 찾는 새의 울음처럼 다가와 나를 고통에서 건진다. 그러겠다고 생각한다. 미스 랜던을 위해 그렇게 해야지!

그녀의 마차가 흙과 먼지를 흩날리면서 굴러가자, 나는 손을 들어 흔든다. 머리 위로 연한 푸른색의 하늘이 넓게 펼쳐져 있다. 하늘에, 미스 랜던의 영혼에, 내 운명에 손을 흔드는 기분이다.

'내게는 내던질 빨리 핀 꽃은 없네……' 그래도 미스 켈리의 연극 대본을 쓰리라. 그 작품을 용감하고 대담한 영혼을 가진 미스 랜던에게 헌정하리라.

46
앤

차와 빵, 빵과 차

레이디 몬테피오레가 떠난 후 ─ 그리고 '그녀의 미스 랜던'이 죽은 후 ─ 미스 일라이저는 예전과 다르다. 아니면 내가 보기에 그렇다. 여전히 요리를 하지만 뭐에 씐 것처럼 격정적으로 달려든다. 또 안달하고 약간 무뚝뚝하다. 현재 보다이크 하우스에 하숙객이 없는데도 열심이다.

생쥐처럼 가만가만, 까치발로 그녀 주위를 돌아다닌다. 그러면서 나 때문인지 걱정한다. 내가 어떤 일로 그녀를 실망시켰을까? 이따금 그녀는 주방 탁자에서 글을 쓰다가 고개를 들고 수상한 질문들을 던진다. 어제만 해도 레시피가 시나 그림 같은 예술 작품이 될 수 있다고 생각하느냐고 물었다. 난 무릎을 꿇고 돌바닥의 기름때를 지우고 있었다. 잠시 생각하다가 대답했다.

"잘 쓴 레시피를 읽은 숙녀는 틀림없이 아주 만족할 거예요."

그녀는 내 대답에 놀란 듯 날 내려다봤다. 방에 다른 사람이 있어서 놀란 것 같은 표정이었다.

"정말 그렇게 생각해, 앤?"

그녀가 손에 턱을 괴고, 우연히 주방에 들어온 길고양이 보듯 날 쳐다봤다. 미스 일라이저가 이어 말했다.

"난 사람들이 소설이나 시처럼 즐거움을 얻으려고 요리책을 읽을 날을 꿈꿔. 그게 상상이 되니?"

"숙녀들이 거실에 앉아서 레시피를 낭독한다는 말씀이에요?"

내가 비웃었다는 걸 인정해야겠다. 어쩔 수가 없었다. 숙녀들이 주방 일을 멸시하는 것은 삼척동자도 아는데 그런 이상한 생각을 하다니.

미스 일라이저가 대답했다.

"진심이야. 소프 부인과 선량한 여신도들이 요리책을 읽으면서 큰 즐거움을 누리는 상상을 하고 싶어. 남신도들도! 왜 요리책이 컴컴한 기름 낀 주방에서 컴컴한 기름 낀 선반에 박혀 있어야 되지? 도서관에 소장되거나 응접실에 전시되는 시절이 올 거야!"

나는 웃음을 터뜨리며 조소했다. 하지만 그녀가 몹시 못마땅한 눈길로 쏘아보자, 난 콧방귀를 그치고 바닥을 더 힘껏 문질렀고, 돌바닥의 습한 한기가 뼛속까지 파고들었다.

"우리 책은 즐거운 읽을거리가 되어야 해, 앤. 난 그렇게 만들기로 마음먹었어."

그녀는 종이 위로 고개를 푹 숙였고, 펜이 사각대는 소리만 들렸다.

그 대화는 내게 두 가지 생각을 안겨주었다. 첫째, 엄마에게 요리 책을 보내고 싶다는 것. 그러려면 책을 빌려도 될지 미스 일라이저 에게 물을 용기가 필요하다. 둘째, 미스 일라이저의 글을, 시만큼이나 아름답게 적은 레시피를 읽고 싶다는 것. 그녀는 레시피 원고를 표지가 대리석 무늬인 서류철에 간수한다. 서류철은 가죽 등걸이고 갈색 리본이 달려서, 원고가 빠지지 않게 묶을 수 있다. 서류철을 열어보는 것은 옳지 않지만, 그녀가 원고를 꺼내놓고 자리를 비우는 경우라면 어떨까?

며칠 더 지나서야 그녀의 글을 슬쩍 살펴볼 기회가 생긴다. 씨 빼는 칼로 올리브 씨를 제거한다. 미스 일라이저가 프랑스에서 오리, 조류 스튜, 비프스테이크에 올리브소스가 두루 쓰인다고 말해서 그걸 만들 참이다. 6온스나 되는 양을 손질하려니 손가락이 쑤시고 갈색 얼룩이 물든다. 그때 그녀가 몸이 굳어서 혈액순환을 시켜야 되는 것처럼 펜을 내려놓고 양팔을 공중에 쫙 편다.

"쿠션을 받치면 좀 편하시겠어요?"

그녀가 등허리를 문지르고 목을 이리저리 돌리기 시작하자 내가 묻는다.

미스 일라이저가 일어나 계속 꼬리뼈를 둥글게 문지르면서, 거실에 가서 쿠션을 가져오겠다고 말한다. 난 그녀가 원고를 서류철에 넣지 않은 걸 눈여겨보고, 앞치마에 손을 닦으면서 교활하게 종이 더미를 슬쩍 훔쳐본다. 처음 눈에 띈 것은 숫자가 없다는 점이다. 보통 레시피에 무게와 길이 같은 숫자가 많이 들어가는데 이상하다. 복도에서 발소리가 나는지 주의하면서 탁자로 다가간다. 다음으로 눈에 띈 것은, 레시피 형식이 아니라는 점이다. 미스 일라이저는 재료 목록을 마지막에 배치하는데 목록이 없다. 음식 이야기도 없다. 개인 편지인가? 비밀 일기일까?

필체를 살피기 시작하는데 – 단정한 필체여야 되는데 그게 아니고 밑줄 그은 단어가 여럿이다 – 레시피가 아니라는 생각이 섬광처럼 지나간다. 시도 아니다. 적힌 내용을 파악하려고 양미간을 잔뜩 찌푸린다. '자립 가능한 수입을 가진 숙녀', '큰 찰진 반죽 덩이에 주먹을 힘껏 찌르는 빵 굽는 사람'과 관련된 내용이다. '찰진'이란 단어에 어리둥절해하는데, 불쑥 주방으로 오는 그녀의 단호한 발소리가 들린다. 부리나케 도마 앞으로 돌아가 칼을 집는다. 허둥지둥하다가 손가락 옆면에 칼날이 깊이 박힌다. 올리브를 담근 소금물이 베인 자국에 스며들어, 눈알이 욱신대고 입에서 나직이 욕설이 나온다.

미스 일라이저는 의자 등받이에 쿠션을 놓고 긴 한숨을 내뱉는다. 어제라면 난 미스 랜던의 죽음이나 시에 적힌 자신의 비극적인 과거사를 한탄한다고 짐작했을 것이다. 그런데 그녀의 글을 보니 그렇지도 않은 듯하다. 그녀가 새로운 뭔가를, 내가 모르는 뭔가를 붙들고 애쓴다고 짐작된다.

"괜찮으세요, 미스 일라이저?"

내가 묻는다. 베인 손가락을 손수건으로 동여매고, 염려하지만 캐묻지는 않는 말투로 들리도록 신경 쓴다.

"등 때문이지 별거 아냐."

그녀가 말한다.

"올해 겨울이 빨리 온대요. 오늘처럼 궂은 날은 뼈가 그걸 아나 봐요."

"눈이 내리면 아버지는 어떻게 감당하셔?"

"담요가 있고, 공유지에서 주워온 가시금작화로 난롯불을 피우세요."

내가 대답한다. 그러려면 얼마나 오래 걸리는지는 말하지 않는다. 저는 다리로 수백 번을 왕복하고, 땔감 바구니를 등에 지고 내리느라 얼마나 오래 몸을 뒤틀고 굽히는지. 어떻게 그녀가 이해할 수 있을까? 내가 덧붙여 말한다.

"그런데 이 올리브 씨를 아버지에게 드려도 될까요? 땔감으로 쓰게요."

"그럼, 되고말고. 겨울에 너희는 어떤 음식을 먹어? 어떤 빵을?"

"빵이요?"

원고에서 본 '찰진 반죽'이란 표현을 기억하면서 되묻는다. 아마도 빵 레시피를 쓰는 중인데 내가 착각했구나.

"응, 수염에 서리가 생기는 계절에 그는 뭘 먹어? 추워서 팔다리가 뻣뻣해질 때면? 문간에 빙판이 생길 때면?"

난 그녀가 시상에 휩싸여 뱉는 말을 듣는 게 좋지만, 오늘은 그런 표현이 부아를 돋운다. 아버지는 시가 아니라고 말하고 싶다. 아버지는 실제로 존재하는 인물이다. 가난뱅이 절름발이지만 그래도 인간이다. 하지만 그런 말을 할 처지가 아닌지라 시인이라도 된 것처럼 맞장구친다.

"허기져서 배 속이 꿀렁대고 날뛸 때요?"

"맞아, 앤. 그 상황을 적나라하게 세세히 말해봐. 내가 속속들이 보고 듣고 느끼고 냄새 맡아야 되니까."

그래서 최대한 생생하게 말한다. 늘 허기져서 오로지 음식 생각밖에 나지 않는 기분이 어떤지. 눈을 뜨면 담요에 얼음이 끼고 창문을 막은 걸레 뭉치 사이로 외풍이 매섭게 드는 게 어떤지. 손가락이 꽁꽁 얼어서 바닥에서 불쏘시개를 집기도 어려운 게 어떤지. 가진 게 없어서 가차 없이 속아 넘어가는 게 어떤지.

그녀가 묻는다.

"속아 넘어가? 속다니 왜?"

내가 대답한다.

"몹시 빈곤한 이들은 최악인 물건밖에 못 사거든요. 가장 지저분한 빵, 시큼털털한 맥주, 톱밥이 절반인 찻잎을 사야 해요."

내가 말을 멈춘다. 말소리가 변해 민들레 잎처럼 씁쓸하다. 하지만 씁쓸함 속에 다른 것이 있다. 딱히 말로 표현 못하겠지만, 수치심이 아니라는 것만은 안다.

미스 일라이저가 다급히 손을 젓는다. 내가 계속 말하길 바라는 것 같기도 하고, 내 말투가 평소처럼 온순하지 않은 걸 모르는 것 같기도 하다. 그래서 엄마가 탄 빵의 껍질을 끓는 물에 담가 '차'를 만들었던 일, 곰팡이가 난 씁쓸한 빵과 생양파만 먹다가 아버지의 입천장에 불이 났던 일을 말한다. 나와 잭이 키가 크도록 치즈 껍질을 구입했던 일, 시장에서 팔면 안 되는 병든 동물의 고기를 먹고 온 가족이 병치레한 일, 아버지가 잘린 다리가 아파서 매일 밤 비명을 질렀던 일, 엄마가 어느 주말에 자식 넷을 차례로 잃은 일을 말한다.

우아한 숙녀가 듣기에 곤란한 최악의 부분을 제외하고 다 말하고, 긴 자루가 달린 냄비를 찾으러 간다. 올리브를 끓는 물에 살짝 데쳐서 물에 담가 소금기를 빼야 된다. 몸을 돌리다가 그녀의 눈가가 젖은 걸 본다. 미스 일라이저가 가만히 눈물을 훔친다. 자존심을 지켜주려고 얼른 불가로 몸을 돌린다. 하지만 내 안에서 뭔가 새처럼 날아오른다. 내 말의 힘으로 주인아씨를 울게 만들었다. 그녀의 말, 자작시가 나를 울게 만든 것과 똑같으니, 내 말이 그녀에게 똑같은 역할을 한 셈이다. 고달픈 과거를 떠올리면서도 마음이 하늘을 날다니 이상하다. 적어도 이제 엄마는 웅장한 요양원에 있고, 잭은 빛나는 하얀 주방에 있고, 아버지는 두더지 가죽과 보다이크 하우스에서 나오는 양초 꽁다리로 돈을 번다.

주방이 적막에 휩싸이고, 내 심장 소리가 들리는 것 같다. 꾸준하고 힘찬 소리다. 그때 미스 일라이저가 감정과 분노가 실린 큰 소리로 말한다.

"그처럼 많은 사람들에게 빵이 유일한 먹거리라면, 맛있고 건강에 좋아야 해. 형편없는 빵을 먹는 관습을 끝내야 된다고. 반드시 끝내야 해!"

그녀가 서류철을 탁 닫고 겨드랑이에 끼더니 식품실로 간다. 선반을 뒤지는 소리, 양철 상자가 철컥대고 질그릇 단지가 달그락대는 소리가 들린다. 미스 일라이저가 돌아와 아주 확고한 말투로 말한다.

"동생네 집에서 돌아오면 우린 빵을 다룬 장부터 시작할 거야. 발효시키지 않는 빵을 시험해보고 싶어……. 감자빵이랑…… 독일 효모도."

"네, 미스 일라이저."

내가 말한다. 내 말을 듣고 그녀가 이런 생각을 해서, '우리' 책에 새 장이 생긴다니 기쁘다.

"모든 사람이 빵 굽는 법을 알아야 해."

고개를 끄덕여 맞장구친다. 갑자기 요리책을 빌려도 되느냐고 물을 용기가 생긴다. 주제넘지만 물어볼 참이다. 내일, 그녀가 좀 차분해지면 물어보리라.

47
일라이저

버터 바른 셀러리 토스트

　그리하여. 나는 불안감을 극복하고 3막짜리 희곡을 쓰기 시작한다. 궁핍한 아가씨와 친구가 되는 노처녀의 이야기다. 그 아가씨 – 아직 이름도 없고 나이도 모른다 – 는 비밀을 간직한다. 노처녀는 어린 친구가 글을 안다는 사실을 발견하고서야 뭔가 숨긴다는 걸 깨닫는다. 등장인물은 단 두 명이다. 레이디 M이 친구의 극장은 무대가 딱 9제곱미터밖에 안 되는 소극장이라고 알려주었기 때문이다.

　물론 여전히 요리책 작업을 하지만, 미스 랜던의 사망과 레이디 M의 지적은 내게 인생에서 표현력과 상상력이 더욱더 요구되는 일의 필요성을 일깨웠다. 새로운 것을 쓰는 도전이 좋다. 희곡 집필이 예상보다 부담이 크지만. 대사와 구성뿐 아니라 동작, 무대장치, 배경음악까지 고려해야 되니까. 이런 점을 고심하면서 삶아서 버터 뿍린 셀러리 요리를 시험한다. 그때 앤이 시장에서 돌아온다. 바구니에 줄기가 두툼한 싹양배추, 켄트의 흙덩이가 달린 돼지감자, 싱싱해서 잘 벗겨지지 않는 탄탄한 적양배추가 담겼다.

앤은 바구니에서 물건을 꺼내면서 책을 빌려도 되겠냐고 묻는다.

"물론이지. 특히 마음에 둔 책이 있어?"

나는 삶은 셀러리를 냄비에서 건지면서 대꾸한다.

"『검소한 주부 The Frugal wife』를 생각했는데요."

앤은 금박이 박힌 작은 갈색 가죽 장정본을 손짓한다.

"내 요리책들을 마음대로 읽어도 돼, 앤. 너도 알잖아."

마음이 희곡으로 돌아간다. 기독교도 숙녀들이 시간과 돈을 더 잘 쓰는 방법과 관련해 몇 가지 핵심을 다룰 작정이다. 서평을 잘 받아야 되므로 너무 논쟁적으로 다루면 안 된다. 하지만 빈곤과 교육과 허접한 먹거리에 대해 할 말은 해야겠지…….

"제가 볼 책이 아니고요."

"그래? 오빠가 볼 책이야?"

내가 놀라서 묻는다.

"네."

앤이 무척 급히 대답한다. 너무 급하다는 생각이 든다.

"그런데 네 오빠가 『검소한 주부』를 좋아하려나?"

내 요리가 새롭고 독창적인지 계속 확인해야 되기에, 요리책이 한 권이라도 빠지는 게 싫다.

"오빠가 오래 보게 하지 않을게요, 미스 일라이저."

"무슈 스와예의 장서에 싫증났대? 하긴 온통 프랑스어고 프랑스 요리사답게 백합 금박이 박혀 있겠지(백합은 프랑스 왕가의 문장이다 - 옮긴이)."

내가 말한다.

"네. 맞아요, 아씨."

앤이 또 너무 득달같이, 너무 안도하면서 응답한다.

고개를 숙이고 양배추의 겉잎을 자르는 앤을 찬찬히 살핀다. 이상하게 단호한 말투지만, 얼굴과 목이 빨갛다.

"난 특히 그 책을 참고하고 싶거든. 오빠가 대신 『요리사의 귀중한 조언 The Cook's Oracle』(1817년 윌리엄 키치너가 쓴 요리책 - 옮긴이)을 빌리고 싶어 할까? 저자가 잘난 체하며 떠드는 게 거슬리지만."

"잭은 고마워하겠지만, 다만 제 생각에 책 크기 때문에요. 책이 작으면 우편요금도 덜 들 거예요."

앤은 계속 양배추를 쳐다보고, 칼 손잡이를 쥔 거친 빨간 손등이 내 눈에 들어온다. 우선 양배추를 사등분해서 줄기를 제거하라고 이른다. 그래도 그녀는 내 눈을 보지 않으려 한다.

"책을 오빠에게 보여주려는 게 아니지, 앤?"

이제 마음이 연극 장면들에서 내 앞에 펼쳐지는 장면으로 옮겨간다. 비밀과 거짓이라고, 나는 생각한다. 여기, 내 성소인 보다이크 하우스의 주방에 떠도는 비밀과 거짓. 내가 다시 묻는다.

"잭은 글을 모르잖아?"

앤이 고개를 푹 숙인다.

"맞아요. 양배추는 어떻게 조리하실 건가요?"

"아주 천천히 버터로 뭉근하게 졸여야지. 그런 다음 식초를 첨가해서, 구운 소시지랑 맛 좋은 그레이비를 곁들이자고. 내 책을 빌려주고 싶은 사람이 누군데?"

긴 침묵이 흐른다. 앤이 둘러댈 대답을 준비라도 하는 듯이. 혹은 진실이 뭐든 날 믿고 밝혀도 될지 가늠하는 듯이.

내가 부드럽게 말한다.

"우린 친구잖아, 앤? 네가 비밀을 말하면 나도 비밀을 말해줄게."

앤이 고개를 휙 들고 놀라서 내 눈을 똑바로 본다. 윗입술을 파르르 떨면서 칼을 내려놓는다. 내게 비밀이 있다는 말에 충격을 받았는지, 자기 비밀을 밝힐 생각에 겁을 먹었는지 잘 모르겠다.

내가 말한다.

"두 사람이 우리처럼 가까이서 일하면 비밀을 간직하기가 어렵지. 또 비밀로 하는 게 꼭 득이 되지도 않고."

"어떻게 그런데요?"

"비밀은 거짓말을 뜻하게 마련이고, 친구들이 서로 거짓말을 하는 건 옳지 않아. 그렇지?"

그녀가 나를 신뢰하지 않고 있다는 게 얼마나 괘씸한지 숨기려고 상냥하게 말한다. 사실 마음의 상처가 크다. 앤에게 얼마나 잘했는데?

"아, 아씨. 그런 뜻이 아니었어요……."

앤은 눈물이 차오르자, 양배추의 진보라색 물이 든 손으로 눈물을 훔친다.

"엄마 얘기예요. 돌아가시지 않았어요."

앤이 가녀린 어깨를 떨면서 침을 꿀떡 삼키며 흐느끼기 시작한다. 나는 갑자기 실망감에 휩싸여 몸을 돌린다. 몸속에서 묘한 감각이 엉긴다. 말로 옮길 수 없는 어떤 희망이 떨어져 나가 시큼해지는 것 같다.

"그러니까 어머니가 살아 계신다고?"

앤이 힘없이 고개를 끄덕인다.

"그렇기도 하고 아니기도 해요."

그녀가 답하다가 목이 메어 더 말하지 못한다.

"어디 계신데?"

"정신요양원이요."

앤이 양배추 물이 든 손으로 눈을 누르자, 뭔가가 – 빨갛게 튼 손등, 까지고 흉이 진 손가락, 가냘픈 손목 – 애잔한 마음이 들게 한다. 거짓말을 했는데도. 내 안에서 후회와 불만의 시큼한 줄기가 빙그르르 휘휘 도는데도.

"그럼 어머니가 요리책을 보고 싶어 하시니?"

앤이 소리 나게 침을 삼킨다.

"저는 말씀드릴 수가 없었어요, 아씨. 거짓말하고 속여서 죄송해요."

오래전에 쓴 구절이 머릿속에 차오른다. '어두운 진실을 깨달으며 깼네……. 행복한 꿈에서 일어나 그대의 허위를 알았지……. 여기 고통이 있었음을 깨달았지…….' 문득 이게 앤이 한 일이 아니라는 것을, 남들이 이렇게 만들었다는 것을 안다.

"소프 목사 내외가 이 일을 나한테 숨기라고 요구했지?"

"그분들은 누가 알면 일자리를 못 구할 거라고 말했어요. 그런 핏줄을 타고나서 그렇다고……."

"그런 핏줄이라니!"

내 안에서 소프 목사 내외를 향한 혐오와 경멸이 모여 피에서 뼈로, 눈 안쪽으로 퍼진다.

앤은 젖은 걸레 같은 손수건에 코를 풀고 다시 양배추를 썬다. 언제든 칼날에 베일 수 있다고 염려하는 듯 천천히 조심스럽게 손을 놀린다.

"엄마는 요양원에 계시고 간호부들은 엄마가 글을 안다는 걸 믿지 않아요. 엄마에게 제가 어떤 일을 돕고 있는지 알려드리고 싶었어요. 새 요리책을 보신 적이 없거든요. 50년 된 책 한 권만 있었으니까요."

"물론 어머니에게 내 요리책을 빌려드려도 돼. 그리고 우리 책이 출판되면 한 권 드려야지."

나는 동작을 멈춘다. 소프 목사 내외에 대한 혐오가 물러가면서, 앤의 사연 중 어떤 것이 날 자극한다.

"어머니는 어떻게 교육을 받으셨어?"

"정확히는 모르겠어요. 제가 열한 살 때 엄마가 정신이 희미해졌는데, 한 번에 조금씩 나빠지다 결국 우리가 누군지, 뭐가 뭔지 모르게 되었어요."

마음이 다시 희곡으로 돌아간다. 요양원 장면을 넣을 수 있을까? 런던의 신사 숙녀들이 너무 불쾌해할까? 좁은 무대를 반은 시골 오두막, 반은 호화롭게 장식된 거실로 나눌 수 있을까? 불 위에서 끓는 셀러리를 무심히 찌른다. 뭔가를 기다리듯 쳐다보는 앤의 시선이 느껴지지만 난 극의 구성에, 우여곡절 많은 사연에 골두한다. 어떻게 내 감정을 전달해서 관객들을 무심함에서 깨어나게 할까.

앤이 너무 조용히 말해서 셀러리가 끓고 양배추가 썰리고, 식기실 바닥에 리지의 나무 덧신이 부딪히는 소리 속에서 잘 들리지 않는다.

"제게 비밀을 알려주고 싶다고 하셨지요, 미스 일라이저?"

48
앤

프랑스식 감자 요리

어떻게 물을 용기를 냈는지 모르지만, 아기 새가 둥지에서 굴러 떨어지듯 입에서 말이 나온다. 일단 나오니 주워 담을 길이 없다.

내가 거짓말쟁이임을 밝히고 엄마 이야기를 한 후라 생각이 널뛴다. 나를 제압하여 뻔뻔한 질문을 할 용기를 준 것은 그녀가 '친구'로 불러준 일이다. 분명히 마님은 해티를 '친구'로 부르지 않으니까. 소프 부인이 하녀를 '친구'로 부르지 않을 테니까.

일에 몰두해, 버터를 저울에 달고 냄비에 녹여 양배추에 붓는다. 미스 일라이저가 대답해줄까? 시들에 등장하는 연인에 대해 말할까? 혹은 아르놋 씨와 결혼할 마음을 바꾼 이유를 들려줄까? 기대감과 흥분과 두려움이 등줄기를 타고 내린다. 아버지의 말 ─ 어느 숙녀가 하인을 '친구'로 삼겠느냐는 ─ 이 기억나고, 묻는 게 주제넘은 걸 알기 때문이다.

"네 말이 맞아. 비밀을 교환하기로 약속했지."

그녀는 그레이비 국자로 냄비에서 셀러리를 집어 채반에 받쳐 물기를 뺀다. 그러더니 한 조각 잘라 입에 넣는다.

"너무 물컹하네. 불에서 더 일찍 꺼냈어야 했는데. 씹는 맛이 전혀 없어."

미스 일라이저가 중얼댄다.

"죄송해요, 아씨."

내가 울고 엄마 이야기를 하느라 그녀를 한눈팔게 했으니 사과한다.

그녀가 말한다.

"토스트를 만들어, 앤. 맛 좋은 버터도 녹이고. 이 셀러리를 바삭하게 그을린 토스트에 올려보자고."

토스트용 포크를 부지런히 놀리면서 그녀의 비밀을 기다린다. 펜촉이 움직이는 소리가 나더니, 그녀가 잉크를 말리려고 분필 가루를 흔드는 기척이 난다. 종이 한 면을 다 썼다는 뜻이다. 스토브 열기 때문에 내 얼굴이 점점 뜨겁고 빨개진다. 빵이 노릇노릇 바삭하게 구워지는 냄새가 맴돈다. 마침내 미스 일라이저가 입을 연다.

그녀가 분필 가루를 불다 말고 말한다.

"내 비밀은 연극 대본을 쓰고 있다는 거야!"

"아."

실망해서 덤덤하게 대꾸한다. 그러니까 저번 날 슬쩍 본 원고가 그거였다. 연애편지나 진심을 담은 일기가 아니라 연극 대본.

"런던에서 어떤 숙녀가 운영하는 새 극장에 올릴 대본이야. 시인은 못 되어도 극작가는 될 수 있겠지."

"극작가 '와' 요리책 저자요."

'우리'의 책을 상기시키려고 말한다. 그녀의 비밀에 낙담한다. 어제만 해도 그녀는 그걸 '예술 작품'이라고 말했다. 철갑 바퀴들이 달린 멋진 마차가 나를 밟고 굴러가 내가 하늘과 땅 사이로 사라진 것 같다. 그때 본 글을 기억해내려 안간힘을 쓴다. 빵 굽는 사람과 숙녀가 나왔는데…… 독특한 연극이라는 생각이 든다. 런던 숙녀들은 무대에서 그런 걸 보고 싶을까? 대단한 비밀도 아니다…….

"그래!"

그녀가 얌전하게 손뼉을 치더니, 자기가 여행 간 사이 엄마를 면회하고 싶으냐고 느닷없이 묻는다.

"우리가 만든 잼이랑 다음 주에 구울 빵 한 덩이를 가져가면 되겠네. 아버지 몫도 좀 챙기고, 소중한 앤."

가슴이 벅차오른다. '소중한 앤.' 그녀가 내 거짓말을 용서했구나!

뜨거운 토스트를 포크에서 빼면서 대답한다.

"감사합니다, 미스 일라이저. 동생을 만나러 가셔서 무척 즐거워 보이세요. 그래서 저도 기쁘네요."

"즐거워, 앤."

그녀의 목소리가 높아졌다가 낮아지고, 웃음기가 넘쳐난다.

"언젠가 동생분이 우리랑 지내러 오시나요?"

내가 묻는다. 토스트를 접시에 담으니 배 속이 꼬르륵댄다.

미스 일라이저가 말한다.

"그럴까 싶네. 우린 무척 바빠. 자, 토스트에 셀러리를 올려보자고. 허브를 뿌려볼까?"

나는 찡그리지만 그 말을 곱씹을 짬이 없다. 그녀는 셀러리에 대한 내 의견을 기다린다. 어릴 때 이후 셀러리를 먹어본 적 없지만 맛을 기억한다. 따뜻하고, 레몬같이 쌉쌀한 맛이 식욕을 돋우고 오래 조리하면 달짝지근해진다. 여전히 싱싱하고 풋풋한 텃밭의 허브들을 쭉 떠올린다.

"러비지(미나리과의 다년초 - 옮긴이)가 오래전에 져서 아쉽네요."

내가 말한다. 세이지, 타임, 로즈메리…… 너무 강하다는 생각이 든다. 그것들은 셀러리의 맛을 가릴 것이다. 내가 덧붙여 묻는다.

"곱게 간 육두구는 어떨까요?"

미스 일라이저가 말한다.

"싱싱한 게 있다면 다진 파슬리. 단순하게 토스트만 맛보고 그런 다음 육두구를 뿌려보자고, 그럴까?"

나는 토스트를 사등분하면서, 수수께끼 같은 여동생 메리에 대해 생각한다. 가정교사인 캐서린과 안나가 자주 언급되는 것과 달리 메리는 대화에 오르지 않았다. 호기심에 용기를 내어, 셀러리 토스트를 내밀면서 대담하게 메리에게 자녀가 있느냐고 묻는다.

"그럼, 몇 명 있지."

조카들의 이야기를 기다린다. 이름, 나이, 얼마나 예쁘고 활달한지. 하지만 미스 일라이저는 아무 말 하지 않고, 토스트를 씹으면서 육두구 강판만 쳐다본다. 셀러리 생각밖에 없는 것처럼. 1분쯤 지나 내 말이 맞다고 말한다.

"단순한 게 더 마음에 드네. 육두구도 필요 없겠어."

그러더니 창문을 가리킨다. 창밖으로 짙은 땅거미가 내린다.

"이제 갑자기 어두워지네."

미스 일라이저가 말하자 나는 접시들을 치우고, 등잔 심지를 돋워 불을 붙인다.

그녀의 기운을 북돋우려고 말한다.

"곧 동생을 다시 만나시겠네요."

그녀가 고개를 끄덕인다.

"메리의 집은 정말 아늑해. 제부가 대단히 존경받는 사람이고, 집에 최고급 카펫들과 번쩍이는 은제품들이 있지."

아르놋 씨와 결혼하지 않은 걸 후회하나 싶다. 하지만 그 순간 미스 일라이저가 기운을 되찾은 듯 활기차게 움직인다.

"식사를 해야지! 오늘 저녁에는 너, 해티, 나만 있구나. 염장 대구를 먹을까? 석쇠에 살짝 구워서…… 곁들일 음식은……."

그녀가 말을 멈추고 하얀 손을 가슴에 포갠다. 그러더니 말을 잇는다.

"프랑스식 감자튀김을 해보자. 옅은 갈색으로 바삭하게 튀겨서, 접시에 수북이 쌓고 고운 소금을 뿌려야 해. 진짜 멋진 식사지!"

음식, 저녁 식사, 요리 생각이 그녀를 우울감에서 살려낸 것 같다. 요리가 그녀의 기운을 확 끌어올릴 수 있는 걸 아니 나도 기운이 난다.

49
일라이저

정향과 계피를 뿌린 구운 사과

콜체스터–그런디스버러 간 합승마차가 덜컥대며 달리다 도중에 한 번 정차한다. 다른 승객들–얼굴이 초절임한 달걀 같은 상스럽고 투박한 부부–이 선술집에서 식사하는 사이, 난 잠시 산책에 나선다.

걸으면서 술 가게를 들여다보고 오두막 몇 채를 관찰하면서 더러움과 질병, 사람과 섞여 사는 듯한 가축들, 을씨년스럽고 희망 없는 분위기를 눈여겨본다. 오랫동안 그런 것들을 안 보기로 하고 살아왔다. 오랫동안 외면하고 시, 사랑, 나 자신에 몰두했다.

가장 가까운 빵집으로 가는 길을 묻지만, 노골적이고 암둔한 시선들만 받는다. 빵–생명의 지평이–이 내 마음을 차지한다. 하지만 오븐이 있는 오두막이 한 집도 없다. 오븐 없이 어떻게 빵을 굽지?

분개가 끓어오르다가 진정된 즈음에야 의구심이 든다. 내가 일부러 딴생각을 하면서 분노하는 게 아닐까. 그 덕분에 다른 생각들은 교묘하게 밀려날 수 있으니.

마차가 굴러가고, 하늘에서 빛이 흐려질 무렵 그런디스버러 외곽에 들어선다. 이곳 공기는 차고, 바다 냄새가 실린 차가운 남서풍이 어깨에 걸친 망토를 꼭 여미게 한다. 심장이 더 빠르고 힘차게 뛴다. 장갑 낀 손이 뜨겁고 끈적하다. 갑자기 어머니의 조언대로 메리의 초대를 거절하지 않은 게 후회된다. 하지만 아니, 그러지 못했을 것이다. 메리가 어떤 화해의 손길을 내밀든 난 받아들일 준비가 됐다. 진노랑의 실크 숄에 말아서 마지막 순간에 트렁크에 넣은 내 초상화─윤곽선을 그린 작은 펜화─를 떠올린다. 그걸 가져오다니, 경솔했을까? 그처럼 짧은 시간에 초상화를 그리게 하다니, 터무니없는 짓이었다. 하지만 앤의 어떤 부분이, 그녀의 고백이 내 안의 뭔가를 깨웠다. 그게 뭔지 표현은 고사하고 이해도 되지 않는다. 하느님은 내가 시도한 것을 아실 거다. 아마 메리는 내 초상화를 액자에 담아 걸겠지. 혹은 매몰차게 내게 돌려주리라. 그보다 나쁠지도 모른다. 어쩌면 초상화를 숨기고, 심지어 불태울 것이다.

느닷없이 마차가 멈추고 마부가 소리친다.

"여기가 닥터 권의 자택입니다."

철제 난간과 높은 검은 문들이 샘나도록 든든히 지키는 집이다. 창문마다 불이 켜지고, 친츠와 벨벳 장식이 풍성하게 달려 있다. 새로 백색 도료를 칠한 벽돌 현관에 걸린 등잔에서 연기가 오른다. 현관문에 달린 큼직한 황동 사자 머리가 번쩍댄다. 황동 턱 밑에 황동 노커가 달렸다.

마차 바퀴가 구르는 소리나 트렁크가 바닥에 내려지는 소리가 안에 들렸는지, 순식간에 활기찬 아이들이 창에 나타난다. 그들의 얼굴이 핀의 머리처럼 날렵하고 반짝인다. 유리창을 두드리고 손을 흔들고, 유리에 코를 박자 유리에 입김이 번진다. 아이들이 이렇게 여럿이라니! 낯익은 얼굴을 알아보길 기대하면서 얼른 수재녀를 찾아본다. 하지만 뿌연 입김 속에서 아이들이 구분되지 않는다.

그때 메리와 앤터니가 문간에 나타난다. 머릿결이 매끈하고 영양 상태가 좋은 부부가 내게 입 맞추고 안으로 안내한다. 곧 정향과 계피와 사과 굽는 냄새가 난다. 냄새를 따라 주방으로 가고 싶다. 썰고 잘라서 손을 진정시키고 싶다. 불안한 마음의 편린들을 털어내고 오로지 온도, 조리 시간, 맛과 식감의 조화만 생각하고 싶다. 한순간 주방에서 시간을 보낼 방법이 없을지 궁금해진다. 둘이 같이 요리하고 의논하고 간을 보는 사이, 주방에서 나직이 웅웅 소리가 난다면. 주방은 원래 친밀한 공간이어서 집의 다른 곳보다 우정과 사랑을 나누기에 알맞다 싶다. 거기서 지내는 한결같은 부정형의 날들, 톡 쏘는 냄새, 갇힌 공간의 온기와 구조.

"그런데 언니가 건강해 보이지 않네. 당신 생각도 그렇지 않아요, 앤터니?"

메리가 묻는다. 그녀의 통통한 뺨이 석탄처럼 타오른다.

앤터니는 내 어깨에서 망토를 벗기면서 고개를 끄덕인다.

"정말 그러네요, 일라이저."

그때 아이들이 ― 수백 명쯤 되는 듯하다 ― 현관홀로 몰려와서, 웃고 떠들고 내 곁에 오려고 서로 밀친다. 다시 정신없이 수재너를 찾아보지만, 아이들이 똑같이 흰 주름 장식 셔츠와 파란 양말을 신었다. 메리가 아이들에게 조용히 하고 예의를 지키라고 타이르지만 난 소란, 법석, 떠들썩한 아우성에 압도된다. '메리는 이 소란 속에서 어떻게 살까?'라고 속으로 중얼댄다.

아이들 하나하나 소개받는다. 앤터니 주니어, 타샘, 민나, 안나, 에밀리, 헬렌, 해먼드. 마지막으로 수재너. 수재너가 몸을 뻗어 튀어나온 분홍 입술로 내게 입 맞춘다. 난 막 씻은 얼굴에서 나는 비누 냄새를 맡으면서, 감정이 북받치기를 기다린다. 아주 희미하게만 애정이 느껴진다. 아이의 머리를 무심히 쓰다듬으면서 잠시 기다린다. 하지만 불쑥 모성애가 솟구치진 않는다. 아이를 안고 싶은 본능적인 욕구, 원초적인 그리움의 분출도 없다. 무엇보다 호기심이 느껴진다. 수재너가 물러서자 나를 닮은 구석을 찾느라 꼼꼼히 살핀다. 검은 머리, 창백한 피부, 가늘고 긴 목을 닮았다. 하지만 눈은 나와 다르다……. 움푹하고, 작은 금빛 점들이 있는 갈색 눈이다. 길고 숱 많은 속눈썹은 버터 컬러로 긁은 것처럼 말려 올려갔다. '그의' 눈을 닮아 큼직하다. 곧 '그 사람'이 떠오른다.

어린 아이들은 내 손과 치맛자락을 잡아당기고, 큰 아이들은 날 곁눈질한다. 앤터니가 내 등허리에 손을 얹고 거실로 이끈다. 난로에서 울긋불긋한 불꽃이 타오르고, 송아지 가죽 장정본이 줄줄이 꽂힌 서가가 끝없이 늘어서 있다.

내가 부러운 표정으로 점검하듯 책들을 보는 걸 앤터니가 눈치챈다.

"지독하게 지루한 의학 서적들입니다."

그가 허공에 손을 저으면서 설명한다.

내가 말한다.

"책들을 보니 우리 옛집이 생각나네요. 장서들을 팔기 전의 집이요. 이런 장서들을 소장하다니 반갑네요. 아이들이 책 속에서 성장하는 게 맞지요."

두꺼운 의학 서적들 속에 내 시집이 있는지 궁금하다. 수재녀가 그 책을 보거나 읽은 적이 있을까. 하지만 아닐 것이다. 메리는 내 기질을 '자유로운 감상주의'라고 부르며 늘 창피해했다. 내 시집이 여기 있다면 열쇠로 잠가두었을 것이다.

어린 아이들은 터키산 카펫 위에서 뒹굴고, 서로 밀고 당기고, 분홍색 혀를 내밀고 귓구멍에 손가락을 넣고 흔들며 흉한 표정을 짓는다. 한시도 가만히 앉아 있지 못하는 모양이다. 서로 갈비뼈를 찌르고 남의 몸 위로 쓰러지며 못된 말을 한다. 큰 아이들은 내 존재가 아무 상관없다는 듯이 흥이 나서 동생들을 부추긴다. 나는 놀라서 제부가 규율을 잡기를 바라며 쳐다보지만, 그는 안락의자에 앉느라 분주하다. 메리는 하인들에게 지시를 내리러 가버렸고.

나는 연신 수재녀를 흘끔대면서 고개를 갸우뚱하고 말을 듣는 모습, 숱 많은 속눈썹을 짜증스레 두드리는 모습을 지켜본다. 독특한 손짓으로 형제들을 찰싹 때리고, 콧잔등을 찡그리면서 머리를 긁는 모습도. 그러다가 내가 쳐다보는 걸 알고 환한 미소를 짓는다. 너무도 명랑한, 입매가 한쪽으로 처지는 미소는 다시 '그 사람'을 연상시킨다. 둘로 접힌 것 같은 그의 미소.

"수재너, 내 옆에 앉지 않으련?"

내가 부추기듯 소파를 두드린다. 수재너가 앤터니의 눈을 쳐다보고, 그는 그러라고 고개를 끄덕인다. 자그마한 소녀가, 내 친딸이 소파로 다가와 고양이처럼 달랑 올라앉는다. 내 옆으로 파고들고 몸을 기대자, 따스하고 축축한 무게감이 느껴진다. 내 팔이 저절로 위로 올라가 수재너의 어깨를 감싼다.

우리가 그러고 앉아 있을 때 메리가 돌아온다.

50
앤

바바리아 갈색 빵

바밍 히스까지 마차를 두 번 얻어 탄다. 두 번째 마차에서 무두장이가 내 온몸에 역한 숨을 내쉬고 파이프 연기를 내 귀에 뿜어댄다. 이렇게 1.5킬로미터쯤 가다가 억센 손을 내 무릎에 얹고 친절에 어떻게 보답하겠냐고 묻는다. 나는 선량한 기독교도로서 불경스런 말을 더 듣기 싫다고 야멸차게 응수한다. 확고한 말투에 나 스스로 놀란다. 저절로 술술 말이 나온다. 마차에서 내린 후에야 내가 미스 일라이저처럼 말하는 걸 깨닫는다. 그녀의 확고한 힘, 단아한 예절. 전부 그녀에게 배웠다고 생각하자 푸근한 느낌이 차오른다.

요양원으로 가는 길 내내 이 따스하고 가뿐한 감정에 젖는다. 비록 걸음을 옮길 때마다 바구니는 점점 무거워지지만. 바구니에 잼 두 병, 신선한 버터 한 덩이, 걸쭉한 크림 한 단지를 비롯해 미스 일라이저가 '바바리아(독일 남부의 주 - 옮긴이) 갈색 빵'이라고 부르는 빵 한 덩이가 들었다. 리비히 교수의 레시피로 만든 빵으로, 한 주 내내 그의 책들과 소책자들이 우편마차로 도착한다. 이 물건들 밑에 요리책이 있다. 간호부들에게 엄마가 글을 아는 걸 보여줄 요량으로 가져왔다. 엄마는 오랜 세월 아무 글도 읽지 않았으니, 책을 읽는다면 작은 기적일 것이다. 하지만 미스 일라이저는 '읽는 법을 잊는 사람은 없어, 절대로'라고 날 다독였다.

오늘은 바람결에서 매운 한기가 느껴진다. 바람이 입과 코에 들어오니 얼음과 후추 맛이 난다. 요양원에 다다를 무렵 바람이 거세져서, 모자 밑의 머리칼이 나부끼고 갈라진 입술이 아리고 치맛단도 펄럭인다. 수위가 수위실 들창을 드니, 바람이 곧바로 들어가 탁자 위의 종이들이 공중으로 날린다. 그가 짜증스러워서 툴툴댄다.

"어머니인 미시즈 제인 커비를 만나러 왔는데요."

내가 말하면서 6페니를 내민다.

수위는 동전을 쳐다보면서, 받아도 될지 확신이 없는 듯 찌푸린다. 난 수위가 평소처럼 냉큼 채가지 않는 게 의아해서 동전을 더 안으로 민다.

그가 돼지 같은 눈을 치뜨더니 책상에 놓인 서류를 보고, 열린 창으로 계속 바람이 들자 앙상한 주먹으로 종이를 누른다. 어깨가 떨려서 숄을 단단히 여미면서, 간호부들이 엄마를 따뜻한 곳으로 모셔오기를 바란다. 어쩌면 오늘은 엄마 병실을 볼 수 있겠지. 깃털 매트리스가 푹신한지, 이불이 도톰한지 만져볼 수 있으리라. 엄마가 뼈만 남아서 얇은 매트리스와 이불은 적당치 않을 텐데.

수위가 기침을 하면서 눈을 굴리며 서류를 본다. 눈을 굴리고 또 굴린다.

"제가 읽을 줄 알아요."

자존심을 건드리기 싫어서 난 조심스럽게 말한다.

그가 다시 기침을 하고 대꾸한다.

"그럴 수도 있겠지. 어제 어떤 신사가 미시즈 커비 때문에 찾아 왔소."

"어머."

내가 놀라서 중얼댄다. 내가 기억하는 한 아버지를 신사로 부른 사람은 없다. 지난주에 양초 꽁다리와 토끼 귀를 주러 갔을 때, 왜 아버지는 아무 말도 안 했을까. 내가 말을 잇는다.

"제 아버지였을 거예요. 다리가 하나밖에 없으세요."

방앗간 주인의 마차를 타고 왔는지 궁금하고, 내 첫 방문 때처럼 문전박대를 당하지 않았기를 바란다.

문서를 읽는 수위의 입매가 올라갔다 처진다. 그러더니 고개를 들지만 내 눈을 보진 않는다.

"어제 온 신사는 다리가 둘이던데."

어리둥절해서 그를 빤히 본다.

"두 다리 신사가 미시즈 커비를 찾아왔다고요? 제 엄마를요?"

수위가 메마른 입술을 빨면서 천천히 고개를 끄덕인다.

"그가 부인을 데려갔소."

이제 답답해서 내가 말한다.

"아뇨, 제 엄마와 다른 사람을 혼동하시네요. 그 문서 좀 보여주세요."

동전을 그의 손등까지 밀고 서류에 손을 뻗는다. 아마 다른 미시
즈 커비나 커크비, 크리비가 있을 것이다. 의사한테 치료받고 남편
이 데려간 다른 사람이 있겠지.

수위가 얼굴을 붉히며 종이를 당긴다.

"내 눈으로 보고 내 귀로 들어서 안다고, 아가씨. 글자를 읽을 필
요가 없지."

"그럼 엄마가 어디로 가셨는지 말해주세요. 혹은 누가 엄마를 모
셔갔는지."

수위는 돈을 더 놔둘 필요가 없는 듯이 6페니를 낚아채어 주머니
에 넣는다. 그 순간 그가 사실을 말하고 있음을, 밝히면 안 될 얘기를
하려는 찰나임을 알아챈다.

"목회자였소. 원장을 만나 사적으로 대화했지."

바람이 잦아들고 한동안 사위가 고요하다. 말라비틀어진 낙엽조
차 바닥에서 쓸려 다니지 않는다. 소프 목사가 – 달리 누구일 수 있
을까? – 엄마를 집에 모셔갔을까? 치료되어 다시 교구에서 살 준비
가 되어서? 하지만 이런 생각들이 떠오르기 무섭게 얼토당토않다는
걸 안다.

내 목소리가 속삭이는 소리로 변한다.

"그가 엄마를 어디로 모셔갔죠?"

요양원 수위가 입을 꾹 다물고 서류를 뚫어져라 쳐다본다. 다만
이번에는 이리저리 눈을 돌리지 않는다. 난 지갑에서 1실링을 꺼내
어 수위에게 내민다.

그가 동전을 쳐다보고, 자기 영혼과 씨름이라도 하는지 입술을
달싹인다. 내가 말한다.

"돈을 받으세요. 고생하시는데."

"부인은 안치소에 있었소. 한동안 그랬겠지."

수위가 오래 머뭇대다가 덧붙인다.

"지금은 거기가 터져 나갈 지경이라오."

나는 알아들을 수가 없어서, '안치소'가 뭔지 몰라서 찌푸린다.

"엄마가 아직 거기 계신가요?"

수위가 내게 돈을 돌려주면서 대답한다.

"그 신사가 이스트 바밍에 있는 '성 마거릿 교회'로 모셨소. 팔리
지 않은 복 많은 사람들이나 가는 곳이지."

"팔리다니요?"

내가 당황해서 되묻는다.

"맞소, 머리통을 잘라서 병든 뇌를 열어보는 거요. 모친은 서품 받
은 사제가 베푸는 기독교식 매장을 했으니 아가씨는 운이 좋소."

검은 점들이 눈앞에 밀려와 떠다니기 시작한다. 갑자기 끝없이
검은 점들만 보인다. 그 뒤로 흐릿하게 수위가 고개를 끄덕이며 검
은 소용돌이 속으로 사라진다. 불분명한 목소리가 들린다.

"괜찮소, 아가씨?"

마음이 폭풍 같은 검은 점들을 지나고 어디선가 말이 내게 달려
든다. 그것들을 붙잡아서 꼭 쥐고, 소리 없이 반복해서 중얼댄다.
'은줄이 풀리고 금 그릇이 깨지고. 은줄이 풀리고 금 그릇이 깨지
고…….' (전도서 12장 인용 – 옮긴이)

"이스트 바밍까지 걸어갈 수 있소. 직선거리가 1.5킬로미터 남짓이니. 첨탑을 찾아요. 새 묘지는 모친의 묘 하나뿐일 거요. 나머지 송장은 다 의사들에게 팔리니까."

휘도는 점들 사이로 들창 안에서 수위가 뒤편 도로의 왼쪽을 가리키는 광경이 보인다.

"하지만 엄마는 가실 데가 있었는데."

내가 멍하니 말한다. '은줄이 풀리고 금 그릇이 깨지고. 은줄이 풀리고 금 그릇이 깨지고.' 내가 말을 잇는다.

"내가 엄마의 은줄이었고 엄마는 내 금 그릇이었는데."

흐릿해지는 검은 점들 사이로, 미심쩍은 표정으로 들창에 손을 뻗어 날 보내려는 수위가 보인다.

어찌어찌 '성 마거릿 교회'를 향해 비척비척 걷다가, 눈물을 줄줄 흘리면서 길을 묻는다. 내내도록 엄마의 죽음이 내 탓이라는 생각에 사로잡힌다. 내가 집에 있었다면 엄마는 분명코 살아 있을 테니까. 또 내가 더 강인하고 미스 일라이저 같았다면, 줏대 없이 나약하지 않았다면 엄마가 삽에 걸려 넘어졌을 때 면회를 요구했을 것이다. 그들이 날 쫓아내려고 그런 거짓말을 했음을 이제야 깨닫는다. 묘지에 도착해서야 눈물이 멈춘다. 뒤편에 새로 흙을 판 작은 무덤이 있다. 흙무덤에 꽃 한 송이 없다. 싱그러운 잎사귀 하나 없다. 무덤 위로 오그라든 죽은 잎만 바람에 쓸려 다닌다. 바닥을 문지르며 발자국을 찾아보니 딱 하나 있다. 징 박힌 부츠 한 짝의 발자국. 다른 사람의 흔적은 없다. 막 뒤집은 검은 부스러진 흙밖에 없다. 앙상한 나무에서 까마귀 떼만 깍깍 운다.

바구니에서 미스 일라이저에게 빌린 『요리사의 귀중한 조언』과 잼들을 꺼낸다. 엄마를 추도하지 않고는 돌아갈 수가 없다. 글을 가르쳐준 사람은 엄마였다. 흙무덤 중간에 책을 반듯하게 놓는다. 일종의 묘비다. 버터 얼룩이 있는 가죽 표지가 검은 흙 위에서 빛난다. 차가운 진흙 바닥에 무릎을 꿇고, 모과 마멀레이드 단지 위에 자두 잼 그릇을 포개서 책 위에 올려놓는다. 내가 엄마의 무덤을 만들었다고 생각한다. 여느 묘비 못지않게 보기 좋은 비석이다. 바바리아 갈색 빵, 버터 덩이, 크림 단지로 십자가를 만든다. 그러고 나서 하나하나 입 맞춘다. 책, 단지들, 빵, 찬 검은 흙.

그 일을 마치고 입술에서 축축한 흙가루를 닦으면서, 바람이 서늘한 산들바람으로 변했음을 안다. 바구니를 들고 모자를 눌러쓰고, 숄을 가슴팍으로 당긴다. 톤브리지까지 먼 길을 걷기 시작한다.

51
일라이저

건포도 케이크

메리는 아이들의 식사를 요령 있게 관장하며, 보모를 질책하고 샐쭉한 하녀를 주방에 오가게 하고 쉴 새 없이 잔소리한다. 입에 음식을 넣고 말하지 마라. 손으로 먹지 마라. 입을 다물고 음식을 씹어라. 코를 쑤시지 마라. 신의 이름을 헛되이 부르지 마라. 냅킨을 머리에 쓰지 마라. 누나를 놀리지 마라. 아기를 찌르지 마라. 부스러기를 바닥에 흘리지 마라.

몇 분 안 되어 난 지쳐서 얼이 빠지고 심한 소음 때문에 머리가 지끈댄다. 수재녀를 힐끗 보지만 아이는 스콘을 씹거나 동생을 팔꿈치로 찌르는 데만 관심을 둔다. 수재녀만 아니라 조카들 전부와 묘한 거리감이 느껴진다. 몰인정하기 짝이 없지만 그들을 다시 못 본대도 상관없다는 생각이 든다. 퉁명스럽고 무정한 생각이라서 나 스스로 충격을 받는다. 어쩌면 사랑도 시간이 필요하다. 아이들을 더 자주 봤다면 일말의 애정을 느낄 텐데. 수재녀가 내 곁에서 성장했다면 모성애를 느낄 것이다.

민나가 날카롭게 비명을 지르자 나도 모르게 손으로 귀를 막고, 메리는 전지적인 눈으로 그 장면을 놓치지 않는다.

"저기, 일라이저. 아이들이 언니 때문에 잔뜩 들떴어. 늘 이렇게 멋대로 굴지는 않아."

나는 무릎으로 손을 내리고 냅킨을 배배 꼰다. 양해를 구하고 주방이나 내 방으로 가고 싶지만, 뭐 때문인지 메리가 내게 아이들의 식사 시간을 보여주려는 걸 안다. 분별 있는 여성이라면 나이 든 하녀를 이런 난리법석통 속에 앉아 있게 하지는 않을 것이다. 이게 연극이라면 어떻게 해야 될지 궁금해진다. 어떻게 끝을 맺을까? 관객의 시선을 어떻게 붙잡을까? 식탁에서 식탁보를 당겨서 양념 그릇과 포크류가 와장창 떨어지게 하면 될까? 메리가 빵칼을 집어 들고 필사적으로 심장을 찌르게 할까? 무대에 즉각적인 잔인한 분위기를 가져올 필요가 있다……. 몇 분간 완전히 내 생각에, 무대 지시와 소품에, 언제 막이 내려질지에 몰입한다. 마침내 메리의 목소리가 나무라듯 머릿속을 파고든다.

"일라이저? 일라이저? 수재녀가 말하잖아……."

고개를 드니 수재녀의 눈이 나를 향한다. '그 사람'이 내 앞에 획 나타난다. 기억이 너무도 생생하고 너무도 절절해서 손톱으로 손바닥을 꾹 누른다.

내가 고개를 젓는다.

"미안. 내가 다른 생각을 했네."

"엄마가 오늘 밤에 이모께 책을 읽어드리래요."

나는 힘없이 어색하게 미소 짓는다. 메리는 커다란 건포도 케이크를 자르다가 멈추고 수재너에게 환하게 웃는다.

"네가 프랑스어를 읽을 줄 아는 걸 이모님께 보여드리지 그래?"

그녀는 칼로 케이크를 자르더니 내게 고개를 돌리고 말한다.

"매주 프랑스어 선생이 집에 와. 주로 해먼드와 타삼을 위해서이지만 앤터니는 수재너도 같이 수업을 받아야 된다고 생각했지. 아이가 프랑스어를 얼마나 잘 알아듣는지 몰라."

"제가 프랑스어를 해먼드나 타삼보다 훨씬 잘해요."

수재너가 덧붙이면서 케이크에서 건포도를 골라 접시 가장자리로 밀어낸다. 건포도의 줄기를 떼지 않은 게 눈에 들어온다.

"허풍 떨지 마라, 수재너."

메리가 다시 내게 고개를 돌리고 말한다.

"아이가 프랑스어를 정말 잘해, 언니. 이상할 정도로 말이지."

나는 움찔한다. 그녀가 그만 빈정거리면 좋겠다. 오래전 사라진 과거를 – 내가 지우려고 몹시 애쓰며 산 – 계속 들먹여 부담을 주고 피로를 안겨준다. 아기가 울기 시작하고, 수재너가 해먼드에게 건포도를 튕기는 광경이 내 눈에 들어온다. 불쑥 보다이크 하우스의 평온이 그리워진다. 조용한 앤의 존재, 요리책들과 시집들, 깃털 펜과 황동 잉크병, 신중하게 준비되고 제대로 차려지는 음식. 느긋하게 음미하면서 한 조각 한 조각, 한 입 한 입 먹는 음식. 다들 급하게 걸신들린 듯 먹거나, 죽이 되도록 씹거나, 끈적이는 조그만 손가락들이 빵 부스러기와 건포도를 바닥에 흘리는 이런 식탁 말고.

"네 낭독을 들으려면 나도 준비를 해야겠네. 그러니까 양해해주면 한 시간만 쉴게."

다정하고 활기찬 목소리를 낸다. 친절한 처녀 이모의 말투.

"식사하려면 그냥 있어야 될 거야."

메리가 제대로 부풀지 않은 빵을 자른다. 그러더니 고개를 들어 날 쳐다보며 덧붙인다.

"의논할 중요한 얘기가 있어."

순간적으로 혼란스럽다. 묘연한 것이 시야로 들어왔지만 손이 닿을락 말락 하게 떠 있는 것만 같다. 그때 그것이 내게 달려오더니 문득 그녀의 편지가 이해된다. 메리는 새로운 자매 사이를 원하는 게 아니다. 내게 원하는 게 있다.

식사가 지루하게 이어진다. 앞의 것보다 입맛을 떨어뜨리는 음식이 연이어 나온다. 오래 익혀 질긴 양고기, 껍질을 다 벗기지 않고 속을 제대로 안 익힌 삶은 감자, 너무 익힌데다 물기도 쪽 빼지 않은 잘게 찢은 양배추, 마지막으로 건포도나 아몬드, 레몬 껍질 등 어떤 풍미도 더하지 않은 라이스푸딩을 조금씩 먹는다. 형편없는 음식 때문에, 이제 해야 될 '의논할 중요한 얘기'를 잠시 잊는다. 중요한 얘기가 뭔지 나름대로 알아냈다. 동생 내외는 돈이 필요한 것이다.

식사 내내 나름대로 대답을 마련하고 준비한다. 아직 미스터 롱맨에게 선금을 못 받았고 앞으로 수년간 돈은 없으리란 게 나의 대답이다. 또 이르낫 씨의 청혼을 거절한 일에 대한 질문과, 부모님과 '가정교사로 노예처럼 사는' 자매들을 외면했다는 질책과 비난에 대비한다. 하지만 그런 얘기는 나오지 않는다. 대신 제부는 리비히 교수와 그의 영양학 이론을 잘 안다는 사실을 보여준다. 메마르게 조리된 음식을 씹으면서도 한 시간 동안 영양의 중요성을 논한다. 메리는 그 모순을 의식하지 못한 채 위층에서 아이들이 뛰는 소리나 깜빡 잊은 일 – 치맛단 감치기, 해진 양말 꿰매기, 아이가 이웃집에 벗어놓은 부츠 한 짝 가져오기 – 에 계속 정신이 산란하다.

마침내 앤터니가 마실 포트와인과 작은 크리스털 잔이 들어온다. 그와 함께 '중요한 일들' 얘기도 나온다.

제부는 직접 포도주를 따르더니 헛기침을 한다. 메리도 헛기침을 하자, 나는 누가 돈을 요청할지 감을 못 잡는다. 부부가 눈짓을 교환하자, 난 곤란을 덜어주려고 손을 들고 말한다.

"걱정 말아요. 수재너 때문에 돈이 필요하다는 걸 아니까 돈을 줄게요. 하지만 미스터 롱맨에게 선금을 받지 않아서 시간이 걸릴 거예요. 요리책 준비에 10년쯤 잡고 있어요."

메리는 얼굴을 붉힌다. 하지만 그녀가 무슨 말을 하기 전에, 앤터니가 내 말을 막으려는 듯 양 손바닥을 허공에 젓는다.

"저희의 초대를 단단히 오해하셨군요. 여기 오시라고 청한 건 수재너를 처형에게 보낸다는 제안을 하기 위해서였습니다."

내 얼굴에서 핏기가 빠졌다가, 수치와 혼란과 충격이 몰아치면서 다시 몰려온다.

메리가 말한다.

"아르놋 씨의 청혼을 거절한 걸로 봐서 언니는 가정을 꾸릴 것 같지 않아. 우린 수재너를 친자식처럼 사랑하지만 마냥 데리고 있는 건 옳지 않지. 언니의 책을 돕는 아가씨가 있다고 어머니에게 들었어. 이제 수재너가 열두 살이니, 대신 그 일을 시켜도 되겠다고 생각했어. 어머니도 동의하셨고."

내 딸. 나는 생각한다. 수재너를 집에 데려갈 수 있다. 내가 어머니가 될 수 있다. 어머니가!

"핑계를 쉽게 댈 수 있습니다. 수재너가 서포크에서 도우러 온 조카딸이라고 말하면 되니까요. 아이의 생활비는 주방 하녀의 급여로 해결될 테고요."

앤터니가 와인을 한 잔 더 따르면서 말한다.

눈을 감자 곧 여러 장면이 흘러간다. 수재너와 나란히 시장에 가는 장면, 내가 수재너에게 프랑스어와 문학을 가르치는 장면. 둘이 요리하고 맛보고 책과 제빵, 시, 푸딩에 대해 대화하고 토론하는 장면. 수재너에게 미시즈 허먼스와 미스 랜던의 시를 소개하리라. 또 희곡을 의논하기 위해 대담한 미스 켈리를 방문할 때 수재너를 동행해서 아이의 존재를 사실대로 털어놓으리라.

"저기, 언니 생각은 어때?"

메리의 갈라진 목소리를 듣고 눈을 뜨자, 그녀의 눈동자가 눈물에 젖어 반짝이는 것이 보인다.

"처형이 자면서 생각하게 해드리자고."

앤터니가 상냥하게 말한다.

나는 섣불리 결정하지 않겠다고 다짐하면서 고개를 끄덕인다. 하지만 '내 딸'에 대한 희망과 가능성에 온몸이 설렌다.

"이제 약속대로 아이의 낭독을 들어야겠네."

나는 의자를 밀고 뛰다시피 나온다.

수재녀는 페인트칠한 작은 침대에서 뜨개질한 쿠션들에 기대앉아 있다. 침대 틀을 만지니 차가운 금속이어서 안도한다. 빈대는 쇠붙이에 잘 들러붙지 않으니까. 이게 최초의 어머니다운 마음이라는 생각이 스친다. 본능인 듯 이런 생각이 났다는 사실이 놀랍다. 이게 모성애일까? 다른 어머니들도 딸의 침대에 빈대가 있을까 걱정하려나?

"시를 암송해드릴게요."

수재녀가 말한다. 씻어서 발그레한 뺨이 촛불 빛 속에서 반짝인다. 아이가 암송을 시작하고, 빠르고 단숨에 읊어서 단어들이 겹친다.

"'내 거실에 들어갈래?' 거미가 파리에게 말했어요. '그렇게 예쁜 거실은 본 적 없을걸. 구불구불한 계단을 올라가면 거실이 나와. 네가 거기 오면 보여줄 신기한 게 많아.'"

아이 옆에 앉아서 어색하게 어깨에 팔을 두르고 기다린다. 무엇을? 샘솟는 어머니다운 감정이라는 생각이 든다. 수재녀가 여전히 조잘대서 나는 집중하려고 애쓴다.

"'그렇게 높이 날아오르니 틀림없이 피곤하겠지. 내 작은 침대에서 쉴래?'라고 거미가 파리에게 말했어요. '예쁜 커튼이 드리워졌고 이불보는 부드럽고 얇아. 잠시 쉬고 싶으면 편안하게 눕게 해줄게!' '아, 아니야, 싫어'라고 작은 파리가 말했어요. '네 침대에서 자다가 다시 깨지 않은 파리가 많다는 얘기를 자주 들었거든!'"

"구절을 정말 잘 외웠네."

말은 그렇게 해도 뭔가 불편하다. 거미들과 의심하지 않는 파리들의 이미지가 머리를 스친다. 우리 중 누가 '거미'이고 누가 '파리'

일까? 수재너를 이 시끄럽고 북적대는 가정 – 아버지가 존경받는 의사인 가정 – 에서 데려가면, 언젠가 아이는 내게 고마워할까? 아니면 나를 미워할까? 또 내가 아이를 향한 애정을 키워가지 못한다면 어쩌나? 그저 아이 침대의 빈대를 걱정하는 것으로 시작해서 그걸로 끝나면 어쩌지?

"나머지를 아니, 수재너?"

대답이 없자 난 아이가 잠든 걸 깨닫는다. 몸을 굽혀 뺨에 입을 맞춘다. 뺨이 따끈하고 비눗기가 남아 살짝 끈적인다. 온몸에 설렘이 번진다……. 내 딸! 내 곁에, 내 집에 수재너가 있어서 둘이 같이 요리하고 독서하고, 시를 암송하면 어떨까? 다시 아이의 뺨에 입 맞추고 한참 입술을 떼지 않는다. 메리도 자식들에게 밤 인사로 입 맞출 때 이런 기분을 느낄까? 너무도 만족스러워서 세 번째로 입 맞춘 후에야 촛불을 끈다. 발꿈치를 들고 방에서 나오는데 뺨에 공이 날아든다. 뺨이 아파 화끈댄다. 몸을 돌리니 해먼드와 타삼이 복도를 뛰어간다.

방금 전의 만족감이 곧 짜증으로 변한다. 왜 메리는 나와서 아이들을 혼내지 않는 거야? 쑤시는 뺨을 만지면서 속으로 중얼댄다. 보모는 어디 있담? 제부의 말이 머리에서 되살아나 계속 차분하려고 애쓴다. 자면서 결정해야 된다. 아무것도 서두르면 안 된다. 조용히 메리의 침실 앞을 지날 때에야 왜 그녀가 두 아들을 혼내지 않는지 깨닫는다. 그녀는 자기 방에 있다. 흐느끼면서.

52
앤

단순한 파운드케이크

보다이크 하우스에 들르지 않는다. 미스 일라이저는 하루 더 있어야 집에 돌아오고 난 궁금한 게 많다. 아버지에게. 소프 목사님에게. 소프 부인에게. 발이 아프고 쑤신다. 물집이 터져서 발꿈치와 발가락 끝으로 진물이 흐른다. 어디선지 모르게 살을 에는 찬 동풍이 불어와서 얼굴을 때린다. 손가락이 꽁꽁 언다. 하지만 이 아픔은 머릿속 소란에 비하면 아무것도 아니다. 정말 많은 질문이 서로 엎치락뒤치락하며 덩어리가 되어 솟구치고 뻗어나간다. 엄마는 어떻게 돌아가셨을까? 왜 아무도 내게 말해주지 않았을까? 왜 소프 목사는 엄마를 집에서 먼, 표지도 없는 묘지에 묻었을까? 이 질문들 아래서 다른 의문들이 떠들어댄다. 덜 예민하고 덜 예리한 궁금증들이. 사라지지 않을 지끈대는 아픔 같은 것이. 오래전에 물었어야 될 질문들이다. 무엇이 엄마를 정신병자로 만들었나? 내가 모르는 일이 있었나? 엄마를 정신병으로 몰아간 장본인이 나였나? 엄마의 광증은 내 운명이기도 할까?

먼저 집에 가서 아버지에게 물어야 되는 걸 안다. 하지만 그는 사실을 밝히지 않을 것이다. 게다가 도중에 목사관이 있다. 목사관에 들러보자고 생각한다. 미스 일라이저 같은 말투로 엄마를 교구 묘지에 제대로 매장해야 된다고 주장하리라.

뒷문으로 가서 이륜마차와 조랑말 앞을 비집고 지난다. 목사님을 만나러 왔다고 하니, 가정부는 위아래로 훑어보면서 외출하셨다고 말하고 문을 닫으려 한다.

"그럼 사모님은요?"

내가 묻는다. 바람이 내 앞으로 불어서, 가정부의 앞치마를 들추고 모자를 흩뜨린다.

그녀가 고개를 끄덕이고 문을 닫는다. 다음에 문이 열리자 소프 부인이 서 있다. 촘촘한 검은 실크 드레스를 입고 얼굴을 사방으로 돌린다. 어떤 표정을 지어야 될지 모르는 사람 같다. 마침내 그녀는 체념한 표정을 짓는다.

"들어와라, 앤 커비. 남편은 집에 안 계시지만 기다리면 될 거야."

그녀가 말한다.

"아마 사모님이 저를 도와주실 수 있을 거예요."

그녀를 따라 거실로 가는데 숄 밑의 손이 떨린다. 여기 있고 싶지 않다. 도자기 장식품들과 벨벳 쿠션들 틈에서 편치 않다. 아버지가 있는 집으로 가지 않은 게 후회되지만 이미 늦었다. 소프 부인은 단순한 나무의자를 손짓하고, 사각대는 도톰한 치맛단을 무명 벨벳 안락의자로 밀어 넣고 앉는다. 그녀가 용건을 알고 싶은 듯이 내게 눈썹을 치뜬다.

"엄마 때문에 찾아왔어요."

차분하게 설명한다. 내가 말할 때 유리장에서 금시계가 종을 친다. 나는 말을 잇는다.

"목사님께서 멀리 메이드스톤 근처에 엄마를 매장하셨다고 해요."

눈물이 솟는다.

소프 부인이 민첩하게 고개를 끄덕인다.

"맞아. 그이는 네 가족에게 무척 친절을 베푸셨다, 앤 커비. 집에 돌아오시면 넌 감사 인사를 전하고 싶겠구나."

그녀의 말이 당황스러워서 눈을 깜빡인다.

"그런데 엄마가 어떻게 돌아가셨고, 왜 제가 소식을 못 들었지요?"

소프 부인이 바닥에 놓인 바구니에서 자수거리를 꺼내, 무심하게 수를 놓기 시작한다.

"네 어머니는 요양원 계단에서 넘어져 목이 부러졌지. 목사님이 소식을 듣고 필요한 조치를 직접 취하셨어. 바로 지금도 목사님은 네 아버지와 같이 계시거든. 금방 돌아오시겠지만."

"네, 정말 친절한 분이시지요."

머릿속에 장면들이 떠오르자 입술이 떨린다. 그 큰 잿빛 건물의 수백 개나 되는 층계에서 굴러떨어지는 엄마. 왜 간호부와 몸을 묶지 않았을까? 내가 보살폈다면 엄마는 넘어지지 않았을 것이다. 죄책감이 밀려든다.

"정말 그렇지. 바쁜 양반이지. 보기 힘들게 너그러운 분이고. 관값 7실링을 그이가 내셨단다. 목사님은 성자 같은 분이야, 앤 커비."

"하지만 엄마를 왜 그렇게 멀리 묻었죠?"

터지는 눈물을 참으려고 손톱이 손바닥에 박히도록 주먹을 꽉 쥔다.

"어떻게 교회 묘지에 정신병자의 송장을 묻겠니, 앤 커비? 우리 침실에서 묘지가 내려다보이는데. 우린 자식을 갖고 싶다."

그녀는 나를 한 번도 쳐다보지 않고 천에 바늘을 찌른다. 소프 부인이 한마디 덧붙인다.

"게다가 환기를 위해 창문도 열고 싶고."

부인의 창백한 굳은 얼굴을 쳐다본다. 엄마의 광기가 관에서, 땅속에서 솟아나와 열린 창문을 지나 그녀에게 해를 미친다는 뜻인가?

"그래, 목사님이랑 난 위험을 감수할 수가 없지."

그러더니 그녀는 고개를 들어 내 눈을 빤히 보면서 말을 잇는다.

"앤 커비, 사실 그녀는 네 어머니가 아닌 지 아주 오래됐지. 내 남편은 너를 ─ 그리고 그녀를 ─ 품위와 존엄이 없는 인생에서 구제한 거야. 슬퍼해야 될 시기는 처음 네 어머니가 정신을 놓았을 때였어. 그 후로는 더 이상 네 어머니가 아니라 정신병자에 불과했지."

나는 시선을 돌려 벽난로 선반 위의 도자기 장식품들, 작은 자수 작품 액자들, 벽에 다닥다닥 붙은 수채화들, 작은 카펫의 노란 장미 자수를 쳐다본다. 엄마가 미치기 전의 모습을 떠올려보지만 생각나지 않는다. 그렇게 흐릿한 머리를 돌리다가 창가의 작은 탁자에 놓인 성경책을 본다. 그 순간 온전한 엄마가 내게 다가온다. 열 살인 내

가 엄마 곁에 쭈그려 앉았고, 엄마가 책장을 넘긴다. 공기가 후텁지
근하고 사과와 꿀 냄새가 난다. 말벌 한 마리가 윙윙대고, 그 소리와
엄마의 말소리가 뒤섞인다. 엄마는 낮고 차분한 목소리로 말하면서,
손끝으로 내 뺨을 쓰다듬는다. 책을 소중히 해야 된다고, 책을 언제
나 친구로 삼아야 된다고 말한다.

움켜잡으려 해도 그 광경은 희미하게 사라진다. 나중에 아버지는
책을 전부 한 장씩 찢어서 난로에 던졌다. 집에 불을 피워야 된다고,
안 그러면 우린 죽을 거라고 고함쳤다. 그 무렵 어머니는 이미 제정
신이 아닌데도 울부짖으며 흐느껴 울었다. 아버지는 그녀가 불길에
몸을 던지지 못하게 창문에 묶었다.

"그래도 제 어머니시고, 저는 어머니를 톤브리지에 묻고 싶어요."

내가 대담한 말투에 스스로 놀라면서 말한다.

소프 부인은 몸을 굽히고, 푹신한 의자 아래서 방석을 댄 발판을
꺼낸다. 그러더니 노동으로 힘든 하루를 보낸 듯이 발판에 발을 올
리고 다시 수를 놓기 시작한다.

그녀가 미간을 찌푸리며 아주 느릿느릿 묻는다.

"그게 어떻게 시작됐니, 앤 커비? 정신병의 첫 징조가 뭐였니?"

무슨 말을 해야 될지 몰라 머뭇대자, 그녀가 허리띠에 달린 황동
종을 울려 하녀에게 홍차와 단순한 파운드케이크 두 쪽을 새끼손가
락보다 얇게 잘라 오라고 - 케이크 두께에 오해가 없도록 새끼손가
락을 공중에 찌른다 - 시킨다.

"돌이켜 생각해봐, 앤. 처음에 뭐가 눈에 띄었지?"

이제 그녀는 부드러운 표정으로, 엷은 미소까지 지으면서 묻는다.

엄마 이야기를 목사 부인에게 하기 싫지만, 갑자기 몹시 배고프고 목마르다. 또 내가 예의를 지키면 엄마가 톤브리지에 제대로 안장될 수 있다는 생각이 든다. 아버지와 내가 매주 무덤에 야생화를 바칠 수 있는 이곳에.

오래전 일이고 난 어렸기에, 질문에 불확실하게 대답한다.

"엄마가 무슨 씨앗을 심었는지 기억 못하셨어요."

내가 말한다. 빼곡하게 금련화가 피었고, 그해 우린 감자나 부추를 먹지 못했고, 입안에 불이 날 때까지 금련화 씨를 먹었다는 말은 하지 않는다. 그 순간 그녀는 내 어머니이기를 멈추었을까? 그 순간 내가 '그녀의' 어머니가 되었을까? 소프 부인의 말이 불쾌하지만, 거기에 일말의 진실이 있음을 안다. 어느 시점에서 어머니는 내가 알던 어머니가 아니었다. 그래도 내게는 여전히 엄마다…… 내 엄마.

"건망증이 생겼구나? 그다음에는?"

소프 부인이 미소를 보인다. 얼굴에 찰흙을 붙인 것 같은 이상한 미소다.

"말이 뒤죽박죽되었고 적당한 단어를 못 찾으셨어요."

내가 대답한다. 어느 날 엄마가 아무 말도 못하게 되자 난롯불에서 철 주전자를 들어 아버지에게 내던진 일은 말하지 않는다. 이후 엄마는 몇 시간이고 매트리스에 누워 지냈다는 얘기도 하지 않는다. 그냥 거기 누워만 있었다. 아무것도 하지 않고. 아무 말도 없이.

"어머니가 언제…… 배회하고…… 옷을 벗기 시작했어?"

소프 부인이 기침을 하고 수놓은 부분을 점검한다.

"더 최근이었어요."

불쑥 더 이상 말하기 싫다. 작년에 엄마가 어떻게 처신했는지 생각하기도 싫다. 취한 사람처럼 고꾸라지고, 울고 소리치고, 몇 시간이고 시체처럼 누워 있고, 오두막 바닥에 소변을 보고, 반라로 강바닥을 뛰어다니고. 엄마를 그렇게 기억하고 싶지 않다.

"사리 분간을 못하셨어요."

난 간단히 대꾸한다.

소프 부인의 얼굴이 다시 굳는다.

"그러면 너랑 오빠는 어때? 뭘 잘 잊어버리니?"

"보다이크 하우스로 돌아가야 해요."

갑자기 일어난다. 이제 예의나 대접받을 파운드케이크나 소프 목사를 만나는 것은 안중에 없다. 문득 소프 부인과 꼬치꼬치 캐는 질문들이 넌덜머리난다. 미스 일라이저의 주방에서 절망에 대한 시들을 앞에 놓고 앉아 있고 싶다. 그녀의 시구절이 내게로 둥둥 떠온다. 허공에서 그것을 잡아 꼭 붙든다⋯⋯. '내가 떠나면 내 무덤에 와서, 거기서 혼자 잠시 머리 숙이기를⋯⋯.' 엄마를 톤브리지에 매장할 방도를 찾겠다고 생각한다. 맨손으로 시신을 파야 된다손 치더라도 반드시.

53
일라이저

감자롤빵

　딸을 돌려주겠다는 메리와 앤터니의 제안을 받고 당연히 잠을 이루지 못한다. 한 시간쯤 속으로 끙끙대다가 일어나서 옷을 입는다. 살그머니 거실로 내려가지만, 난롯불이 거의 꺼져서 공기가 차다. 우물쭈물하며 주방 구역으로 간다. 바닥에서 가정부가 자는 식기실 앞을 지난다. 세탁실 앞을 지날 때 문 뒤에서 누군가가 우렁차게 코를 곤다. 주방에 들어가니 아직 스토브가 미지근하고, 달빛 속에서 구리 냄비들이 번뜩인다. 딱정벌레 덫이 벌레가 들어가자 딱딱 소리를 낸다. 주방문을 닫고 평온하고 고요한 분위기에 잠겨 위안을 받는다. 손으로 뭔가 하고 싶은 욕구가 말도 못하게 솟구친다. 글을 쓰거나 자르거나 반죽하고 싶다. 이렇게 연신 주먹을 쥐었다 펴는 것만 빼고 뭐든 하고 싶다. 촛불을 켜고 깃펜, 잉크병, 종이를 찾아보지만 아무것도 없다. 손을 가만히 두지 못하면 사색할 수가 없고, 마음을 가지런히 할 수가 없다.

수재너를 돌려받을 줄은 상상도 못했다. 자주 딸과 함께하는 삶을 꿈꾸기는 했지만, 감히 그런 소망을 품지 못했다. 그런데 이제 그 순간이 툭 튀어나왔고, 난 의구심에 빠진다. 나에 대한, 딸에 대한 의구심이다. 차마 고백하기 괴롭지만, 내게는 메리 같은 자신감 넘치는 모성이 없다. 그래서 이 불안한 밤 시간, 내게 문제라도 있는지 걱정되기 시작한다. 왜냐면 수재너에게 입 맞출 때도 오로지 만족감만 느꼈으니까. 진정한 깊은 사랑은 아니었다. 메리는 그런 사랑을 느끼리라. 물론 나도 모르게 손을 뻗어 침대 틀에 진드기가 살지 않는지 확인하긴 했다. 하지만 그게 나 자신의 안위를 위한 염려에서 비롯된 행위라면? 무엇보다 거실에서 인사를 나눈 순간으로 마음이 돌아간다. 그때 느낀 감정은 그저 호기심에 불과했다. 딸과의 첫 만남의 순간에 따뜻함과 애정이 쇄도하리라 예상했지만 아니었다. 내가 뭔가 비정상일까?

주방을 둘러보니 밀가루 통과 감자 바구니에 눈길이 간다. 조리대 선반에 매달린 씨 빼는 칼을 집어 감자를 벗기기 시작한다. 진흙 투성이인 긴 구불구불한 껍질이 그릇에 떨어진다. 한 줄씩 버릴 때마다 한 가지 생각을 한다. 딸이 나와 둘이 지내는 데 만족할까, 아니면 형제자매와 아버지가 북적대는 대가족을 좋아할까? 내가 훌륭한 어머니의 특성들을 가졌을까? 수재너는 낳아준 나의 자식일까, 키워준 메리의 자식일까? 무엇이 어머니가 되게 할까?

마지막 껍질을 그릇에 떨어뜨리는데 '갈망'에 휩싸인다. 수재너를 차지하고 싶은 갈망. 의당 내 것이어야 되는 것을 소유하고 싶은 갈망. 출산 기억이 다가든다. 아기가 내 가슴에 안긴다. 머리통의 핏 자국, 데친 호두처럼 쭈글쭈글한 얼굴. 긴 하얀 앞치마를 두른 마담 르 뒥이 허리를 굽히고 내게 빨아 먹는 컵에 담긴 브랜디를 준다. 수 재너가 젖꼭지를 빤다. 통증, 안도감, 기진맥진한 느낌 모두 되살아 난다. 피에르는 아기를 찾아오지 않았다, 한 번도 보지 않았다.

어느 날 영국으로 돌아가기를 기다리던 중, 그의 편지를 받았다. 그 편지를 보관하지 않았지만 구구절절 마음에 각인되어 있다. 편지 가 도착한 장면도 아스픽에 박히듯 박혀 있고, 전부 다 세세히 기억 한다. 짙은 라일락 향을 머금은 공기, 바다에 황금처럼 쏟아지는 노 르망디의 햇살. 대나무 흔들의자의 삐걱거리는 소리. 책을 읽으면서 콧수염을 쓰다듬는 아버지. 수재너에게 콧노래를 불러주는 마담 르 뒥. 나는 길쭉하고 좁은 창문을 내다보며, 다시 해변을 걸을 만큼 건 강하기를 바랐다. 해변에서 피에르와 둘이 황홀하게 즐거운 시간을 보냈다. 걷고 대화하고, 떨어질 수 없어서 꼬물대고 스치던 두 사람 의 손.

물론 해변은 내가 쓰러진 곳이기도 했다. 완만하게 경사진 모래 언덕에서 나는 그를 품에 안았고, 첫 입맞춤이라도 되는 것처럼 입 맞추었다. 물론 그는 내게 청혼했다. 혼례 전에 사랑을 나누는 것이 프랑스식이라고, 창피할 게 없다고, 내가 그의 아내로 절반은 프랑 스인이 될 거라고 말했다. 후회하지 않는다. 오랜 세월 격정적인 사 랑을 나눈 그 밤을 떠올리며 살았다 그의 매끈한 살결, 촉감, 내 몸 에 살포시 박히던 모래알.

아기를 가진 걸 알았을 때는 이미 늦어버렸다. 이미 그의 엽색 행각을 알았다. 상대는 하녀들, 침모들, 숙녀들, 레이스 짜는 여자들이었다. 누구나 그의 욕망에 속수무책인 듯했지만, 그런 것들은 날 비켜갔다. 당시 내가 본 것은 미래…… 만리타향에서 신뢰할 수 있는 하녀 한 명, 친구 한 명 없는 방치된 아내였다. 스페인에 있는 은을 모두 준다 해도 그 외로운 아내가 되지 않을 작정이었다.

처음에는 질투심을 견딜 수가 없었다. 그가 여자들을 쓰다듬고 입 맞추고, 귀에 밀어를 속삭이는 것만 생각났다. 시샘이 생생하고 쓰라리게 마음을 차지하자 다른 건 생각할 수가 없었다. 결국 난 다른 사람이 되어버렸다. 그러던 어느 밤 감정을 종이에 쏟아버리기로 작정했다. 돌이켜보면 하느님의 어렴풋한 인도가 아니었을까 싶다. 시 쓰기가 날 구제했으니까. 1주 후 피에르에게 반지를 돌려주었다. 그는 무릎을 꿇고 다시 생각해달라고 간청했다. 다른 여자들에 대한 소문은 다 거짓이고 중상이라고 변명했다. 나는 손을 저었다. 그는 너무도 잘생겼고 너무도 눈부셨고 너무도 매혹적이었다. 전쟁터에서 용기와 대담함으로 명성이 높았다. 내 몸이 스르르 녹고 그를 외쳐 불렀지만, 내 마음은 굳건했다. 시가 나를 단단하게 만들었다.

그날 저녁 숙소로 돌아와 연달아 시를 썼다. 한 달 후 임신인 걸 확실히 알았다. 코르셋을 입으면 몸이 터질 것 같았고 월경이 멎었고, 정오 전에는 아무것도 못 먹었다. 그래도 내 마음은 확고했다. 난 피에르의 순종적인 길 잃은 아내가 될 생각이 없었다. 메리에게 편지를 썼다. 그녀는 앤터니와 결혼해 전처소생 셋과 자기 아이 하나의 어머니였다. 조언만 얻으려고 편지를 썼다. 매일 밤 양다리에 쥐가 나서 잠을 설쳤고 입덧을 견딜 수 없어서였다. 그런데 메리는 어머니에게 알렸고, 어머니는 나와의 서신 교환을 거부했다. 하지만 아버지는 급히 노르망디로 달려왔다. 그는 피에르에게 돌아가라고, 혼인이라는 형식을 취하라고 설득했다. 하지만 난 그러고 싶지 않았다. 그럴 수가 없었다. 이미 글쓰기에서 어떤 목소리를, 나를 지탱해주는 목소리를 찾아냈다. 탈출의 수단을 제공하는 듯한 목소리였다. 이미 작은 시집을, 독자를 상상했다. 내 말에 진실이 깃든 걸 알았다. 그리고 그 말이 나를 도왔다면 남들도 도울 수 있음을 알았다. 피에르의 아기를 배 속에서 키우면서 다른 비밀스런 아이를 키워갔다. 나의 시를. 내가 틀어박힌 무렵, 피에르에게 새 약혼녀가 생겼고 아버지는 그에게 '나를 보내려는' 시도들을 중단했다. 하지만 내 은밀한 사랑의 아이 – 내 시 – 는 무럭무럭 자라서 나와 진정한 유대를 이루었다. 그것 자체의 심장이 펄떡여 따뜻했고, 생생했다.

아버지가 주장한 것은 단 한 가지, 내가 아이를 키우면 안 된다는 것이었다. 벌써 어머니와 메리는 사생아로 인해 액턴 가문이 망신당하는 것은 피하기로 합의했다. 그런 망신은 여동생들의 혼삿길을 막고, 아버지와 남동생의 사업을 어렵게 하고, 어머니의 사교 생활을 불가능하게 할 터였다. 또 나에게 아버지가 투자한 교육이 허사가 될 테고.

아버지가 물었다.

"네가 아이를 키우면 어떻게 남편감을 구하겠니? 어떻게 가정교사나 학교 선생이나 수녀의 친구가 될 수 있겠어?"

그 오후, 그림자가 길어지고 긴 창이 난 방으로 더 큰 파도 소리가 들어올 때 피에르의 편지가 도착했다. 편지에서 그는 제안을 했다. 그와 약혼녀가 수재너를 입양해 친자식으로 프랑스에서 양육하겠다고. 관대한 제안이었고 아버지는 고려하라고 채근했다. 그 순간 내 자식을 영원히 잃을 수 있음을 알았다. 메리와 앤터니에게 편지를 써서, 수재너를 받아달라고 애원했다. 곧 메리의 답장이 왔다. 수재너를 받아들이겠지만 한 가지 조건이 있다고 했다. 수재너를 온전히 그녀의 아이로 키울 수 있어야 된다고. 내가 친권 전부를 포기할 경우에만. 영원히.

수재너는 고작 한 달간 내 아기였다. 그 기간에 난 딸을 사랑했던가? 그 한 달과 메리의 딸이었던 수년을 비교할 수 있을까? 수재너를 내주면서 느낀 비애감이 기억난다. 1주일 동안 시달렸다. 내 팔은 텅 비었고 젖가슴은 욱신거리며 아픔이 쿡쿡 찔러댔다. 줄줄 새는 젖은 상처 같았다. 결국 마담 르 뵈이 차가운 양배추 잎과 무명 조각으로 가슴을 동여매주었다. 밤낮없이 시를 썼다. 하지만 어느 화창한 아침, 소나무와 자작나무 숲을 거닐었다. 디기탈리스와 야생 클레마티스와 들장미가 땅을 뚫고 올라왔다. 새소리가 허공을 흔들었다. 칼새 떼가 하늘에 떠 있었다. 그 순간 시집을 출간해야 된다는 걸 알았다. 비극적인 시들뿐 아니라 인생을 찬미하고 고독의 기쁨과 웅장한 자연을 노래하는 시들도 담겨야 했다. 서둘러 영국으로 돌아와 작업을 시작해서, 인쇄업자들과 필경사들을 구했다. 새로운 시를 쓰고 예전 시들을 편집했다. 피에르는 까맣게 잊었다. 수재너조차 희미한 기억으로 흐려졌다. 한참 후 아기 얼굴을 회상하려고, 힘차게 울던 소리를 떠올리려고, 말랑한 흰 피부를 기억해내려고 안간힘을 썼다.

모든 기억이 밀려드는 와중에 감자를 썰고 냄비에 물을 퍼붓는
다. 냄비를 스토브에 올리고 끓을 정도로 불이 세기를 기도한다. 감
자가 익는 동안 어슴푸레한 빛 속에서 밀가루의 무게를 재고, 식품
실에서 이스트를 찾는다. 바닥에서 반듯이 누워 자는 사람─심부름
하는 하녀?─을 깨우지 않으려고 극도로 조심한다. 생각이 수재너
에게 돌아간다. 뭐가 아이에게 적합할까? 가족에게서 떼어내는 것?
본래 가정?

밀가루를 그릇에 담는데 딱정벌레 덫이 열렸다 닫힌다. 벌레가
줄줄이 빨려 들어가는 듯, 한 번이 아니라 여러 번 딸깍댄다. 이스트
의 무게를 가늠하고 감자를 찔러본다. 얼마나 빨리 뭉개지는가로 적
당히 물렀는지를 가늠할 수 있다. 감자롤빵에 딱 맞는 정도라고 생
각한다. 그제야 앤이 떠오른다. 어머니가 아주 뜨거운 감자를 굵은
체에 걸러 빵을 만들었다고 말한 사람은 앤이었다.

수재너가 내게 온다면 앤은 어떻게 될까? 수재너가 내게 온다면,
진정한 독립에 필요한 돈을 어떻게 만들까? '그 아이'의 독립을 보
장할 재원을? 수재너가 내게 온다면 난 어떻게 요리책을, 희곡을 완
성할까?

감자의 물기를 빼는 사이 어려운 문제들이 단순한 질문으로 정리
된다. 내가 딸을 위해 가장 원하는 게 뭔가? 그리고 연기와 희미한
빛 사이로 답이 떠오른다. 확실하고 명료하게.

54
앤

훈연한 오소리 궁둥이살

목사관을 나와 보다이크 하우스로 돌아간다. 해티는 내 시무룩한
얼굴을 보더니 아주 꼭 끌어안는다.

"아침 일찍 아버지에게 가봐. 네 일은 내가 하면 되고, 마님께 말
씀드릴게. 미스 일라이저는 아직 돌아오지 않아."

그녀가 말한다.

그날 밤 해티가 촛불을 끄자 나는 사정을 다 털어놓는다.

그녀가 담담하게 말한다.

"소프 목사가 그 일을 감당해주다니 네가 운 좋은 거야. 적어도 네
어머니는 신성한 땅에 묻히신걸. 가난한 정신병자들이 석회 갱에 던
져진다는 소문을 들었거든. 무덤도 없고 관조차 없이 말이야. 그저
수의에 둘둘 말아서 구덩이에 던진다고 하더라고."

그 말에 놀라서 슬픔이 싹 달아난다. 소프 부인에게 들은 엄마의 장례 비용이 머릿속으로 날아든다. 관값 7실링. 소프 목사는 왜 그걸 감당하려 할까? 이불을 젖히고 일어나 앉는다. 팔의 털이 죄다 곤두선다. 입이 톱밥처럼 깔깔하다. 너무 깔깔해서 말을 하려니 끽끽대는 쉰소리가 나온다.

"확실해요, 해티?"

"아, 그럼. 구빈원에 사는 극빈자들도 똑같이 처리된대. 다만 심장이 난도질당하지. 미치광이들의 경우는 골통이고. 호두처럼 쫙 쪼갠대. 그런 후 땅에 제대로 묻을 수 있겠어? 그러니 구덩이에 던지는 거지."

난 대꾸하지 않는다. 사방에서 어둠이 끓어올라 그녀가 재잘대는 소리를 덮어서 온통 흐릿해진다. 생각할 수 있는 것은 소프 목사뿐이다. 그가 급히 요양원을 찾아가고, 엄마의 시신을 가장 가까운 교회 묘지로 옮기고, 관값을 치르고, 한마디도 말하지 않고.

"게다가 넌 한 푼도 안 내도 됐어. 그러니 소프 목사가 너한테 은혜를 베푼 셈이지. 아무튼 그리 멀지도 않잖아? 내가 같이 갈게. 묘에 봄 제비꽃을 심으면 거기서 가장 예쁜 묘가 될 거야. 그리고 네가 묘비를 세울 돈을 모으면 되지."

"하지만 왜 목사가 우리를 위해 그 일을 떠안았을까요? 우릴 미워하는데."

"왜냐면 그는 목회자고 하느님이 그에게 말하셨을 거야."

나는 차가운 이불보를 머리 위로 올리고 눈을 감는다. 뭔가 미심쩍다, 너무 수상하다. 요양원에 갈 때마다 얼마나 섬뜩하게 조용했던

가. 다른 면회객도, 교구 관리자도, 장의차나 마차도 보이지 않았다. 물론 상인들이 언뜻 보였지만, 그들은 방앗간 주인처럼 늘 뒤편으로 사라졌다. 그런데 소프 목사가 거기 다녀갔다. 나보다 며칠 전에.

이튿날 새벽에 일어나 길을 나선다. 스토브를 검게 칠하고 물을 펌프질하고, 석탄 양동이를 채우고 불을 지피는 일은 해티에게 맡긴다. 아버지는 오두막에 있다. 흐릿한 12월의 햇볕에 말리려고 새 두더지 가죽을 걸고 있다. 그가 목발을 잡으려 하지만, 난 손을 들고 그대로 있으시라고 말한다. 그런 다음 아버지 곁에 쭈그려 앉아 울기 시작한다. 온몸을 흔들며 통곡한다.

아버지가 말한다.

"네 어머니는 천국에 있다. 그 사람에게 더 잘되었지. 게다가 소프 목사가 때맞춰 거기 가서 제대로 묻어줄 수 있었어. 이제 하느님의 품 안에 있지."

"왜 여기 묻히시면 안 되는데요? 우리가 찾아갈 수 있을 만큼 가까이……."

내가 흐느낀다.

아버지가 고개를 젓는다.

"소프 부인이 네 어머니가 가까이 있는 걸 꺼렸거든. 또 시신을 여기로 가져오려면 비용이 더 들고. 목사에게 그런 청까지 할 순 없더구나. 중요한 것은 기독교식으로 장례했다는 거지, 앤."

내가 고개를 끄덕인다. 목구멍에서 울음이 잦아든다.

"장례식을 했대도 썰렁하고 침울했을 게다. 목사에게 맡기는 게 최고야."

404

아버지가 내 손을 잡더니, 가지런히 놓인 가죽들로 고개를 돌린다. 그가 말을 잇는다.

"집에 돌아올래, 앤? 내가 두더지 가죽으로 몇 푼 벌고 목사님이 주방에서 남은 뼈와 장어 가죽을 주시거든. 장어를 아주 좋아하는 모양인데 가죽은 쓰지 않나 봐. 바싹 마른 장어 가죽은 무릎이 아픈 신사들에게 양말대님으로 딱 좋은데 말이지. 우리 둘이 입에 풀칠할 수 있어."

난 길쭉한 허연 발톱이 달린 회색 가죽들을 빤히 본다. 그것들은 작은 나무말뚝으로 땅에 단단히 고정되어 있다. 집에 돌아와 아버지를 보살펴야 된다는 걸 안다. 하지만 그 생각을 하니, 뭔가가 배 속을 세게 당겨서 허파에서 공기가 빠진다. 눈물을 훔치면서 엄마를, 엄마가 내게 글을 가르치면서 보낸 시간을 떠올린다. 엄마는 내가 '입에 풀칠'이나 하라고 글을 가르쳤을까? 빛나는 하얀 주방에서 일하는 잭을, 몸을 굽히고 깃펜을 놀리는 미스 일라이저를 떠올린다. 시장에 나가 손수레에서 아버지가 만든 끈적이는 초와 말라빠진 두더지 가죽을 파는 나를 상상한다. 이게 엄마가 내게 바란 삶은 아닐 것이다.

아버지가 주방 쪽으로 고개를 끄덕인다.

"냄새가 나니?"

허공에 대고 킁킁대니 고기, 나무, 연기가 섞인 냄새가 코로 들어온다.

"저기서 음식을 만드는 중이에요?"

"굴뚝에서 오소리 궁둥이살을 훈연하고 있다. 목사가 정원에 덫을 놓으라고 허락했거든. 집에 오면 배를 곯지 않을 게다, 앤."

소프 목사와 관련된 얘기들이 혼란과 불안감을 일으킨다. 아버지가 말하지 않은 게 있다는 느낌이 든다.

"왜 목사님이 엄마를 묻어준 거예요? 왜 그 일을 우리한테 넘기지 않았을까요? 아니면 요양원에?"

아버지는 볼 안쪽을 쭉쭉 빨 뿐 한동안 아무 말도 하지 않는다. 흙바닥의 한기와 습기가 치마와 속치마 사이로 들어와 살갗으로 퍼지더니 뼛속까지 파고든다.

"소프 목사님이 교구 신도 누구에게나 그렇게 해주나요?"

혼란스럽다. 다들 목사님이 참 좋은 사람이라고 말해도, 난 그의 소소한 비열한 행위들을 잊지 못한다.

마침내 아버지가 입을 연다. 그가 말한다.

"아니. 아니, 그렇지 않지."

"그러면 우리한테 왜요?"

아버지는 땅에 박힌 두더지 가죽을 무심코 쓰다듬으면서 볼 안쪽을 뺀다.

"비밀을 지켜야 한다, 앤. 약속하겠니?"

무척 당황하면서 고개를 끄덕인다. 차고 축축한 옷 안쪽이 뜨거워진다. 어디선지 모르게 열이 나서 살갗이 후끈대고 얼굴이 달아오른다. 그래서 숄을 벗고 조끼를 느슨하게 해야 된다.

"소프 목사와 네 어머니는 사촌지간이었어. 우린 아무에게도 말하지 않기로 맹세했지."

내 눈이 왕방울만해진다. 믿을 수가 없다.

"그래서 그가 책임을 느끼지. 그리 크게는 아니고 조금. 그의 아내는 정신병이 핏줄에 흐른다고 믿지. 그걸로 남편을 들볶지만, 돈을 가진 사람은 부인이거든. 목사가 아니라."

"그러니까 목사님이 저랑 친척이라고요?"

"우리가 그들의 체면을 깎지 않으면 - 술이나 정신병이나 범죄로 - 도움을 받을 거야. 하지만 가족 관계에 대해서는 함구해야 해. 그들은 네 엄마가 신분 낮은 사내랑 결혼해서 망신당했지만, 지금은 내 외다리랑 우리가 가난뱅이라서 창피해하지. 하지만 가장 꺼리는 건 정신병이야. 알아들었니, 앤?"

고개를 끄덕이고 일어선다. 오두막에서 나는 훈제 고기 냄새를 맡자 허기가 느껴진다. 그 순간 불쑥 내 미래가 유리처럼 아주 투명하게 떠오른다. 미스 일라이저가, 그녀가 늘 단호하게 말하는 태도가 생각난다. 강단 있고 분명한 그녀의 말투를 흉내 내려 애쓴다.

"여기서 입에 풀칠만 하고 살 순 없어요, 아버지. 엄마는 그런 인생을 바라지 않으셨을 거예요. 저도 마찬가지고요. 그 이상을 원해요. 요리사가 되고 싶어요. 미스 일라이저가 요리책을 완성하게 돕고 싶어요."

내게 남은 시간이 얼마나 될지 신만 안다고 속으로 중얼댄다. 신만 나를 정신병에서 구제할 수 있다.

아버지를 부축해 일으켜서 목발을 잘 짚도록 해드리고 집으로 향한다.

"목사님에게 아버지를 다시 써달라고 우겨야겠어요. 그가 우리에게 해줄 수 있는 아주 작은 일이잖아요."

아버지 곁에서 걷자니 내 키가 커지고 몸이 꼿꼿해진 느낌이다.
내 안의 뭔가가 자라기라도 한 것 같다.

"오소리 햄을 조금 가져가지 않겠니, 앤?"

"그럴게요. 하지만 곧장 소프 목사님을 찾아갈 거예요."

내가 말한다. 그렇게 단호하고 확고한 말투는 생전 처음이다.

55
일라이저

초콜릿 아몬드, 생강사탕, 버들가지에 끼운 궁전의 봉봉

오븐에서 감자롤빵이 담긴 철판을 당겨서 표면이 충분히 바삭하고 갈색이 나는지 보려는데, 주방 하녀가 앞치마의 리본을 묶으면서 나타난다. 그녀는 놀라서 비명을 지른다. 벽난로 선반 위의 시계는 아직 6시 전이고, 아주 가느다란 희미한 불빛만 나를 비추어서다.

내가 하녀에게 말한다.

"나야, 미스 액턴. 내가 불을 피웠으니 네 일이 하나 줄었네."

그녀는 어리둥절하고 아직 잠이 덜 깨서 롤빵을 쳐다본다.

내가 설명한다.

"감자롤빵이야. 다른 빵보다 촉촉함이 오래가고 풍미가 뛰어나지 식힐 맛이 있니?"

하녀는 외국어라도 들은 듯이 빤히 쳐다본다. 잠시 후 그녀가 정신을 차리고 벽에 붙은 찬장에서 식힘 망을 꺼낸다. 그리고 눈을 깜빡이면서 말한다.

"죄송해요, 아씨. 메리 마님만 아주 드물게 주방에 오시거든요. 저는 아씨가 도둑인 줄 알았어요."

"그건 확실히 아니지."

내가 얼른 대꾸한다. 롤빵을 아주 신선한 가염버터를 곁들여 따뜻하게 식탁에 내라고 지시한다. 그런 다음 수재너에게 주려고 가져온 초상화를 챙기러 방으로 돌아간다. 삶은 감자를 체에 내려 밀가루에 섞고, 반죽을 밀어 사각형으로 자르는 사이 정신이 명료하고 예리해졌다. 이제 계획이 생겼으니 실행해야 한다.

트렁크에서 초상화를, 가방에서 편지 지갑을 꺼낸다. 지갑에서 시를 찾아낸다. 메리가 수재너를 데려간 후, 내가 아기에게 쓴 시다. 다시 시를 읽으니 사무치는 내용이란 생각이 들지만, 한편 모르는 사람이 쓴 시처럼 멀게 느껴지기도 한다. '물망초forget-me-not'(꽃말은 '나를 잊지 말아요'다 - 옮긴이)라는 단어가 반복된다. 얼마나 창의력이 부족해 보이는지. 얼마나 진부한지.

시를 단단히 말아서 말린 초상화 안에 넣다가 멈추고, 다시 펼쳐서 윤곽선을 그린 펜화를 살펴본다. 초상화의 주인공 역시 타인 같다. 아무리 새 잉크로 그렸다지만. 이제 내가 아니란 생각이 든다. 마찬가지로 수재너는 내 아이가 아니다. 너무 많은 것들이 흘러가버렸다. 세월과 키운 정이라는 유대감이 떠받치지 않는데 어떻게 모녀가 될 수 있을까?

앤터니가 수재너를 돌려주겠다고 제안했을 때 메리가 어떤 표정을 지었는지 기억난다. 입술이 파르르 떨리고 눈에서 얼핏 빛이 사라졌다. 안방에서 들린 흐느낌도 기억난다. 메리가 아이들의 식탁을 살피면서 – 아이들의 태도와 문법을 고쳐주고, 칼라와 소맷부리를 바로잡아주었다 – 다른 이야기는 거의 못하던 게 떠오른다. 나라면 그럴 수 있었을까? 내가 그렇게 되고 싶은가? 다시 초상화를 보면서 눈매에서 예전 모습의 흔적을 찾아본다. 내가 메리 같을 수 있었을까? 지금의 그녀처럼 행복한 어머니가 될 수 있었을까? 떠들썩한 한 무리의 아이들과 있는 나를 그려보려 애쓰지만, 마음의 눈에 보이는 것은 수채화일 뿐이다. 색이 번지고 흐려져서 오래가지 않으리라. '혹시 유화를 그린다면'이라고 속으로 중얼댄다. 그래도 물감이 갈라지고 떨어져서 오래가지 않겠지. 돌돌 만 – 안심시키듯 단단하고 말끔하게 – 시가 든 초상화 말이를 쳐다보면서 예전의 나에게 말을 건다. '어쩌면 넌 어머니가 될 운명이 아니었어. 어쩌면 너는 다르게, 다른 사람이 될 운명이었어.'

메리가 깨기를 기다리면서, 잉크와 깃펜을 챙겨 감자롤빵을 구우면서 관찰한 내용을 기록한다. 밀로 만드는 빵보다 소금을 더 넣어야 된다. 그리고 물은 덜 넣어야 된다. 제대로 익히려면 불이 약해야 된다. 펜대를 놀리면서 마지막 관찰 내용을 적는다. 감자는 최고 품질, 최상급이어야 된다. 기록을 마친 후 백지를 꺼내 유서의 항목들을 적기 시작한다. 수재녀가 생모와 못 살더라도 자립할 수 있게, 선택할 수 있게 해줄 작정이다. 선택권이 없으면 우린 아무것도 아니니까.

이후 유언에 들어갈 내용을 다 적고 메리를 찾으러 간다. 동생은 아이 방에서 보모에게 아이들에게 입힐 옷들을 지시하고 있다. 이미 방은 아수라장이다. 사내애들은 싸우고 여자애들은 머리 리본 때문에 다툰다. 아기가 울고 뮤직박스(음악이 자동으로 연주되는 기계 - 옮긴이) 세 대가 돌아가고, 메리는 큰 소리로 옷차림에 대해 지시한다. 나는 물러나 복도에서 초조하게 기다린다. 이제 마음을 정했으니 가능한 빨리 보다이크 하우스로 돌아가고 싶다. 거기 앤이 있다는 생각을 한다. 주방은 조용하고 부지런하게, 체계적으로 돌아갈 것이다. 나는 거침없이 일에 매진할 수 있을 것이다.

앤을 생각하자 불쑥 선물을 갖다주고 싶어진다. 고급스럽고 맛있는 음식으로. 초콜릿 아몬드, 생강사탕, 보리엿…… 예쁜 주머니에 담아 새틴 리본을 묶어서……. 인근에 과자점이 있느냐고 메리에게 물어보자고 기억해둔다. 하지만 과자류에 대한 아이디어들이 머릿속을 헤집으면서 그런 생각일랑 사라진다. 책에 과자류 부분을 넣어야 된다고 생각한다. 프랑스에서 먹은 것처럼 피스타치오, 아몬드, 개암 열매를 뿌린 누가. 설탕 절임한 귤을 버들가지에 끼운 궁전의 봉봉(사탕과자 - 옮긴이). 갓 피어난 꽃송이로 만든 오렌지 꽃 사탕. 앤이 떠오르자마자 아이디어와 영감이 솟구치니 이상하기도 하지. 그때 수재녀보다 앤이 딸 같다는 생각이 스친다.

메리가 숨을 몰아쉬며 부산스럽게 아이 방에서 나온다.

"아침에 애들이 얼마나 원기 왕성한지!"

그녀는 웃으면서, 북적대는 아이 방이 더웠던 것처럼 손으로 얼굴에 부채질을 한다. 그러더니 낙심한 표정을 짓는다. 메리가 다시 말한다.

"우린 수재너가 무척 그리울 거야. 다들 수재너를 무척 사랑하거든."

그녀가 고개를 돌리고 더듬더듬 손수건을 찾는다. 그러더니 손수건으로 입을 막기라도 한 것처럼 낮고 이지러진 목소리로 중얼댄다.

"하지만 그이 말이 옳고 우리가 영원히 수재너를 키울 수는 없지. 언니가 남편 없이 살기로 선택했기 때문이 아니고, 아이가 조카나 주방 하녀로 위장해서 언니랑 살 수 있어서도 아니야."

내가 동생의 팔에 손을 얹고 말한다.

"메리, 난 수재너가 계속 너희랑 지내는 게 낫다고 결정했어. 형편이 되는 대로 용돈을 보낼게."

나는 머뭇대고, 메리의 목에서 억눌린 숨소리가 새어 나온다. 재빨리 요령 있게 요점만 말한다.

"유서에 나의 모든 것을 수재너에게 남겨서, 앤터니에게 재정적인 부담을 지우지 않을 거야. 수재너의 배필을 물색하기도 어렵지 않겠지. 다만 한 가지……."

어리둥절한 메리의 뺨에 눈물이 주르르 흐른다.

"하, 하지만 수재너는 언니 딸인데……."

그녀는 안도와 충격과 당황이 섞여 말을 더듬는다. 내 결정이 내심 기쁘면서도 이해할 수 없는 듯하다.

"한 가지 청이 있어. 수재너에게 주고 싶어서 작은 초상화를 가져왔어. 어떻게 설명할지는 네 지혜에 맡길게."

"수재너가 추문에 휘말리면 안 되지."

메리가 손수건에 대고 훌쩍인다.

내가 동의한다.

"그렇지. 나는 죄를 지었을지 몰라도…… 저주는 제 머리에 내리기를. 아, 아이의 머리에 내리지 않기를."

메리가 머리를 든다. 눈이 빨갛고 촉촉하다.

"정말 아름답게 말했어, 언니."

난 떨리는 목소리로 설명한다.

"미스 랜던의 시를 읊은 거야. 남자들이 자기 아내가 미스 랜던을 집에 초대하는 걸 막았다고 들었어. 난 수재녀가 그런 운명을 겪는 걸 바라지 않아."

메리가 갑자기 명랑하고 단호한 목소리로 말한다.

"언니도 마찬가지고. 추문과 망신은 모두에게 해를 끼치니까."

건성으로 고개를 끄덕인다. 팔자 센 박복한 어미보다 '이모'로서 해줄 수 있는 게 더 많을 것 같다. 하지만…….

메리가 조금 만족한 듯이 손뼉을 치면서 말한다.

"가서 앤터니에게 알려야겠어. 그이도 기뻐할 거야. 그런 후에 요리사랑 얘기를 해야 해. 요리사가 무척 화나서 경고라도 할 태세거든. 자기가 깨기 전에 내가 본분을 망각하고 주방을 썼다고 오해해."

메리는 터무니없다는 듯 깔깔댄다. 하지만 내가 주방 '침범죄'를 털어놓을 새도 없이, 그녀는 서둘러 계단으로 향하며 허공에 대고 지시한다.

"해먼드, 아직 옷을 안 입었니? 앤터니, 어디 있어요? 베시, 요리사에게 내가 간다고 전해……. 그리고 누가 개를 밖에 내놓을래?"

활기 넘치는 메리를 보니, 수재녀가 깊이 사랑받아서 기쁘다. 하

414

지만 '추문'과 '망신'이란 말이 마음에 걸린다. 거기에는 최후통첩이 담겨 있다는 생각이 든다. 요리책을 수재녀에게 헌정하려는 꿈은 엉뚱한 바보짓이라는 명료한 지적. 짐을 꾸리러 방으로 돌아가면서, 새로운 헌정 대상이 필요하다고 생각한다. 머릿속에 이런저런 말이 빙빙 돈다. 미시즈 허먼스에게서 한 줄 가져올까? 미스 랜던을 추모하면서 헌정해야 될까? 어머니가 헌정받고 싶을 게 뻔한데…… 감사의 뜻으로 메리에게 바칠까? 아니면 나를 교육시켜주고 아직도 도피 중인 아버지에게?

고개를 저으면서 이런 맴도는 생각들을 지우려고 애쓴다. 설탕 입힌 과일들과 캐러멜을 생각하는 편이 낫다. 하지만 마차가 콜체스터를 향해 달리고, 이후 다른 마차가 톤브리지를 향해 덜컹댈 때 마음에서 수재녀가 떠나지 않는다. 아이에게 상당한 것을 물려주겠노라 다짐한다. 돈이나 혹은…… 여정이 끝나고 나서야 깨닫는다. 앤에게 초콜릿 아몬드나 생강사탕을 선물하려 했는데, 계획을 까맣게 잊고 빈손으로 집에 돌아왔다.

56
일라이저

여왕님의 푸딩

요리책을 수재녀에게 헌정하는 생각을 떨칠 수가 없다. 보다이크 하우스에 돌아와 『가정 요리』를 꺼낸다. '저자의 친딸'을 위해 집필했다는 소개가 당당하게 적혀 있다. 그 문구를 다시 읽으니 아릿한 질투가 샘솟는다. 하지만 그때 권두 삽화와 아래의 '어느 숙녀 지음'이라는 대목이 눈에 들어온다. 다른 가능성이 머리를 스친다. 익명으로 – 미지의 이름 없는 '숙녀' – 출판하면 문제없이 수재녀에게 헌정할 수 있다. 장차 수익금과 함께 딸에게 주는 선물이 될 것이다.

이런 궁리를 하는데, 그 페이지의 맨 아래에 적힌 문구가 눈에 띈다. 이전에는 못 보고 넘어간 대목이다.

60쇄

갑자기 익명으로 출간하려는 마음이 가신다. 수재녀를 위해서라고 해도 마찬가지다. 마음의 눈에 속지와 책등에 내 이름이 박힌 책이 - 60쇄를 찍은 - 보인다. 이 이미지가 나를 떨게 한다, 심지어 키가 커지고, 약한 마음이 강해진 것 같다. 변덕스런 운명에 휘둘려 살아왔어도, 내 책이 60쇄를 찍는다면 수재녀는 거액을 상속받을 것이다. 신사나 부유한 미망인처럼 자유롭게 살 수 있다. 손바닥에 『가정 요리』를 올리고, 내 책이 손에서 손으로 건네지는 상상을 한다. 어머니에게서 딸에게, 이웃에게서 자매에게, 친구에게서 친구로. 한 가지는 확실하다. 레시피들이 말을 한다는 점. 거기에는 나름의 언어가 담겨 있다. 그리고 익명으로 남는 것은 겁쟁이나 하는 짓이다. 이름을 지우는 것은, 신세대 가정 관리자에게 꼭 필요한 확신을 지우는 일이다. 선반에 꽂힌 요리책들을 바라본다. 카렘의 『왕실 파티시에 Patissier Royal』, 라팔드의 『요리 Cookery』, 글라세의 『요리의 기술 Art of Cookery』, 클레르몽의 『요리 Cookery』. 금박 글자로 당당하게 번쩍이는 각각의 이름. 내게 그 저자들은 지침을 줄 뿐 아니라 우정을 나누는 동반자들과 같다. 재료가 잘못 계량되고 글이 허접해서 나를 화나게 했지만. 이들은 외로움을 덜어주었고 내 주방이 동료로 북적이게 해주었다. 미시즈 런델의 책을 돌려서 이름 없는 책등을 살펴본다. 이름 없는 동반자는 없기에 고개를 젓는다. 대체 어떤 여자가 익명으로 우정을 유지할까?

문이 덜컥대며 열리고 앤이 나타난다. 평소와 달리 민첩하고 밝은 몸짓이어서, '60쇄' 생각이 저만치 물러간다.

앤은 여행과 동생 가족의 안부를 묻더니 말한다.

417

"오늘 저희가 무척 바쁠까요, 미스 일라이저?"

금 접시라도 삼킨 사람처럼 반짝반짝 빛나는 목소리다. 한순간 복잡하지 않은 그녀의 삶이 부럽다. 물론 앤은 춥고 배고프게 살아왔다. 하지만 자신의 야망과 씨름하거나, 무언의 의무에 짓눌린 노처녀의 고초를 느끼지 않아도 된다. 비난하는 비수 같은 말을 경험하지 않아도 되고. 그저 '살기만' 하면 된다.

앤이 내 부러움의 눈길에서 질투라도 읽은 듯 쳐다보더니 말한다.

"아니면 오늘은 희곡을 쓰실 건가요?"

예상치 않은 말이 멋대로 입에서 나온다.

"레이디 몬테피오레를 방문할까 해. 내 희곡을 읽고 싶다고 하고, 난 그녀의 연극계 친구인 미스 켈리를 만나고 싶거든."

갑자기 희곡을 탈고해 런던에서 공연되는 걸 보고 싶은 조급증이 밀려든다. 내가 쓴 대사들이 극장 벽에 메아리치는 걸 보고 싶다. 동시에 요리책이 부르는 소리가 들린다. 사방의 주방에서 요리되고 싶어 안달하는 수백 개의 레시피가 머릿속에서 웅웅댄다.

"시간이 너무 부족해."

내가 앤이 못 들을 정도로 작게 중얼댄다.

앤이 앞치마 끈을 꽉 매면서 말한다.

"여행 가신 동안 새 음식을 만들어봤어요. 푸딩이에요. 우유, 크림, 바닐라, 달걀, 설탕으로요."

"그래, 커스터드네. 잘 굳었어?"

내가 중얼댄다. 앤의 경쾌한 말투가, 그 '확실성'이 좀 어리둥절하다.

앤은 내 질문을 무시하고, 매자나무 가지로 푸딩을 장식했다고 말한다. 푸딩을 보겠느냐고 묻는다. 그러더니 내가 대답할 새도 없이 조르르 식품실로 달려가, 한 팔에 깨끗한 푸딩 보(푸딩을 싸서 찌는 천 – 옮긴이)를 걸치고 접시를 들고 돌아온다. 내 가장 좋은 접시 위에서 중추의 만월처럼 크고 여린 색 커스터드가 흔들린다. 표면에서 매자나무 가지가 석류석처럼 반짝인다. 순간적으로 말이 나오지 않는다. 앤의 작품은 – 작품이라 할 만하다 – 그린 듯이 완벽하다.

그녀가 달걀 수저를 내밀고 접시를 흔든다.

"드셔보세요, 미스 일라이저. 먼저 맛보시라고 간수해두었어요."

수저를 커스터드의 쭈글쭈글한 껍질에 넣어 푸딩을 떠서, 궁금해서 얼른 입술로 가져간다. 온몸에 퍼지는 평온이 느껴진다. 헌정에 대한 고민, 머릿속에 둥지를 틀고 숨어서 비난하는 목소리가 다 빠져나간다. 그리고 크림과 바닐라만 있다. 이 대단한 푸딩은 앤의 작품이지만, 앤은 일부 나의 작품이고 나도 일부 그녀의 작품이라는 생각이 스친다. 요리와 시식은 나름의 무대를 제공하고, 이 순간 우린 그 위에서 공연한다.

"이름을 정했어?"

푸딩을 고개로 가리키며 묻는다. 앤이 장식으로 매자나무 가지를 고른 데 재차 감탄하면서 덧붙여 말한다.

"매자나무 커스터드는 어때?"

앤이 빙그레 웃는다. 나보다는 자신에게 짓는 미소다.

"저는 '여왕님의 푸딩'이라고 지었는데요."

"빅토리아 여왕을 위해서구나."

내가 흡족해서 고개를 끄덕인다.

앤이 대답한다.

"그게 아닌데요. 돌아가셔서 저도 모르게 묻힌 엄마를 위해서요."

난 달걀 수저를 떨어뜨린다. 왜 앤은 어머니가 세상을 떠났다고 말하지 않았을까? 당황스럽고 속상하지만, 앤은 그저 푸딩 보로 눈물을 훔치다가 커스터드로 눈을 돌려 매자나무 가지를 찌른다.

"엄마 이야기는 하고 싶지 않아요. 또 커스터드의 이름은 아씨를 위해 붙이기도 했고요, 미스 일라이저. 지금은 아씨가 제 여왕이시거든요."

목구멍에서 뭔가 덩어리진다. 하지만 그때 앤이 다시 입을 열고, 그녀의 말이 날 멍하게 만든다.

"제게 새로 부자 친척이 생겼는데, 그분은 비밀이라서 아무 말도 할 수가 없어요!"

앤을 빤히 바라보자니 궁금하다. 이 아이가 열병에 걸렸나? 모친의 죽음이 뇌에 불길을 일으켰나? 하지만 다시 힐끗 본 푸딩은 그럴 리 없다고 말해준다. 내면의 가장자리에서 공포가 떠올라 혈관을 따라 흐르면서, 놀람과 혼란과 서운함을 지운다. 나를 자기 '여왕'으로 부르는 말을 들은 기쁨도 지운다.

"부자 친척?"

바보처럼 되묻는다. 하지만 마음이 끓어오른다. 앤은 보다이크 하우스를 떠나 '부자 친척'과 살러 갈까? 홀몸이 된 아버지를 보살피러? 아니면 오빠가 있는 무슈 스와예의 유명한 주방에 합류할까? 말투가 명랑할 만도 하네! 전에 없이 발걸음이 힘찰 만도 해!

앤이 창문으로 눈을 돌리면서 대답한다.

"네. 더는 말씀드릴 수 없지만, 그게 저를…… 더 대담해지게 만들었어요. 아버지가 일자리를 되찾은 것과 제가 푸딩을 만들고 제목을 붙인 것도요."

그녀의 시선이 다시 내게 돌아오고, 눈빛에 평소의 수줍음이 없다. 앤이 말을 잇는다.

"감사드려야겠어요, 미스 일라이저. 아씨가……."

그녀가 뜸을 들이고, 적절한 표현을 찾느라 입술을 달싹인다.

"너를 대담하게 만들어서?"

"그 이상이죠……. 저를 키워주셨어요."

앤은 적절한 어휘가 마음에 드는 것처럼 턱을 치켜든다. 그러고 나서 입을 다물고, 난 그녀가 떠나고 싶다고 말하기를 기다린다. 하지만 앤은 몸을 돌려 부지런히 여왕님의 푸딩을 다시 식품실로 가져간다. 혼자 남은 나는 그녀의 새로 생긴 대담성에 대해 궁리한다. 그게 그 아이를 내게서 데려갈까? 대담한 두 요리사가 일하기에 내 주방이 너무 답답할까?

너무 많은 혼란과 의구심 때문에 머리가 답답하게 느껴진다. 그래서 미시즈 런렐의 요리책으로 눈을 돌리자, 생각이 내 요리책과 헌정 문제로 되돌아간다. 책등의 버터 묻은 손자국을 닦고 밀가루 얼룩을 털어낸다. 그러는 사이 이름 하나가 눈앞에 번뜩인다. 앤! 내 책을 - 우리 책을 - 앤에게 헌정하고 싶다……. 하지만 아니, 그리되지 않을 것이다. 어느 작가도 하인에게 책을 헌정한 바 없고 어머니가 격노하리라. 앤과 수재녀를 포함하는, 주방 친구가 필요한 누구에게나 말을 거는 헌정 대상을 찾아야 한다. 주방에서 추방된 이들…… 부자와 빈자, 기혼자와 미혼자, 유대인과 이교도를 아우르는 상대를. 머릿속에서 말들이 오려지고 접히기 시작한다. 명확하고 단순한, 핵심적인 어휘들이 필요하다. 내 레시피들 같은. 나 같은…….

눈을 감는다. 불꽃이 천 개의 숨을 내뿜는 소리, 식품실에서 앤이 흥얼대는 소리, 그녀가 병들과 단지들을 배치하느라 덜컥대는 소리가 들린다. 그리고 이 음악으로부터 한 줄의 언어가 머릿속으로 흘러든다. 명확하고 단순한, 완전한 구절. 완벽한 헌사.

영국의 젊은 주부들에게 바칩니다.

이것을 종이에 적어서 희곡 원고 속에 끼운다. 그런 다음 소리 없이 반복한다. '영국의 젊은 주부들에게 바칩니다……. 영국의 젊은 주부들에게 바칩니다.'

마음에 든다. 그렇다, 무척 마음에 든다.

에필로그
1861년
런던 그리니치

앤

　장롱 밑바닥에서 요리책을 꺼낸다. 미스터 휘트마시의 어머니 없는 딸들이 쓰는 여분의 담요를 거기 둔다. 『현대 요리Modern Cookery』. 붉은 포도주색 가죽으로 장정되어 얼마나 견고하고 근사한지. 책등에 글자가 양각으로 새겨지고 가장자리는 바느질되어 있다. 금색으로 박은 그녀의 이름이 반짝반짝 빛난다. 표지를 넘겨 속표지를 펼친다. 절로 미소가 나온다. '모든 부문의 현대 요리 : 개인 가정에서 쉽게 실천할 수 있는 간단한…… 엄격한 시험을 거친 가장 정확한 레시피들…….' 그래, 우리가 얼마나 시험했던가! 목차 페이지를 펼쳐서, 미스터 휘트마시가 '소위' 선물이라고 준 『미시즈 비턴의 가정 관리서』와 나란히 둔다. 그런 다음 양쪽 책의 레시피들을 하나나 비교한다. 오후 5시 무렵, 확인한 레시피가 4분의 1도 안 된다. 하지만 이미 상황이 파악된다. 미시즈 비턴은 적어도 3분의 1은 우리 레시피를 훔쳤다. 똑같은 요리지만 단조롭고 밍밍하게 만들어 제목만 새로 달았다. 재료 목록을 레시피 말미가 아닌 서두에 배치한 것은 영리하다. 하지만 장점은 그게 전부다.

우리 레시피들을 다시 읽으니 혀가 홍얼댄다. 예전에 그랬듯이. 미스터 휘트마시의 집에 와서 '직업상 이유'로 클럽에서만 식사하겠다는 말을 듣기 전처럼. 그의 딸들이 바싹 구운 양고기 커틀릿, 삶은 감자, 단순한 라이스푸딩만 먹기 전처럼. 이 집에 와서 난 낙심했다. 미스터 휘트마시는 내가 그의 셔츠와 딸들의 드레스를 세탁하고 바닥을 닦기를 바랐다. 또 그가 '왕립 그리니치 병원'의 수석 약제사로 일하면서 쓰는 걸레를 삶게 했다. 딱 커틀릿, 감자, 쌀, 우유를 살 돈만 주었다. 한 푼도 더 주지 않았다. 한편 그는 바다거북 수프와 수에트 푸딩 때문에 뱃살이 나오고 물렁해졌다. 클럽에서 '직업상 이유'로 먹어대는 통에.

책들을 한쪽으로 밀어놓고 종이를 꺼내 장볼 목록을 적는다. 내일 진짜 음식을 만들 참이다. 미스 일라이저의 요리를. 그게 아니라면 그는 왜 내게 요리책을 주었을까? 내가 좋아하는 음식들의 재료를 적자니 풍미와 맛이 되살아나서, 혀 밑으로 뻗어가 목구멍 밑에 맛있게 고인다. 잘 손질된 새끼 자고새 한 쌍, 싱싱한 양송이버섯, 포트와인, 고운 소금, 단단한 맛있는 오이, 아주 싱싱한 시금치. 그리고 푸딩은? 그래, 당연하지! 우리가 반복해서 시험한 푸딩이어야 한다. 우아한 절약가의 푸딩. 미스 일라이저가 그 제목을 얼마나 흡족해했나! 그녀가 우아하면서 절약가였으니 적절한 제목이었다. 장볼 목록에 첨가한다. 씨를 뺀 건포도 1파인트, 신선한 우유, 갓 낳은 달걀, 레몬 간 것, 쌈쌀한 아몬드, 라파티아(아몬드 열매로 맛을 낸 과실주 - 옮긴이) 서너 방울.

아무한테도 말하지 않다가 이틀 후, 미스터 휘트마시에게 오늘 저녁 식사는 집에서 하라고 말한다. 그가 당황해서 날 쳐다본다. 난 교태스럽게 목선 안으로 손을 넣으면서 말한다.

"'직업상 이유'로요."

그러고 나서 대담하게 눈을 찡긋한다.

그가 퇴근한 무렵, 딸들은 이미 탄 양고기 커틀릿과 밍밍한 라이스 푸딩을 먹었고, 난 식탁을 제단처럼 꾸며두었다. 가장 좋은 다마스크 식탁보. 가장 좋은 웨지우드(고급 본차이나를 생산하는 영국 브랜드 - 옮긴이) 식기. 가장 좋은 크리스털. 세 갈래진 은도금한 포크. 파리를 쫓으려고 천장에 매단 싱싱한 세이지 다발. 그가 어리둥절해서 조심스레 쿵쿵댄다. 내가 독살하리라 의심하는 듯이. 그러더니 2인분을 차린 식탁을 보고 찡그린다.

"나 혼자 식사하는 게 아닌가?"

"괜찮으시면 제가 같이할게요."

하인이 그런 제안을 하다니 주제넘은 짓이기에 난 얼굴을 붉힌다. 주인과 잠자리를 같이하는 사이라도 그렇다. 내가 말을 잇는다.

"전부 조리해서 따뜻하게 해두었어요. 하지만 원하시면 저는 아래서 먹어도 되는데요?"

세상에, 그 천연피함이라니! 그리도 뻔뻔하고 거방지게 말하긴 처음이다. 미스터 휘트마시가 덥수룩한 눈썹을 치뜨더니 어깨를 들

425

썩인다. 그래서 난 그의 옆에서 등판 높은 의자에 앉아, 냅킨을 펼쳐 무릎을 덮는다. 남편과 식사하는 기혼녀처럼.

식사하면서 - 버섯과 포트와인소스를 곁들인 야생 버섯을 채운 자고새 꼬치구이, 조린 오이와 몰드로 찍어낸 버터를 듬뿍 넣은 시금치 - 그의 집에 오기 전의 삶을 이야기한다. 미스 일라이저 액턴과 10년간 요리책을 만들었다. 그녀는 책에 본인 이름 밑에 내 이름도 넣자고 했다. 하지만 내가 사양했다. 분수에 맞지 않다고 느꼈다. 우리는 그 일로 사이가 틀어졌다. 그녀는 내 입장을 이해하지 못해서 몹시 분개했다. 그러다가 나는 그녀에게 자녀가 있는 걸, 내내도록 내게 숨긴 딸이 있는 걸 알았다. 내가 분개할 차례였다. 그즈음 우리가 군건한 친구라고 생각했으니까.

미스터 휘트마시는 먹고 마시면서 고개를 끄덕인다. 내일 조제할 약들을 생각하는 게 분명하다. 그래서 난 계속 과거사를 조잘댄다. 어리석고 후회되는 이유들 때문에 보다이크 하우스를 떠났다. 미스 일라이저는 내게 남아서 다음 책 작업을 도와달라고 요청했다. 오직 빵만 다루는 책을 만들 계획이었다. 하지만 너무 오래 붙어 지냈고 - 10년간 하루 열다섯 시간씩 나란히 요리했다 - 그 무렵 그녀는 거의 전도사가 되어 있었다. 하루도 배를 곯은 적 없으면서 늘 가난과 불의에 분노했다! 나중에 그녀가 햄스테드에 살면서 빵 요리책을 만들 때, 서명한 '우리 책'을 내게 보냈다. 편지에서 '조카딸'이 돕는다고 말했다. 그때도 '친딸'이라고 밝히지 않았다. 희곡이 큰 성공을 거두었지만, 이제 너무 지쳐서 희곡이나 시를 못 쓰고 정신이 희미해진다고 말했다. 그녀는 간단한 일들도 기억할 수 없다고 했다.

주소를 다 쓰는 걸 잊어서 '런던 햄스테드의 미스 일라이저 액턴'이라고만 적었다. 그러니 어떻게 답장을 보낼까?

미스터 휘트마시는 내 말을 흘려듣는다. 내가 이 질문을 할 때 그는 고개를 끄덕이며 음식을 씹으면서, 먹어본 중 최고의 음식이라고 말한다. 왜 주방의 책임자였다고 말해주지 않았느냐면서.

그가 내 질문을 못 들은 체했듯이, 나도 그의 질문을 못 들은 체하고 할 말을 한다.

"이제 그분은 돌아가셨어요. 정신병이 들이닥쳤을 거예요. 제 엄마도 그렇게 소소한 일들을 잊으면서…… 천천히 퇴보하기 시작하셨거든요. 그걸 알기에 무서워서 미스 일라이저를 생각하거나, 우리 책을 보거나, 요리하고 싶지 않았어요. 그런데 이제……."

말꼬리를 흐린다. 미시즈 비턴이 우리 레시피를 도용한 일이 나에게 인생이 짧다는 걸 상기시켰다고 어떻게 설명할까. 인생은 단 한 번만 오며, 그걸 낚아채어 삼켜야 된다는 걸 새삼 알았다고. 인생을 낭비하고 썩게 방치하면 안 된다는 것을 깨달았다고.

그가 한쪽 눈썹을 치뜨더니 자고새 뼈를 입에 대고 쪽쪽 빤다.

"클럽보다 낫네, 훨씬 나은걸. 그런데 내내도록 바닥만 닦아댔군, 나의 앤……."

"바닥을 닦고 따님들의 양고기 커틀릿을 타도록 굽는 게 싫증났어요."

포크와 나이프를 내려놓는다. 그리고 말을 이어간다.

"당신의 요리사가 되고 싶어요. 당신의 신사 친구분들을 여기서 대접할 수 있어요. 미시즈 비턴은 집에서 식사하는 게 고상한 사교계에서 무척 세련된 일이라고 말하던데요."

'미시즈 비턴'이라고 말하면서 침을 뱉을 뻔한다. 뻔뻔한 여자!

"안주인 역할을 하는 아내가 있는 가정에서나 그렇지."

미스터 휘트마시가 무뚝뚝하게 대꾸한다. '나의 앤'이라고도 않고…… 그가 한마디 덧붙인다.

"아내가 없는데 어떻게 의사 부인들을 초대하겠나."

나는 숨을 깊게 쉰다.

"하인 노릇이 신물나요. 휘트마시 부인이 되어, 밤마다 당신의 저녁 식사를 요리하고, 당신의 신사 친구들 부부와 대화하고 싶어요. 늘 당신 침대에서 자고 싶고요."

얼굴이 화끈 달아오르지만 그의 눈을 똑바로 본다. 그가 안 된다고 답하면, 난 다른 곳에 가서 요리사 자리를 구할 작정이다. 무슈 스와예는 2년 전에 죽었고 잭 오빠도 마찬가지지만, 갈 수 있는 자리들이 있다. 레이디 몬테피오레가 런던의 이스트엔드에 유대인 급식 시설을 열었다고 들었다. 아마 그녀가 날 받아줄 것이다…….

그가 접시를 내려다보면서 버섯과 포트와인소스를 쩝쩝대며 먹는다. 생각에라도 잠긴 듯 느릿느릿. 그러더니 고개를 들고 씩 웃는다.

"그게 아니면 내가 왜 가정 관리서를 사주었겠소, 나의 앤?"

내 혼란스런 머릿속이 널뛴다.

"그러면 저랑 결혼하실 건가요, 나의 벤저민?"

그가 웃음을 터뜨린다.

"당신의 푸딩이 이 자고새만큼 맛있는 경우에만."

내가 대답한다.

"아, 더 맛있어요. 우아한 절약가의 푸딩은 지상 최고의 후식이거든요."

| 감사의 말 |

끝없는 지지와 영감을 주신 분들에게 감사드리고 싶다. 어머니 바버라는 내가 유아일 때부터 요리와 요리책 읽기라는 두 가지 기쁨을 알게 해주었다. 시어머니 준은 엄청난 영어 요리책 장서를 소장하고, 내 남편이 아직 유아였을 때 요리를 가르쳤다. 첫 독자들인 어머니, 남편 매튜, '자이트가이스트 문학 에이전시'의 샤론 갤런트와 토마신 치너리, 친구 레이첼 아리스는 소중한 피드백을 주었다. 글래드스톤 도서관에서 나는 일라이저를 주제로 청중에게 강연했고 그들이 너무도 열정적으로 경청해주어서(친절하게도 내가 구운 일라이저 케이크와 비스킷을 먹어주었다) 나는 조사를 중지하고 집필을 시작할 용기를 얻었다. 영국 도서관, 런던 도서관, 길드홀 도서관, 웰컴 도서관의 희귀본 요리책 장서. 톤브리지 학교의 기록 보관자인 베벌리 매튜스, 매기 홈 명예교수. 물론 오래전부터 내가 일라이저에게 감화받아서 만든 음식을 먹어준 내 가족 – 매튜, 이모젠, 브라이오니, 사스키아, 휴고. 모두 감사합니다!

마지막으로 이 책이 출판되도록 전 세계에서 노력한 여러 팀에 특별히 감사드린다. 내 미국 에이전트인 클레어 앤더슨 휠러는 제목을 지을 때 대단한 능력을 발휘했다. '윌리엄 모로'의 루시아 매크로와 그녀의 출중한 팀(아상테 시몬스, 다니엘 피네건, 홀리 라이스)은 뛰어난 편집과 디자인 능력으로 출간을 진행했다. 영국의 내 에이전트인 샤론 갤런트는 부지런히 지치지 않고 일했으며 '사이먼 앤 슈스터'의 새러 제이드 버트와 앨리스 로저스는 엄청난 열정과 재능으로 과정을 끌어갔다. 마지막으로, 현재 일라이저 액턴과 앤 커비가 사용한 애매한 조리 용어를 번역 중인 여러 출판사와 번역자들에게 감사드린다. 그리고 행운을 빈다.

일라이저 액턴에게 특별한 감사를 표해야 되겠다. 그리고 용감하고 담대하게 그들 자신의 이름으로 저술 작업을 했던 역사 속 여성들에게도 감사드린다. 그것이 얼마나 어렵고 복잡하고 용기 있는 결정이었는지 평가받는 데에 이 소설이 나름의 역할을 하길 바란다.

언제부턴가 19세기 빅토리아 시대에 매력을 느끼는 이들이 많다. 한때 우리 주거 문화에 영국 앤티크 바람이 불었고, 영국 시대극이 유행하면서 그 시대의 사회문화가 생경하지 않다. 빅토리아 시대는 영국에 산업화 바람이 불면서 도시화되고, 사회와 개인의 삶이 달라지면서 여성들의 사회적 신분도 변하기 시작했다. 도시와 상공업이 발전하면서 자본을 가진 시민 계층이 형성되고 의식주 문화, 특히 여성들의 의식이 크게 달라진 시기. 『미스 일라이저의 영국 주방』은 그 시대의 실존 인물 일라이저 액턴이 시인이자 요리책 작가로, 한 인간으로 그 시대를 헤쳐 나가는 이야기를 그린 작품이다.

일라이저는 양조장과 술집을 운영하는 중산층 집안의 딸로 시인을 꿈꾸는 노처녀다. 유산계급의 교육받은 지성인답게 품위 있고 자기다움을 아는 똑똑한 여성이다. 속물근성이 강한 어머니는 노처녀 딸이 문학에 몰두하는 걸 위험하게 여기지만, 일라이저는 시인으로 살고 싶다. 그러던 중 아버지가 파산해 해외로 도피하면서 일라이저는 시집이 아닌 요리책을 집필해야 되는 처지가 된다. 야반도주해 중소 도시에서 어머니와 하숙집을 운영하면서, 난생처음 주방에 들어가 요리하면서 레시피를 만든다. 프랑스를 여행하며 음식을 접한 경험을 되살려 음식 만들기에 공을 들이고, 시를 쓰는 심정으로 레시피를 적는다. 일손이 부족하자 조수를 물색하고 앤 커비가 들어온다. 빈곤한 집안의 딸로 정신병자인 어머니와 주정뱅이 아버지를 보살피는 앤은 어머니 덕에 글을 읽을 줄 알고, 남동생이 런던의 사교클럽 주방에서 보조로 일하기에 요리사가 되고 싶은 야망을 품지만 이룰 길이 막연한 처지다.

신분과 배경이 다른 일라이저와 앤은 주방에서 만나 함께 요리하고 레시피를 만들고 우정을 나눈다. 계급의식이 엄연히 존재하는 시대에 고용주와 하인이지만 대등한 관계를 이루며 서로 고단한 삶을 어루만지고 응원하며 같이 성장하는 두 사람. 반질반질하고 고졸하면서도 생동감 넘치는 주방에서 풍미 가득한 음식을 만드는 풍경은 이 소설을 압축한 이미지일 듯하다. 소설은 두 사람의 서로 다른 상황과 내력을 대조적으로 그리지만, 그럼에도 둘 사이에는 공통적인 인간의 조건이 있다. 양갓집 여인이라면 본명으로 책을 내기 힘든 사회 상황에서, 몰락한 집안의 재기를 위해 부유한 늙은 남자와 혼인해야 되는 압박에 시달리는 비애. 빈곤에 찌들어 살고 죽음마저도 기만당하는 밑바닥 삶의 스산한 풍경. 그래도 두 여성은 주방에서 오붓하게 일과 인간애와 꿈을 나누며 서로를 위로한다. 어쩌면 작가 애너벨 앱스는 두 여성이 서서 작업하는 주방 풍경으로, 여성끼리 연대하며 인간애를 나누는 찬란한 순간을 은유하고 싶었을지 모르겠다.

하지만 누구에게나 아픈 비밀과 털어놓기 힘든 사연이 있게 마련이고, 그로 인해 오해가 생긴다. 결국 두 사람은 각자의 길을 가고, 소식도 모르고 떨어져 살지만, 시간이 흐른 후 일라이저가 쓴 요리책이 앤의 손에 들어오면서 둘 사이에 보이지 않지만 단단한 끈이 이어진다.

음식을 주제로 삼은 소설은 많지만, 『미스 일라이저의 영국 주방』은 다양한 음식의 레시피와 재료 이야기뿐만 아니라 일라이저와 앤 커비를 중심으로 저마다 사연을 지닌 사람들의 이야기를 밀도 있게 풀어낸다. 이 소설은 음식 이야기일 수도, 빅토리아 시대의 사회상을 그린 역사·사회소설일 수도, 여성들이 자기를 찾고 연대하는 여성소설일 수도 있다. 마음 가는 대로 소설을 읽노라면 19세기 중반, 영국을 여행하며 아늑한 주방에서 총명하고 반듯한 일라이저와 앤에게 케이크와 차를 대접받으며 그들의 사연을 듣는 느낌에 젖는다. 좋은 시간을 보낼 수 있는 작품이다.

공경희

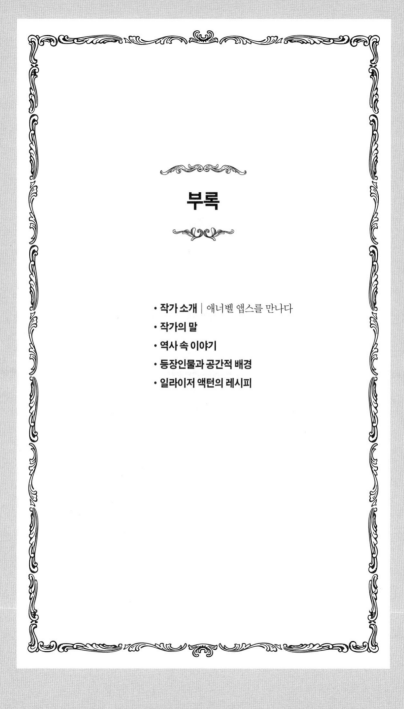

부록

애너벨 앱스를 만나다

영국의 소설가. 2016년에 출간된 첫 소설 『조이스 걸 The Joyce Girl』은 큰 호평을 받았고 전 세계에서 판매되었다. 제임스 조이스의 잊힌 딸 루시아 조이스에 대한 허구의 이야기로, 현재 희곡으로 각색되고 있다. 두 번째 소설 『프리다 Frieda』는 2018년에 출간되자마자 〈타임스〉의 '이 달의 책'으로, 이후 '올해의 소설'로 선정되었다. 또한 BBC의 「우먼스 아워」, 〈타틀러〉, 〈굿 하우스키핑〉, 〈레드〉를 비롯해 여러 일간지에서 다루어졌다. 『프리다』−8개 언어로 번역되었다−는 D. H. 로렌스의 『채털리 부인 Lady Chatterley』에 영감을 주었고 그의 부인이 된 프리다 폰 리히토펜에 대한 이야기다. 앱스의 공동 저작 『에이지 웰 프로젝트 The Age-Well Project』는 애너벨 스트리츠라는 이름으로 2019년에 출간되었다. 2021년에 출간된 『바람이 닿는 곳 : 선구적인 여성들의 길을 걷다 Windswept: Walking the Paths of Trailblazing Women』는 야생에서 걸으며 위로를 찾은 특별한 여성 여덟 명의 모험을 다루었다.

1996년 나는 시어머니 준이 수집한 요리책들을 얻는 행운을 누렸다. 준은 1946년 학교를 졸업한 후 가정학을 공부했다. 잡지 〈굿 하우스키핑〉에서 직장 생활을 시작했지만, 이후 요리 강사가 되는 과정을 이수했다. 이 기간 동안 - 유행하기 전에 - 준은 고서 요리책을 수집하기 시작했고, 결국 200종 이상의 장서가 되었다. 나는 거기서 마리아 런델, 알렉시스 스와예, 윌리엄 키치너, 한나 글라스, 한나 울리, 아그네스 마샬, 미시즈 비턴을 비롯해 여러 요리사와 요리책 저자들을 접했다. 일라이저 액턴을 만난 것도 그때였다. 면밀히 검토한 후에야 일라이저 액턴의 레시피가 단연 발군임을 깨달았다. 시인의 꿈이 좌절되었다는 개인사에 뿌리가 있는 저작물이기 때문이리라. 일라이저 액턴이 레시피를 쓴 것은 거의 200년 전이지만 '젊은 가정주부' 독자들에게 준 메시지는 어느 시대보다 현재 가장 적절하다. 절약, 낭비 금지, 건강에 좋은 영양가 있는 음식, 간단한 조리법 익히기, 신선한 재료로 신중하게 조리하기, '다른 나라'에서 배우기, 모두가 먹을 수 있는 좋은 음식을 만드는 중요성…… 이런 강조점들은 1845년 못지않게(더하면 더했지) 현재에 울림을 준다. 그래서 마지막으로 일라이저 액턴에게 말하고 싶다.

"사실 우리에게 필요한 것은 요리책보다 자기 일을 잘 배운 요리사들이에요."

바로 일라이저!

일라이저 액턴의 576쪽짜리 요리책은 완성하는 데 10년이 걸렸다. 1845년『현대 요리Modern Cookery』는 즉시 인기를 얻어 출간 몇 주 만에 베스트셀러가 되었고 70년 이상 중쇄를 찍었다. 이제 이 책은 일반인을 위해 쓴 최초의 요리책으로, 일라이저 액턴은 최초의 현대 요리책 저자로 널리 인정받는다. 책은 – 30년간 12만 5,000부가 판매되었다 – 1966년 다시 인쇄된 이후 네댓 차례 재판을 찍었다.

일라이저의 최대 혁신은 당시 레시피 대신 쓰인 용어인 '리시트receipt' 마다 재료 목록을 작성한 것이었다.『현대 요리』는 정확히 계량된 재료의 목록을 실은 최초의 책이었고, 미시즈 비턴이 확장한 이 개념은 현재 모든 요리책의 저자가 따른다.『현대 요리』는 레시피마다 재료 목록 외에도 조리 시간과 결과에 영향을 주는 요소를 '관찰Obs(현대의 '관찰 기록')'이라는 제목으로 게재했다. 또 음식 역사가 윌리엄 시트웰은 처음으로 싹양배추 레시피를 다룬 책이라고 주장한다.

후대의 요리사와 저자들에게 일라이저 액턴은 (아마도 그 어떤 역사상의 요리책 저자보다) 대단히 존경받아왔다. 델리아 스미스(영국에 요리 붐을 일으킨 1세대 요리사 - 옮긴이)는 '영어권 최고의 요리책 저자', 음식 작가 빌 윌슨은 '위대하다'라고 평하고, 엘리자베스 데이비드(영국의 요리 작가 - 옮긴이)는 '의심할 바 없는 가장 위대한 영어 요리책', 알렉시스 스와예의 전기 작가 루스 코웬은 '이 장르를 새로운 위상으로 가져간 책', 페넬로피 파머는 '현대 요리책의 어버이'라고 평했다.

일라이저는 요리책 저자가 된 최초의 시인이자 희곡 작가였다. 픽션과 음식 관련 글을 결합하는 추세는 메리 바이런, 메리 버지니아 터헌, 해리엇 비처 스토우, 크레센트 드래건웨건, 한나 윈스네스, 헬레나 패터슨, 재닛 로렌스, 앨리슨 어틀리, 소피 달, 매리언 키스, 제임스 솔터 등 여러 작가가 이어갔다.

『현대 요리』를 집필하던 중, 일라이저의 파산한 부친은 도피처에서 영국으로 돌아왔고, 모친은 보다이크 하우스를 떠나 헤이스팅스에서 남편과 살았다. 덕분에 일라이저와 앤은 보다이크 하우스에서 레시피들을 꼼꼼히 요리하고 시험했다. 『현대 요리』 출판 후 앤 커비는 일라이저와 헤어졌던 것 같다. 일라이저의 전기 작가에 따르면 앤은 알려진 바없다가, 1851년 인구조사에 '왕립 그리니치 병원'의 약제사인 홀아비의 하인으로 런던에 거주한다는 기록이 있다.

내가 그리는 앤은 완전히 허구이지만, 일라이저는 몇 가지 사실에 기반한다. 1826년 그녀의 시집이 출판되어 530부가 판매되었고, 352부는 구독 신청자에게 팔렸다. 10년 후 두 번째 시 원고를 롱맨 출판사에 가져갔지만, 집에 돌아가 요리책을 들고 다시 오라는 말을 들었다. 1842년, '리처드 & 존 E. 테일러'에서 시를 출판하였기에, 우린 그녀가 계속 시를 썼다는 것을 안다. 적어도 20년간 시를 썼다는 얘기다.

일라이저는 결혼하지 않았지만, 첫 전기 작가들(메리 에일릿과 올리브 오디시, 『먼저 토끼를 잡아First Catch Your Hare』)은 다행히 그녀의 조카의 딸과 연락할 수 있었다. 이 전기문에서 난 (추정에 따르면) 자매가 양육한 일라이저의 혼외자 딸 이야기를 접했다. 또한 이 짧은 전기문에 일라이저의 희곡이 미스 켈리의 소호 극장에서 공연되었다고 나와 있다. 희곡에 대한 기록은 남아 있지 않고(미스 켈리의 연극은 대부분 익명으로 공연되었다), 아무도 일라이저의 혼외자 딸을 추적하지 못했다. 하긴 출생신고가 요구되지 않았고, 혼외자들은 (아주 흔했지만) 숨겨서 키우거나 좋은 집안으로 들어가던 시절임을 감안하면 놀랍지도 않다. 에일릿과 오디시에 따르면 일라이저의 딸은 재산을 상속받았고, 생모의 초상화를 소지하고 매일 밤 키스했다고 알려졌다. 이 이야기는 액턴 가문에 대대로 전해진다. 일라이저 액턴의 사연에 대해 몇 가지 미스터리가 떠도는데, 쉴라 하디는 보다 최근의 전기문『진짜 미시즈 비턴 : 일라이저 액턴의 이야기The Real Mrs. Beeton: The Story of Eliza Acton』에서 많은 의문을 다양하게 추적했다. 그녀는 모든 문서보관소를 샅샅이 뒤졌지만 일라이저 액턴의 유서에 관련된 기록은 찾지 못했다. 일라이저는 부유하게 세상을 떠났겠지만 유서나 편지는 발견되지 않았다. 그녀의 사후 혼외자가 드러나는 것을 막아 고인의 명예와 집안의 체면이 실추되지 않도록 관련 문서를 없앴다고 추측된다. 그녀의 시(진솔함과 강렬함이 인상적이다) 몇 편의 일부 문구는 사라지고 헌사는 별표(빅토리아 시대의 신문들이 명예훼손을 피하는 기법)로 표시되어 있다.

『현대 요리』의 성공 이후 일라이저는 두 번째 요리책『잉글리시 브레드 북The English Bread book』을 발표했다. 『현대 요리』만큼 잘 팔리지는 않았다. 하지만 이 기간에 일라이저는 가정 요리와 영양가 있는 음식의 일인자가 되어 대중에게 더 건강한 음식을 먹도록 설득했고, 빵에 해로운 첨가제를 넣지 말라고 싸웠다. 나중에 미시즈 비턴이 그녀의 레시피 중 3분의 1을 표절했는가 하면, 일라이저가 살아 있을 때도 다른 이들이 도용을 일삼았다. 그 결과 그녀는 『현대 요리』 1855년판의 서문에 '내 노고의 공과 이익을 냉혹하게도 타인들이 사취한다'고 비난했다.

일라이저 액턴은 1859년 2월 13일, 59세의 나이로 세상을 떠났다. 이상하게도 사망증명서에는 - 직업란에 - 시인도 작가도 아닌 '입스위치, 양조업자. 존 액턴의 딸. 사망'으로만 표기되어 있다. 사망 원인인 '조기 노화'는 치매의 완곡한 표현으로 여겨진다. 한편 그녀의 묘비에는 '일라이저 액턴. 과거 입스위치 거주, 햄스테드에서 사망'이라고 새겨져 있다.

내가 젊은 시절 일라이저가 겪은 일에 대한 실마리를 탐색한 (그리고 일부 찾아낸) 자료는 그녀의 시와 요리에 대한 글이었다. 그녀는 프랑스에서 (아마 두 차례 장기간) 시간을 보냈으며 힘든 연애를 경험했다고 알려진다. 당시 프랑스에는 혼외자가 흔해서, 역사학자들은 그 무렵 파리에서 태어난 신생아 중 30~40퍼센트가 혼외자였다고 추정한다. 그녀의 시들은 배신, 질투, 감정의 상처를 이야기한다. 나는 그것들을 나름대로 조합하고, 그녀를 계속 따라다니는 소문 - 혼외자 딸 - 에 살을 입혔다.

일라이저가 죽고 2년이 안 되어 미시즈 이자벨라 비턴이 첫 요리책을 발표했다. 수십 년간 일라이저는 미시즈 비턴의 긴 그림자에 가려졌다.

이제 미시즈 비턴이 일라이저의 글을 도용해서, 수백 개의 레시피를 오리고 붙여서 자기 레시피라고 주장했음이 드러났다. '설명을 바꾸어서 아무도 – 특히 미스 액턴이 살아 있었다면 매의 눈을 가진 그녀도 – 비난의 손가락질을 못하게 했다.'(캐스린 휴스, 『미시즈 비턴의 짧은 생애와 긴 시대The Short Life and Long Tmies of Mrs. Beeton』) 하지만 미시즈 비턴은 영리하게도 재료 목록을 레시피의 하단에서 맨 위로 바꾸었고, 오늘날까지 그 배열이 유지되고 있다.

일라이저의 이야기는 전례 없는 사회 변혁기에 펼쳐졌다. 초기 빅토리아 시대에 영국에서는 돌이킬 수 없는 변화가 일어났다. 산업혁명, 중산층의 부상, 거대한 부와 더불어 특히 시골 지역의 상상을 뛰어넘는 빈곤. 새로운 테크놀로지가 촉발한 급속한 변화, 즉 가스에서 전기와 철도까지. 한편 분말 커스터드에서 수입 냉동육까지 패스트푸드와 간편식이 등장한 시기이기도 했다. 일라이저가 글을 쓰던 때에 오늘날 우리가 소비하는 가공식품이 시작되었고, 그녀의 반감(특히 영양 부족에 대한)이 두 권의 요리책에 드러난다.

이 책은 더 풍요롭고 강렬한 맛이 나는 시대를 표현하고 서술의 흐름을 위해서, 일라이저가 요리책을 집필한 10년간 일어난 사건을 더 단기간으로 압축했다.

| 등장인물과 공간적 배경 |

현실감을 더하기 위해 이 책의 등장인물 대부분은 실존 인물을 기반으로 했다. 하지만 소프 목사 부부와 앤의 가족은 완전히 허구다. 아르놋 역시 가공의 인물이지만, 일라이저의 요리책에 두 번 언급된 동명의 인물에서 영감을 받았다. 커리, 고기 찜 등이 나오는 장에 아르놋 씨의 커리 가루와 아르놋 씨의 커리와 관련된 레시피들이 실려 있다. 후자의 경우 그가 쓴 지시 사항이 그대로 옮겨져서 이런 결정적인 문단이 있다. '다음으로 구워서 잘 자른 가금류나 토끼고기, 가늘게 썬 돼지고기나 양고기, 바닷가재나 어제 남은 송아지 머리 부위를 넣는다. 그 외에 원하는 재료는 뭐든 넣어도 된다.' 그를 어떻게 등장인물로 내세우지 않을 수 있단 말인가? 덧붙여 말하자면, 일라이저는 '관찰 기록'에서 아르놋 씨의 커리 가루는 만들 가치가 있지만 그의 커리는 아니라고 명확히 밝힌다!

마리아 런델

일라이저는 미시즈 마리아 런델의 책을 자주 언급한다. 1806년 롱맨의 최대 경쟁자인 존 머레이가 출판한 『새로운 가정 요리법 A New System of Domestic Cookery』의 저자는 런델이라는 익명의 인물이었다. 이 책은 출판계에 돌풍을 일으켜 67쇄를 찍었고, 그게 롱맨이 일라이저에게 요리책을 의뢰한 이유였다고 여겨진다.

레이디 주디스 몬테피오레

레이디 주디스 몬테피오레는 영어로 된 최초의 유대 요리책 『유대식 매뉴얼, 혹은 유대와 현대 요리의 실용적인 정보 The Jewish Manual; or, Practical Information in Jewish and Modern Cookery』의 저자였다. 이 책은 일라이저의 책이 나오고 1년 후 익명으로 출판되었다. 몇 가지 요리는 일라이저의 책에 나온 레시피와 매우 비슷하다. (일라이저는 유대 요리의 레시피는 '어떤 유대인 숙녀'에게 신세를 졌다고 여러 번 언급한다.) 또 일라이저가 '유대인 숙녀'의 집에서 유대식 훈제 소고기를 먹었고 이것을 '출중하다'고 느꼈다고 알려졌다. 그 '유대인 숙녀'가 런던과 켄트 주 램스게이트의 레이디 주디스 몬테피오레였다고 추측된다.

주디스는 특출한 여성이었다. 6개 국어를 구사했고, 팔레스타인의 발전에 적극적인 역할을 했다. 헌신적인 자선가였고, 런던 이스트엔드의 급식 시설을 포함해 여러 자선사업에 관여했다.

패니 켈리

패니 켈리는 유명한 여배우로, 일라이저의 지인 집단의 일원이었을 것이다. 1840년 젊은 여성들이 연극을 배울 수 있도록 런던의 소호에 극장과 연기 학교를 열었다. 그녀는 다들 혼외자 딸로 여기는 '조카'와 살았다.

미시즈 허먼스와 L. E. 랜던

미시즈 펠리시아 허먼스와 L. E. L.(미스 레티티아 엘리자베스 랜던)은 일라이저와 동시대에 저술 활동을 한 뛰어나고 큰 인기를 누린 여성 시인이었다. 이 시대의 여러 여성 시인처럼 이들도 익명으로 남아 있다. 허먼스는 1818년부터 1835년 사이에 열네 권 이상의 시집을 출간해서 당대에 가장 사랑받는 여성 시인 중 한 명이 되었다. L. E. 랜던은 열여섯 살 때 첫 시를 출판했다. 여러 편의 소설과 시가 잘 팔려서 어머니를 부양하고 남자 형제의 옥스퍼드 교육비를 지원할 수 있었다. 하지만 독립적인 미혼의 작가라는 명성은 대부분의 남자들이 아내가 미스 랜던을 집에 초대하지 못하게 한다는 뜻이었다. 결국 아프리카 해안에 있는 케이프 코스트 캐슬의 주지사와 결혼했지만(추측컨대, 세 명의 혼외자를 출산한 후에) 4개월 후 사망했고 자살했을 가능성이 있었다.

알렉시스 스와예

알렉시스 스와예는 프랑스인 셰프로, 빅토리아 시대에 영국에서 가장 유명한 요리사가 되어 13년간(1837~1850년) 런던에 있는 리폼 클럽의 주방을 관장했다. 타고난 혁신가로서 최초로 가스를 사용한 요리사 중 한 명이었고 이동용 화덕을 발명한 것으로 유명했다. 아일랜드 대기근 시기에 더블린에 급식소를 세웠고, 크림 전쟁 동안 시민군의 급식 조달을 도왔다. 그도 몇 권의 요리책을 썼다.

켄트 구립정신요양원

이 소설의 배경 무대도 최대한 역사적인 정확성을 기했다. 특히 켄트 구립정신요양원에 대한 설명은 읽기에 섬뜩하다. 초기에 특별히 건립된 요양소 중 하나로 1833년 1월에 개원했다. 교도소를 본떠서 (메이드스톤 교도소를 설계한 건축가에 의해) 지었고, 1840년에 이곳을 방문한 조사관은 이렇게 설명했다. '육중한 돌담, 작은 쇠창살이 있는 창, 장식은 없고…… 좁은 돌계단, 낮은 천장, 줄줄이 늘어선 어두운 동굴 같은 방……. 탁자는 바닥에 박혀 있고, 묵직한 나무 걸상에 환자들이 묶여 있다. 원시적인 나무 침상에 짚을 채운 잠자리……. 정신병자들은 조악한 옷을 대충 걸쳤고, 일부는 구속복을 입고 일부는 수갑이나 다른 규제 수단을 착용했다.' 조사관은 4년 반 동안 침상에 사슬로 묶여 지낸 남자 둘과, 수갑이나 '두꺼운 가죽으로 된 큰 흉갑으로 의자에 묶인' 남녀 20~30명을 발견했다고 기술한다.[*] 이 초기의 요양원에서 사망한 환자들은 흔히 정신병자의 뇌에 특별히 관심을 갖는 의사들에 의해 해부되었다.

'켄트 구립정신요양원'은 이후 '바밍 히스 요양원'이 되었다가 '바밍 정신병원'을 거쳐 마침내 '오크우드 병원'이 되었다. 1994년에 문을 닫았지만, '바미barmy(머리가 이상한)'라는 어휘에 그 유산이 이어진다.

보다이크 하우스

켄트 주 톤브리지에 있는 '보다이크 하우스'는 일라이저와 앤이 『현대 요리』를 집필하면서 수천 가지의 레시피를 시험한 곳으로 여겨진다. 톤브리지는 ─ 당연히 ─ 아주 다른 고장이 되었지만 보다이크 하우스는 여전히 가족이 사는 집이다.

✻ 제럴딘 프록터, 『1828~1982년 오크우드 병원의 역사A History of Oakwood Hospital from 1828 – 1982』(메이드스톤 : 켄트 구립도서관, 1982).

일라이저의 복숭아 피클

다 자라 익기 시작한 복숭아 큰 것 여섯 개나 중간 크기 여덟 개를 준비한다. 솜털을 닦아내고 달걀 한 개가 뜨는 염도의 소금물에 담근다. 사흘 후 꺼내서 뒤집은 체에 올려 서너 시간 동안 물기를 뺀다. 식초 1쿼트, 통백후추 2온스, 살짝 으깬 생강 2온스, 소금 1티스푼, 육두구 두 개(가루), 겨자씨 반 파운드, 무명 조각에 싼 카옌 반 티스푼을 10분간 끓인다. 복숭아를 단지에 담고 끓인 피클액을 붓는다. 2개월 후면 먹기에 적당하다.

복숭아 6개 또는 8개(소금물에 사흘간). 식초 1쿼트, 통백후추 2온스, 으깬 생강 2온스, 소금 1티스푼, 육두구 2개(가루), 겨자씨 ½파운드(10분).

---

* 레시피는 『현대 요리』 원판(1845년)과 개정판(1855년)에서 발췌했다.

일라이저의 세이지에 싼 장어

실한 장어 한 마리를 잡아서 껍질을 벗기고, 배를 갈라 씻는다. 장어를 손가락 굵기로 잘라, 소금과 백후추로 간해서 반시간 동안 놓아둔다. 장어의 물기를 제거하고, 한 토막씩 세이지 잎으로 싸서 노끈으로 묶는다. 장어를 샐러드유나 정제버터에 굴려서 석쇠에 올리고 레몬즙을 뿌려, 골고루 노릇해지도록 굽는다. 버터 2~3온스, 고추 1스푼, 타라곤(개사철쑥) 또는 보통 식초, 소금을 조금 넣은 물로 만든 소스를 곁들여 식탁에 올린다.

일라이저의 초콜릿 커스터드

최고급 초콜릿 1.5온스를 포도주 잔 하나 분량의 물에 담아 불가에서 가만히 녹인 다음, 완전히 부드러워질 때까지 끓인다. 거기에 레몬 껍질이나 바닐라로 맛을 낸 우유 1파인트와 고운 설탕 2온스를 넣는다. 다 끓으면, 달걀 다섯 개를 거품 내어 체에 걸러 넣고 젓는다. 커스터드를 단지나 주전자에 담아 끓는 물이 담긴 팬에 넣고, 걸쭉해질 때까지 쉬지 않고 젓는다. 거의 다 식은 후에 유리잔이나 접시에 담는다. 커스터드가 다 그렇듯 노른자만 쓰면 입자가 훨씬 곱다. 이때는 달걀의 개수를 늘려야 한다.

굵은 초콜릿 1½온스, 큰 포도주 잔 하나 분량의 물(5~8분). 신선한 우유 1파인트, 달걀 5개, 설탕 2온스. 혹은 초콜릿 2온스, 물 ¾파인트, 신선한 우유 1파인트, 설탕 2½~3온스, 크림 ½파인트, 난황 8개.

일라이저의 삶은 백조 알

백조 알은 백조가 물고기를 먹는 습성과 알 크기 때문에 여느 알보다 훨씬 까다롭다. 삶아서 껍질을 까면 모양이 예쁘고 흰자 부분은 깨끗하고 투명하다. 알이 푹 잠길 만큼 넉넉한 양의 물을 재빨리 끓인 후 불에서 들어낸다. 물이 잠잠해지면 알을 넣고 불가에 − 끓지 않게 − 20분쯤 놓아두고 한두 차례 살그머니 뒤집는다. 냄비 뚜껑을 덮고 15분쯤 가만히 끓인 후 불에서 들어내어 5분간 큰 그릇에 넣고 접은 행주를 덮어 천천히 식힌다. 그러면 상당히 오래 열이 가두어진다. 차게 식은 후 자른다. 당일에 먹으려면 일찍 알을 삶아야 한다.

참고 : 일라이저는 야채샐러드에 백조 알을 넣었다. 먼저 노른자만 으깨서 허브, 향신료, 버터, 다진 양파, 레몬즙과 섞는다. 이것을 흰자에 담고 소스를 뿌린 양상추 위에 담는다.

일라이저의 톤브리지 돼지머리

중간 크기의 돼지머리를 갈라서 뇌와 뼈를 제거한다. 안에 고운 소금을 두툼하게 뿌리고 다음 날까지 수분을 뺀다. 귀와 발을 같은 방식으로 씻고, 소금물을 씻어내어 큰 냄비에 담는다. 전부 설탕 6온스를 섞은 초석 1.5온스로 잘 문지른다. 열두 시간 후 소금 6온스를 더한다. 다음 날 양질의 식초 1파인트를 붓고 1주일간 24시간마다 피클에 담긴 고기를 뒤집는다. 1주일 후 귀와 발을 씻어 한 시간 반 동안 삶는다. 따뜻할 때 발의 뼈를 발라내고 귀 가장자리의 힘줄을 다듬는다. 이것들이 준비되면,

간 육두구와 메이스 반 티스푼, 카엔 반 티스푼, 정향 반 티스푼을 섞는다. 머리를 씻되 물에 잠기지 않게 한다. 씻어서 나무판에 올린다. 가장 살집이 많은 부분에서 살점을 발라 가장 살이 없는 부분에 덧댄다. 안에 귀와 발을 넣고 단단히 말아 넓은 테이프로 꽉 묶는다. 얇은 면포를 씌워 양끝을 꽁꽁 맨다. 머리를 볶음용 팬에 담고, 뼈와 발과 귀에서 잘라낸 부분, 풍미 있는 허브 큰 다발, 양파 두 개, 작은 셀러리 한 대, 당근 서너 개, 말린 후추 열매 1티스푼, 찬물을 재료가 잠기게 넣는다. 이것을 네 시간 동안 뭉근하게 끓인 다음, 육수에 잠긴 채로 두 부분이 식을 때까지 둔다. 면포를 걷고 머릿고기를 나무 접시 사이에 끼워 위에 묵직한 물건으로 누른다. 다음 날 테이프를 자르고 머리 통째로 상에 낸다.

일라이저의 속성 수프

소고기나 양고기나 송아지고기의 살코기 1파운드를 제법 가늘게 썰다가 일부 썰면 작은 당근 한 개와 얇게 썬 작은 순무 한 개, 셀러리 반 온스, 중간 사이즈 리크 한 대의 흰 부분이나 양파 ¼온스를 더해서 같이 썬다. 재료를 깊은 냄비에 담고 찬물 3파인트를 넣는다. 수프가 끓으면 거품을 걷어내고 소금과 후추를 조금 뿌린다. 반시간 후면 체에 거르거나 그대로 상에 올릴 수 있다. 취향에 따라 카엔이나 케첩, 원하는 양념으로 풍미를 더해도 좋다. 혹은 국물을 체에 걸러 잘 씻은 애기괭이밥 한 줌을 넣어 다시 5~6분간 끓이면 프랑스식 봄 수프가 된다.
고기 1파운드, 딩근 2온스, 순무 1½온스, 셀러리 ½온스, 양파 ¼온스, 물 3파인트(반시간). 후추와 소금 약간.

의견 : 소고기나 양고기 3파운드에 햄 두세 조각과 야채를 위의 분량대로 준비해, 다 썰어서 물 3쿼트에 넣고 한 시간 반 동안 끓이면 얼른 먹을 수 있는 맛 좋은 수프가 된다. 물론 더 오래 끓이면 맛이 깊어지고, 거품을 걷어내고 소금으로 간한 후 향신료를 조금 더해도 좋다.

미스 일라이저의 영국 주방

초판 1쇄 인쇄 ｜ 2023년 4월 10일
초판 1쇄 발행 ｜ 2023년 4월 17일

지은이 ｜ 애너벨 앱스
옮긴이 ｜ 공경희
펴낸이 ｜ 박남숙

펴낸곳 ｜ 소소의책
출판등록 ｜ 2017년 5월 10일 제2017-000117호
주소 ｜ 03961 서울특별시 마포구 방울내로9길 24 301호(망원동)
전화 ｜ 02-324-7488
팩스 ｜ 02-324-7489
이메일 ｜ sosopub@sosokorea.com

ISBN 979-11-88941-93-3 03840
책값은 뒤표지에 있습니다